J.R. Ward vit dans le sud des États-Unis avec son mari. Diplômée de droit, elle a travaillé dans le milieu de la santé à Boston et a été chef de service dans un des plus grands centres médicaux du pays. Elle a toujours été passionnée d'écriture et son idée du paradis ressemble à une journée passée devant son ordinateur en compagnie de son chien avec une cafetière pleine toujours à portée de main. Sa série *La Confrérie de la dague noire* connaît un succès phénoménal dans le monde entier.

De la même autrice :

La Confrérie de la dague noire :
Le Guide de la Confrérie de la dague noire

La Confrérie de la dague noire :
1. *L'Amant ténébreux*
2. *L'Amant éternel*
3. *L'Amant furieux*
4. *L'Amant révélé*
5. *L'Amant délivré*
6. *L'Amant consacré*
7. *L'Amant vengeur*
8. *L'Amant réincarné*
9. *L'Amant déchaîné*
10. *L'Amant ressuscité*
11. *L'Amant désiré*
12. *L'Amant souverain*
13. *L'Amant des ombres*
14. *L'Amant sauvage*
15. *L'Amant rebelle*
16. *L'Amant maudit*
17. *L'Amant déchiré*
18. *L'Amant repenti*
19. *L'Amant trahi*

L'Héritage de la dague noire :
1. *Baiser de sang*
2. *Pacte de sang*
3. *Rage de sang*
4. *Serment de sang*

Les Prisonniers de la dague noire :
1. *Le Renégat*

Wolven :
1. *Le Loup solitaire*

Anges déchus :
1. *Convoitise*
2. *Addiction*
3. *Jalousie*
4. *Extase*
5. *Possession*
6. *Immortalité*

J.R. Ward

Le Loup solitaire

Wolven – 1

Traduit de l'anglais (États-Unis) par Éléonore Kempler

Milady

Milady est un label des éditions Bragelonne

Titre original : *Claimed*

Publié avec l'accord de NAL Signet,
membre de Penguin Group (U.S.A.) Inc.

ISBN : 978-2-8112-2557-5

Bragelonne – Milady
60-62, rue d'Hauteville – 75010 Paris

E-mail : info@milady.fr
Site Internet : www.milady.fr

Dédié à un couple qui mérite un avenir.
Peu importe que cela paraisse impossible.

CHAPITRE PREMIER

Ville de Walters, fondée en 1834
Nord de l'État de New York

Lydia Susi croisa son destin dans le voile, un jeudi, au début du printemps.

Tandis qu'elle courait le long du chemin boisé qui s'incurvait au troisième kilomètre en une boucle qui lui ferait traverser la partie nord de la réserve, elle évalua la fine bordure rougeoyante qui soulignait les contours des montagnes. Bientôt, le liseré lumineux s'élargirait en halo, après quoi le soleil accepterait de prendre le relais de la lune, et le jour commencerait.

Son grand-père lui avait toujours raconté qu'il existait deux sortes de pénombres ou de demi-jours, et que, si l'on voulait contempler son passé, il fallait se rendre sous les pins le soir, au coucher du soleil. Au contraire, si l'on voulait découvrir son avenir, on devait se rendre seul dans la forêt au moment du voile, lors de cette transition sacrée de la nuit en matin. Là, lui avait-il expliqué, quand la distinction entre le règne de la lumière et celui de l'obscurité était la plus ténue, quand la Lune et le Soleil se rejoignaient avant que la rotation de leurs orbites ne les sépare de nouveau, c'était à cet instant-là que les mortels pouvaient effleurer l'infini et trouver des réponses, une direction, une orientation.

Bien entendu, cela ne signifiait pas forcément qu'on recevait de bonnes nouvelles. Ni ce que l'on désirait.

Mais la vie n'était pas un buffet *à la carte*[1] où l'on pouvait choisir tout ce qui atterrissait dans son assiette ; une autre démonstration de la sagesse d'un homme qui avait vécu jusqu'à cent un ans en fumant la pipe et en buvant un verre de *sima* après son dîner toute sa vie durant.

« Pourquoi limiter le printemps au seul festival Vappu ? » répétait-il.

Lydia n'avait jamais à cru à ses superstitions. Elle était une chercheuse, une scientifique, et le genre de choses dont son *isoisä* ne cessait de parler ne cadraient pas avec le doctorat en biologie qu'elle avait obtenu du gouvernement fédéral grâce à un crédit qu'elle remboursait encore.

Donc, non, elle ne cherchait pas de prédiction de la part de l'univers ce matin-là. Elle effectuait simplement sa course à pied quotidienne, avant de se rendre à son bureau, au Centre d'étude des loups. Et, vu la façon dont ses journées se déroulaient ces derniers temps, en un clin d'œil il serait déjà 19 heures. Faute d'effectifs et de financements suffisants, glaner la moindre ressource était un combat permanent, si bien que, lorsqu'elle fermait le centre chaque soir, elle était épuisée. « Vive le cardio » était donc sa devise, et la raison de sa présence ici, ce matin-là, dans cette semi-obscurité brumeuse…

Lydia ralentit avant de s'arrêter complètement.

Son souffle s'exhalait en petits nuages qui capturaient et retenaient la lumière de la lune et, alors qu'une brise balayait le chemin, son corps fit de même avec le froid, qui s'infiltrait sous son coupe-vent.

---

1. En français dans le texte original.

Comme elle se mettait à frissonner, elle jeta un coup d'œil derrière elle. La piste sur laquelle elle se tenait était l'une des plus larges de la réserve et ressemblait plus à une avenue qu'à une rue, mais elle ne distinguait pas grand-chose au travers des arbres qui la bordaient. Les pins poussaient serrés de chaque côté, et le brouillard qui s'insinuait entre leurs troncs irréguliers et leurs branches touffues obscurcissait davantage la forêt.

Après un rapide calcul, elle songea qu'elle se trouvait à cinq bons kilomètres de toute présence humaine, à trois kilomètres de sa voiture, garée sur le parking au départ du chemin, et à une centaine de mètres de ce qui avait attiré son attention.

Là-bas, devant elle, quelque chose remuait au niveau du sol.

Bats-toi ou fuis, Lydia, s'intima-t-elle. *Que décides-tu* ?

Elle glissa une main dans le creux de son dos. Deux cylindres étaient suspendus à la sangle de son sac banane, et elle laissa le spray au poivre à sa place. Cependant, elle alluma sa lampe torche en même temps qu'elle la ramenait devant elle et fit décrire un large arc de cercle au faisceau lumineux tout autour d'elle…

Lorsque deux points lumineux se réverbérèrent dans leurs rétines, elle vit des yeux luire sur sa gauche. Ils se trouvaient à environ un mètre du sol, et ces pupilles étaient rapprochées, comme celles des prédateurs.

Lydia éclaira de nouveau les alentours.

— Je ne vais pas t'embêter, dit-elle.

Comme si le loup gris parlait anglais ?

Elle perçut un léger grognement, puis un bruissement indiquant que l'animal avançait dans sa direction.

— Oh, merde !

Mais…

Lydia s'avança à son tour en gardant le faisceau lumineux pointé vers le bas sur les aiguilles de pins jonchant le sol. Quelque chose clochait chez ce loup ; sa démarche était chancelante et inégale. Pourtant l'instinct du chasseur demeurait intact chez l'animal, qui semblait l'avoir identifiée comme une cible.

Ce ne fut qu'à environ six mètres qu'elle le distingua vraiment : un mâle adulte. Il était musclé, faisait un bon poids d'environ soixante kilos, et avait une fourrure tachetée de blanc, de gris et de brun, bien épaisse et fournie, surtout au niveau de la queue. Cependant, sa tête pendait bizarrement et il traînait son arrière-train tandis qu'il s'approchait toujours.

Il était évident qu'il n'allait pas tarder à s'effondrer. Malgré les efforts qu'il faisait pour redresser sa tête et son corps qui penchait d'un côté, sa volonté demeurait inflexible, même quand ses membres postérieurs, puis antérieurs, finirent par le lâcher complètement.

Il tomba sur le flanc, sur la couche moelleuse d'aiguilles de pins, et lutta immédiatement pour se remettre debout en agitant dans le vide ses pattes désormais inutiles, perturbant le tapis végétal. Lorsque Lydia se rapprocha encore un peu de lui, il gronda en montrant de longs crocs blancs et en étrécissant ses yeux dorés.

— Chut…, dit-elle en s'agenouillant près de lui.

D'une main tremblante, elle sortit son téléphone. Tandis qu'elle appelait un numéro enregistré dans ses favoris, elle s'efforça de respirer calmement.

À la lumière de la lampe torche, elle discernait le gris des gencives de l'animal. Le loup était mourant… et elle savait pourquoi.

— Bon sang ! décroche, décroche… (Les mots sortirent de sa bouche avec le débit d'une mitraillette.) Rick ? Debout, j'en ai un autre. Sur le chemin principal… Quoi ? Oui, c'est la même chose. Cesse de parler et sors tes fesses du lit. Je suis sur la boucle, à environ trois kilomètres de… Hein ? Oui, apporte tout, et *dépêche-toi*.

Elle coupa la communication tandis que la voix lui manquait.

Se laissant tomber sur les fesses, elle plongea le regard dans ces yeux magnifiques et tenta d'y projeter de l'amour, de l'acceptation, de la gentillesse… de la compassion. Et quelque chose passa, car le museau du majestueux mâle se détendit, ses pattes s'immobilisèrent, son flanc se souleva puis s'affaissa dans une respiration frissonnante.

À moins qu'il soit en train de mourir à l'instant même.

— L'aide arrive, murmura-t-elle à l'animal d'une voix enrouée.

Richard Marsh, le vétérinaire, fonçait sur la piste avec son quad, dont le moteur retentissait bruyamment dans la forêt immobile et silencieuse. Lorsque les roues heurtèrent des racines qui affleuraient, il dut s'accrocher au guidon et le tourner brusquement pour ne pas renverser l'engin. Le vent l'obligeait cligner sans arrêt des yeux. Il aurait dû porter des lunettes. Ou au moins ne pas avoir retiré ses lentilles de contact.

Au bout de presque dix minutes d'une course effrénée, la lueur d'une lampe torche lui parvint entre les arbres, et il leva le pied. Écrasant le frein, il s'arrêta dans un dérapage et bondit du quad. Sa sacoche de vétérinaire était assez grande pour contenir un ensemble complet de clubs de golf, et le lourd poids du sac tira sur sa mauvaise épaule lorsqu'il le souleva de la plate-forme de chargement et commença à marcher sous les pins.

Il s'arrêta net.

— Qu'est-ce que tu fous, bon sang !?

Le corps fin et élancé de Lydia Susi était allongé sur un lit d'aiguilles de pins… à côté d'un loup gris, un mâle qui pesait probablement aussi lourd qu'elle. Il s'agissait d'un animal sauvage. Capable de tout.

— Chut, lui intima-t-elle comme si elle savait qu'il l'engueulait intérieurement.

Rick poussa un juron.

— Éloigne-toi de ce loup. Ton comportement va à l'encontre du bon sens, en plus d'enfreindre les règles professionnelles de base… Allez, quoi, tu as plus de jugeote que ça…

— Tais-toi et sauve-le.

Allongée à plat ventre, les pieds croisés, à moins de cinquante centimètres de la gueule de l'animal, et seulement vêtue de leggings de course et d'un ample coupe-vent qui l'enveloppait comme un sac, la jeune femme avait les yeux rivés sur les paupières fermées du loup. Une espèce capable de courir à plus de soixante kilomètres à l'heure, mais ce genre d'effort ne serait pas nécessaire à celui-ci pour parvenir à la mordre. Il pouvait se contenter de bondir en avant et d'enfoncer ses quarante-deux dents dans la peau douce…

— Ses gencives sont cyanosées. C'est le même anticoagulant que la dernière fois, dit-elle.

— Simple supposition.

Rick posa son sac sur le sol et ouvrit un zip sur le côté.

— Maintenant recule, bon sang…

— Tu ne vas pas lui administrer un tranquillisant ! siffla-t-elle entre ses dents en se redressant.

— Tu n'es pas vétérinaire. Et tu n'es clairement pas non plus en état de réfléchir de façon rationnelle. T'est-il venu à l'esprit que cet animal pouvait avoir la rage ?

— Il n'a pas d'écume aux babines… (Elle baissa la voix d'un ton.) Si tu lui donnes du tranquillisant, tu vas le tuer.

— Oh ! très bien. Je vais donc me contenter de me blottir contre lui comme toi et de lui demander son consentement avant de le soigner. Il pourra apposer son empreinte de patte sur les formulaires…

— Rick, je suis sérieuse ! Il est en train de mourir !

Comme elle élevait de nouveau la voix, le loup tressaillit et ouvrit les yeux. Rick devint immédiatement son point focal, et l'animal souleva la tête pour gronder faiblement.

— Écarte-toi de lui, ordonna Rick d'un ton ferme. Tout de suite.

— Il ne me fera pas de mal…

— Je ne le soignerai pas tant que tu ne seras pas hors de sa portée.

Rick se redressa, le pistolet tranquillisant dans la main droite, mais ses bottes de marche ne bougèrent pas d'un pouce. Sans surprise, Lydia continua à parlementer mais, comme il ne bougeait toujours pas… elle finit par obtempérer. Lorsqu'elle s'éloigna enfin du loup gris, Rick poussa un soupir qu'il n'avait pas eu conscience de retenir.

Mais bon, dès qu'il était question de la comportementaliste du Centre d'étude des loups, aucune de ses propres réactions n'aurait dû le surprendre. Depuis leur rencontre, Lydia lui apparaissait comme une valeur aberrante dans un test expérimental.

Au moins pour le moment, la situation évoluait rapidement. Tandis qu'elle se couvrait la bouche de ses deux mains et ramenait les genoux contre son torse, il tira une seringue de tranquillisant dans le flanc de l'animal. En raison de la faible tension artérielle du loup, la sédation prit plus de temps que d'ordinaire pour faire effet mais, bientôt, les yeux dorés se fermèrent.

En espérant que ce ne soit que temporaire, car sinon cela signifierait que Lydia avait raison et qu'il avait tué l'animal.

Rick s'approcha avec son sac et en sortit son stéthoscope, puis il appuya le disque métallique à divers endroits du thorax du loup.

— Est-ce que tu as de la vitamine K ? Tu en as apporté, pas vrai ?

La voix de Lydia retentit juste à côté de lui, et il sursauta. Elle s'était replacée devant la gueule du loup, dont elle avait soulevé la tête pour la poser sur ses genoux, et elle caressait la fourrure tricolore du cou de l'animal. Durant un instant, Rick fut absorbé par la façon dont ses doigts glissaient sur…

— Peux-tu me laisser finir mon examen, avant de te mettre à prescrire des antidotes ?

— Mais tu as de la vitamine K ?

Rick retroussa les babines du loup. Les gencives grises, la fréquence cardiaque irrégulière… Il savait ce qui se passait, et pas seulement parce que c'était le troisième loup qu'ils découvraient dans cet état au cours du dernier mois.

— Je ferai ce qui s'impose médicalement… (se détournant, il sortit sa lampe stylo de son sac) quand je serai prêt. Et, s'il te plaît, repose sa tête sur le sol. Merci.

Lorsqu'il se tourna de nouveau vers l'animal, elle fit ce qu'il lui avait demandé… plus ou moins. Elle s'écarta, mais resta penchée sur le loup pour l'apaiser.

Il souleva les paupières de ce dernier et braqua la lumière dans ses yeux. Les pupilles ne réagirent pas.

Rick allait éteindre le petit faisceau quand une goutte de pluie tomba sur la joue du loup. Alors que la perle cristalline glissait lentement sur les poils fins de sa gueule, il jeta un coup d'œil au ciel. Bizarre, la lune était bien visible à son arrivée et elle l'était encore…

— Oh, Lydia ! dit-il.

Quand elle leva les yeux vers lui, leurs visages étaient si proches que sa main n'eut pas loin à aller.

Comme il essuyait la larme suivante sur la joue froide de la jeune femme, elle cessa de le regarder pour concentrer de nouveau son attention sur le loup.

— Ne le laisse pas mourir, c'est tout, chuchota-t-elle.

Rick sentit le temps ralentir. La lumière de la lune, qui filtrait entre les branches des pins, baignait le visage de Lydia d'une douce lueur qui sublimait ses jolis traits. Ses cheveux naturellement clairs, noués en queue-de-cheval, laissaient échapper des mèches rebelles souples autour de ses oreilles et au niveau de son cou. Et ses lèvres pulpeuses étaient une promesse de choses susceptibles de garder un homme éveillé la nuit et distrait durant la journée.

Ce fut au tour de Rick de se détourner.

— Bien sûr que je ne vais pas le laisser mourir.

À bien des égards, il n'était pas surpris que cette femme lui fasse promettre quelque chose qu'il ne pourrait peut-être pas tenir… mais un cœur inspiré pouvait rendre stupide n'importe qui.

Cela vous rendait aussi sacrément seul.

Mais qui comptait les avantages d'un amour à sens unique.

Chapitre 2

Une heure et quarante-cinq minutes après la découverte du loup dans le voile, Lydia était de retour dans la réserve, mais sur le quad cette fois-ci. Le soleil était désormais tout à fait levé au-dessus de la chaîne de montagnes, et ses rayons qui traversaient les pins lui évoquaient des pièces d'or tombées des poches de Dieu. Devant elle, le chemin était aussi désert qu'à l'aube, si l'on exceptait les ombres projetées par cette magnifique lumière…

Le moteur se mit à crachoter sans prévenir, et l'interruption du ronronnement régulier était la dernière chose dont elle avait besoin. Augmentant les gaz, elle fut soulagée d'obtenir une accélération, mais cela ne dura pas. Ce nouvel élan s'acheva quand le carburateur s'étouffa et que les lourdes roues nervurées, en raison de l'absence totale d'aérodynamisme du véhicule, s'immobilisèrent tout à fait.

— Bon sang ! murmura-t-elle en tapotant la jauge du carburant.

L'aiguille rouge ne bougea pas du « V » à l'extrême gauche.

— Merde ! (Descendant de l'engin, elle observa le sentier dans chaque direction.) *Merde !*

Elle résista à l'envie de flanquer un coup de pied dans l'une des grosses roues arrière, préférant évacuer sa frustration en agrippant la grille arrière et en poussant dessus de tout son poids. Quand le quad se retrouva sur le bas-côté, elle le mit au point mort et prit les clés de contact.

Elle se mit à courir sur le chemin d'une foulée régulière. Quatre cents mètres plus loin, elle repéra le groupe de troncs qui marquait l'endroit où elle avait aperçu les yeux du loup dans l'obscurité. Elle suivit ses propres empreintes sous les arbres jusqu'au tapis d'aiguilles de pins dérangé, là où le loup s'était effondré et avait été soigné, avant d'être transporté sur le quad.

Après un instant de découragement, elle poursuivit sa route, s'éloignant davantage de la piste. Ce faisant, elle contourna des buissons épineux, des souches pourrissantes et quelques pins effondrés, suivant une pente graduelle qui l'amena jusqu'au bassin-versant qui courait le long du flanc occidental. Quand elle eut atteint la rivière à sec, elle observa le chemin de pierres polies qui constituaient son lit. Les pluies du printemps n'avaient pas commencé, si bien que le torrent qui dévalerait là d'ici à un mois devait encore se former, mais bientôt il y aurait bien plus que du sable humide et de la boue entre les rochers et les cailloux.

Lydia sauta dans le lit de la rivière sur le puzzle de pierres et remonta vers l'amont comme si elle jouait à la marelle, bondissant d'une pierre plate à une autre, les bras écartés pour garder son équilibre tout en s'assurant d'éviter le lichen et la mousse qui risquaient de la faire glisser.

Au-dessus d'elle, des corbeaux tournoyaient et s'appelaient mutuellement, comme autant de juges aviaires suivant et commentant sa progression. Elle refusa de les regarder et de reconnaître leur présence digne de paparazzis.

Tu anthropomorphises, peut-être ? Et dire qu'elle se considérait comme une scientifique.

Lydia découvrit le premier vautour mort à environ huit cents mètres en amont de la rivière. Vieux de trois jours, à en juger par l'état des restes. Le cadavre suivant fut celui d'un raton laveur. Il gisait également sur le bord de la rivière, environ deux cents mètres plus haut.

Comme la montée se faisait plus escarpée, elle se demanda si elle devait poursuivre son inspection, car cela revenait vraiment à chercher une aiguille dans une meule de foin. Effectuant une pause pour reprendre son souffle, elle regarda, par-dessus son épaule, la vallée en contrebas. Niché entre les paumes des montagnes vert foncé, un lac bleu en forme de salamandre brillait sous les rayons du soleil. Son scintillement l'éblouissait malgré la distance, mais comment en vouloir à une telle splendeur.

Dans son âme, elle savait qu'inévitablement elle finirait ici. Au milieu de toute cette beauté naturelle, cette immensité… cette majesté sauvage.

Il était également inévitable que quelqu'un avec des dollars à la place des yeux vienne tout foutre en l'air.

De l'autre côté de la vallée, à la même altitude que celle où elle se trouvait actuellement, une bande de huit cents mètres de conifères avait été dégagée par des machines et des explosifs. La terre brute et irrégulière et la corniche granitique mise à nu formaient comme une blessure sur la montagne située en face d'elle, qui nécessiterait une décennie pour guérir partiellement, si on la laissait tranquille… mais ce n'était pas prévu. Sur l'un des côtés, d'énormes poutrelles d'acier s'érigeaient vers le ciel, telle une forêt de troncs artificiels qui serviraient bientôt d'ossature à des murs épais destinés à soutenir de lourds plafonds.

Un complexe hôtelier se dresserait bientôt sur ce site, telle une cloque sur le paysage, et accueillerait des gens cherchant une « expérience de spa de luxe ».

La méditation et le bien-être servis par American Express et les bonnes gens du Diners Club…

Le craquement d'une brindille la fit se retourner et s'emparer, cette fois-ci, de son spray au poivre. Elle reconnut immédiatement l'homme à la haute stature et à la figure énergique qui avait surgi dans son dos sans faire de bruit. Jusqu'à ce qu'il veuille faire connaître sa présence.

— Oh ! c'est vous, shérif.

Le shérif Thomas Eastwind avait la quarantaine, des traits taillés à la serpe et de longs cheveux noirs qu'il attachait toujours en une tresse unique. Vêtu de son uniforme, il était armé de pied en cap et respirait toujours l'autorité même au cœur de la nature sauvage… mais bon, c'était lui, le chef de Walters. Avec un personnel de trois autres officiers, il faisait respecter la loi non seulement dans l'ensemble de la réserve, mais également dans la demi-douzaine de petites villes situées entre Walters et la frontière canadienne.

— J'ai trouvé ce que vous cherchez, annonça-t-il. Par ici.

Eastwind se retourna et s'enfonça aussitôt dans la forêt… sans douter une seconde qu'elle allait lui emboîter le pas. Heureusement, elle parvint à le suivre assez facilement, même s'il avançait à grands pas, posant toujours le pied au bon endroit sur le sol caillouteux et inégal.

— Le loup va-t-il survivre ? l'interrogea-t-il tandis qu'ils serpentaient entre les pins.

Il n'y avait aucune raison de lui demander comment il savait qu'on venait d'en découvrir un autre.

— Nous en saurons davantage dans les prochaines vingt-quatre heures. C'est du moins ce que dit Rick.

— Est-ce que c'était l'un des vôtres ?

— Il était pucé, oui. Un mâle. Il était magnifique… Il *est* magnifique, je veux dire.

Plus une parole ne fut échangée entre eux, jusqu'à ce que le shérif s'arrête et désigne quelque chose du doigt.

— C'est là.

À l'instant où Lydia se concentra sur ce qu'il avait découvert, elle se précipita en écartant les branches de son chemin. Le piège à appâts était enchaîné à un jeune arbre, avec la boîte en acier inoxydable dotée d'aérations ouverte sur le dessus. À l'intérieur, des restes de viande accrochés par un câble avaient séché.

— Les enfoirés ! chuchota-t-elle en s'agenouillant pour tester la solidité des maillons de la chaîne. Je dois l'emporter avec…

— Venez vous placer derrière moi.

Redressant la tête, elle s'aperçut qu'Eastwind avait dégainé son arme de service et la tenait contre sa cuisse.

— Ne me tirez pas dessus, dit-elle.

— Je ne le ferai pas.

Elle s'écarta en hâte de la ligne de tir en se protégeant le visage de ses bras, ce qui était un peu ridicule…

« Pop ! »

La balle toucha la chaîne dans un claquement métallique et le bruit étouffé d'une projection de terre puis, dans le silence qui suivit, un corbeau jaillit d'une branche et s'envola en croassant.

Retournant vers le piège, Lydia déroula la chaîne du tronc, puis hissa la boîte sur son épaule.

— Vous savez qu'ils tuent les loups volontairement, reprit-elle. Pour protéger des gens qui n'ont jamais été importunés par des animaux qui ont davantage le droit d'être ici que nous.

— Je vais vous raccompagner au Centre. (Il pivota et se remit en route.) Mon véhicule est garé de ce côté-ci.

— Vous ne pouvez pas les laisser faire. (Lydia demeura immobile.) Je sais que l'hôtel crée des emplois ici, mais ils coûtent trop cher à la faune sauvage.

Le shérif se contenta de poursuivre sa route.

— Je vais demander à Alonzo de remorquer votre quad.

— Ils prennent ce qui ne leur appartient pas, cria-t-elle d'une voix qui se fêla.

Lorsque Eastwind persista dans son refus de répondre, elle lança un regard noir au chantier de construction de l'autre côté de la vallée. Ce foutu hôtel et ses deux cents hectares de « sérénité et rajeunissement » ! Si elle avait pu faire sauter l'endroit, elle aurait allumé la mèche et balancé la dynamite à la seconde même.

C'était la première fois de sa vie qu'elle envisageait sérieusement de commettre un meurtre.

Le Centre d'étude des loups se situait à l'orée de la réserve, juste à côté de la route départementale qui sinuait autour de la base de Deer Mountain et des rives du lac Goodness. Le parking était simplement constitué de terre battue recouverte d'une couche de graviers, et le bâtiment d'un seul niveau aux bardeaux de cèdres, caché par des pruches, occupait une modeste surface dans le paysage. Lorsque Lydia et Eastwind s'arrêtèrent, une Jeep et une berline étaient garées là, en plus de la voiture à hayon de la jeune femme et d'un camion du Centre qui avait fonctionné pour la dernière fois au temps de la présidence Clinton.

— Merci de m'avoir ramenée, dit-elle en ouvrant sa portière.

— De rien.

Avec un grognement, elle sortit le piège du coffre, puis, après l'avoir hissé sur son épaule, elle fit mine de claquer la portière…

— Lydia.

Elle s'arrêta et se pencha vers l'habitacle du 4 x 4.

— Oui.

La gravité se lisait dans les prunelles foncées d'Eastwind.

— Je ne vous propose pas mon aide uniquement parce que je sais que vous allez refuser.

Baissant les yeux, elle secoua la tête.

— J'ai besoin que vous résolviez notre problème de l'autre côté de la vallée. C'est la seule chose dont j'ai besoin venant de vous. Cessez de protéger les puissants, c'est déplacé chez un homme d'honneur, et j'ai toujours supposé que vous l'étiez.

Elle n'attendit pas la réponse, et se contenta de claquer la portière et de s'éloigner, non vers l'entrée principale du bâtiment, mais vers celle de la clinique, située à l'arrière. Après avoir traversé une vaste pièce remplie de matériel vétérinaire et de traceurs GPS, elle sentit l'odeur du nettoyant antiseptique et cligna des yeux sous l'éclat des panneaux fluorescents fixés au plafond. La salle d'examen de Rick, où l'on soignait et puçait les loups avant de les relâcher, était totalement isolée de la partie administrative.

— Je t'ai vue sur l'écran de surveillance, dit Rick en sortant de la pièce. (Il cessa de se sécher les mains.) Qu'est-ce que c'est que ce truc ? Et, non, tu ne sais pas si ce qu'il y avait dedans était…

— Est-ce qu'il est toujours en vie ? (Elle lui tendit le piège.) Et bien sûr que c'est ce qui l'a empoisonné…

— Est-ce qu'on a une vidéo du loup en train de manger…

— Teste ce qu'il reste ! Bon Dieu, Rick, je vais te trouver la vidéo…

— Chut, baisse d'un ton.

Lydia détourna la tête, avant de le regarder de nouveau.

— S'il te plaît. Je dois juste… Est-ce qu'il est toujours en vie ?

— Oui, mais ça va être un combat.

Lydia fourra le piège dans les mains de Rick et se dirigea vers la porte ouverte de la salle d'examen. Au centre de l'espace carrelé, sur une table en acier inoxydable, le loup était intubé, les muscles relâchés, et son flanc se soulevait et s'abaissait grâce à un respirateur. Une perfusion était posée sur une partie rasée de sa patte antérieure, et un bip discret contrôlait un rythme cardiaque apathique.

Elle se dirigea vers l'animal en sentant le regard de Rick posé sur elle, mais, heureusement pour lui, il ne lui rappela pas de se tenir à une distance de sécurité de plus d'un bras de longueur du loup.

— Je suis juste ici, dit-elle à voix basse en caressant l'épaule de l'animal. Tout ira bien.

Sur un plan de travail était posée une couverture en polaire pelucheuse, propre et pliée. Elle l'attrapa, secoua le tissu doux pour le déplier et le drapa sur l'arrière-train de loup, puis elle demeura là.

Elle parcourut des yeux le corps élancé et puissant de l'animal, cherchant des indices indiquant s'il allait vivre ou mourir. Elle ne découvrit que le motif de la couverture : un beagle de dessin animé pourchassant des os et des bols d'eau volants dans un champ vert décoloré. Le sourire sur la figure du chien lui évoqua un optimisme factice qu'on n'aurait pas dû vendre à des enfants.

Mais comme si leur refuser quelques années d'insouciance avant que la dure réalité du monde des adultes ne les frappe était mieux ?

— Je vais tester ce qu'il y a là-dedans, dit Rick avec résignation.

Lydia frotta l'une des pattes du loup, avant de revenir vers la porte.

— Tu me diras de quoi il s'agit ?

— Bien sûr, je t'appellerai…

— Je serai juste à côté, dans mon bureau. (Quand il sourcilla, elle pencha la tête.) Quoi ?

— Tu ne rentres pas chez toi te changer ?

Lydia contempla ses leggings de course.

— Qui dois-je impressionner ? Et cela prendrait trop de temps.

En effet, un trajet de quinze minutes jusqu'à sa petite maison de location nécessitait qu'elle prévoie un sac pour la nuit et un sandwich. Partir, cependant, la mettait mal à l'aise.

— Préviens-moi quand tu auras le résultat. répéta-t-elle.

Quand elle se retourna, Rick répondit :

— OK.

Au fond de la clinique, elle poussa une porte débouchant sur les bureaux de l'administration. Celle du directeur était fermée – rien de neuf. La salle de conférences était vide. Le placard à fournitures et le coin imprimante aussi, mais il y avait du café chaud dans la salle de pause et depuis l'accueil, sur le devant, la voix autoritaire de Candy McCullough retentissait à la façon d'une mitraillette à propos d'une livraison UPS pas encore arrivée.

Il était difficile de ne pas compatir avec l'employé qui avait décroché pour aller chez « Vous amener plus loin ».

Mais c'était l'ancien slogan, non, songea Lydia en appuyant sur l'interrupteur juste à côté de la porte de son bureau.

Lorsque la lumière s'alluma, elle fronça les sourcils.

Quelque chose était…

Traversant la moquette rugueuse, elle se dirigea vers sa table de travail et observa le téléphone fixe, son ordinateur, sa lampe. Son mug rempli de stylos et de crayons. Son bloc-notes et les deux dossiers que Candy avait déposés dans sa corbeille à courrier.

D'une main tremblante, Lydia écarta la lampe de son alignement strict avec le bord de la table, avant de la remettre en place.

— Tu es dingue, dit-elle en se laissant tomber dans son fauteuil.

— J'vois pas pourquoi tu te sens obligée de devenir désobligeante. (C'était Candy qui venait de parler après avoir passé la tête dans l'embrasure de la porte.) C'est Eastwind qui t'a déposée ?

— Oui, j'ai dû aller chercher quelque chose dans la réserve. (Elle frotta ses yeux fatigués.) Il va ramener le quad. Il est tombé en panne d'essence.

Lorsque Candy émit un petit raclement de gorge dédaigneux, Lydia redressa la tête… et perdit le fil de ses pensées. La femme d'une soixantaine d'années était, selon ses propres termes, « ronde comme une boule de billard mais pas aussi lisse », et son corps râblé était actuellement compressé dans un pantalon kaki et un col roulé blanc. Elle portait également un gilet tricoté main dont le motif de fleurs et de lierre entrelacés s'enroulant autour de son torse donnait l'impression étrange d'être en relief. Ce look de « grand-mère chic » n'était pas du tout assorti à son regard ferme, son accent de Brooklyn ou sa coupe de cheveux militaire aux côtés rasés.

— Je… (Lydia se demanda encore une fois si sa vue ne lui jouait pas des tours.) Est-ce que tes cheveux sont roses ?

— Ouais.

Candy fit un geste désinvolte de la main.

— Où est ton café ? T'as déjà pris ton café ?

— Hum, c'est super. Cette couleur te va bien.

Ce qui était, de façon surprenante, la vérité. Sa couleur était également assortie à certaines des roses tricotées.

— C'est Doris qui l'a fait. Et je vais te chercher du café.

— Tu n'es pas obligée. (Lydia se pencha sur le côté et ouvrit le tiroir du bas de son bureau.) Je ne suis pas du tout fatiguée, crois-moi.

— Tu vas en avoir besoin, crois-moi.

Alors que Candy repartait, Lydia marqua un temps d'arrêt, puis elle secoua la tête et sortit sa boîte de lingettes désinfectantes. Soulevant le couvercle, elle en prit deux et frotta le plateau en contreplaqué de son bureau en n'omettant aucune surface autour des blocs-notes, du mug, du téléphone, de l'écran et de la corbeille à courrier. Une irrésistible envie de tout nettoyer, puis de faire une série de tractions, la poussa à jeter un coup d'œil à la porte et à évaluer rapidement le temps que Candy mettrait à revenir avec le café qu'elle n'avait pas demandé.

Quand on se comportait de façon aussi maniaque avec la propreté, la dernière chose que l'on souhaitait, c'était avoir un public.

— C'est bon, tu es prête ? demanda Candy en revenant et en posant vivement une tasse sur la couche d'antiseptique digne d'un hôpital en train de sécher.

— Ne le prends pas mal, mais qu'est-ce que… ?

En fait, le café sentait délicieusement bon, et, lorsqu'elle saisit la tasse entre ses paumes pour en prendre une gorgée, elle décida que Candy avait raison. Elle en avait bien besoin.

— Que se passe-t-il ?

— Eh bien, pour commencer, toi et moi on va se remettre à utiliser les toilettes des garçons.

Lydia laissa sa tête retomber en arrière.

— Je devrais peut-être ne rien boire de la journée.

— Mais ce n'est pas la grande nouvelle. Je te l'envoie. Tu comprendras tout une fois que tu auras vu ce truc.

— « Ce truc » ?

Lydia décocha un regard dur à son interlocutrice.

— S'il te plaît, ne me dis pas que tu as coincé le livreur d'UPS et que tu l'as scotché à ce diable que tu aimes tant. Tu ne peux pas retenir un être humain en otage en échange d'un colis. Même s'il a une semaine de retard.

— Eh ! merci pour cette excellente idée. Tu es une chef inspirée. Mais non, ce n'est pas cela.

Alors que Candy regagnait l'accueil, Lydia s'écria :

— Pour qu'on soit au clair, je n'autoriserai jamais une prise d'otage. Si tu gardes une personne enfermée dans un placard, c'est un crime…

Du parfum.

Elle sentit… du parfum. Un parfum… boisé, tout à fait… délicieux.

Et ce fut alors qu'elle entendit des pas. Lourds. Vraiment lourds. Ceux d'un homme.

Candy reparut sur le seuil avec un sourire narquois.

— Le candidat est là.

— « Le candidat » ?

— Tu sais, pour remplacer Trick.

— Oh ! non, c'est Peter qui est censé s'occuper des recrutements…

— J'ai expliqué que, puisque notre directeur était en réunion, c'est toi qui allais mener l'entretien préliminaire.

Candy s'effaça pour laisser passer le nouveau venu.

— Lydia Susi, je te présente… Quel est votre nom déjà ?

— Daniel Joseph.

L'homme qui apparut dans l'encadrement de la porte était si grand et si large qu'on aurait dit une porte vivante : il bloquait toute lumière et empêchait quiconque d'entrer ou de sortir.

Lorsque Lydia leva les yeux sur lui, elle vit d'abord un jean qui dissimulait mal des cuisses musclées, puis une chemise en flanelle tout juste repassée et des épaules…

Qui faisaient penser à des choses qui ne devraient jamais faire partie d'un entretien d'embauche.

— Dois-je entrer ? demanda-t-il d'une voix grave et douce.

Le gloussement que Candy laissa échapper s'estompa dans son sillage lorsqu'elle s'éloigna.

Le visage du nouveau venu méritait qu'on s'y attarde : ses traits étaient assemblés si harmonieusement qu'on ne pouvait s'empêcher de s'en délecter. Tout était équilibré, symétrique, puissant. Sensuel, aussi, grâce à sa bouche. Il avait des cheveux noirs qu'il portait assez longs, si bien que les pointes frôlaient sa nuque. Coiffés en arrière, ils dégageaient son front, même si quelques mèches souples, épaisses et brillantes lui retombaient sur les oreilles.

— Ou bien allons-nous ailleurs ? proposa-t-il.

Oh ! je suis allée ailleurs, songea Lydia. *Et cela me vaudra des ennuis avec les RH.*

Considérant toutes les règles internes qu'elle avait enfreintes – n'y avait-il pas aussi quelques lois fédérales ? –, elle songea qu'elle aurait vraiment dû se retourner et se rendormir lorsque son réveil avait sonné à 5 heures. Vraiment, sincèrement.

Mais, Dieu merci, elle avait le café de Candy.

Chapitre 3

— Je… euh… non. (Lydia se leva et tendit la main par-dessus son bureau.) Je veux dire, entrez. Et voyez-moi. Voyons-nous. Ravie.

Oh, bordel de merde!

— Merci, dit-il.

Il la rejoignit en deux enjambées, et son bras était si long qu'il n'eut pas à se pencher pour saisir sa paume. Sa poignée de main était ferme et puissante, et le contact dura une seconde et demie, peut-être deux, pourtant la chaleur persista tandis qu'ils s'asseyaient. Pour elle, du moins…

Eh bien, ça alors! jamais elle ne s'était rendu compte que la chaise de l'autre côté de son bureau avait la taille d'un meuble de poupée.

Elle reprit sa tasse et décida que Candy avait raison. Elle n'avait certainement pas besoin de caféine, mais ce café-là lui donnait de quoi occuper ses mains agitées.

— Alors…, commença-t-elle.

L'esprit soudain vide, elle sourit d'une façon qui lui parut fausse parce que c'était soit cela, soit se mettre à glousser : regarder cet homme dans les yeux créait un vortex temporel la ramenant à l'époque de ses seize ans, où elle en pinçait pour Justin Bieber et ce garçon dans son cours de maths… Comment s'appelait-il déjà ?

— Isaac Silverstein.

— Pardon ? fit son visiteur.

Flûte !

— Toutes mes excuses. Je notais juste mentalement qu'il fallait rappeler... Peu importe.

Seigneur ! ses yeux avaient la couleur la plus étrange qu'elle ait jamais vue. C'était une teinte chatoyante, entre le feu et la noisette.

— Bref, monsieur... Je suis désolée, quel est votre nom de famille ?

— Joseph, mais appelez-moi Daniel.

— Bien, d'accord, Daniel, notre directeur est très occupé... *(à faire Dieu seul sait quoi)* mais je serai ravie de vous présenter le poste.

Il haussa les épaules.

— Je cherche juste un boulot...

Serrant le poing, il se couvrit la bouche pour tousser. Se racla la gorge. Toussa encore.

— Oh, non... Ce sont les lingettes, n'est-ce pas ?

Elle referma le couvercle de la boîte et la rangea, puis elle agita les mains au-dessus du bureau pour dissiper l'odeur. Quand il fut repris d'une quinte de toux, comme si elle avait empiré la situation, elle jura dans sa barbe.

— Je vais ouvrir une fenêtre.

— C'est bon, c'est juste une allergie.

— Je préfère néanmoins aérer. (Elle entrouvrit la fenêtre dans son dos.) Je suis un peu bizarre en matière de nettoyage.

— Il n'y a rien de mal à cela.

Se retournant, elle se frotta le nez dans un geste de solidarité, même si elle ne ressentait aucune irritation ou picotement. Mais bon, elle avait sans doute les sinus cramés à force de respirer cette odeur de désinfectant depuis des années.

— J'espère que c'est mieux.

— Merci.

— Oh ! voulez-vous du café ? Je serais ravie d'aller vous en chercher un.

— J'essaie de ne plus toucher aux excitants. (Il toussa une dernière fois.) Il y a environ deux ans, j'ai été pris d'une envie de vivre plus sainement, et j'ai tout arrêté. Sauf les cheeseburgers.

— Une sage décision pour vos organes. Je veux dire pour… votre vie.

Et voilà pourquoi elle étudiait le comportement des autres espèces. Parce qu'elle avait besoin de sérieux conseils pour communiquer avec ses propres congénères.

— En effet, oui.

Il joignit les mains et se pencha en avant, faisant grincer sa chaise sous son poids.

— Écoutez, je vais être honnête avec vous : je ne suis pas ici pour longtemps, et cela me disqualifie peut-être. Je suis un nomade, et mon CV vous le montrera, mais il vous indiquera aussi que je suis fiable, que je travaille bien, et que je ne cause jamais d'ennuis.

— « Pas longtemps », ça fait combien de temps ?

— Je ne sais pas trop, toute la saison chaude, jusqu'à l'automne. Peut-être jusqu'à la fin de l'hiver. Cependant, d'ici le printemps prochain, j'aurai bougé. Si cela rend ma candidature peu attrayante, je le comprendrai.

Même si on t'enlaidissait pendant une semaine, tu serais toujours attirant, songea-t-elle.

— Eh bien, nous préférerions embaucher quelqu'un désireux de rester, mais ce n'est pas rédhibitoire. Et je suis heureuse que vous soyez franc à ce sujet. Dites-moi, où était votre dernier emploi ?

— À Glens Falls, dans une résidence d'habitation. Et, avant cela, j'étais dans le Maine. (Du pouce, il désigna un point par-dessus son épaule.) J'ai donné mes papiers à…

Candy réapparut presque aussitôt avec un dossier, comme si elle avait écouté l'entretien depuis le couloir.

— Voici sa lettre de motivation et son CV, mademoiselle Susi.

Tandis que Lydia prenait les documents en jetant un regard noir à sa collègue, cette dernière leva les yeux au ciel, et remporta sa curiosité et ses cheveux roses à l'accueil.

Quand ils furent de nouveau seuls, Lydia examina ostensiblement ce qu'on venait de lui apporter. Pourvu du baccalauréat, il avait travaillé en tant qu'homme à tout faire dans divers immeubles et résidences, une école primaire, un centre commercial dans le New Jersey. Jamais dans une grande ville. Aucun de ses emplois n'avait duré plus de huit à dix mois, mais il les avait enchaînés, sans période d'inactivité notable entre chacun.

— On dirait que vous avez surtout travaillé en Nouvelle-Angleterre.

— Je préfère le froid, et c'est difficile de me faire descendre plus bas que le sud de la Pennsylvanie. Oh ! et je ferai bien entendu un test de dépistage de drogue, et j'accepte qu'on vérifie mon casier judiciaire. Je n'ai rien à cacher.

Il avait inscrit ses réponses sur le formulaire de candidature à la main, en lettres majuscules soignées.

— Ainsi, vous aimez le froid ? demanda-t-elle.

— Oui, et j'ai besoin d'être à l'extérieur. Voilà pourquoi le profil que vous recherchez me convient. Je peux m'occuper de l'entretien de vos sentiers, de vos bâtiments, de vos véhicules. Je sais tout faire : la plomberie, l'électricité, le placo.

— Vous êtes un touche-à-tout.

— Exactement. Et les journées à rallonge ne me font pas peur.

— Vous êtes né à Rochester, c'est ça ?

— Oui, mais on a beaucoup bougé. Ma mère devait accepter tous les boulots qui se présentaient à elle pour nous faire vivre. Il n'y avait que nous deux. Une famille monoparentale, vous voyez le topo.

Lydia leva la tête. Le visage de Daniel ne trahissait aucune émotion, mais cela aurait-il été approprié dans ces circonstances ? Il était ici pour un emploi, pas pour une séance de psychothérapie amatrice.

— Je suis issue d'une famille monoparentale, moi aussi, murmura-t-elle.

— Ah oui ?

— Juste mon grand-père et moi. Nous avons toujours vécu au même endroit, jusqu'à son décès.

— Toutes mes condoléances. Où avez-vous grandi ? Si je peux me permettre de vous poser la question.

— Dans le Nord-Ouest Pacifique, pour tout vous dire.

— Ah ! voilà pourquoi vous êtes ici. Vous aimez les arbres et les montagnes.

Lydia sourit.

— Oui, exactement. Moi aussi j'aime le plein air et les grands espaces.

— Que faites-vous ici ?

— Je suis un peu l'agent de recensement des loups. Je suis l'évolution de la population et la localisation de la meute dans la réserve. J'étudie leurs schémas comportementaux, de l'alimentation à la reproduction. Je travaille aussi avec notre vétérinaire pour surveiller leur santé. La population des loups gris a pratiquement disparu dans les Adirondacks et le nord de l'État de New York à la fin du XIXe siècle, mais on les a réintroduits dans la réserve au cours des années 1960, quand toute la chaîne écologique a commencé à se déséquilibrer.

— « Déséquilibrer » ?

— Les écosystèmes forment un équilibre entre eux. Si on retire un élément de l'ensemble, tout se rééquilibre d'une façon qui n'est pas toujours bénéfique. La meilleure chose à faire, c'est de laisser la nature tranquille, mais les humains n'aiment pas cela… (Elle s'interrompit.) Pardon, je m'emporte.

— Ne vous excusez pas. Votre passion me plaît.

Lydia s'éclaircit la voix.

— Avez-vous des questions à me poser ? concernant le poste ?

Il pencha la tête sur le côté.

— Oui, comment gardez-vous un œil sur eux ?

— « Eux » ? Oh ! vous parlez des loups. Ils ont des puces GPS, comme les chiens domestiques, et nous disposons de caméras de surveillance dans la réserve. Je vais aussi sur le terrain et nous utilisons des drones en haute altitude. Il y a environ quatre-vingts hectares ici, ça fait beaucoup de territoire à surveiller.

— C'est très intéressant.

— Vous me faites marcher, n'est-ce pas ?

— En fait, je n'ai aucun sens de l'humour.

Lydia éclata de rire.

— Je ne vous crois pas.

— Si, c'est vrai. Je ne sais pas raconter de blagues, et je souris rarement.

Refermant le dossier, elle sourcilla et se pencha en avant.

— C'est vraiment dommage.

— C'est comme ça. J'ai d'autres compétences.

— Vous ne riez jamais ? vraiment jamais ?

— Non, pas vraiment. (Il haussa ses épaules puissantes.) C'est un gène que je n'ai pas.

— Je n'ai jamais envisagé l'humour comme un trait récessif. Vos parents étaient-ils aussi déficients que vous en matière de sens de l'humour ?

Son regard se fit distant comme s'il consultait mentalement son arbre généalogique.

— Eh bien, il y avait mon oncle Louie. C'était le mouton noir de la famille en matière d'humour.

— De quelle façon ?

L'homme aux beaux yeux étranges recentra de nouveau son attention sur elle.

— Toc, toc.

— Qui est là ?

— Oncle Louie.

— Oncle Louie qui ?

— Vous voyez ? Ce n'est pas drôle.

— Attendez, quoi ? (Lydia secoua la tête et se remit à rire.) Ce n'est pas une chute.

— C'est bien là où je voulais en venir : il a essayé un jour de faire une blague pathétique à base de « toc, toc », et ce fut un désastre. Elle n'avait pas de chute.

Levant la paume, elle s'efforça de ne pas sourire autant.

— Mais je croyais que c'était le mouton noir de votre… Que cela voulait dire qu'il *savait* raconter des blagues.

— Non, c'était pour vous montrer à quel point nous touchons le fond en matière d'humour. Même le mouton noir de la famille n'allait pas très loin. Nous sommes tous de tristes sires.

Secouant la tête, Lydia n'osa pas essayer de cacher son sourire en buvant son café. Elle craignait de rejeter le breuvage par le nez.

— Vous êtes plus drôle que vous le pensez, Daniel Joseph.

— Est-ce que ça me fera obtenir le boulot ? Dans le cas où je devrais monter sur une scène et… faire du *stand-up*, est-ce que c'est bon ?

— Je ne sais pas trop en quoi cela vous aiderait en matière de bricolage.

— Eh bien, avez-vous quelque chose de cassé sur lequel je pourrais faire une démonstration de mes talents de réparateur ?

Pourquoi pas notre directeur général.

— Vous vous y connaissez en chasse d'eau ? murmura-t-elle.

— Amenez-moi à votre plomberie défectueuse, madame. (Il se mit debout.) Je m'en occupe.

— Vraiment ?

— Si une chasse d'eau fuit, vous faites appel à votre homme à tout faire, non ? Plutôt que de gaspiller de l'argent en appelant un type avec un motif de clé à molette collé sur son camion. Alors laissez-moi vous réparer ça.

Lydia se leva à son tour.

— La fuite est dans les toilettes des femmes.

— Montrez-moi.

Contournant le bureau, elle éprouva un soudain besoin de parler qui n'avait aucun sens… ainsi qu'un picotement dans tout le corps qui signifiait une chose sur laquelle elle refusait absolument de s'appesantir. L'envie la prit également de repousser ses cheveux derrière son épaule, ce qui était ridicule : vu qu'elle faisait appel à un homme pour effectuer une réparation qu'elle pourrait sans doute gérer toute seule, il était hors de question qu'elle joue les ingénues. Certainement pas.

La fierté passait avant le flirt.

— Nous y voilà.

Dans le couloir, elle poussa largement une porte, et fut aussitôt assaillie par un mur de fraises : des murs roses, un cabinet rose, un lavabo rose, du rose partout. Et le diffuseur sur le plan de toilette ainsi que distributeur de savon et la crème pour les mains étaient tous déclinés dans le même thème Nesquik fraise.

Dans son dos, Daniel se remit à tousser, ce qui ne la surprit pas.

— Candy aime bien l'odeur.

— Elle est puissante.

— Et voici le patient. (D'un coup de hanche, elle ouvrit la porte de la cabine.) Il nous pose un problème depuis… 1973 si l'on s'en tient à la chronologie de Candy.

Quand Daniel s'avança, elle s'adossa contre le mur carrelé, mais l'espace était encore trop étroit. Sa chemise douce lui effleura le dos de la main et une nouvelle bouffée de son parfum boisé lui envahit les narines.

Ce qui annula même momentanément l'odeur fruitée artificielle du diffuseur.

Il y eut un raclement suivi d'un choc sourd lorsqu'il retira le couvercle du réservoir, puis il enfonça le bouton-poussoir de la chasse d'eau. Et Lydia ne regarda absolument pas son derrière moulé dans un Levi's.

Vraiment. Pas du tout.

— Vous avez deux problèmes, annonça-t-il. Premièrement, le joint d'étanchéité est tellement vieux qu'il est fissuré et ne joue plus aussi bien son rôle. Est-ce que ça fuit beaucoup ?

— Oui. J'ai horreur du gaspillage, et, quand la situation s'aggrave vraiment, je coupe l'arrivée d'eau, juste en dessous.

— D'accord. Et, le second problème, c'est que le câble est mort.

— Est-ce qu'on doit racheter un nouveau W.-C. ?

— Je ne remplacerais pas celui-ci. Ces vieux équipements valent leur pesant d'or. Les nouvelles versions à chasses d'eau économiques ne fonctionnent pas bien avec les anciennes tuyauteries parce qu'elles ne fournissent pas un volume d'eau suffisant et qu'une pression trop basse risque de bloquer la chasse. À voir ce bâtiment, je suppose qu'il a été construit à la fin des années 1960 ou au début des années 1970. Donc, outre les cinquante ans d'ancienneté, vous avez des tuyaux en terre cuite qui se déversent dans votre fosse septique.

— C'est grave ?

— Les racines d'arbres peuvent poser de gros problèmes.

— J'ai l'impression que vous venez de diagnostiquer une tuberculose à notre plomberie avant l'avènement des antibiotiques. Soyez honnête, est-ce que nous sommes en phase terminale ?

— Votre écoulement d'eau est-il lent ?

— Maintenant que vous en parlez, Rick a des soucis avec ça à la clinique.

Elle se dirigea vers le lavabo et fit couler de l'eau.

— Ça donne quoi ?

Il passa la tête hors de la cabine.

— C'est lent.

Daniel disparut une fois de plus dans la cabine, et on entendit un clapotis, suivi d'un ou deux chocs métalliques et d'un raclement de chaîne. Ensuite, il y eut un bruit de chasse d'eau tirée, un grognement et pour finir un bruit d'eau qui coule.

Il ressortit, les deux mains jointes et se dirigea vers le lavabo pour les savonner vigoureusement avec le savon à la fraise de Candy.

— Excusez-moi, murmura-t-il.

Quand il éternua dans le creux de son coude, Lydia secoua la tête.

— On croirait que nous cherchons à vous tuer avec des parfums. À vos souhaits.

— Merci.

Il tira deux serviettes en papier du distributeur et se sécha avec la même énergie que pour le lavage, puis il claqua une fois des mains.

— Voici le plan : j'ai bricolé vite fait la chasse d'eau, mais ce n'est pas une solution à long terme. Je peux toutefois chercher un mécanisme de remplacement sur Internet et faire en sorte que la chasse continue de fonctionner à peu près correctement.

— Et le reste du système d'évacuation ?

— Eh bien, c'est un sujet plus vaste.

— Par ses termes, est-ce que vous voulez dire « cher » ?

— Oui.

Il jeta les serviettes froissées réduites en boule dans la poubelle, en visant si bien que la force de l'impact fit tournoyer le couvercle rose autour de son point d'ancrage.

— Mais cela dépasse mes compétences. Il va vous falloir une vraie entreprise pour déboucher les tuyaux d'écoulement, même si on risque d'endommager une canalisation en la perforant durant la manœuvre. C'est comme ce que vous disiez tout à l'heure à propos de l'équilibre des écosystèmes.

— Alors, pour l'instant, ça va ?

— Oui, pour le moment. Et tant que vous ne surchargez pas trop le système d'évacuation des eaux usées vous pourrez continuer sur votre lancée pendant encore un an ou deux. Cependant, tôt ou tard, les racines vous rattraperont.

— Et que va-t-il se passer à ce moment-là ? Est-ce qu'on va devoir déterrer toute la tuyauterie ?

Comme il opinait, elle fit « non » de la tête.

— Je me demande s'il n'existe pas quelque part une divinité de la plomberie à laquelle je pourrais adresser mes prières.

— Vous voulez que je vous construise un temple consacré à Destop ?

— Vous feriez cela ?

— Un peu de bois, des clous, et quelques flacons de produit de débouchage achetés en gros pour fabriquer un autel. Et le tour serait joué.

Lydia le dévisagea un instant.

— Vous savez, j'ai l'impression que vous seriez parfait pour ce boulot.

— Je suis adroit de mes mains, que dire d'autre ?

— Je vais vérifier vos références, mais, si cela ne tenait qu'à moi, je dirais que vous êtes notre premier choix.

— Merci, ça fait du bien à entendre. (Il lui ouvrit la porte donnant sur le couloir.) Vous avez mon numéro de portable. Vous pouvez me joindre n'importe quand. Je vis chez un pote, à Glens Falls, donc, si vous avez besoin de me faire passer un autre entretien, je peux être ici en deux heures environ. Sauf s'il pleut.

— Vous avez perdu le toit de votre voiture ? demanda-t-elle en sortant des toilettes roses.

— Je suis à moto.

Tandis que des images de comédies romantiques des années 1990 défilaient dans sa tête, elle se l'imagina sur sa moto, filmé au ralenti avec Whitney Houston en fond sonore.

— Ah !

Il y eut un silence, puis il inclina de nouveau la tête sur le côté, comme cela semblait être son habitude.

— Ravi de vous avoir rencontrée, Mademoiselle… Comment vous appelez-vous déjà ?

— Susi, mais appelez-moi Lydia.

— D'accord. J'espère avoir de vos nouvelles, Lydia.

Il leva la main pour lui dire au revoir, puis tourna les talons et s'en alla.

Elle éprouva un sentiment de nostalgie en le regardant partir. Ce qui n'avait aucun sens. Un inconnu, venu pour décrocher un emploi et resté en votre présence pendant, quoi ? vingt minutes grand maximum, ne pouvait pas vous manquer.

Mais il avait réparé les toilettes.

Et il sentait divinement bon.

Au bout du couloir, à l'accueil, elle écouta sa voix grave lorsqu'il prit congé de Candy, puis elle entendit la porte principale s'ouvrir et se refermer en grinçant.

Lydia refusa de s'appesantir sur la vitesse à laquelle elle regagna son bureau et se dirigea aussitôt vers la fenêtre qu'elle avait entrouverte pour en écarter les stores vénitiens. Dehors, sous le soleil printanier, Daniel Joseph se dirigeait vers le parking à grands pas en faisant crisser le gravier sous ses lourdes bottes.

Sa moto était noir mat et semblait être un ancien modèle, non qu'elle s'y connaisse en Harley. Si bien que, quand il enfourcha l'engin et fit démarrer le moteur, elle s'attendit à un rugissement… mais le véhicule disposait d'un bon silencieux qui atténuait le bruit de l'échappement. Reculant la moto, il vérifia que la voie était libre par-dessus son épaule, avant de s'engager sur la route et de mettre les gaz.

Une fois de plus, elle se prépara à une explosion sonore. Il n'y en eut pas. Rien qu'un grondement sourd et rauque tandis qu'il disparaissait dans le virage de la route en laissant une traînée de vapeur des deux tuyaux d'échappement, qui se dissipa rapidement dans le matin froid.

Plantée devant la fenêtre de son bureau, à contempler un parking qui ressemblait désormais à une friche déserte, elle tenta de se rappeler à quand remontait son dernier rencard. Lorsque son décompte temporel s'arrêta à sa dernière année de fac, elle secoua la tête. La passion l'avait soudée aux loups, à cette réserve… à ce combat pour protéger une espèce locale des idées géniales des humains.

Il y avait peu de célibataires envisageables pour une relation amoureuse à Walters…

On frappa un coup sec sur l'encadrement de sa porte.

Elle se retourna, et les lames du store reprirent leur place dans un claquement lorsqu'elle les laissa retomber.

— Rick. Salut, est-ce que tu as effectué l'analyse de l'appât ?

Le vétérinaire secoua la tête.

— Pas encore. J'ai refait du café… Oh ! tu en as déjà pris un.

Sans raison valable, elle songea que, en matière de séduction masculine, cet inconnu lui avait fait une énorme impression, contrairement à Rick, avec qui elle travaillait pourtant depuis un peu plus de deux ans. Cependant, lui aussi avait des cheveux noirs et un visage plutôt avenant. Par ailleurs, ses yeux présentaient une jolie teinte de brun chaud et, même s'il ne souriait pas beaucoup lui non plus, lorsqu'il le faisait, sa dent de devant, un peu de travers, lui donnait un air juvénile… tout à fait charmant. Sans compter qu'à force d'arpenter les sentiers de la réserve il était dans une excellente forme physique.

— Candy a pris soin de m'en apporter un, murmura-t-elle.

— Elle est vraiment sympa. Tant que tu n'es pas livreur.

— C'est vrai.

Lydia contempla son mug sur le bureau, avant de redresser la tête.

— Quand as-tu dit que tu analyserais l'appât ?

— Je vais m'y mettre. (Du menton, Rick indiqua la fenêtre.) Alors, c'était qui, ce type ?

— Un candidat pour le boulot de Trick.

— Il a plutôt l'air d'un videur.

Rick la dévisagea un moment sans bouger depuis le seuil, puis il lui dit que son café devait être prêt et s'en alla.

Lydia rouvrit le dossier de candidature de Daniel Joseph. Tandis qu'elle relisait le formulaire qu'il avait rempli, en s'attardant sur les lettres précisément tracées et les points finaux, aussi nets que des lieux marqués d'une épingle sur une carte, elle s'interrogea sur les informations qu'il n'avait pas mentionnées.

Famille. Origines. Croyances.

Petites amies.

Épouse.

— Il faut vraiment que je trouve mieux à faire, marmonna-t-elle.

CHAPITRE 4

Demeure de la Confrérie de la dague noire
Caldwell, État de New York

— *Merde !*

Xhex, *shellane* bien-aimée du frère de la dague noire John Matthew, se redressa d'un bond dans son lit, une main plaquée sur la poitrine. Arrachant ce qui la recouvrait, elle se débarrassa vivement de la couette et des draps, puis, arrivée à sa peau nue, griffa sa…

De larges mains s'emparèrent des siennes et, lorsqu'elle cilla, ce ne fut pas son compagnon qu'elle vit, mais un homme, un humain en blouse blanche, qui prenait le contrôle de son corps et la repoussait en position allongée, afin de planter une seringue hypodermique dans sa…

Le hurlement qui jaillit d'elle fit voler en éclats la pénombre silencieuse de leur chambre, et la panique prit le dessus. Elle se débattit de toutes ses forces, donnant des coups de pied, s'arc-boutant, se contorsionnant sous les entraves de fer verrouillées sur ses poignets. Montrant les crocs, elle frappa l'avant-bras, le biceps nu, tout ce qui passait à sa portée, et elle sentit le sang dégouliner dans sa bouche et sur ses seins nus.

Elle allait perdre cette bataille. Elle perdait toujours. En dépit de sa défense acharnée, tôt ou tard, elle serait vaincue et retomberait à la merci des blouses blanches, des expérimentations, des tortures.

Un sanglot s'échappa de sa gorge à vif.

— *Non…*

Un sifflement aigu s'éleva soudain, tel un signal lumineux audible, et alla en s'intensifiant, tant en volume qu'en octaves, jusqu'à imprégner tout l'air autour d'elle, l'enveloppant au point de pénétrer sa terreur incendiaire.

Xhex cessa le combat, même si son souffle saccadé lui déchirait toujours la gorge.

— John ? murmura-t-elle.

Le sifflement se répéta exactement comme le premier, en un lent crescendo qui passa du grave à l'aigu. Et ce fut alors que le voile devant ses yeux se dissipa et qu'elle discerna correctement le mâle face à elle.

John Matthew était tel qu'il avait toujours été, avec ses cheveux noirs et ses yeux bleus, son visage aux traits marqués et ses larges épaules.

— Putain de *merde*, gémit-elle. Oh, mon Dieu ! qu'est-ce que je t'ai fait…

Il avait de multiples morsures aux bras qui saignaient, tachant les draps de rouge, et l'horreur de l'avoir blessé succédait à celle de son cauchemar. Une fois de plus.

— Je vais chercher une serviette… Je vais chercher des serviettes…

Comme elle faisait mine de se lever, il la retint par les poignets, puis il articula en silence :

— *C'est bon. Je vais bien.*

— Non, non, non, non…

Cette fois-ci, lorsqu'elle tenta de dégager les mains, il la lâcha… et elle tomba du lit, pour atterrir maladroitement sur le tapis. Avant qu'il puisse l'aider, elle secoua les jambes et bondit sur ses pieds. Elle marcha en boitillant vers la salle de bains, car une de ses chevilles lui faisait atrocement mal. Elle avait dû la cogner contre le cadre du lit.

Comme si elle s'en souciait, putain !

Leur salle de bains était juste en face, mais elle eut l'impression d'avoir dû courir cent kilomètres pour y parvenir, puis elle trébucha contre la bordure du carrelage en marbre et dut se rattraper à la porte, qu'elle fit claquer par maladresse.

La lumière dans l'espace douche d'un blanc étincelant était restée allumée si bien que, quand elle se dirigea vers les lavabos, sa lueur l'éclaira par-derrière et la changea en un fantôme de chair, dont on n'apercevait que le contour noir de la silhouette.

Ses mains tremblaient tellement que tourner les robinets fut aussi difficile qu'une opération du cerveau et, lorsqu'elle réussit enfin à faire couler l'eau, elle n'attendit pas que la chaleur remonte les tuyaux. Elle mit les mains en coupe et s'aspergea le visage.

Le goût de vin capiteux du sang de son compagnon persistant dans sa bouche lui fit honte au point d'en avoir la nausée… et, juste au cas où, elle jeta un coup d'œil à l'alcôve qui abritait les toilettes.

Oui, elle pourrait y arriver. En cas de nécessité.

Ses jambes allaient mieux.

Elle s'aspergea encore le visage. « Splash. Splash. Splash. »

Chaque fois qu'elle fermait les yeux, elle se retrouvait dans ce labo, et elle n'avait pas l'impression de revivre un souvenir, mais d'y être vraiment, physiquement, piégée et servant de cobaye aux humains.

L'eau fraîche lui faisait du bien, mais chaque contact de ses paumes sur ses paupières empirait son malaise. Il fallait qu'elle reprenne pied dans *cette* réalité-ci.

Dans la vraie réalité, en l'occurrence. « Splash. Splash. Splash. »

Lorsqu'elle coupa enfin l'eau, les dernières gouttes tombant dans la vasque émirent un son discret, presque comme celui d'un carillon, et elle tendit la main à l'aveuglette, tâtonnant dans l'espoir de trouver une serviette. Dès qu'elle sentit un tissu moelleux, elle s'en empara et enfouit son visage dans les plis du tissu-éponge, puis elle essuya son crâne presque rasé, en frottant énergiquement comme si cela pouvait éliminer les vestiges du traumatisme.

Ce fut alors qu'elle entendit des voix. Dans la chambre.

Bon sang de bonsoir !

C'était l'avantage et l'inconvénient de vivre dans la demeure de la Confrérie. Quand on était à la maison, on n'était jamais seul… mais, à l'inverse, on n'était jamais seul quand on était à la maison.

Sans lâcher la serviette, Xhex se dirigea vers la porte fermée et appuya son oreille contre le battant de bois.

— … sûr que vous allez bien tous les deux.

C'était Vhif, ce qui était logique. La chambre de Vhif et Blay était voisine de la leur… *Oh, merde* ! Au loin, elle entendait les pleurs suraigus d'un bébé, brusquement tiré de son bienheureux sommeil d'enfant dans son berceau.

Génial. Elle faisait couler le sang de son *hellren*, réveillait les voisins et foutait les jetons à un bébé.

Il y eut un silence pendant que John signait sa réponse, puis Vhif suggéra à mi-voix de trouver de l'aide pour des journées comme celles-ci. Des journées où Xhex se réveillait en pleine crise après un cauchemar récurrent qui avait cessé de survenir pendant longtemps.

Jusqu'à récemment.

Désormais, cette saloperie était le pire invité qu'on puisse avoir : du genre grossier, bruyant, et qui ne s'en allait jamais.

Il y eut une nouvelle plage de silence tandis que John communiquait avec ses mains ce qu'il ne pouvait partager avec sa voix, puis Vhif reprit la parole. Un autre silence suivit, plus court cette fois-ci. Ensuite le frère prit congé.

Lorsque la porte donnant sur le couloir aux statues se referma, Xhex s'affaissa, puis se reprit et sortit de la salle de bains.

— J'arrive, dit-elle vivement. Je vais nettoyer mes dégâts.

John Matthew était… eh bien, sacrément resplendissant dans leur lit désormais en bataille et ensanglanté. Les contours des muscles de son torse, de ses épaules et de ses bras se dessinaient nettement, sans compter ses abdos, et, quand elle s'approcha de lui, son regard s'attarda sur la cicatrice en forme d'étoile qui marquait son pectoral.

Le signe de la Confrérie, que chaque frère recevait lors de son initiation.

Excepté que John Matthew arborait le sien depuis la naissance.

S'asseyant sur le lit, elle lui prit les mains et essuya avec soin les endroits où elle l'avait mordu. Il était dans une forme physique extraordinaire, et si bien nourri à sa veine de façon régulière qu'elle pouvait pratiquement voir les marques de ses crocs et de ses incisives cicatriser en accéléré.

— Je suis désolée, dit-elle quand elle put de nouveau se fier à sa voix. (Et, même alors, cela ressembla plus à un croassement qu'à de véritables mots.) Je suis désolée, putain !

John secoua la tête, puis il libéra ses mains des siennes et signa :

— *Ne le sois pas. Je me moque de…*

— Tu ne devrais pas. Tu ne devrais pas t'en moquer : tu es attaqué dans ton propre lit.

— *Xhex, que puis-je faire pour t'aider ?*

Elle plia et replia la serviette sur ses genoux.

— Porter une cotte de mailles ? Je te suggérerais bien de m'attacher… mais c'est ce qui m'a déclenché tous ces problèmes.

Dans ce labo, ajouta-t-elle *in petto*.

Son compagnon signait de nouveaux mots, des mots de soutien, des mots qui la brisaient. Elle ne comprenait absolument pas pourquoi ce mâle restait avec elle. Il valait mieux qu'elle à tant d'égards.

— Oui, dit-elle. Je vais m'occuper de résoudre ce problème. D'une façon ou d'une autre.

Oui, parce que l'inconscient était facile à contrôler. Raison pour laquelle les gens ne faisaient que des trucs dont ils étaient totalement responsables.

Aucun problème.

— Je suis désolée, murmura-t-elle.

D'ordinaire, dans son boulot de chef de la sécurité pour différents clubs, et dans sa vie de métisse *symphathe*, c'était une dure à cuire, capable de dessoûler d'un regard des humains ivres rendus cinglés par l'ecstasy et qui n'auraient pas reconnu Dieu Lui-même s'Il s'était tenu devant eux.

Mais dans cette chambre, derrière leur porte fermée…

John Matthew cessa de signer et se contenta de tendre vers elle ses bras meurtris. Il n'y avait aucune réprobation sur son visage ni dans ses yeux, rien que de l'amour et de l'acceptation.

Enfin… et de l'inquiétude.

Xhex voulait être forte mais, quand elle s'effondra dans les bras de son *hellren*, elle n'eut pas le choix.

Je me rattraperai, se jura-t-elle.

D'une façon ou d'une autre, un de ces jours prochains… elle trouverait un moyen d'être normale.

Chapitre 5

Dans les locaux du Centre d'étude des loups, peu avant 18 heures, Lydia releva la tête de son catastrophique tableau financier.

— Il n'est toujours pas là ? Mais genre, pas du tout ?

Candy enfilait sa doudoune.

— Non, et, avant que tu poses la question, non, je n'ai pas enfermé notre directeur général dans un placard. Mes fantasmes de séquestration se limitent aux livreurs UPS.

S'adossant à sa chaise, Lydia effectua un rapide calcul. Cela faisait maintenant dix jours que Peter Wynne n'avait pas mis les pieds au bureau. Incroyable.

— Eh ! reprit-elle, j'ai entendu l'aspirateur. Est-ce que l'équipe de ménage a changé de jour ? Ils sont censés venir le samedi matin, non ?

— Ils ne viennent plus le samedi.

— Alors, 17 h 30 ce soir, c'était mieux ? (Quand elle n'obtint pas de réponse, Lydia sourcilla.) Qu'est-ce que tu ne me dis pas ? Est-ce qu'ils ont démissionné ?

— Non, ils n'ont pas démissionné.

Candy s'approcha et déposa une enveloppe sur le bureau.

— Voilà ta paie.

— Qu'est-il arrivé à l'équipe de ménage ? (Comme Candy se mettait à fouiller dans son sac à main, Lydia posa son stylo.) Tu te moques de moi.

Sa collègue leva les mains comme si on la menaçait d'une arme à feu.

— Eh ! il se trouve que j'aime passer l'aspirateur. Et ne me lance pas sur le sujet de l'Ajax vitres. C'est mon *obsession*.

— Ce n'est pas ton travail… Attends, qui va s'occuper du nettoyage de la clinique ?

Comme Candy se contentait de hausser un sourcil, Lydia ravala une dizaine de jurons différents.

— Non, Rick ne va pas nettoyer la… Il doit s'occuper de mon loup. Du loup, je veux dire.

— Il a dit que cela ne le dérangeait pas.

— Bon sang de bonsoir ! (Lydia repoussa sa chaise et se leva pour contourner son bureau.) J'en ai ma claque…

Candy l'arrêta en lui attrapant le bras.

— Où vas-tu ? De toute façon, Peter n'est pas là, et qu'est-ce que tu vas gagner à hurler devant sa porte fermée ?

Lydia fixa un regard vide sur le couloir, sans voir les cartes encadrées de la réserve ni les photographies en noir et blanc des loups gris qui le décoraient. À la place, le désastreux tableau financier qu'elle s'occupait de passer en revue brillait comme une enseigne au néon juste sous son nez.

— Nous allons devoir réduire certaines dépenses, annonça-t-elle. On ne peut pas se permettre de remplacer Trick…

— On ne peut pas se permettre de ne pas le remplacer. Eastwind a rapporté le quad et signalé qu'il y avait une fuite au réservoir. Trois ponts sur le chemin principal ont besoin d'être réparés, sans quoi notre assurance annulera notre contrat ; la lettre est dans ta boîte mail. Le bâtiment de l'équipement a un trou dans le toit, et nous savons toutes les deux comment fonctionnent nos toilettes. Partager celles des garçons avec Rick ne me dérange pas, mais les exigences de notre police d'assurance restent un gros problème.

—Je peux peut-être réparer les ponts.

—Bien sûr. Avec tout ton temps libre. (Candy haussa les épaules.) Écoute, nous pouvons tous donner un coup de main pour le ménage, mais Trick effectuait des boulots dans la réserve pour lesquels aucun de nous n'a les compétences. Et la collecte de fonds approche. Nous finirons par obtenir l'argent dont nous avons besoin. Enfin… d'une façon ou d'une autre.

—Dis-moi la vérité, Candy ? (Lydia tourna les yeux vers sa collègue plus âgée.) Quand l'équipe de ménage a-t-elle cessé de venir ?

—Il y a un mois.

La biologiste leva les bras au ciel.

—Pourquoi ne m'as-tu pas prévenue… ?

—Tu n'es pas la directrice générale. Voilà pourquoi. Tu n'es pas responsable de la façon dont cet endroit est géré.

—Est-ce que tu en as parlé à Peter ?

—Oui.

—Et il n'a rien fait ?

—Ça alors, regarde l'heure. Il faut que j'y aille. (Candy tapota l'épaule de Lydia.) Ça va s'arranger… C'est ce que mon expérience ici m'a enseigné. Même si nous travaillons pour les loups, nous sommes des chats dans l'âme. Ce centre et tous ses travailleurs ont neuf vies. Maintenant, veux-tu bien partir avant minuit pour une fois ? Tu te transformes en vampire.

Quand sa collègue s'en alla, Lydia frotta ses yeux douloureux…

Puis, dans un brusque élan, elle se précipita à l'accueil avec ses fauteuils rustiques et ses vieux exemplaires d'*Outdoors*.

— Attends, Candy ?

La réceptionniste s'arrêta devant la porte, juste sous le plafonnier, ce qui rendit ses cheveux roses fluorescents, comme s'ils étaient exposés à une lumière noire.

— Oui ?

— Pourquoi tu n'apprécies pas le shérif Eastwind ?

Candy marqua un temps d'arrêt, puis secoua la tête.

— Qu'est-ce qui te fait dire ça ?

— Tu ne l'appelles jamais par son titre de shérif, ni par son prénom. Tu dis toujours « Eastwind ».

— C'est son nom de famille.

— C'est ton intonation, aussi, qui me fait penser cela.

Lorsque Lydia soutint le regard de sa collègue, Candy jeta un coup d'œil à son bureau bien rangé, avant de tourner de nouveau les yeux vers elle.

— Lui et moi, ça remonte, c'est tout. Tu sais comment ça marche dans les petites villes. Maintenant, est-ce que tu veux bien fermer ton bureau et rentrer chez toi. Demain va débouler à toute berzingue et, comme disait toujours mon père, il apportera un nouveau lot d'emmerdes à celui qu'on a déjà géré aujourd'hui.

Puis elle sortit et la porte se referma bruyamment derrière elle.

Lydia observa l'espace qui l'entourait, décoré dans le style « cabane en rondins », remarquant la moquette usée, les bras effilochés des fauteuils, la tache d'humidité dans un coin du plafond. Elle repensa aux sentiers, et au fait qu'à mesure que le temps serait plus clément ils se rempliraient de randonneurs, de chiens, d'enfants. Ensuite, elle songea au quad. Au bâtiment du matériel.

Aux toilettes.

Regagnant son bureau, elle prit l'enveloppe et l'ouvrit. Son salaire des deux dernières semaines s'élevait à un peu plus de mille cinq cents dollars – 1 538,41 dollars, plus précisément. Une fois les taxes et l'assurance santé déduits, il lui restait neuf cents dollars et des pâquerettes. Cela lui avait toujours paru beaucoup.

Lydia déchira le chèque, remit les confettis dans l'enveloppe, et jeta le tout dans la corbeille à papier, puis elle se dirigea vers la pile de dossiers en attente dans la bannette de départ du courrier. Après avoir trouvé celui qu'elle cherchait, elle griffonna une note sur un Post-it, prit son manteau et son sac. Éteignant toutes les lumières, elle enclencha l'alarme devant et verrouilla. Sa vieille voiture était garée sous un pin et, lorsqu'elle l'eut atteint, elle jeta un dernier coup d'œil au bâtiment. Au cours d'une vie, vingt-quatre mois, c'était peu, mais elle avait l'impression d'être au CEL depuis toujours.

Et elle ne s'imaginait travailler nulle part ailleurs. Pour plein de raisons.

Au moins ce loup était toujours en vie, songea-t-elle en démarrant. Rick lui avait donné des nouvelles en partant, et lui avait indiqué qu'il repasserait dans la nuit pour contrôler les constantes vitales de l'animal et s'assurer qu'il allait bien.

Donc c'était toujours ça de positif.

Lorsqu'elle s'engagea sur la départementale, elle prit son téléphone portable et enfreignit la loi en passant un appel, l'appareil collé à son oreille. Le kit mains libres, c'était génial, sauf si on possédait une voiture vieille de quinze ans qui n'était pas équipée du Bluetooth. Ce n'était pas une option, peu importent les règles en vigueur…

— Oui ?

La voix masculine qui lui répondit fut une telle surprise que Lydia sursauta. Elle s'était préparée à tomber sur la messagerie.

— Euh… bonjour, Peter. *(Tu te souviens de moi, je suis une de tes employées ?)* Comment ça va ?

— Lydia, écoute, je suis occupé pour le moment. De quoi as-tu besoin ?

Que tu fasses ton boulot, Peter.

— On s'attendait à te voir aujourd'hui. Au Centre.

Quand elle n'obtint que le silence en réponse, elle reprit :

— Allô ?

Faut-il que je te redonne l'adresse au cas où tu aurais oublié où tu travailles ?

— Ouais, désolé. Je serai là demain. On pourra parler de ce qu'il y a…

— J'ai besoin de ton autorisation pour plusieurs choses. Ça n'attendra pas demain.

— Je ne peux pas faire ça maintenant…

— En fait, si, c'est possible. Et, si tu ne le fais pas, je sais où tu habites, je vais me pointer chez toi et taper à la porte jusqu'à ce que tu répondes…

— Qu'est-ce qu'il te faut ? lança-t-il d'un ton cassant.

La conversation dura cinq minutes en tout et pour tout, et Lydia ne se sentit pas mieux en raccrochant. Ce qui n'était pas vraiment un scoop. Elle ne pouvait pas dire que le directeur général du CEL s'était beaucoup investi dans ses fonctions au cours du dernier mois.

Même si elle avait d'autres appels à passer, elle laissa son téléphone retomber sur ses genoux et se contenta de conduire. De suivre la route, plutôt. Dans la lumière des phares, la bande d'asphalte qui longeait le cours sinueux de la rivière Moth au pied de Deer Mountain lui rappelait la scène d'ouverture de *Shining*. Même si le revêtement n'était pas en aussi bon état que dans ses souvenirs du film : ici, la chaussée présentait de nombreuses fissures, qui faisaient comme autant de vers cherchant à traverser la route, et ce en raison des grands écarts de températures observés au fil des saisons qui exigeaient une flexibilité de l'asphalte, par nature impossible.

La commune de Walters n'était constituée que d'une station-service, d'une banque, d'une épicerie-restaurant, d'une caserne de pompiers et d'un bureau de poste. Trente ou quarante maisons orbitaient autour de ce minuscule centre-ville, bâties sur des terrains qui appartenaient aux mêmes familles depuis l'arrivée des trappeurs français du Canada durant la guerre d'indépendance.

Songeant au vide de son réfrigérateur, Lydia décida de se garer sur le parking de l'épicerie. Avant de sortir, elle prit le Post-it dans son sac à main et composa le numéro de téléphone qu'elle avait noté dessus sur son portable, mais attendit d'être dans le magasin pour lancer l'appel.

Elle adorait Susan, la caissière. Vraiment.

— Oh, bonjour ! la salua cette dernière depuis le comptoir. Comment ça se passe, au travail ? Qu'est-ce qui est arrivé à ton… ?

Lydia lui sourit en lui faisant un signe de la main, avant de pointer son portable d'un geste appuyé.

— Téléphone.

Susan opina et répondit qu'elle comprenait en levant les pouces.

— Discute, je vais attendre.

Susan avait passé les soixante ans, mais était toujours en pleine forme, comme un jouet mécanique aux ressorts solides. Arborant une coiffure sophistiquée blond platine et un visage intégralement maquillé, elle ressemblait à une starlette sur le retour attendant un réalisateur qui ne serait jamais venu, sauf qu'elle ne s'était pas contentée de rester assise sans rien faire. Elle était mariée au chef des pompiers, ils avaient élevé cinq fils à Walters et, comme beaucoup d'autres, elle et son mari étaient ancrés dans cette vallée pour la vie ; jamais ils ne prendraient leur retraite, jamais ils ne déménageraient, comme ils aimaient à le répéter. Par ailleurs, elle consacrait beaucoup d'énergie à son activité secondaire. En plus de gérer l'épicerie, elle était également l'historienne et la présentatrice en chef des nouvelles locales. Ce qui était un merveilleux service, couvrant à la fois le passé et le présent. De tout le monde.

Non, vraiment. C'était génial.

Tandis que la deuxième sonnerie se faisait entendre, Lydia se dirigea vers l'étroit rayon boucherie, puis jeta un coup d'œil aux sept allées constituées d'étagères basses. La sélection d'aliments proposée à la vente était réduite, riche en calories, et très peu inspirante, d'autant plus que c'était la même depuis deux ans. Quand la quatrième sonnerie retentit dans son oreille, elle cessa de faire comme si elle comptait cuisiner et se dirigea vers l'entrée de la partie restauration. Elle était à court d'énergie ce soir, et l'idée de faire cuire quoi que ce soit, même de la soupe en brique, était accablante.

Et c'était avant qu'elle franchisse la porte battante en verre et que le fumet de la tourte au poulet imprègne ses narines.

— Oh, mon Dieu ! murmura-t-elle, c'est exactement ça…

— Allo ? dit une voix masculine à son oreille.

Lydia s'immobilisa. Seigneur, les sons que produisait cet homme lui donnaient l'impression d'avoir des câbles de démarrage fixés aux fesses.

— Euh… bonsoir, Daniel Joseph ? C'est Lydia Susi, du Centre d'étude des loups…

— Oh ! oui, bonsoir. Comment allez-vous ?

Dans le silence qui suivit, Lydia sourcilla lorsqu'elle distingua une musique à l'autre bout du fil. C'était une vieille chanson des Eagles. Et le truc bizarre c'était que *Take It to the Limit* résonnait aussi… au-dessus de sa propre tête.

— Lydia ? Mademoiselle Susi ?

— Est-ce que…

Elle jeta un coup d'œil à la rangée de box contre le mur, puis se tourna vers le comptoir flanqué de sa ligne de tabourets hauts.

— Oh ! salut.

Au bout de la file de camionneurs et de locaux installés là pour dîner, Daniel Joseph occupait un tabouret mais prenait la place de trois personnes. Quand il la regarda par-dessus une dizaine d'assiettes de ragoût de bœuf et de poulet à la parmesane à moitié mangés, elle leva la main et il l'imita.

— Je suppose qu'on devrait raccrocher, lui suggéra-t-elle par téléphone.

— Bien sûr.

Mettant fin à l'appel, elle s'avança vers lui, saluant au passage de la tête les visages familiers de couples et de veufs. Dans un coin de son esprit, elle nota qu'il n'y avait personne de moins de cinquante ans, preuve que la ville ne tenait qu'à un fil générationnel qui s'effilochait d'année en année. La triste réalité était que le monde devenait chaque jour de plus en plus numérique, et que l'économie périclitait loin des grandes villes. Les jeunes qui débutaient dans la vie active ou élevaient des enfants avaient besoin d'emplois bien rémunérés dans des centres urbains.

— Bonsoir. (Elle rangea son téléphone dans son sac.) Je croyais que vous retourniez à Glens Falls.

— Moi aussi. Ma moto est tombée en panne, alors je dors ici. Vous voulez vous asseoir ?

Quand il fit mine d'ôter sa veste en cuir du tabouret à côté de lui, elle secoua la tête.

— Oh ! non. Je prends un plat à emporter. Où est votre moto ?

— Un type du nom de Paul la répare au moment où nous parlons. Ou il le fera dès que les pièces à changer seront arrivées demain matin.

— Oh ! vous êtes allé chez Paul Gagnon.

Il prit ce qui ressemblait à un Coca et en but une gorgée. La paille servie avec le verre avait été posée sur le comptoir à côté de son set de couverts enroulé dans une serviette.

— Oui, en effet. Vous vouliez me parler ?

Lydia se racla la gorge.

— Vous avez le poste, si ça vous dit.

— Vraiment ? (Il se fendit d'un petit sourire timide, carrément dévastateur.) C'est génial. Merci.

Forcée de détourner les yeux, Lydia fit semblant de saluer le camionneur assis dans le box derrière Daniel, même si l'homme lui tournait le dos et qu'elle ne le connaissait ni d'Ève ni d'Adam.

Mais c'était soit cela, soit montrer sa nervosité, qui lui donnait l'impression d'être sur le gril de la cuisine.

— Quand voulez-vous que je commence ?

Elle se reprit.

— Doit-on vous appeler Dan ou Daniel ? Et vous commencez dès que possible.

— Bien. Je viendrai demain. Et c'est Daniel, pas Dan.

— Demain ? Vraiment ? Mais vous n'avez pas besoin d'aller récupérer vos affaires chez vous…

— Je dors ici cette nuit de toute façon, et demain on est vendredi. Je travaillerai la journée avant de rentrer à Glens Falls quand j'aurai fini. À quelle heure voulez-vous que j'arrive ?

— Eh bien, Trick travaillait de 8 h 30 à 16 h 30.

— Ce seront mes horaires alors.

— Génial. On se voit demain. Et on remplira d'abord la paperasse pour vous inscrire sur le registre du personnel.

Daniel pencha la tête sur le côté de sa façon si caractéristique.

— Qu'est-ce que c'est ?

— Euh… c'est la procédure pour qu'on vous rémunère. Vous avez toujours été employé au noir ?

— Non, votre collier ?

Lydia baissa les yeux sur le pendentif en or usé niché dans le col en V de sa polaire… et se rendit compte qu'elle portait toujours ses leggings. Ses chaussures de course. Ainsi que sa brassière de sport.

Ravalant un juron, elle se dit qu'au moins ce n'était pas une surprise pour lui. Elle portait déjà cette tenue lors de son entretien d'embauche.

— Oh ! rien de particulier. (Elle haussa les épaules.) C'est juste une médaille de saint Christophe.

— Vous êtes catholique ? Désolé si c'est trop personnel.

— Ça ne l'est pas, et elle appartenait à mon grand-père. Il était catholique. Je ne sais pas ce que je suis. Bref, je vous verrai demain matin.

— Oui, d'accord.

Comme elle tournait les talons, il reprit :

— Et votre dîner ?

— Hein ?

Elle regarda de l'autre côté du comptoir la serveuse qui sortait de la cuisine.

— Oh ! bien sûr. Salut, Bessie…

— Je t'apporte ta commande tout de suite, Lydia. Comme d'habitude.

Bessie avait également la soixantaine et arborait une permanente tout droit sortie d'un magazine de mode de 1985 mais, contrairement à Susan, la reine de beauté déclinante, elle avait l'air d'une prof de gymnastique. Ou d'un ancien instructeur de karaté de l'armée. Après avoir déposé un hamburger et une assiette de frites devant Daniel, elle s'essuya les mains sur son tablier et hocha la tête comme si elle venait de jurer solennellement d'apporter à Lydia sa commande.

Peu importent les obstacles, ou ce qu'il lui en coûte.

— J'ignorais que j'avais une commande habituelle, murmura la jeune femme.

Mais comme si elle allait protester ?

Elle aimait ses bras et ses jambes à leur place, merci bien, parce qu'elle se demandait parfois si l'engagement dont Bessie faisait preuve dans son travail n'était pas un peu exagéré. Genre, si un de ses clients faisait trop de saletés, est-ce qu'elle nettoyait le sol avec sa carcasse ?

— Vous voulez vous asseoir pendant que vous patientez ? proposa Daniel.

— Non, ça ira. (Elle leva les yeux sur le tableau du menu vissé au mur au-dessus des machines à soda, du congélateur à glaces et de la vitrine des tartes.) Mais merci.

Du coin de l'œil, elle l'observa dérouler sa serviette en papier, la caler sur ses genoux, et prendre le burger avec les doigts disposés précisément sur le pain. Il mordit et mâcha sa première bouchée de façon méthodique, propre et nette. Il fit preuve du même soin avec sa serviette, qui demeura immaculée en dépit du ketchup et de la viande saignante.

Puis il s'essuya la bouche.

— Comment se fait-il que vous ayez une commande habituelle sans savoir de quoi il s'agit ?

— L'amnésie du restaurant, de toute évidence. D'un autre côté, ce sera une surprise… que, au moins en théorie, je devrais apprécier.

— Une entrée commandée par votre inconscient. Cool.

Un peu plus tard, Bessie poussa de nouveau la porte battante de la cuisine, avec une assiette fumante à la main.

— Voilà, une tourte au poulet bien chaude. (Elle la déposa à côté du burger de Daniel Joseph et prit un rouleau de couverts sous le comptoir.) Tu veux ton Coca light aussi ?

— Euh…

Lydia s'éclaircit la gorge.

— On dirait que nous allons dîner ensemble, souligna le nouveau gardien du CEL. Ça vient de se conclure, non ?

Chapitre 6

Deux ans auparavant, lors du premier jour de travail de Lydia au Centre d'étude des loups, c'était Candy qui s'était chargée de l'instruire sur l'organisation du Centre, mais pas seulement. Il y avait beaucoup de choses à apprendre sur la vie à Walters. Et l'info qui s'était révélée particulièrement utile, c'était que tous les habitants du coin étaient apparentés. Par le sang ou le mariage.

Il fallait donc toujours éviter de dire du mal de quelqu'un à un tiers parce qu'on parlait forcément à un membre de sa famille. Pour citer Candy, de la même manière qu'on ne balançait pas de merde dans un ventilateur, on ne devait dénigrer personne parce que ces médisances nous reviendraient assurément à la figure.

Elle avait eu un sacré sens de la métaphore pour illustrer ce corollaire à sa règle « Boucle-la à Walters ».

Debout devant son assiette fumante, Lydia leva les yeux vers la serveuse. Bessie était mariée au frère du mari de Susan, l'épicière. Ce qui signifiait que non seulement les deux femmes travaillaient dans le même bâtiment et prenaient leurs pauses ensemble, mais qu'elles effectuaient également l'aller et retour, en voiture, à deux.

— Je suis navrée, Bessie, il faut que je rentre. Est-ce que tu voudrais bien m'emballer ce délicieux dîner pour que je l'emporte ?

— Oh ! oui, bien sûr. Je pensais juste que tu étais venue manger avec ce charmant jeune homme…

— Merci infiniment, reprit Lydia avec un sourire. Et, tu as raison, on dirait que je commande souvent la tourte au poulet.

Lorsque Bessie franchit la porte battante en sens inverse pour regagner la cuisine, il y eut un moment de gêne. Du côté de Lydia.

Daniel se contenta de revenir à son hamburger.

— Je suppose donc que les rumeurs vont vite par ici, hein ? dit-il entre deux bouchées.

— Oh ! ce n'est pas la raison de mon… (Elle jeta un coup d'œil à la porte de la cuisine.) Bon, *d'accord*. Beaucoup de rumeurs circulent dans cette ville. Vous n'avez *pas* idée.

— Et on ne veut pas rendre votre mari jaloux.

— Ça ne risque pas… Je veux dire, je ne suis pas mariée. (Depuis quand se retrouvait-elle si souvent muette ?) Qu'en est-il de votre femme ?

— Je n'ai pas de femme, ni de copine. Je suis un nomade, vous vous rappelez ?

— Je me rappelle.

Bessie ressortit, un sac en papier à la main.

— Tiens.

— Et voilà 15 dollars. Garde la monnaie.

— Merci, Lydia. Tu laisses des pourboires comme une citadine, tu le sais ?

— Si c'est mon titre de gloire, je l'accepte.

Elle sourit à Daniel d'un air qu'elle espérait professionnel. Parce que le regard de Bessie allait de l'un à l'autre comme si elle déchiffrait toutes sortes de choses dans leurs expressions faciales.

— Je vous verrai demain, Daniel. Au travail.

Ce dernier lui jeta un coup d'œil et la salua simplement d'un geste de la main.

— Je serai à l'heure. Même si je dois me rendre au Centre à pied.

— Alors où dormez-vous ? Au *Pine Lodge* ?

— Oui. Tout à fait.

Lydia sourcilla.

— C'est à deux bons kilomètres d'ici.

— Dieu m'a donné deux jambes, une par kilomètre.

— J'aime votre attitude.

— Paul m'a dit qu'il rapporterait la moto au Centre dès qu'elle serait prête.

Lydia ouvrit la bouche pour lui proposer de l'emmener le lendemain matin, mais un rapide coup d'œil à Bessie – qui semblait toujours aussi captivée par leur échange – la coupa dans son élan. En outre, le *Pine Lodge* était dirigé par la sœur et le beau-frère de Candy, qui étaient, par alliance, cousins germains de Susan et Bessie.

Trop compliqué.

— Bonne nuit, lui souhaita-t-elle avant de s'éloigner.

— À vous aussi.

Elle se dirigea vers la sortie du restaurant, en s'intimant de ne pas lui jeter un regard en arrière. De le traiter comme elle traiterait Candy. Ou Rick. Ou n'importe quel collègue du CEL.

Mais, juste au moment où sa main poussait la barre, elle…

Se retourna.

Daniel Joseph avait la tête baissée sur son Coca à moitié fini et semblait regarder son verre. Pour tout le monde dans la salle, ce n'était qu'un client qui remplissait son estomac vide avant de repartir dans la fraîcheur printanière.

Sauf que, en réalité, ses yeux… ces yeux luisants… étaient rivés sur Lydia.

À l'instant où leurs regards se croisèrent, il se détourna. Et elle aussi.

Mais, quand elle sortit dans la nuit, la température lui parut soudain beaucoup plus tropicale que celle que le thermomètre devait afficher.

— Bon sang ! murmura-t-elle.

En vertu de la théorie selon laquelle le début informait de la suite, elle serait complètement obsédée par cet homme d'ici à dix jours.

— Non, ça n'arrivera pas, annonça-t-elle en traversant l'asphalte mouillé.

De retour dans sa voiture, elle déposa le plat sur le siège passager et tenta d'ignorer le fait que la tourte au poulet était le premier passager chaud qu'elle accueillait dans son véhicule depuis… eh bien, depuis quand ?

Bizarre qu'il suffise d'une rencontre avec un inconnu pour qu'elle se sente seule.

Faisant démarrer le moteur, elle effectua une marche arrière puis s'engagea de nouveau sur la route départementale. Elle louait une petite maison au bord d'un ruisseau depuis son arrivée, et estimait que sa voiture était à présent capable de parcourir toute seule la courte distance jusque chez elle. Gardant une main sur le volant, elle testa de l'autre les quatre stations de radio disponibles, qui grésillaient beaucoup. Elle avait besoin de distraction. De bruit. Un bulletin d'information ou une chanson avec un bon tempo ferait son bonheur ; mince ! elle se contenterait même d'une publicité pour une entreprise de nettoyage de gouttières ou de celle d'un revendeur de voitures d'occasion.

Quand elle réussit à capter assez nettement l'une des chaînes canadiennes, elle se redressa sur son siège et tenta de décrypter le québécois…

Des gyrophares bleus de l'autre côté de la route l'aveuglèrent soudain.

Trois voitures de police étaient garées sur le bas-côté. Non, quatre. Il y avait aussi une fourgonnette et une ambulance.

Elle freina lorsqu'elle dépassa le 4 x 4 du shérif Eastwind et, d'un coup de volant, traversa les voies pour s'arrêter derrière le véhicule. Sortant de sa voiture, elle leva la main pour se protéger les yeux des lumières bleues clignotantes.

Une haute silhouette vêtue de l'uniforme de la police d'État de New York s'avança vers elle.

— Madame, je vais vous demander de remonter dans votre véhicule…

— Que se passe-t-il ?

— … et de poursuivre votre chemin.

Elle observa la ligne des arbres. Des lampes torches brillaient à travers la forêt, tandis qu'un groupe revenait vers la route.

Le policier se plaça devant elle et lui bloqua la vue.

— Madame, vous devez partir maintenant, soit dans ma voiture, soit dans la vôtre. Que choisissez-vous ?

— Qui a été blessé en montagne ? (Elle jeta un coup d'œil à son interlocuteur.) Je travaille au Centre d'étude des loups, au bout de la route, là-bas, et ce terrain nous appartient, il fait partie de notre réserve.

— Quel est votre nom, madame ?

Avant qu'elle puisse répondre, deux agents des forces de l'ordre émergèrent du couvert des arbres en transportant une housse mortuaire noire qui pendait comme un hamac entre eux. Quelque chose dans la façon dont le sac s'affaissait en son centre lui donna la nausée.

— Je vais m'en occuper, dit quelqu'un.

Le policier d'État hocha la tête et s'écarta, et elle ne fut pas surprise de découvrir qu'il s'agissait d'Eastwind.

— Que se passe-t-il ? l'interrogea-t-elle.

Le shérif la prit par le coude et l'entraîna vers la voiture de la jeune femme. Celle-ci se dégagea et désigna les restes que l'on glissait à l'arrière de la fourgonnette au lieu de l'ambulance.

— Qui se trouve là-dedans ?

À la lueur des gyrophares, le visage d'Eastwind était un masque impénétrable. Non qu'il révèle grand-chose en général.

— L'enquête est en cours, mademoiselle Susi…

— Ne me donnez pas du « mademoiselle Susi ». J'ai le droit de savoir…

— Quand nous serons prêts à faire une déclaration…

— C'est *notre* terrain.

De la tête, elle désigna le panneau « Défense d'entrer » cloué sur un tronc épais.

— Je veux savoir ce qui s'y est passé.

Eastwind jeta un coup d'œil à la housse mortuaire qu'on chargeait dans le véhicule du légiste.

— C'est un randonneur. Nous n'avons pas encore d'identification.

Elle se signa.

— Sa mort est due à un accident ou à un problème de santé ? Depuis combien de temps était-il là-haut ?

Il y eut un silence. Voilà qui répondait à sa première question, non ?

— Dites-moi, exigea-t-elle.

— Il a été attaqué par un animal. C'est tout ce que je dirai.

Eastwind se pencha pour la regarder droit dans les yeux.

— Et j'attends de vous que vous n'en parliez à personne.

— Où l'a-t-on découvert ?

— C'est tout ce que je…

On referma les portières du fourgon en les claquant, et elle reprit :

— *Où ?*

— North Granite Ridge. C'est un autre randonneur qui l'a découvert et a appelé les secours. Les restes ont deux jours et, maintenant, si vous voulez bien m'excuser.

Le shérif rejoignit les autres agents, et Lydia observa l'endroit, à la lisière de la forêt, d'où l'on avait sorti les restes.

Au bout d'un moment, elle regagna sa voiture. Tandis que son dîner refroidissait sur le siège passager et qu'elle oubliait sa faim, elle retourna au bureau. Une fois sur le site, elle ne prit pas la peine d'aller se garer sur le parking. Elle s'arrêta directement devant l'entrée du CEL.

Elle sortit du véhicule et s'approcha de la porte avec sa clé à la main… mais, au moment de la glisser dans la serrure, elle jeta un regard noir à la ligne du toit. La nuit était tout à fait tombée depuis son départ, et la lumière à détecteur de mouvement aurait dû s'allumer.

Le fait que ce ne soit pas le cas ne faisait qu'ajouter une ligne à la liste des réparations à prévoir. Au moins ils avaient trouvé un nouvel homme à tout faire, pas vrai ?

Sortant son portable pour utiliser la fonction lampe torche, elle espéra que ce n'était qu'une ampoule grillée, et pas un problème électrique.

Pénétrant dans le bâtiment, elle coupa l'alarme et se dirigea directement vers son bureau. Allumant la lampe à côté de son ordinateur, elle se connecta et accéda au programme de surveillance vidéo de la montagne. Il y avait près d'une centaine de caméras installées dans les arbres de la réserve ; ce qui semblait beaucoup, jusqu'à ce qu'on songe à la surface à couvrir.

Mais il y en avait une à North Granite Ridge.

Fermant les yeux, elle frotta sa médaille de saint Christophe entre le pouce et l'index en attendant le chargement des images vidéo que cette caméra en particulier avait prises. Les enregistrements étaient accessibles pendant une semaine, avant d'être stockés de façon permanente sur le *cloud*, donc peu importait de savoir combien de jours ou de nuits s'étaient écoulés depuis l'attaque. Même si Eastwind avait dit quarante-huit heures.

Quand Lydia eut sélectionné les images filmées trois jours avant, elle inclina l'écran et se rapprocha du bureau. La caméra n° 046 montrait une clairière qui s'étendait littéralement du nord au sud, couverte de broussailles et d'arbustes touffus au niveau de la saillie rocheuse. L'objectif était fixé à environ cinq mètres du sol, et on pouvait verrouiller quatre positions pour le grand-angle. Le lundi précédent, c'était la deuxième position qui avait été sélectionnée… et elle offrait un champ de vision d'environ dix mètres de profondeur.

Le programme par défaut faisait changer automatiquement la caméra de position toutes les soixante-douze heures selon un planning coordonné avec les autres enregistrements, sauf si on le neutralisait manuellement. Il y avait donc de fortes probabilités que l'attaque n'ait pas été filmée. Surtout si elle s'était produite derrière les arbustes ou au milieu des pins qui poussaient dru à lisière de la clairière.

Elle appuya sur « *Play* », en continuant à frotter le pendentif offert par son grand-père.

— Montre-moi… montre-moi…

La seule chose qui bougeait était le décompte temporel en bas à droite de l'écran ; la date était statique, les secondes défilaient, les minutes attendaient leur tour de s'afficher, les heures n'avançaient pas. Elle augmenta la vitesse de lecture, observant l'angle de la lumière du soleil se déployer en accéléré sur le paysage, le vol paresseux des vautours ressembler davantage aux plongeons rapides des hirondelles, les nuages traverser l'écran au pas de charge, la végétation s'agiter comme si elle était prise de démangeaisons. Quand la nuit arriva, la scène se teinta de nuances de vert, puis l'aube fit revenir les couleurs normales.

Au fond d'elle-même, même si c'était une idée dérangeante qu'elle se refusait à admettre, Lydia savait ce qu'elle allait voir aussi sûrement qu'elle reconnaîtrait son propre reflet dans une glace. Sous ses vêtements, elle sentit une sueur froide lui couvrir le torse, et la nervosité lui fit soudain taper le talon de sa basket frénétiquement sur le sol…

Dès que l'homme, vêtu d'une tenue de camouflage, apparut dans le champ de la caméra, elle interrompit l'avance rapide et reprit la lecture en temps réel. Elle examina le randonneur en détail… sans pouvoir en dire grand-chose. Il portait un sac à dos, une tenue de chasse et un chapeau à large bord rabaissé sur le visage. Il avançait d'une démarche confiante et observait les environs avec attention…

L'attaque survint par la gauche, et le loup bondit avec une telle célérité que l'homme n'eut même pas le temps de détecter sa présence. À un moment, le randonneur était debout, le suivant, une louve grise de cinquante kilos le tenait à la gorge. L'impact du corps de l'animal fit basculer l'humain au sol, et la louve ne le lâcha pas. Même quand l'homme cogna des poings sur la tête et le museau de l'animal, puis se mit à lui donner des coups de pied et à tenter une roulade, la mâchoire ne bougea pas. Ni la morsure.

Lydia appuya sur « Pause » et se redressa en se couvrant le visage de ses mains. Fermant les yeux avec force, elle ne voyait plus que la louve avec cette bande argentée distinctive sur son dos, son corps souple et ses dents acérées comme des poignards.

Elle eut beau se répéter de se ressaisir, il lui fallut un moment avant de pouvoir reprendre le visionnage, et, lorsqu'elle le fit, elle préféra garder les yeux rivés sur le décompte temporel plutôt qu'observer directement la tuerie. Cela lui donna encore trop d'informations à son goût : au moment de mettre sa proie à terre, la louve n'avait frappé qu'une fois mais de façon déterminante, et la pression exercée sur ses voies respiratoires finit par étouffer l'homme. Une fois que la résistance de la proie se fut affaiblie et que ses bras eurent cessé de s'agiter, il y eut un unique changement de position : durant une fraction de seconde, l'animal relâcha sa prise pour une autre, sur l'avant du cou, de façon à comprimer la jugulaire ainsi que la trachée.

Et, quand l'humain se relâcha complètement, les dents de la louve demeurèrent à la même place.

Pendant une bonne minute supplémentaire.

Lydia détourna les yeux du carnage qui s'ensuivit. Aucun son n'accompagnait la vidéo. Aucune odeur non plus. Mais ce fut comme si le déchiquetage, sur lequel devait planer la senteur cuivrée du sang, puis la consommation de viande et de cartilage avaient lieu sur son bureau.

L'attaque n'avait duré que douze minutes en tout et, une fois qu'elle fut terminée, la louve s'écarta du cadavre ravagé et luisant. Les taches rouges qui barbouillaient son museau et son poitrail semblaient tout droit sorties d'un film d'horreur.

Le prédateur examina les alentours. Et leva même la tête vers la caméra.

Puis il s'éloigna en trottinant, d'un pas vif et léger.

Le corps resta étendu là en plein soleil, comme un horrible vacancier sur une plage, et la comportementaliste en elle calcula la quantité exacte de viande prélevée sur le cadavre. Pas beaucoup.

Ce n'était pas la faim, mais le seul plaisir de la chasse qui avait conduit la louve à tuer l'homme. Et elle avait œuvré seule.

D'une main tremblante, Lydia arrêta la vidéo, puis, sans en avoir conscience, elle se pencha sur le côté, ouvrit le tiroir du bas et sortit son paquet de lingettes désinfectantes. Elle en prit une et la passa autour du pied de l'écran. Quand l'odeur astringente lui picota le nez, elle se mit à battre rapidement des cils.

Nettoyer. Elle avait besoin de nettoyer quelque chose. Si seulement…

S'interrompant, elle baissa les yeux sur la lingette qu'elle tenait toujours dans la paume de sa main. Celle-ci était tiède à présent et avait pris la teinte de sa peau par transparence.

Le débat se poursuivit dans sa tête pendant environ cinq minutes, et, une fois sa décision prise, elle jeta la lingette, rangea le paquet dans le tiroir et songea à son grand-père. Il n'aurait pas approuvé ce qu'elle s'apprêtait à faire… mais il aurait approuvé ses motivations.

À l'université, elle avait suivi une formation en informatique.

Et il ne lui fallut vraiment pas longtemps pour localiser le bon programme de montage sur le Web, le télécharger et couper le nécessaire sur l'enregistrement. Après quoi, elle remonta quelques jours en arrière dans la vidéo, quand la caméra était en position 4. Passant en revue les vingt minutes requises, à l'heure qui convenait, elle s'assura qu'il n'y ait aucun indice, aucun signe qui risque de révéler la supercherie, comme un arbre abattu ou de la pluie au lieu d'un ciel partiellement nuageux. Après avoir eu la chance de ne repérer aucun facteur impondérable, elle copia l'équivalent d'une journée et demie d'enregistrement, et le colla dans la vidéo pour remplacer l'attaque. Ensuite, elle retourna au programme qui contrôlait l'orientation des caméras et modifia manuellement l'orientation de l'objectif n° 046 ce jour-là, et le verrouilla en position 4.

La bonne nouvelle, c'était que le planning de changement d'angle des caméras, bien que programmé automatiquement, était souvent neutralisé et contrôlé manuellement de façon aléatoire. En fonction des déplacements des meutes, elle changeait constamment l'orientation des caméras partout dans la réserve, si bien que cette prise de contrôle manuelle spécifique ne paraîtrait pas inhabituelle.

Pour finir, elle ne se contenta pas de supprimer le programme de montage de son ordinateur, mais l'effaça également du disque dur pour brouiller les pistes. Cependant, cela ne suffirait pas. La police scientifique pouvait fouiller les unités centrales, et, tout comme les cadavres sur les tables d'autopsie livraient leurs secrets, même quand on effaçait quelque chose d'un ordinateur, il subsistait toujours une trace.

Le Dell avait près de dix ans. Il avait largement dépassé sa durée de vie.

Le virus qu'elle dénicha sur le *Dark Web* et avec lequel elle infecta le PC ordonna à celui-ci de couper le ventilateur du système de refroidissement. Ensuite, pour prévenir tout risque d'incendie, elle se rendit dans la salle de pause et trouva des plats en fer-blanc que Candy avait lavés et conservés après que quelqu'un avait apporté ses restes de Thanksgiving quelques mois auparavant.

Lydia installa la tour de l'ordinateur dans l'un d'eux, sous la table, en s'assurant qu'elle était bien éloignée des montants du bureau.

La mauvaise nouvelle, quand on travaillait au CEL, c'était qu'on courait toujours après l'argent. La bonne nouvelle, du moins dans la situation actuelle ? Il y avait très peu d'objets high-tech ou dernier cri ici. Donc les probabilités qu'un vieux PC prenne feu dans la nuit ne seraient pas surprenantes.

Désolée, monsieur l'agent. C'est arrivé, c'est tout, mais au moins on a l'enregistrement de la réserve, non ? Oh ! attendez, il ne montre rien. Quel dommage !

Après avoir déconnecté l'ordinateur, elle se contenta de regarder fixement l'écran. Ce genre d'attaque violente ne ferait que valider les théories sur lesquelles l'hôtel se fondait pour s'opposer au CEL et à la réintroduction des loups dans la région. Compte tenu du fait qu'Eastwind était visiblement réticent à agir contre l'hôtel, il lui fallait prendre les choses en mains… et Dieu savait qu'elle ferait n'importe quoi – *n'importe quoi* – pour protéger des animaux incapables de se défendre.

Quoi qu'il lui en coûte personnellement. Ou quoi que cela fasse remonter de son passé.

Oui, il était clair qu'une attaque avait eu lieu, mais personne n'avait besoin qu'une vidéo de ce genre fuite et finisse sur Internet… Dieu savait que c'était là que les opinions se forgeaient de nos jours. Un truc comme ces douze minutes ne servirait qu'à susciter davantage la peur des loups chez les gens et à mettre en péril leur réintroduction dans cette partie des États-Unis.

Les prédateurs étaient indispensables à l'écosystème.

De son point de vue, les humains étaient ceux dont la planète avait le moins besoin, vu les dégâts qu'ils causaient.

Sur ce, elle se leva et se dirigea vers la clinique. Après avoir allumé la salle, elle gagna la cage où se trouvait le loup. Celui-ci ne leva pas la tête, mais ses yeux ensommeillés s'ouvrirent à l'instant où il sentit son odeur. Au moins il n'était plus sous respirateur artificiel.

— Salut, dit-elle en s'accroupissant devant lui. C'est encore moi.

Daniel Joseph avait l'habitude de se fondre dans l'ombre comme un fantôme. Il était doué à ce jeu-là. Il devait l'être. C'était indispensable, autant à la réussite de ses objectifs qu'à sa survie.

Aussi suivit-il la progression de Lydia Susi dans le bâtiment du Centre d'étude des loups, sans faire aucun bruit. Il ne déclencha également aucune lumière de sécurité, et ce pour une raison qui n'avait rien de surnaturel : il les avait dévissées la veille au soir lorsqu'il était descendu de la montagne pour inspecter les lieux.

Et, en bonus, il n'avait trouvé aucune caméra de surveillance sur le site, ce qui s'était avéré une excellente nouvelle.

Il ne serait vu par cette femme, ou par qui que ce soit d'autre, qu'à ses conditions, et quand il le souhaiterait. Voire pas du tout s'il en décidait ainsi.

Par exemple, d'ordinaire, il ne mangeait jamais en public, mais, lorsque c'était nécessaire, il fallait créer des apparences et les entretenir. Il avait donc pris un repas au milieu des habitants de la ville pour donner l'impression qu'il était exactement comme eux. Sans rien de particulier ni de notable.

Il s'était fondu dans l'environnement.

Lorsqu'il avait longé le bâtiment, avec l'obscurité de la nuit en guise de bouclier protecteur, sa capacité à se mouvoir en silence l'avait transformé en courant d'air dans les ombres, en un élément aussi insaisissable que le froid de l'hiver, la brume sur la montagne… ou la lumière de la lune qui émergeait d'entre les nuages pour éclairer la terre depuis son perchoir très, très haut dans le ciel.

Il avait observé la femme à travers les lames du store tiré devant sa fenêtre pendant qu'elle travaillait à son bureau. Elle avait tapé sur son clavier et visionné les images d'une attaque de loup sur son écran. Le carnage l'avait visiblement bouleversée, mais ensuite elle avait fait défiler des images vidéo, et en avait remplacé certaines par d'autres à l'aide de sa souris. Après quoi, elle avait quitté la pièce puis était revenue avec un grand plat métallique qu'elle avait placé sous son bureau. Enfin, elle était partie, après avoir éteint la lumière.

Il avait suivi son trajet à travers le bâtiment plongé dans le noir grâce aux éclairages qu'elle avait allumés au fil de sa progression, et il l'avait imaginée appuyant sur des interrupteurs qu'elle trouvait sans tâtonner. Elle se dirigeait vers l'arrière et, quand il arriva sous une étroite fenêtre, il se hissa sur son rebord et jeta un coup d'œil à l'intérieur.

Il la vit entrer dans une pièce à l'autre bout du bâtiment, dont la porte se referma automatiquement derrière elle.

Patienter dans la nuit était comme une seconde nature chez lui et, quand il sauta du rebord de la fenêtre sur le sol, il s'installa dans une immobilité de statue, seulement troublée par sa respiration qui soulevait et abaissait sa poitrine de façon régulière.

Qu'elle demeure là-dedans une demi-heure, une heure, ou le reste de la nuit, peu lui importait…

Il aperçut tout d'abord les phares de la voiture qui s'engageait dans l'allée en direction du bâtiment.

Pivotant sur lui-même pour faire face au parement foncé de la construction, il tourna le dos au nouveau venu et joignit les mains. Les phares de la voiture glissèrent sur sa veste en cuir noir, son bonnet assorti et son jean bleu foncé avant de poursuivre leur route, puis le véhicule s'arrêta près de l'entrée arrière.

Qui ne se trouvait qu'à environ trois mètres de lui.

Tandis qu'un homme sortait du véhicule et refermait la portière d'un coup de hanche, Daniel tourna la tête sur le côté pour mieux voir. La voiture était une vieille Jeep, qu'il avait vue garée avec les autres durant la journée. Le conducteur portait des lunettes, des vêtements et une coupe de cheveux tout à fait ordinaires.

Soudain, l'homme regarda dans sa direction, mais pas parce qu'il avait remarqué sa présence. Il concentra son attention sur la vieille voiture de la femme.

Quand il tourna de nouveau la tête vers le bâtiment, il émana de lui une tristesse poignante, ses épaules s'affaissèrent en signe de défaite, et il garda les yeux rivés au sol sans bouger durant un moment avant de se diriger vers la porte, comme s'il avait dû se préparer psychologiquement à l'idée de voir la femme à l'intérieur...

La porte arrière s'ouvrit brusquement.

— Oh ! c'est toi, dit une voix féminine. Tu es revenu pour vérifier s'il allait bien ?

Depuis sa position toute proche, Daniel vit un masque tomber sur le visage de l'homme lorsque son expression se modifia pour afficher un calme apparent, censé passer pour un détachement sincère.

— Dis-moi que tu n'as pas essayé de relever ses constantes vitales, fut la réponse agacée.

— Bien sûr que si. Juste après l'avoir opéré du cerveau.

Quand la femme s'avança, la lumière émanant du bâtiment éclaira la moitié de son visage, la moitié de son corps… et attira toute l'attention de Daniel. Elle était à la fois dans la moyenne et d'une séduction inhabituelle, un mélange troublant : avec ses cheveux blondis par le soleil noués en queue-de-cheval, ses leggings de sport bleus et ses chaussures de course rouge et noir, elle avait l'air de n'importe quelle femme à la fin de la vingtaine se maintenant en forme, mais peu soucieuse de coordonner sa tenue.

Mais il y avait quelque chose chez elle, quelque chose d'intangible et de foutrement agaçant, qui poussait Daniel à y regarder à deux fois. Chaque fois qu'il la voyait.

Le vétérinaire croisa les bras et sourcilla.

— Qu'est-ce que tu fiches ici ?

— J'ai dû revenir chercher quelque chose dans mon bureau…

— Alors tu as déplacé ton bureau dans ma clinique ? Bon Dieu ! Lydia, je t'avais dit que je veillerais sur lui…

— Je ne suis pas revenue pour le loup, d'ac ? Je suis en train de passer en revue le budget du prochain trimestre et j'ai oublié un rapport que Candy m'avait préparé. J'en ai profité pour m'assurer qu'il allait bien… et t'appeler si ce n'était pas le cas. Point.

Il y eut un silence.

— J'aimerais seulement que tu me fasses confiance.

Non, songea Daniel. *Tu aimerais seulement qu'elle t'aime.*

De son côté, la femme semblait non seulement ne pas répondre à ses sentiments, mais ne pas en avoir conscience non plus.

— Allez, Rick, tu me connais. Tu croyais vraiment que je n'allais pas lui rendre une petite visite alors que j'étais de passage ici ?

Rick détourna la tête, avant de la regarder de nouveau.

— Je suis désolé de t'avoir sauté à la gorge.

— C'est pardonné et oublié, mais, si tu comptes l'examiner, j'aimerais t'accompagner.

— Rappelle-moi encore une fois quand tu es allée à l'école vétérinaire ? murmura l'homme avec résignation.

— Que veux-tu que je te dise, les cours du soir, c'est formidable.

Tous deux entrèrent dans le bâtiment, puis on entendit le claquement de la moustiquaire, suivit du bruit sourd d'un battant plus solide qui se refermait.

Daniel se hissa de nouveau sur le rebord de la fenêtre étroite.

Par la vitre, il observa l'homme et la femme franchir la porte qu'elle avait déjà empruntée.

Sautant de nouveau sur le sol, il allait se contenter d'attendre que tous les deux ressortent.

Puis il verrait ce qu'il aurait envie de leur faire…

Au loin, le hurlement d'un loup retentit dans la nuit, voyageant à travers les pins comme sur des ailes depuis la gorge du prédateur jusqu'aux oreilles de Daniel.

Il ouvrit son âme à ce chant envoûtant.

C'était le son qu'il aimait le plus au monde.

Chapitre 7

Le lendemain matin, Lydia fut la première à arriver dans les locaux du CEL. Lorsqu'elle ouvrit la porte d'entrée, l'odeur de brûlé était caractéristique, mais peu prononcée, et elle tapa rapidement le code pour désactiver l'alarme. Se précipitant dans son bureau, elle appuya sur l'interrupteur et se dirigea vers sa chaise.

Par terre, sous son bureau, dans le plat, sa tour d'ordinateur ne montrait plus aucun signe de vie même si elle était branchée et avait été laissée allumée.

L'odeur prégnante du plastique et du métal fondus la poussa à se frotter le nez.

S'asseyant sur la moquette, elle ferma ses yeux secs et injectés de sang. Elle avait tellement redouté qu'un incendie se déclare et se propage à tout le bâtiment que, après son départ et celui de Rick, elle était revenue sur-le-champ. Cachant sa voiture derrière le hangar aux équipements, elle s'était installée là jusqu'à l'aube. Son sac de couchage l'avait plutôt bien gardée au chaud, mais son dos n'avait pas apprécié d'avoir le siège conducteur en guise de lit.

Et puis il y avait eu la surveillance constante.

Elle s'était attendue à tout moment à assister à une explosion digne d'un film hollywoodien, avec des flammes jaune et orange jaillissant de toutes parts, qui mettrait la vie déjà ténue de son loup en péril et l'obligerait à se ruer à l'intérieur pour le sauver.

Quand l'aube était enfin arrivée, puis l'aurore, elle avait sorti sa voiture de sa cachette et était rentrée chez elle pour prendre une douche rapide, et manger une banane trop mûre et une tranche de pain grillée qui lui avaient fait prendre conscience que sa tourte au poulet était toujours dans cette fichue voiture.

Quel gâchis…

Un toussotement au niveau de sa porte la fit redescendre sur terre. Se penchant sur le côté, elle regarda derrière son bureau.

Et rougit comme si elle venait soudain d'attraper un coup de soleil.

— Oh ! c'est vous, dit-elle. Bonjour.

Daniel Joseph leva le poing devant sa bouche et se remit à tousser, puis il agita la main.

— Tout va bien là-dedans ?

— Mon… euh…

Elle s'assit dans son fauteuil et désigna le dessous de son bureau.

— Mon ordinateur a organisé un barbecue surprise la nuit dernière et s'est mangé lui-même.

Daniel la rejoignit avec une fluidité de mouvement déconcertante par rapport à sa stature et sa force et, quand il s'agenouilla pour tirer le plat, elle prit un moment pour inspirer profondément. Oui, c'était le même parfum. Et, tandis qu'elle s'efforçait de ne pas le humer avec trop d'insistance, il fut pris d'une nouvelle quinte de toux en débranchant le câble électrique.

— Je vous promets que mon bureau ne sent pas toujours mauvais, dit-elle. Néanmoins, je ne garantis rien au sujet de nos toilettes ambiance Charlotte aux fraises.

— Ça va aller. (Il sortit enfin le plateau de sous le bureau.) Je ne suis pas expert en ordinateurs, mais cet appareil est mort.

— Il était en fin de vie depuis longtemps. Je l'avais placé dans ce plat en fer depuis un moment déjà parce que j'avais peur…

Il leva la tête.

— De ce qui vient exactement d'arriver.

— … de ce qui vient exactement d'arriver.

Elle rougit quand leurs regards se croisèrent.

— Chips.

Il se redressa sur ses talons et s'appuya d'un bras sur le bureau.

— Eh ! vous pouvez m'expliquer cette histoire de chips ? Genre, c'est quoi le truc des chips.

— Eh bien, on dit cela quand deux personnes…

— … disent la même chose…

— … disent la même chose…

— … en même temps, acheva-t-il. Chips.

— Oui.

— C'est tout ?

— Maintenant que vous en parlez, c'est comme la blague de votre cousin Louie. Ça tombe à plat et ça n'a pas vraiment de sens.

Il sourit légèrement.

— Oncle Louie.

— Pardon. Oncle. Pas cousin.

Et, juste comme ça, le temps ralentit… puis s'arrêta tout à fait.

Plongeant dans ses prunelles noisette incendiaires, Lydia songea dans un coin de sa tête qu'il était si grand que leurs visages étaient à la même hauteur malgré le fait qu'il soit à genoux et elle assise. Elle pensa aussi que… s'il se penchait en avant et elle aussi…

Leurs lèvres se joindraient.

Arrête ça tout de suite, s'intima-t-elle.

Pourtant elle resta là sans bouger… et lui aussi. Ce qui la poussa à se demander s'il ne songeait pas à la même chose qu'elle.

— Comment puis-je vous aider ? demanda-t-il d'une voix rauque.

Lydia secoua la tête.

— Je vous demande pardon, que… Oh ! avec l'ordinateur. Euh… ça va. C'est bon. Je veux dire, non, ce n'est pas bon. Ce n'est plus qu'un ornement de pelouse à présent… mais je vais en trouver un autre.

Quand sa voix s'éteignit, elle se dit que les gens ne croisaient pas souvent le regard des autres. Du moins pas de cette façon-là.

— Ce serait une pelouse vraiment moche.

— Hein ?

Elle tenta de retrouver le fil de leur conversation.

— Oh ! c'est vrai. J'ai fait une blague mais, ne vous inquiétez pas, elle n'était pas très drôle.

— Je ne saurais dire. (Néanmoins, il souriait quand il se remit debout.) Alors, par où voulez-vous que je commence ?

Tu parles d'une question piège. À présent que Daniel était de retour à la verticale, il était impossible de ne pas le détailler des pieds à la tête. Il portait encore un jean bleu foncé avec une autre chemise en flanelle ainsi que la même veste ample en cuir noir qu'il avait posée à côté de lui sur le tabouret du bar la veille au soir. Pourtant, tout lui semblait une révélation. Non, une révolution… en matière de mode masculine.

D'accord, elle perdait les pédales.

— Comment se porte votre moto ? demanda-t-elle soudain.

— Bien, je suppose. J'attends que Paul appelle et me la rapporte ici.

— Donc vous êtes vraiment venu travailler à pied.

— Bien sûr.

Lydia sourcilla.

— Paul n'attendrait pas une livraison UPS pour la pièce nécessaire, par hasard ?

— Il a dit qu'un de ses potes allait passer la lui déposer.

— Bien, alors vous avez peut-être une chance.

Lydia leva l'index.

— Un conseil : n'entreprenez jamais Candy sur les livraisons. Vous sortiriez de la conversation à peine en vie ; au point où nous en sommes, je pense que les livreurs UPS nous évitent parce qu'ils ont peur d'elle.

— C'est bon à savoir, merci.

— Et vous pourriez commencer par vous occuper des lumières de sécurité, qui semblent toutes hors service, reprit-elle. Sur l'avant et tout le côté du bâtiment. Laissez-moi vous montrer le hangar des équipements où sont rangées les ampoules. Il y a aussi une fuite dans le toit là-bas à laquelle j'aimerais que vous jetiez un coup d'œil. Et, plus tard dans la journée, nous passerons en revue la carte des sentiers, et je vous indiquerai où se trouvent les ponts endommagés. J'ai fait le tour de la réserve en début de semaine pour effectuer un inventaire. Oh ! et le réservoir du quad a une fuite ; du moins c'est ce qu'a dit le shérif quand il l'a remorqué ici hier.

— Je vais m'occuper de tout.

Elle se leva.

— Vous savez, j'apprécie vraiment votre attitude.

De même que la largeur de vos épaules, ajouta-t-elle intérieurement.

Quand elle contourna le bureau, elle trébucha… et Daniel la rattrapa par le bras lorsqu'elle bascula en avant.

— Ça va ? lui demanda-t-il alors que leurs regards se croisaient une fois de plus.

— Oh ! oui. (Seigneur, il sentait bon.) Merci…

Une tête aux courts cheveux roses apparut soudain dans l'embrasure de la porte et se figea aussitôt.

Lydia s'écarta brusquement de Daniel.

— Salut, Candy…

— Et moi qui venais demander ce qui brûlait…

— Daniel Joseph rejoint notre équipe en tant qu'homme à tout faire à compter d'aujourd'hui. (Lydia tenta de sourire tout en décochant des signaux qui disaient « Je t'interdis d'achever ta remarque sur l'incendie ».) Peter l'a embauché hier soir.

— Ah bon ? Depuis son fauteuil Relax chez lui ? (La femme haussa un sourcil.) Alors qu'il était en mode multitâche et regardait Netflix avec un bol de pop-corn sur les genoux. Waouh ! Alors, qu'est-ce qui a brûlé ici ?

OK, bien. Candy allait *vraiment* avoir besoin d'un rappel sur le décorum au travail.

— Mon ordinateur a été victime d'une combustion spontanée, marmonna Lydia.

— Eh bien, celui de M. Wynne est libre. Prends-le. Parce que, devine quoi ?

— Quoi ?

— Il ne viendra pas aujourd'hui, lui non plus. Je viens juste de recevoir le message sur mon répondeur. (Puis la femme tourna les talons.) Je vais lancer du café si quelqu'un a besoin d'en boire un.

Deux heures plus tard, le soleil chauffait le dos de Daniel, qui plantait des clous dans le toit en cèdre du bâtiment des équipements. La structure était assez vaste pour y loger une famille de quatre personnes et comportait même une petite cuisine et une douche. C'était aussi un musée, un site de fouilles archéologiques et un magasin de bricolage. On y trouvait des bocaux remplis de toutes les sortes de clous et de vis imaginables. Une collection d'outils couvrant les usages les plus ordinaires, comme les marteaux et les tournevis, aux plus énigmatiques – et potentiellement médicaux, d'après ce qu'il pouvait en dire. Il y avait aussi une quantité incroyable de plaques de contreplaqué de soixante par cent vingt centimètres, des blocs de béton, divers troncs d'arbres débités en rondins, un escalier en kit, trois malles au contenu mystérieux qu'il devait encore ouvrir et la carcasse d'un bloc-moteur Chevrolet qui semblait servir de porte-gobelet.

Tout était couvert de poussière, mais tout était en état de marche.

Enfin, à l'exception du moteur évidé, et encore, même ce truc était fonctionnel grâce à ses cylindres à piston dans lesquels s'inséraient des gobelets en plastique tachés de rouge.

Donc, oui, il avait déniché le rouleau de papier goudronné dont il avait besoin pour réparer le trou dans le toit, en plus des indispensables clous et marteau, et de trois bardeaux de rechange pour remplacer ceux endommagés par la tempête…

Sa vue acérée repéra un mouvement sur sa gauche et il interrompit aussitôt ses coups de marteau pour pister l'intrusion dans son champ de vision.

À l'arrière du bâtiment des bureaux, une silhouette venait d'émerger dans le soleil. Elle marcha jusqu'à la balustrade de l'étroit porche et contempla, entre les arbres, le lac de la vallée au loin.

Son corps sut qu'il s'agissait de Lydia Susi avant même que ses yeux le lui confirment.

Et c'était un problème.

Tout comme ce moment qu'ils avaient partagé dans son bureau. Et celui de la veille au soir. Et l'instant où il l'avait rencontrée pour la première fois.

Tandis que ses pensées s'attardaient sur une image parfaitement claire de la jeune femme assise sur sa chaise de bureau en train de le mater, il n'eut pas conscience de baisser son marteau. La bonne nouvelle, c'est que son esprit passa rapidement à autre chose, mais, la mauvaise, c'est qu'il remplaça ce souvenir-là par une préoccupation effective pour la jeune femme qui, appuyée à la balustrade, contemplait toujours le panorama.

La vue était brouillée – du moins, celle de Lydia. La sienne était parfaite, étant donné qu'il se contrefichait du lac en contrebas, ou des montagnes à l'autre bout de la vallée. Non, la jeune femme formait pour lui un paysage tout à fait satisfaisant à observer. Tout chez elle : son profil, ses épaules, son dos, la courbe de ses fesses et ses longues jambes offraient plus qu'assez de matière à ses yeux pour s'attarder dessus. Et il trouvait dommage qu'elle ait troqué ses leggings de sport pour un ample pantalon de randonnée avec des poches sur les côtés.

Toutefois, l'humeur de la jeune femme était aussi à prendre en compte. Alors que la brise tiède soulevait légèrement les mèches blondes encadrant son visage et que les oiseaux gazouillaient doucement autour d'elle, elle semblait être en proie à un conflit intérieur ; elle se débattait clairement avec quelque chose ou quelqu'un dans sa tête. Et il se demanda si ce n'était pas avec elle-même.

Elle avait menti quand elle avait prétendu avoir placé l'ordinateur dans le plat longtemps auparavant. Il l'avait vue accomplir cette action la nuit précédente.

C'était plutôt ironique qu'il l'ait espionnée juste au moment où elle avait de toute évidence œuvré afin que sa tour s'autodétruise dans la nuit.

Reposant son marteau, il redescendit la pente du toit à quatre pattes et sauta par-dessus la gouttière, pour atterrir sur le sol avec un rebond. Ensuite, il se dirigea vers le bâtiment principal tout en remontant son jean et en se passant une main dans les cheveux. Ses bottes étaient lourdes, mais il veilla à ce qu'elles n'émettent aucun bruit quand il marcha sur le gravier mouillé et, lorsqu'il traversa la pelouse, il baissa le menton pour que, en passant devant les fenêtres de la salle d'attente, la réceptionniste aux cheveux roses pense qu'il était occupé à quelque chose d'important.

Ce n'était pas un mensonge.

Lydia le désirait. Physiquement, s'entendait. Et il comptait bien se servir de cette attirance à son avantage.

Mais il la désirait également. Il allait donc devoir se montrer prudent, et, en cela, ils faisaient la paire tous les deux. Lui aussi se débattait avec lui-même.

Chips.

Lorsqu'il grimpa les marches du porche, il le fit en silence, car il voulait qu'elle reste concentrée… pour pouvoir l'étudier encore un peu. Il éprouvait également le besoin d'avoir le contrôle de leur interaction.

— Vous voyez quelque chose d'anormal ? demanda-t-il quand il fut prêt.

Sa cible se retourna d'un bloc et posa une main à la base de sa gorge.

— Je ne vous ai pas entendu.

— Désolé de vous avoir surprise.

— C'est bon. (Elle se tourna de nouveau pour regarder le paysage.) Je suis nerveuse, c'est tout.

Il garda le silence, afin de l'inciter à s'exprimer, car il était curieux de voir ce qu'elle choisirait comme sujet de conversation.

Quand elle se contenta de s'abîmer dans la contemplation du lac sans rien dire, il l'encouragea :

— Est-ce que c'est à cause de ce qu'il y avait dans le journal ce matin ?

Elle pivota encore une fois dans sa direction et leva la tête vers les rayons du soleil qui trouaient par endroits la couche nuageuse, et ses yeux bruns accrochèrent si bien la lumière dorée que ses iris prirent la couleur du whisky.

C'est approprié, songea-t-il vaguement. *Un homme pourrait s'en griser.*

Mais pas lui. Il serait peut-être échauffé, mais Daniel Joseph ne serait pas grisé, et encore moins ivre.

— Je l'ai vu dans la salle de pause, murmura-t-il. C'était à la une du journal. J'ai lu l'article sur le randonneur qu'on a découvert pas loin d'ici.

— C'était à six bons kilomètres de là, dans la réserve.

— C'est très proche. Si on compare avec la frontière canadienne.

— Vous ne courez aucun danger à travailler ici, si c'est ce qui vous inquiète.

— Je n'ai pas peur.

Elle l'observa un moment, puis écarta une mèche rebelle de son visage.

— Vous devriez peut-être. Les loups sont des animaux sauvages. Ils obéissent à leurs propres règles.

— Laissez-moi nuancer ma déclaration. La peur est une création de l'esprit. C'est une fiction intérieure.

Il leva les mains.

— Si vous refusez d'y croire, c'est comme un feu privé d'oxygène. Une étincelle sans carburant.

Elle tourna une fois de plus les yeux vers l'eau et la montagne en face d'eux.

— Vous n'avez pas encore croisé le véritable mal. Et je vous félicite de votre chance.

— Ce n'est pas le lac que vous regardez, hein ? C'est ce truc sur la montagne, le chantier.

— Une abomination, marmonna-t-elle. Une vraie verrue.

Daniel la rejoignit devant la balustrade.

— C'est là que l'hôtel sera édifié, n'est-ce pas ?

— Pas si je peux l'empêcher. (Un rire dur échappa à la jeune femme.) Et je ne le peux pas.

— Voilà donc votre mal.

— Ils prennent des choses alors qu'ils n'en ont pas le droit… et n'essayez pas de me rétorquer qu'ils sont propriétaires du terrain, et qu'ils peuvent donc y construire ce qu'ils veulent. Ils empoisonnent les loups de ma réserve, ce qui est plus qu'illégal.

— Meurtre d'animaux au premier degré ?

Un regard plein de colère l'épingla.

— Vous trouvez ça drôle ?

— Je n'ai aucun sens de l'humour, vous vous rappelez ? Et je n'exprime pas une opinion, j'essaie juste de clarifier la vôtre. Je ne m'implique jamais dans les affaires d'autrui.

— Eh bien, parfois, il le faut, sous peine de ne plus pouvoir dormir la nuit. (Elle se racla la gorge.) Ou alors je suppose qu'on peut vivre sa vie sans être relié à rien, en flottant au-dessus de tout cela, tandis qu'on passe d'un endroit à un autre. J'arguerais que ce genre de détachement ne tient pas chaud, mais engourdit. Mais qu'est-ce que j'en sais ?

La porte vitrée coulissante s'ouvrit derrière eux, et la réceptionniste aux cheveux roses passa la tête dehors.

— Lydia, le directeur général est là et il veut te voir dans son bureau.

— Peter est ici ? (La stupéfaction se peignit sur le visage de sa femme.) Je croyais qu'il ne devait pas venir aujourd'hui.

Non qu'elle soit tienne, souligna-t-il pour lui-même.

— Surprise, surprise. Et il veut une audience royale avec toi, petite veinarde.

Lydia baissa la tête et rentra. Lorsqu'elle referma la porte, il pensa qu'elle regarderait en arrière, mais elle ne le fit pas.

Laissé seul, Daniel plissa les yeux en direction du chantier de l'autre côté de la vallée.

Si seulement elle connaissait la vérité, songea-t-il avec un sourire dur. Les loups étaient bien davantage pour lui qu'une affaire dans laquelle il devait s'impliquer.

Mais il devait garder cette information pour lui pendant toute la durée de son séjour ici. Surtout en présence de gens comme elle.

Chapitre 8

Lydia s'arrêta devant la porte ouverte de Peter Wynne. Toquant contre le chambranle, elle attendit qu'il lève les yeux de son téléphone.

Elle en profita pour scruter la couronne de cheveux blond-roux du directeur. Il les gardait courts et raides, avec une raie stricte sur le côté qui lui permettait de rabattre des mèches sur le dessus de son crâne qui commençait à se dégarnir même s'il n'avait pas encore quarante ans. De façon identique, le reste de sa personne semblait prématurément vieilli en raison de son blazer bleu marine et de son pantalon de flanelle grise, de sa chemise et de sa cravate club, qui n'étaient pas le genre de tenue que portaient habituellement les hommes de sa génération.

C'était comme si on l'avait extrait d'une publicité de vêtements pour hommes de 1987 et lâché dans le présent…

Avec un juron, il reposa vivement son portable à plat sur l'écran et jeta un coup d'œil à Lydia à travers ses lunettes à monture d'acier… avant de la regarder une seconde fois d'un air interdit, comme si on venait de le gifler.

— Bon Dieu ! ne me prends pas par surprise comme ça.

Elle leva les mains.

— Je suis désolée, mais c'est toi qui as demandé à me voir.

— Non, pas du tout.

Oh, Candy !

— Eh bien, puisque je suis là, j'ai besoin que tu signes le contrat de travail du nouvel employé…

— Contente-toi de le signer à ma place.

Lydia sourcilla.

— Ma signature n'est pas autorisée pour…

— Signe de mon nom, pas du tien.

Il lui donna congé d'un geste de la main et reprit son téléphone.

— Maintenant, si tu veux bien m'excuser, je suis occupé.

Lydia jeta un coup d'œil derrière elle, avant de s'enfermer avec lui dans le bureau. Elle vit ses doigts voler au-dessus de l'écran tandis qu'il tapait un SMS à toute vitesse.

Quand il redressa de nouveau la tête, il sourcilla comme s'il était désorienté. Comme s'il avait perdu le fil du temps… ou oublié qu'il l'avait renvoyée.

— Quoi encore ?

— Est-ce que ça va ? lui demanda-t-elle. Je sais qu'on ne se côtoie pas en dehors du boulot, mais il se passe clairement quelque chose.

Peter Wynne prit une profonde inspiration, à la façon de quelqu'un qui désire qu'on le laisse seul tout en sachant que hurler à pleins poumons aura l'effet inverse.

— Ça va. (Il riva une fois de plus les yeux sur son téléphone.) Je suis juste occupé à préparer le conseil d'administration du mois prochain.

— Donc tu as vu l'état des finances ?

Lorsqu'il recommença à taper des textos sans lui répondre, elle s'avança jusqu'à son bureau, plaqua ses mains dessus et se pencha vers lui.

— La dernière fois que tu as passé une journée entière au Centre, c'était il y a un mois. Je n'ai pas besoin des détails. Je ne te demande pas d'explications ; ce que je veux de toi, c'est soit que tu démissionnes, soit que tu t'investisses davantage dans ce Centre. Tu es le directeur général…

Cette fois, il n'y eut pas de juron.

— Je n'ai vraiment pas le temps pour discuter de ça maintenant…

— Il n'est pas question de ce dont tu as besoin, mais de tout ce qui n'arrivera pas ici tant que tu n'auras pas cédé ta place ou que tu ne te seras pas repris en main. Cette organisation doit avoir un chef, et, sur le papier, c'est toi. Quelque chose doit changer, et je te donne l'occasion de faire un choix avant que je ne le fasse pour toi.

— Tu ne peux pas me virer.

— Mais le conseil d'administration, si. Et ils ignorent l'ampleur de ton absentéisme, parce que c'est moi qui ai fait ton boulot tout ce temps-là, mais cela peut changer avec un coup de téléphone.

Peter reposa son portable et, lorsqu'il se redressa sur sa chaise, on entendit un grincement.

— Très bien, je vais signer les papiers pour le contrat de travail si tu les apportes tout de suite. Ensuite, il faudra que j'y aille.

Lydia dévisagea l'homme. Il avait perdu du poids, et cela faisait un moment qu'il n'était pas allé chez le coiffeur. Un côté de son col n'était pas boutonné et il y avait une tache sur sa cravate.

— Nom de Dieu, c'est quoi ton problème !? s'écria-t-il.

— Tu as peur, s'entendit-elle répondre. Que se passe-t-il, Peter ?

— Dehors. Tout de suite. (Il haussa le ton.) Je suis sérieux, Lydia. Toi et moi n'avons jamais eu de problème avant, mais, si tu ne me lâches pas, on va en avoir un gros.

Se redressant lentement, elle secoua la tête.

— Je vais aller voir le conseil d'administration. Juste pour qu'on soit au clair, toi et moi. Ça ne peut plus durer.

— Tu as raison, marmonna-t-il en consultant son téléphone tout en se levant.

— Donc tu veux que je te fasse virer ?

— Je n'ai pas le temps d'en débattre avec toi. Signe ces conneries pour moi, et dégage de mon chemin.

L'homme contourna son bureau et la dépassa en trombe, la bousculant au passage. Et ce fut alors qu'elle sentit qu'il puait. Il ne s'était pas douché depuis des jours.

Il ouvrit la porte et s'en alla. Alors qu'il parvenait au niveau de l'accueil, Candy lui dit quelque chose, mais n'obtint pas de réponse. Ou trop marmonnée pour être compréhensible…

Le téléphone fixe sur le bureau de Peter se mit à sonner, et Lydia sursauta. À la deuxième sonnerie, elle décrocha le combiné.

— Allô ? dit-elle.

Il y eut un silence.

— Allô ? répéta-t-elle.

« Clic. »

Après avoir raccroché, elle sortit à son tour du bureau et alla se placer devant les fenêtres de la salle d'attente. Lorsque Candy leva les yeux de la liste de noms qu'elle consultait, un 4 x 4 blanc Mercedes que Lydia n'avait jamais vu quitta le parking à vive allure en soulevant une gerbe de graviers.

— Il va me manquer, murmura Candy. Autant que les mouches noires en juin.

Lydia lui jeta un coup d'œil, puis se racla la gorge.

— Est-ce que tu viens de transférer un appel sur le téléphone de Peter ?

— Ouais. C'était son cul qui lui demandait de sortir sa tête de là et de la remettre à la bonne place. Ça commence à être serré là-dedans, et il fait tout noir…

— Je suis sérieuse. Est-ce qu'un appel est arrivé pour lui ?

Candy fronça les sourcils.

— Non, mais il a une ligne directe.

Avec un mauvais pressentiment, Lydia retourna dans le bureau du directeur. Regardant autour d'elle, elle remarqua les trois diplômes sur le mur. La disposition des fournitures de bureau sur la table. L'alignement de livres sur les étagères. Le portemanteau sur lequel un cardigan suspendu par son étiquette de col se déformait lentement.

— Pour quelle véritable raison es-tu vraiment venu aujourd'hui ? murmura-t-elle en contemplant le fauteuil. Qu'est-ce que tu cherchais… ?

— Qu'est-ce que tu fais ? demanda Candy depuis la porte.

D'un air absent, Lydia répondit :

— Je vais rester ici un petit moment. Je veux que personne n'entre.

— Il n'y a que Rick ici.

— Même Rick.

L'expression de Candy se figea.

— Qu'est-ce qui se passe, Lydia ?

— Je vais le découvrir.

Alors que le soleil déclinait à l'horizon, Daniel replaça enfin le marteau là où il l'avait trouvé dans le bâtiment de l'équipement. C'est-à-dire posé au hasard sur un établi qui avait connu une très rude existence. Si on retirait encore un élément à sa structure, Dieu seul saurait encore de quoi il s'agissait.

Quand il se retourna, il se figea.

— Je ne vous avais pas entendue.

La jeune femme qui avait occupé son esprit tout l'après-midi se tenait sur le seuil de la porte ouverte du garage, et elle semblait étinceler sous les rayons du soleil qui ruisselaient dans son dos.

— Je suppose qu'on peut tous les deux jouer à surprendre l'autre. (Lydia baissa les yeux sur le sol de béton.) Bref, je suis venue pour…

— Je peux vous poser une question ?

Elle parut hésiter avant de redresser la tête.

— Bien sûr. Je ne sais pas si je pourrai y répondre, mais je vais essayer.

— Est-ce que la lumière du soleil vous trouve toujours systématiquement ?

Elle eut un petit mouvement de recul de la tête, comme s'il l'avait surprise.

— Je vous demande pardon… Quoi ?

Il se retourna vers l'établi pour prendre une peau de chamois rouge. Le chiffon était taché, mais moins que les autres. Il s'essuya les mains, en prenant tout son temps.

— Je me demandais, c'est tout. (Il haussa les épaules.) Ce matin sur le porche, et maintenant ici ? On dirait que le soleil vous aime bien.

Il ne se retourna pas pour la regarder car il voulait qu'elle retienne ce moment, et il savait que, s'il établissait un contact visuel, elle se sentirait forcée de ne pas le prendre au sérieux. De changer de sujet. De passer à autre chose.

— Je ne sais pas trop quoi répondre à ça, murmura-t-elle.

— Vous n'avez pas besoin de dire quoi que ce soit.

— C'était une question.

— Plutôt rhétorique, en fait. (Cette fois-ci, il se retourna et la regarda.) Désolé si je vous ai embarrassée.

— Pas du tout.

— Vous mentez. (Il haussa de nouveau les épaules.) Mais on dirait que c'est moi qui vous dois des excuses. Je dépasse les bornes, pas vrai ? Je vous promets que je ne suis pas une ordure.

— Je sais que vous n'en êtes pas une.

— Non, vous n'en savez rien, mais je vais vous le prouver. (Il esquissa un demi-sourire.) Je suppose que je ne suis pas habitué à cela.

— À quoi ?

Il baissa langoureusement les paupières.

— Vous voulez vraiment que je réponde à ça ?

Elle s'éclaircit la voix et posa les mains sur ses hanches.

— Non, je pense qu'il vaut probablement mieux pour nous deux que vous vous absteniez. Bref, je suis venue vous dire que j'étais désolée de la façon dont je me suis comportée sur le porche. Je n'avais aucun droit de formuler des insinuations sur votre personne ou votre vie. J'ai laissé ma frustration prendre le dessus, et c'était non seulement injuste, mais également non professionnel. Donc, voilà, je suis désolée.

— Ne vous inquiétez pas.

— Non, vraiment, je…

— Je ne me rappelle même pas ce que vous avez dit, pour être honnête. (Il reposa le chiffon.) Je n'ai pas une très bonne mémoire à court terme, et, oui, c'est sans doute lié à mon existence nomade.

— Je ne vous juge pas, dit-elle avec un regard sincère.

Mince ! il pourrait supporter qu'on le mate de la sorte un petit moment. Surtout si c'était elle qui le faisait.

— Ça ne me dérange pas que vous me jugiez. Ne le prenez pas mal, mais je me fiche de ce que les gens pensent de moi.

Tandis qu'une étrange vibration se faisait ressentir dans sa poitrine, il désigna un point au-dessus de lui.

—Alors, à propos du toit. Désolé que la réparation ait pris autant de temps. Après avoir réparé les dégâts directement causés par la chute d'un arbre, j'ai découvert plusieurs bardeaux descellés côté nord, sans doute parce que c'est par là qu'arrivent les tempêtes. Dorénavant, ça devrait tenir. J'ai également changé les ampoules des lampes extérieures du bâtiment principal et je commencerai à réparer les ponts lundi. On prévoit du beau temps… Quelque chose ne va pas ?

—Hum ? répondit-elle d'un air distrait.

—Vous froncez des sourcils.

—Ah ? demanda-t-elle. Je veux dire, vraiment ? En fait je suis soulagée que vous ayez déjà réparé quelque chose ici. En ce moment, tout me paraît tellement… insurmontable. Même une ampoule neuve me fait l'effet d'un miracle.

Ses mains tremblaient légèrement quand elle les posa sur son visage. Appuyant sur ses yeux, elle donna l'impression d'essayer de se les arracher.

—La journée a été difficile ? lui demanda-t-il doucement.

—Elles le sont toutes ces derniers temps.

—Et pourquoi ?

—C'est comme ça, voilà tout. (Elle se tourna vers le bâtiment principal.) Vous savez, cela me rappelle une chose que mon grand-père répétait tout le temps. La réalité est comme une pièce de monnaie. Elle comporte deux faces, mais on ne peut jamais en voir qu'une seule à la fois.

—Qu'est-ce qui échappe à votre compréhension exactement ?

—Oh ! peu importe. (Elle balaya ses propos d'un geste de la main.) Alors, vous avez trouvé un logement en ville ? Vous savez, pour quand vous reviendrez.

— J'ai quelques pistes.

— Avez-vous fait la connaissance de Shirley ? à l'agence immobilière de Walters ? S'il vous faut une recommandation, je vous la fournirai avec plaisir.

— Même si je ne fais que passer dans la vie ?

Elle s'empourpra.

— Je croyais que vous ne vous en souveniez pas ?

Il haussa encore les épaules.

— Je n'ai pas envie de me souvenir de ce que vous avez dit. Qu'en pensez-vous ?

— Alors je vous ai vraiment insulté ?

— Non, mais vous vous appesantissez là-dessus. Et je n'aime pas les gens qui s'appesantissent sur un sujet.

Lorsqu'elle haussa les sourcils, il découvrit qu'il éprouvait le même genre d'étonnement qu'elle.

— Je ne viens pas de dire ça, murmura-t-il.

— Ah bon ?

— Non. (Il secoua la tête et la dévisagea.) Pas du tout.

Lydia détourna les yeux, avant de le regarder de nouveau.

— Daniel Joseph, jamais Danny, je soupçonne votre calme de n'être qu'une apparence trompeuse chez vous.

— Puis-je vous poser une autre question ?

— Bien sûr. Allez-y.

— Quelle est la politique en vigueur au Centre concernant les employés qui dînent ensemble ? (Il leva les paumes de ses mains.) Je ne vous demande pas ça pour vous. J'aimerais savoir si je peux inviter Candy à dîner dehors. Je crois qu'elle est célibataire et je pense que je tenterai ma chance avec elle la semaine prochaine.

Lydia se mit à sourire.

— Il faudra en parler aux RH.

— Et qui sont les RH ?

— Je suppose que c'est moi. Vu que notre directeur général est très souvent absent ces derniers temps.

Daniel avança d'un pas, simplement parce que son corps désirait être plus proche de celui de la jeune femme.

— Alors, madame RH, est-ce que je peux sortir dîner avec vous ou pas ?

La rougeur qui lui empourpra le visage était ravissante : elle colora la colonne de sa gorge et raviva le rose de ses joues et de ses lèvres.

— Je croyais qu'il s'agissait de Candy ?

— J'ai menti parce que j'essayais de ne pas paraître trop transparent. Comme ça, si cela n'avait pas été autorisé, je n'aurais pas eu l'air embarrassé devant vous.

— Et pourtant vous venez de vous dévoiler.

— Que voulez-vous, je mens très mal. (Il se passa la main dans les cheveux.) Alors, qu'en dites-vous ? Juste un dîner. Rien d'autre – et il peut avoir lieu dans un lieu public, si vous préférez. Vous savez, au cas où je serais un harceleur.

— Est-ce que vous en êtes un ?

— Non. (Du pouce, il indiqua sa moto.) J'ai ma carte d'anti-harceleur dans mon portefeuille, là-bas.

— J'ignorais qu'il existait une agence gouvernementale qui s'occupait de ce genre de certification.

— Il existe toutes sortes d'agences fédérales de niche.

— Ah ! plus on en sait… (De la tête, elle désigna la moto.) Alors Paul s'est occupé de vous, hein ?

— Oui. Et vous, réfléchissez à ce dîner, mais il ne pourra pas avoir lieu ce week-end, bien sûr. Je dois aller chercher mes affaires, même si je ne possède pas grand-chose.

— Le minimalisme n'est pas apprécié à sa juste valeur dans ce monde. (Elle s'esclaffa.) Je suis drôle.

— Je ne saurais vous dire. (Il se pencha vers elle.) Mais je vous crois sur parole.

Elle baissa les yeux – sur sa bouche –, puis les leva de nouveau pour croiser encore son regard.

— Daniel…

Il leva la paume.

— Attendez, je sais ce que vous allez dire.

— Et qu'allais-je dire ?

— Vous ne voulez pas de complications. (Il haussa les épaules.) Mais, vous voyez, c'est le point positif avec les nomades. On ne cherche rien de sérieux nous non plus.

— Alors pourquoi même commencer en m'invitant à dîner ?

— Considérant votre formation de biologiste, je suis surpris de devoir vous expliquer le fonctionnement du corps humain. Vous savez, la prise alimentaire, la conversion des acides gras, des glucides et des protéines en énergie, c'est un peu nécessaire à la vie.

Lorsqu'elle lui décocha un regard amusé, il poursuivit :

— Vous voulez que j'aille chercher un tableau blanc et un marqueur ? Peut-être que des schémas vous aideraient…

— OK, vous voyez, vous m'avez déjà menti une fois.

— Oh ?

— Vous avez bel et bien le sens de l'humour.

Lorsque quelqu'un sortit de l'arrière du bâtiment, tous deux regardèrent en direction du parking. Le vétérinaire, Rick, remonta ses lunettes sur son nez aquilin. Quand il remarqua qu'on l'observait, il eut un mouvement de surprise et ralentit l'allure.

Puis il baissa la tête et rejoignit sa voiture.

— Je dois aller voir Rick, attendez.

Elle courut à petites foulées souples jusqu'au parking et intercepta la Jeep alors que cette dernière faisait marche arrière. Penchée au niveau de la vitre conducteur qui s'était abaissée, elle eut un bref échange avec l'homme, puis elle hocha la tête, recula et repartit en lui faisant un petit salut de la main.

Ce type est totalement amoureux d'elle, songea Daniel.

Parce que la voiture ne bougea pas immédiatement tandis qu'elle revenait vers le garage. Parce que, lorsque le conducteur mit enfin les gaz, il s'en alla à toute vitesse. Daniel aurait été prêt à parier que le véto avait gardé les yeux rivés sur son rétroviseur tout le temps qu'il avait mis à remonter l'allée.

— Je vais regagner mon bureau, annonça-t-elle. Vous partez bientôt ?

— Oui, le trajet jusqu'à Glens Falls est assez long et j'aimerais arriver tôt là-bas.

— D'accord. Alors je vous revois lundi. Soyez prudent.

— Je le suis toujours.

Elle tourna les talons, avant de pivoter de nouveau vers lui.

— Je ne peux pas dîner avec vous, je suis désolée. C'est juste que… c'est juste que ça ne serait pas très convenable. Je ne suis pas votre patronne, mais nous sommes une petite organisation et… vous savez.

— Je comprends tout à fait, marmonna-t-il. Vous êtes une professionnelle, et je respecte cela.

Avec un hochement de tête, comme s'ils étaient parvenus à un accord négocié aussi inébranlable qu'un mur de briques, elle leva la main et murmura un au revoir.

Daniel l'observa qui s'éloignait. Et fut certain que Rick avait reçu le même message à un moment donné. Cela expliquait ce désir ardent sur le visage du vétérinaire.

S'il avait été un autre genre d'homme, il aurait compris ce qu'éprouvait ce type.

Heureusement qu'ils n'avaient rien en commun.

Chapitre 9

De retour dans le bâtiment principal, Lydia rejoignit Candy, qui enfilait son manteau.

— Eh ! est-ce que Daniel a rempli les papiers pour être payé ?

— Bien sûr. J'ai même rentré son dossier dans le système.

— Oh ! bien.

— Tu veux voir ce qu'il a inscrit ? (Candy haussa un sourcil.) À titre purement professionnel, bien sûr.

— Cela ne me regarde pas…

— Il a vingt-huit ans. Son adresse postale est à Glens Falls. Il n'a indiqué aucun contact ni parent proche à prévenir en cas d'urgence. Il y a quatre fois le chiffre 4 dans son numéro de sécurité sociale. Je ne sais pas ce que cela signifie, mais c'est mon chiffre préféré, donc je prends ça comme un bon signe. Oh ! et j'ai vérifié la banque. Tu n'as pas encaissé ton chèque même si tu es allée en ville à la pause-déjeuner. Alors je suppose que c'est comme ça que nous avons les moyens de le payer ?

Lydia ouvrit la bouche et la referma aussitôt.

Sa collègue remonta son lourd sac à main sur son épaule.

— Ce n'est pas bien. Tu as des factures à régler, toi aussi.

— Peut-être que je n'ai simplement pas eu le temps de passer à la banque.

— Bien sûr. Et ces cheveux roses convainquent tout le monde que je ne suis pas à la retraite.

Lydia ne put réprimer un sourire. Le pull du jour était lavande, avec un rang de papillons autour du col et des poignets. Sous la parka de Candy, c'était comme si le printemps tentait de se dégager du poids de l'hiver. Une métaphore en laine.

— Est-ce que c'est pour cela que tu as coloré tes séduisantes mèches ? demanda-t-elle.

— Séduisantes ? Vraiment ? (Candy haussa les épaules et son visage prit une expression songeuse.) Et, je ne sais pas, mais parfois… on n'a tout simplement pas envie de se ressembler. Même si ce n'est que pour quelques jours et pour une raison idiote. Vu que je suis sur le point de rentrer chez moi pour nourrir mon chat et décider quel plat surgelé mettre au micro-ondes, tu peux comprendre que je puisse avoir envie de changement.

— Oh ! Candy…

Celle-ci leva vivement l'index, puis plaça la main en coupe derrière son oreille.

— Est-ce que j'ai demandé de la compassion ? Je ne crois pas. Je suis heureuse de mes choix. Je n'ai pas à faire la lessive de quelqu'un d'autre, je sais toujours ce qu'il y a ou pas dans mon réfrigérateur, et je contrôle ma télécommande. Partout en Amérique, des femmes aimeraient être moi.

— Je ne t'offrais pas ma compassion, je te le jure. J'estime que l'indépendance est très importante dans la vie.

— Bien, mais tu vas quand même devoir me rembourser.

— Pour quoi ?

— Pour t'avoir inscrite comme contact d'urgence de notre homme à tout faire… et ne me lance pas ce regard. Sache que je ne l'ai pas fait pour jouer les entremetteuses, mais parce que c'est la règle. Tout le monde doit en avoir un, et j'aurais mis Peter s'il n'était pas toujours absent. Donc voilà. À présent, j'ai fini ma journée et je ne parle plus boulot avant 8 h 30 lundi matin… enfin, peut-être 8 h 45 si je me retrouve encore coincée derrière le tracteur de Miser.

— Candy, je ne te crois pas quand tu dis que tu ne joues pas les entremetteuses.

— Je refuse de discuter boulot avant lundi…

— Tu as fait de la numérologie à partir de son numéro de sécu…

— Ce n'était qu'une observation.

— Tu as dit que c'était bon signe.

Candy haussa les épaules.

— Je ne peux pas t'aider. Avant lundi matin, je ne parle plus boutique, et vous êtes de la boutique tous les deux.

— Raison pour laquelle on ne peut pas sortir ensemble…

— Aha ! (L'index fit une nouvelle apparition.) Je *savais* qu'il te plaisait.

— Attends, quoi… Il ne me plaît pas. Je veux dire seulement en tant qu'être humain.

Candy éclata de rire.

— J'ai vu comment tu le matais. Et lui aussi.

Lydia ouvrit la bouche. La referma. Eut l'impression d'être sur un navire en train de sombrer… voire peut-être ayant déjà coulé au fond de l'océan.

— Je ne sais pas quoi répondre à cela.

Elle poursuivit à toute vitesse avant que Candy s'explique et qu'elle en entende beaucoup trop sur tout ce que tout le monde avait remarqué.

— Mais je voulais te demander si tu avais la liste des invités pour le gala de bienfaisance à la fin du mois prochain. Je compte mettre les invitations sous pli durant le week-end et, oui, je sais que tu as fini ta journée… mais songe à quel point ton boulot sera plus facile si je m'occupe de tout ça à ta place.

— Bon. (Candy pinça ses lèvres roses.) Tu me connais bien, hein ? C'est vrai que ma journée est finie, mais tu vas m'épargner du travail. Hum…

— Y a-t-il vraiment un choix à faire ?

Candy retourna derrière son bureau et prit un dossier.

— Si tu attends jusqu'à lundi, je t'aiderai. Si tu le fais avant, tu seras toute seule. Voici la liste définitive. Cinq cents noms.

— J'accepte cette responsabilité en ayant pleinement connaissance des obstacles à affronter.

Lorsque Lydia fit mine de prendre la liste, Candy la maintint exprès hors de sa portée.

— Est-ce que tu as des pansements ?

— Pour quoi faire ?

— Tu n'as pas idée du risque de coupures dues au papier auquel tu t'exposes. Et ne lèche pas si cela t'arrive. Utilise plutôt ça.

Elle ouvrit le tiroir du haut et lui lança un bâton de colle, puis lui remit enfin le dossier.

— *Seinfeld*[1], c'était drôle et tout, mais, les agents cancérigènes, ça existe, alors, oui, j'ai utilisé de la teinture végétale pour mes cheveux. Ne me juge pas… En fait, prends deux bâtons de colle, au cas où tu serais à court. À présent, les enveloppes sont dans le placard à fournitures, au-dessus des boîtes d'invitations. Je n'ai pas imprimé les étiquettes, mais elles sont dans le mail que j'ai envoyé au conseil d'administration pour la dernière validation. Tu es en copie. Les étiquettes sont les Avery qu'on utilise toujours pour les paquets du CA.

— Tu as tout bien organisé.

1. Série humoristique américaine diffusée de juillet 1989 à mai 1998.

— Le gala de bienfaisance arrive bientôt, et on a besoin d'argent. Je pourrais jouer le rôle de Peter ce soir-là s'il ne peut pas, juste histoire d'être certaine qu'on ramène du fric au Centre. J'enfilerais son cardigan triste à pleurer et je teindrais mes cheveux couleur « désespoir de la quarantaine ».

— Je croyais qu'il était blond.

— Oui, mais un blond foireux.

Lydia ne put s'empêcher de rire.

— Passe un bon week-end.

— Toi aussi. (Candy se dirigea vers la porte, mais elle s'immobilisa soudain et lui jeta un dernier coup d'œil.) Écoute, s'il te propose un rencard, accepte.

— Peter ? (Lydia eut un mouvement de recul.) Jamais…

— Notre nouvel homme à tout faire.

Elle ajouta à voix basse :

— La vérité, c'est que personne ne voudrait être moi, et que ton existence a déjà bien trop de points communs avec ma vie et à un âge bien plus précoce que le mien quand j'ai levé le pied et mis les freins. Accepte, Lydia. Tu ne le regretteras pas.

Avant que Lydia puisse émettre la moindre protestation – ou affirme encore une fois que les RH n'approuveraient jamais ce type de relation –, Candy franchit la porte et la referma derrière elle.

Dans des circonstances normales, et pour des raisons évidentes, Lydia aurait poursuivi cette conversation jusqu'au parking mais, après une nuit passée dans sa voiture, les conneries de Peter et le fait que Candy soit capable d'embobiner Dieu en personne, sa décision de se défiler ressemblait fortement à un réflexe de survie.

Revenant sur ses pas, elle gagna le bureau du directeur général et s'installa derrière la table. Se connectant à l'ordinateur, elle chargea ses propres e-mails dans le navigateur, ouvrit le message de Candy concernant les étiquettes et fit apparaître le fichier. Dans la salle d'impression, elle installa les Avery dans la Xerox, puis retourna dans le bureau de Peter et appuya sur « Imprimer ».

De l'autre côté du couloir, les cliquetis de l'imprimante, accompagnés des légers bruissements du papier en train de sortir de la machine, lui offrirent très vite un fond sonore paisible et industrieux qui la berça comme une musique pendant qu'elle commençait à explorer l'ordinateur de Peter Wynne. Même si elle avait réclamé qu'on la laisse tranquille plus tôt, elle avait surtout mis à profit l'après-midi pour fouiller les tiroirs, le caisson de rangement et les étagères. Elle avait gardé la partie informatique pour la soirée, après les heures ouvrées, car, vu ce qu'elle avait fait la veille, elle n'était pas très pressée que quelqu'un découvre à quel point elle était douée avec un clavier.

Elle éplucha le disque dur, passant en revue tous les dossiers, mais aussi tout ce qu'il avait un jour effacé, son historique de recherche Internet et ses emplois du temps des cinq dernières années.

À mesure qu'elle fouillait, elle se sentait comme un joueur de base-ball prêt à recevoir une passe, ou la réponse en l'occurrence.

Et elle devinait ce que ce serait.

Elle possédait ce sixième sens-là…

Environ une heure plus tard, alors que le soleil était couché et l'impression des étiquettes achevée depuis longtemps, un bruit comme si l'on toquait à une porte se répercuta depuis l'avant du bâtiment. Il y eut un silence… et le son exigeant reprit.

Elle se leva de sa chaise et remonta le zip de son pull jusqu'à la gorge en regrettant que ce dernier ne soit pas à l'épreuve des balles.

Non qu'elle soit paranoïaque ni rien.

Nan.

Quand elle se dirigea vers l'accueil, elle eut l'impression de voir des ombres tapies partout dans le bâtiment, même si elle avait allumé toutes les lumières sur son passage. Et, lorsqu'elle jeta un coup d'œil par les vitres de la salle d'attente, les lampes de sécurité à détecteur de mouvement qui brillaient à l'extérieur auraient dû la rassurer… mais non.

Elle ne distinguait pas qui se trouvait dehors. Et aucune lumière n'éclairait le parking.

Si Candy était de retour parce qu'elle avait oublié quelque chose, ou si Peter avait décidé de se pointer, ils avaient les clés. Et Rick serait entré par l'arrière s'il était revenu surveiller l'état du loup, qui survivait à grand-peine.

Se rapprochant de la porte d'entrée, elle envisagea de faire semblant de ne pas être là, mais comment cela pouvait-il fonctionner avec sa voiture garée dehors ?

— Mademoiselle Susi ? appela une voix grave depuis l'extérieur.

Lydia se précipita pour ouvrir.

— Shérif ?

Eastwind ôta son chapeau et la salua d'un petit signe de tête. À le voir débarquer ainsi, dans son uniforme, avec son air sérieux, elle crut qu'il allait la menotter et l'embarquer à l'arrière de son véhicule. Après cela, ce serait *Orange Is the New Black*. Pour genre dix ans. Ou davantage ?

— J'ai croisé Candy au restaurant, et elle m'a dit que vous seriez probablement encore ici, expliqua-t-il. Ça vous ennuie si j'entre ?

— Je vous en prie. (Elle s'écarta pour lui laisser le passage.) Comment allez-vous ?

Plus important : comment, moi, je vais ? Suis-je considérée comme une criminelle ou… ?

— Bien, merci. Vous travaillez tard.

— Nous ne sommes que cinq au CEL. (Enfin, quatre qui bossaient effectivement.) Alors certaines journées se prolongent en soirée.

— Je connais bien.

Il jeta un coup d'œil au bureau de Candy. Regarda en direction du bureau de Lydia, au bout du couloir. Vérifia la salle d'attente.

— Bon, j'aimerais vous demander de l'aide. Et, juste pour être au clair, je ne viens pas avec un mandat ni rien.

— Bien sûr. De quoi avez-vous besoin ?

— Votre réserve dispose de caméras fixées à certains endroits, correct ?

Bingo, se dit-elle.

— Oui, en effet.

— Et combien de temps conservez-vous les enregistrements ?

— Éternellement. (Lorsqu'il parut surpris, elle hocha la tête.) Notre vidéosurveillance n'est pas à visée sécuritaire, comme pour une entreprise traditionnelle ou un lieu public. Les images collectées par nos caméras constituent des données indispensables à nos recherches. Tout est conservé sur le *cloud*, le nuage.

Eastwind secoua la tête.

— Là d'où je viens, les nuages donnent de la pluie. Bloquent le soleil. Cachent la lune. Je ne suis pas fait pour cette époque.

Elle sourit, même si son pouls s'emballait.

— Il y a des avantages à la technologie. C'est à propos du randonneur, pas vrai ?

— Oui, exactement.

— Je serais ravie de vous transmettre une copie des enregistrements dont nous disposons pour North Granite Ridge. Vous voulez que je remonte à combien de jours ? Trois ? Quatre ?

— Quatre, ce serait bien. Nous ne savons pas avec certitude quand l'attaque a eu lieu.

— Ce n'est peut-être pas un loup, vous savez. (Lorsqu'il émit un bruit évasif, elle tenta de hausser les épaules d'un air désinvolte.) Je vais vous envoyer les fichiers immédiatement. Il me faut juste une adresse mail, et je vous donnerai un lien Dropbox.

— « Dropbox » ?

— C'est un moyen de partager les gros fichiers.

— Oh ! ce serait super.

Dehors, dans la montagne, cet homme exerçait sa mission avec beaucoup d'autorité et d'assurance, mais ici, à l'intérieur, il était gauche et embarrassé d'une façon qui aurait pu paraître touchante… si l'objet de leur discussion n'avait pas été la vidéo qu'elle avait truquée pour égarer la justice.

— Je vous avertis toutefois, reprit-elle, nos caméras sont limitées. Elles ne peuvent filmer qu'une partie de chaque site, et leur angle de prise de vues change régulièrement de position. Il est possible que nous n'ayons rien sur la vidéo.

— Ce sera toujours davantage que ce que nous avons à l'heure actuelle.

— D'accord, très bien, je viens d'achever d'imprimer des adresses sur des étiquettes, donc je peux récupérer les enregistrements avant de partir.

Elle sortit un calepin et prit un stylo dans le pot de Candy.

— Quelle est votre adresse mail ?

— Tenez, prenez cette carte. (Il fouilla dans sa poche arrière.) C'est en bas.

Lydia prit ce qu'il lui tendait.

— Alors… vous avez identifié le randonneur ?

— Non, pas encore, mais on y arrivera.

— Et vous n'avez pas retrouvé de voiture abandonnée au départ des sentiers de randonnée, ou un autre type de véhicule ?

— Pas encore, non.

— Alors comment est-il arrivé dans la réserve ? Les randonneurs doivent bien démarrer quelque part sur les sentiers. À moins qu'il n'ait traversé la vallée à pied depuis un autre site accessible en voiture… comme le chantier de l'hôtel.

— L'enquête est en cours, je ne peux donc rien dire.

Elle mit les mains sur ses hanches.

— Avez-vous interrogé les gens qui travaillent sur le chantier de l'hôtel en leur montrant sa photo ? Qu'est-ce qu'ils ont dit ?

— Allons, mademoiselle Susi, vous savez quelle sera ma réponse…

— Qu'y avait-il dans son sac ?

— Je vous demande pardon ?

Les yeux sombres du shérif se plissèrent.

Merde ! elle s'était peut-être trahie.

— Eh bien, si c'était un randonneur, il avait probablement un sac à dos, non ? Est-ce que par hasard vous n'auriez pas trouvé des morceaux de viande empoisonnée dedans ? (Lorsque le shérif se contenta de la dévisager, elle secoua la tête.) Cette chaîne hôtelière ne fait pas partie de notre communauté. Pourquoi les protégez-vous ? Et, par pitié, ne me refaites pas le coup de l'enquête en cours pour ne pas me répondre. Je n'y crois pas.

Le shérif inclina la tête, puis recoiffa son chapeau.

— Merci de votre aide. J'ai hâte de recevoir les fichiers.

Comme l'homme tournait les talons, Lydia reprit :

— Jusqu'où cela va-t-il aller ? Jusqu'où allez-vous laisser la situation dégénérer ?

Le shérif s'en alla en silence et referma la porte derrière lui sans un bruit.

— Bon sang de bonsoir ! marmonna Lydia.

Tournant les talons, elle retraversa le bâtiment, passant devant le bureau de Peter sans y entrer cette fois-ci. Arrivée dans la partie clinique, elle poussa la porte de la salle d'examen. À l'intérieur, elle retint son souffle et s'enveloppa de ses bras.

Le loup était couché sur le côté, un masque à oxygène enfilé au bout du museau, et son flanc se soulevait et s'abaissait faiblement.

Elle s'attarda sur le seuil, en proie à une rage brute.

Quand elle ressortit, elle veilla à ce que la porte se referme sans un bruit, puis elle marcha jusqu'à son bureau et récupéra son portable. Cherchant un numéro sur Internet, elle passa un appel et attendit plusieurs sonneries avant que son correspondant décroche…

— Service des informations de WNDK. En quoi puis-je vous aider ? répondit laconiquement une voix masculine.

Chapitre 10

Angle de la XIIe Avenue et de Market Street
Centre-ville de Caldwell

Ah ! l'atroce contrecoup d'une mauvaise journée de sommeil, songea Xhex alors qu'elle se tenait, migraineuse, le dos plaqué contre le mur du fond du club.

Non, c'était plutôt un certain nombre de journées d'insomnie qu'elle cumulait à présent.

Tout autour d'elle, les humains se coupaient délibérément de la réalité en usant de drogues, d'alcool et d'orgasmes avec des inconnus pour échapper au malaise de leur quotidien. Qu'ils aient des boulots de merde ou travaillent pour des gens qu'ils détestaient… qu'ils soient dans une relation de couple pourrie… ou s'inquiètent d'un parent malade… ou souffrent de n'importe quel autre problème, ici, ils pouvaient planer, enfin libérés de tout ce qui leur pesait.

En tant que *symphathe*, elle avait une connaissance assez précise des soucis qu'ils désiraient oublier. Bon, d'accord, elle ignorait tout de leur nom ou de leur âge, mais savait tout des émotions qui les traversaient, car elle s'en repaissait. Son côté maléfique se nourrissait des sentiments toxiques qui contrôlaient les humains, les définissaient… et, au bout du compte, menaçaient de les détruire.

Même s'il y avait peut-être des gens dans le club qui fêtaient une bonne nouvelle, un diplôme, une promotion, un nouvel appartement ou leur couple, les sentiments positifs ne la nourrissaient pas, si bien qu'elle éliminait les personnes heureuses de sa sélection.

Et choisissait les accidentés de la route.

Mais bon, c'était peut-être à cause de ce qui se passait dans sa propre vie. Elle était sur le point d'exploser, bordel !

— Le malheur des autres réconforte, marmonna-t-elle pour elle-même tandis que son oreillette grésillait sans cesse de nouveaux rapports.

Le *Blasphème* était un nouveau club, appartenant au portefeuille d'entreprises de Trez Latimer, qui vendaient toutes sortes de produits de consommation légaux et moins légaux. Il en possédait désormais quatre, et chacun avait une ambiance différente. Celui-ci, en dépit de son nom, n'avait pas un thème antireligieux bien qu'il soit peint en rouge et noir, et qu'on y trouve beaucoup de détails gothiques. La clientèle était très *steampunk*, ce qui, compte tenu des goûts de Xhex, valait bien mieux que les adeptes du Botox, prétendument glamour, aux lèvres repulpées.

Mais personne ne lui avait posé la question.

Ce n'était pas plus mal.

Machinalement, elle scruta la foule du regard, sur la piste de danse, au bar et près des toilettes au fond du club, cherchant instinctivement les altercations sur le point d'éclater, les drogues consommées de façon trop visible, et les pénétrations engagées.

On pouvait se galocher autant qu'on voulait, mais on ne pouvait pas…

— Alex ?

Au son de la voix masculine, elle tourna la tête. T'Marcus Jones était un humain bâti comme un boxeur poids lourd, et, bien qu'il ait été embauché récemment, il n'était pas difficile de le respecter. Il était calme, imperturbable, et assez musclé pour l'emporter s'il devait intervenir pour rétablir l'ordre. Même quand la situation dégénérait en bagarre.

Oh ! et Alex Hess était le nom humain que Xhex utilisait toujours à Caldwell.

— Quoi de neuf ? lui demanda-t-elle.

— On a un fumeur dans le couloir du fond. (De la tête, T'Marcus désigna les toilettes.) Je suis allé lui demander de partir…

L'humain fit la grimace et se frotta le front comme s'il s'était fait embrocher le lobe frontal avec un pic à glace.

— C'est bon, lui dit-elle. Prends mon poste, je vais m'occuper de lui.

T'Marcus lui décocha un regard dur.

— Je ne te laisse pas tomber. Je ne…

— Je sais. Tout va bien.

Elle lui laissa la responsabilité de cet étage – preuve de la grande confiance qu'elle lui accordait déjà – et s'engagea dans le couloir en question. En passant devant les toilettes des femmes, son ouïe fine saisit de nombreux gémissements. Les toilettes des hommes, en face, étaient silencieuses, mais n'allaient probablement pas le rester très longtemps encore.

L'étroit corridor obliquait à gauche, mais elle sentit l'odeur du tabac turc avant même d'avoir atteint le tournant.

Et, étrangement, même si elle avait compris de qui il s'agissait, elle éprouva une désagréable surprise en découvrant Viszs tout au bout, près de la sortie de secours. Le frère était adossé au mur, un ranger appuyé contre la paroi, et son corps gainé de cuir était tendu comme un arc puissant.

— Tu sais, il existe des lois, dit-elle en le rejoignant.

V. tourna son regard de diamant glacial vers elle et caressa son bouc de sa main gantée de noir.

— Ah ! vraiment ? Raconte-moi tout.

— Dans l'État de New York, il est interdit de fumer dans les lieux publics…

Il leva la main qui tenait sa roulée.

— Ça te dérange ?

— Non.

— Alors c'est la seule loi que je respecte. L'État de New York peut aller se faire foutre.

— Je ne suis pas certaine que ce soit anatomiquement possible. Vu que c'est un territoire.

Xhex se planta face à lui.

— Alors, qu'est-ce qui t'amène ici ?

— Comment va ?

Ce n'était pas vraiment une question, mais, allons, comme si elle allait répondre à cela sincèrement.

— Super. Et toi ?

— Ça va nickel. (Il exhala un nuage de fumée.) Non, je crois que je vais encore mieux que ça.

— Ton ego est indemne, c'est bon à savoir.

Et ce fut alors qu'il se tut. Il se contenta ensuite de fumer en contemplant l'extrémité rougeoyante de la cigarette qu'il avait roulée, sans doute juste après le Premier Repas, vu l'heure.

— Crache le morceau, marmonna-t-elle. Et si c'est une espèce d'intervention musclée que tu es venu tenter, tu obtiendras un meilleur résultat en discutant avec un objet inanimé.

— Une intervention ? Nan. Je serais la dernière personne à m'opposer à l'autodestruction.

Elle n'en était pas si sûre. Son cynisme apparent… cachait un tueur de sang-froid, certes, mais le personnage obéissait également à ses propres règles de loyauté, qui ciblaient tous les gens de la demeure où elle vivait.

— Donc tu avais juste besoin d'un endroit où fumer ? (Elle désigna le couloir d'un geste large.) Il y a une grande ville juste là-dehors, remplie de bancs publics…

— J'ai rêvé de toi, l'interrompit-il rudement. Pendant la journée.

Le souffle de Xhex se coinça dans sa gorge.

— Oh, putain de merde !

Il y avait une foule de choses qu'une personne n'avait pas envie d'entendre : ton compagnon est mort au champ d'honneur ; ce membre ne repoussera pas ; Lassiter a la télécommande.

Et tout en haut de cette joyeuse liste figurait l'annonce que Viszs, le fils du Saigneur, avait rêvé d'elle.

Tout comme elle ne traquait que les drogués, les désespérés et les mécontents dans les clubs, il ne voyait toujours que les mauvaises nouvelles. Les très mauvaises nouvelles. Dans le futur.

— Dis-moi, articula-t-elle, les dents serrées. Dis-le-moi, putain ! peu importe ce que c'est.

Il s'écoula un long moment avant que le frère réponde… et ses yeux presque blancs et cerclés de bleu marine s'attachèrent aux siens bien avant qu'il parle. Alors que la peur lui transperçait la poitrine, le guerrier jeta un seul mot… et elle se sentit encore plus mal.

— Wolven, fut tout ce qu'il dit.

Chapitre 11

Deux jours plus tard, le dimanche matin, à Walters, Lydia découvrit des empreintes de pas dans la boue devant sa maison de location.

Le logement à deux niveaux, composé de deux chambres, d'une salle de bains et de toilettes séparées, s'étendait sur une surface rectangulaire assez étroite, même s'il était encadré de chaque côté par une mince bande de pelouse et des massifs d'arbres. Vu la configuration de la ville dans laquelle était sise la maison, il allait sans dire que ses plus proches voisins n'étaient qu'à quatre cents mètres de distance et que son allée ne mesurait guère plus de cent mètres de long.

Lorsqu'elle sortit sur le porche, elle portait ses baskets de course, son coupe-vent zippé jusqu'au cou, et ses écouteurs. À 10 heures, l'air était immobile et froid et, au-dessus d'elle, le ciel d'un bleu pâle presque délavé. Elle sentait toutefois la chaleur des rayons du soleil sur son visage, et c'était agréable.

C'était également apaisant, ce qui, vu la pression à laquelle son cerveau avait été soumis ces deniers jours, était exactement ce qu'il lui fallait. Même si c'était le genre de chose qui ne durait pas.

Après avoir verrouillé sa porte, elle s'étira les mollets sur les marches du porche, et prit plaisir à réfléchir un instant au simple problème consistant à choisir quelle direction prendre entre la droite et la gauche une fois qu'elle aurait atteint le bout de l'allée. La droite l'emmènerait le long de la route de campagne sur environ huit cents mètres avant qu'elle puisse rejoindre un sentier et effectuer quelques exercices de fractionnés sur le flanc de la montagne. La gauche l'entraînerait vers la ville, où elle passerait devant la poste, la supérette-restaurant et la banque, qui seraient fermées. Le choix semblait évident car il y avait – relativement – plus de trafic sur la route de la ville, sauf qu'elle n'avait pas envie d'aller dans la réserve.

Elle n'était pas convaincue qu'elle ne finirait pas sur le site de l'hôtel…

Tout d'abord, elle ne sut pas exactement ce qui avait attiré son attention, mais, lorsqu'elle jeta un coup d'œil autour d'elle, elle éprouva la même sensation que lorsqu'elle avait été certaine que quelqu'un avait déplacé quelque chose dans son bureau.

Son alarme intérieure ne se trompait jamais.

Et ce fut alors qu'elle aperçut les traces de pas contournant le porche. Les dépressions dans la terre humide étaient à peine visibles, mais le grand révélateur qu'était toujours le soleil projetait des ombres subtiles sur leurs contours, qui formaient un dessin indubitable d'empreintes de pas.

Descendant sur l'herbe brune et rabougrie, elle s'accroupit pour les examiner de plus près. Les traces étaient grandes et, bizarrement, ne présentaient aucun motif de semelle en relief. Elles étaient lisses et assez rectangulaires, et se dirigeaient vers la fenêtre du salon, mais elles faisaient en réalité tout le tour du rez-de-chaussée.

Elle les suivit, en veillant à ne pas les effacer, et les photographia même avec son téléphone. Parvenue à la porte de derrière, elle alluma la lampe torche de son Samsung et tenta de voir si son visiteur avait gravi l'étroit perron et laissé de la terre ou un résidu quelconque.

Difficile à dire.

Revenant à l'avant de sa maison, elle rentra et vérifia toutes les fenêtres. Tout était verrouillé, les vieux crochets de cuivre en place, et tous les carreaux de verre intacts, même si, vu l'étroitesse des lieux et le calme qui régnait la nuit, elle aurait entendu du bruit en cas d'intrusion.

Un froid engourdissant l'envahit.

Il avait plu le samedi après-midi. La netteté des marques et leur profondeur indiquaient qu'elles avaient été faites dans un sol humide… Elle devinait donc qu'elles devaient dater de la nuit précédente.

Dans la cuisine, elle scruta les plans de travail vides. La cuisinière, avec la bouilloire de son grand-père et la poêle qu'elle avait achetée un an auparavant posées sur les brûleurs froids. La table, avec ses deux chaises, l'unique set de table et le porte-serviettes, ainsi que son ordinateur portable, qui devait peut-être valoir six ou sept cents dollars.

C'était la seule chose de valeur transportable en sa possession. Enfin, il y avait une télévision fournie avec la maison et qui se trouvait toujours là où elle l'avait vue pour la dernière fois.

Un à un, elle ouvrit tous les placards. Les tiroirs. La porte du minuscule garde-manger.

Poussée par la paranoïa, elle gagna le salon et souleva les coussins du canapé. Prit les télécommandes et les reposa. Évalua la distance entre le bord du tapis et les pieds du vieux fauteuil. Vérifia l'abat-jour de la lampe.

Puis elle se tourna vers l'escalier.

Quelqu'un était-il entré dans la maison pendant qu'elle dormait ? Elle n'avait ni alarme, ni caméras de surveillance, ni lampes à détecteur de mouvement. Et on pouvait toujours crocheter une serrure, même solidement verrouillée.

Elle gravit les marches de pin, prenant soin d'éviter celle qui grinçait même s'il n'y avait personne d'autre qu'elle dans la maison. C'était impossible qu'on se soit introduit chez elle. Sans quoi elle aurait été blessée ou on lui aurait dérobé quelque chose.

Sur le palier du premier, elle jeta un coup d'œil par la porte ouverte de la salle de bains. La lumière du soleil la rassura, mais seulement parce que la partie de son cerveau sous l'influence de la pensée magique lui soufflait qu'il ne pouvait rien lui arriver de mal par un jour de printemps ensoleillé.

Le mal survenait la nuit.

Quand on dormait seule dans une maison.

Cela n'arrivait pas en plein jour. Peu importent les empreintes laissées dans la boue devant ses fenêtres.

La chambre d'amis – non qu'elle en ait reçu un jour – faisait face à la sienne, et elle y entra en premier, sans trop savoir ce qu'elle s'attendait à y trouver. Une marque sur l'oreiller ? Un creux sur la couverture artisanale ? Un verre d'eau oublié sur la table de chevet ?

Comme si elle avait eu un invité qu'elle aurait manqué.

Rien.

Elle vérifia le placard plaqué de cèdre du couloir, où elle rangeait les draps supplémentaires et ses pulls en été. Tout était à sa place, mais comme si un voleur allait emporter du linge de maison ?

Ravalant son angoisse, elle se tourna vers la porte de sa propre chambre. Il était impossible que quelqu'un soit entré là. Strictement impossible.

Pénétrant dans la pièce, elle lissa la couette de lit, qu'elle avait remise en place dès son lever, et passa la main sous les deux oreillers. Sur le coin de la petite table de nuit, elle vérifia que son vieux réveil, celui avec la radio qu'elle avait acheté à la fac et dont elle se servait encore, était toujours parfaitement positionné à angle droit.

Tout était à sa place.

Elle ouvrit les tiroirs de sa commode et l'étroit placard renfermant sa garde-robe, uniquement constituée de vêtements pratiques et décontractés. Elle regarda même sous le lit.

Juste avant de ressortir, elle jeta un dernier coup d'œil par-dessus son épaule. En face du lit, sous la fenêtre, il y avait une banquette encastrée dans l'embrasure, recouverte de coussins où, en théorie, on pouvait s'installer confortablement le dimanche et profiter de la lumière du soleil pour passer un agréable moment à lire le journal ou un livre tout en sirotant une tisane de camomille, vêtue d'une robe de chambre et de chaussettes épaisses. On pouvait même imaginer un chat gris au poil soyeux et aux yeux verts pelotonner à ses pieds et une couverture tricotée à poser sur ses jambes si on avait un peu froid.

C'était cette vision-là précisément qui s'était imposée à elle dès l'instant où elle était entrée dans la pièce. Et c'était pour cette raison-là qu'elle avait choisi de louer la maison.

Bien sûr, rien de cette illusion digne d'Instagram ne s'était concrétisé : elle ne se relaxait jamais, lisait rarement, détestait la tisane et n'avait pas de chat, mais le fantasme persistait quand même.

Dans le couloir, elle se passa une main sur le visage et effectua un rapide bilan de son examen des lieux. Il n'y avait pas eu d'effraction ni de vol. Ces empreintes de pas laissées en évidence devaient donc avoir un autre but, comme celui de lui envoyer le message qu'elle était surveillée. Et elle avait une idée du pourquoi on le lui avait envoyé.

Le vendredi soir, elle avait passé deux heures au téléphone avec le producteur télé de WNDK, puis elle lui avait transmis des photographies du piège à appât, de la viande et des résultats du test de Rick sur le poison utilisé. Elle avait hésité à partager une photo du loup… et, au bout du compte, avait envoyé à son correspondant un cliché de l'animal en lui disant qu'ils pouvaient l'utiliser, mais en aucun cas venir filmer l'animal ni le déranger d'une quelconque façon.

Une équipe allait venir l'interviewer au bureau.

Le chantier de l'hôtel restait en activité durant le week-end. Elle était prête à parier que le producteur s'y était rendu. Et que la station avait très certainement appelé le siège de l'entreprise pour obtenir une déclaration.

Lydia avait conscience qu'elle disposait de preuves fragiles : rien hormis le fait que le démarrage du chantier avait correspondu avec l'apparition des pièges, puis la découverte des trois loups empoisonnés. Il y avait donc une possibilité pour que les avocats de la chaîne hôtelière contestent ses accusations et étouffent toute l'affaire au prétexte de diffamation.

Ils étaient doués pour se débarrasser de ce qui les gênait.

Devait-elle appeler Eastwind ? s'interrogea-t-elle en redescendant l'escalier.

Jetant un coup d'œil à travers le panneau vitré à côté de la porte d'entrée, elle observa son allée. Elle discernait tout juste la route départementale au loin.

Sa maison se situait dans ce que les habitants considéraient comme la « partie animée » de la ville. Ce qui signifiait que le trafic pour entrer et sortir de Walters passait à proximité, mais il n'y avait aucun lampadaire le long de la route. Aucun luminaire n'éclairait non plus son allée de gravier. Elle ne disposait que d'une ampoule sur le devant et une autre au-dessus de la porte de derrière, dont aucune n'était équipée de détecteur de mouvement, ni ne restait allumée durant la nuit.

Même si cela allait changer, et dès le soir même.

Vu comme il pouvait faire noir, n'importe qui aurait pu se garer au bord de la route, tout près de son allée, et remonter à pied jusqu'à la maison pour en faire le tour…

Sa voiture.

Bon sang ! sa voiture était garée dehors parce qu'elle ne disposait pas de garage, et elle ne l'avait pas verrouillée. Elle ne le faisait jamais.

— Encore une chose qui changera ce soir, se murmura-t-elle à elle-même tandis qu'elle sortait et traversait la pelouse jusqu'à sa voiture.

Elle jeta un coup d'œil côté conducteur, s'attendant à découvrir les sièges éventrés et la boîte à gants ouverte comme une blessure.

Niet.

Alors qu'elle tendait la main pour attraper la poignée, elle suspendit son geste le temps de tirer la manche de son coupe-vent sur ses doigts et sa paume. Quand elle ouvrit, elle se dit qu'une bombe allait exploser. Ce qui était dingue…

La poignée fit un petit bruit lorsqu'elle la souleva, et Lydia sursauta.

— Détends-toi, marmonna-t-elle en ouvrant en grand.

Pas de « boum ! ». Elle n'observa rien de suspect, même au niveau de la banquette arrière. Et, quand elle vérifia les papiers dans la boîte à gants, tout était exactement comme elle l'avait laissé.

Puis elle alla examiner le coffre.

Là encore, elle ne découvrit aucune bombe à retardement, ni de tête humaine, ni de message menaçant en lettres découpées dans les pages d'un magazine.

Refermant la voiture, elle s'adossa à l'aile arrière et croisa les bras sur sa poitrine. Comme elle scrutait sa maison, elle fut soulagée d'être allée à l'université de Boston et d'avoir pris l'habitude de toujours fermer sa porte à clé. Boston était une grande ville, et les crimes et délits survenaient partout où il y avait beaucoup de monde.

Mais la criminalité s'infiltrait aussi dans les lieux isolés.

Son regard revint aux traces de pas sous les fenêtres de son salon. Heureusement qu'elle avait toujours une arme létale avec elle…

Quand son portable sonna dans sa poche, elle sursauta en criant. En sortant l'appareil, elle vit que l'indicatif était le 518 et se dit qu'il devait s'agir de Daniel.

—Allô ?

Elle attendit une réponse, s'attendant à ce que ce soit lui. L'espérant même.

—Allô… ?

Quand il ne lui répondit pas, ni qu'aucun télévendeur ne se présenta pour lui dire qu'Amazon lui devait un remboursement ou lui proposer une option de remboursement de ses prêts étudiant, elle raccrocha. Mémorisant le numéro, elle alla sur Internet et le rentra dans l'annuaire inversé…

Une alerte SMS apparut en haut de son écran.

Provenant de ce numéro.

Elle l'ouvrit…

Lydia redressa la tête. Regarda autour d'elle.

Un frisson la parcourut, et elle tourna de nouveau son attention sur l'image. C'était une photo d'elle, adossée à sa voiture et regardant son téléphone sous le soleil.

Son cœur manqua un battement avant de s'emballer.

Les mains tremblantes, elle rangea l'appareil. Sa bouche était sèche et elle déglutit à plusieurs reprises, puis elle inspira à fond.

Elle avança à grandes enjambées vers l'endroit d'où la photo avait dû être prise étant donné l'angle de prise de vue. Au bout de trois mètres, elle pressa le pas, puis se mit à courir, les yeux rivés sur un bouquet d'arbres, tandis que son coupe-vent voletait dans son dos et que le vent lui brûlait les oreilles.

Son esprit cessa de songer aux dangers dès lors que son corps prit le contrôle.

Elle savait seulement qu'elle ne se laisserait pas intimider.

Même si cela devait la tuer.

Chapitre 12

— Alors, comment s'est passé ton week-end ?

Au son de la voix de Candy, Lydia leva en sursaut le nez de l'écran d'ordinateur de Peter Wynne. Elle avait beau se trouver dans le bâtiment du CEL et être censément en train de travailler, ce fut quand même un choc pour elle de voir sa collègue, mais bon, elle avait l'impression d'être partie très longtemps, preuve que les émotions, si elles étaient assez puissantes, pouvaient vous emmener en vacances.

Bien entendu, dans son cas précis, celles-ci avaient été mauvaises ; l'équivalent d'une croisière en compagnie de la gastro.

— Alors ? l'encouragea Candy.

Lydia se reprit et se concentra convenablement.

— Oh ! salut… Waouh, regarde-moi cette coiffure.

— De nouveau blonde.

La réceptionniste haussa les épaules et passa une main couverte de bagues dans ses cheveux.

— Tu sais ce que dit Dolly Parton.

— Qu'on travaille de 9 heures à 17 heures ?

— Qu'il faut beaucoup d'argent pour avoir l'air naturel. (Candy rit de sa propre blague.) Bref, j'ai vu le dossier que tu as laissé sur mon bureau. Tu es venue à bout de toutes les invitations. Incroyable !

— Je les déposerai à la poste pendant ma pause-déjeuner.

— Ça me paraît bien. Dis donc, tu as l'air à l'aise ici.

— Ah bon ?

Lydia jeta un coup d'œil aux lambris de bois et aux diplômes sur les murs.

— Personnellement, je ne me sens pas à l'aise du tout.

— Eh bien, je peux t'aider à changer cela.

— Tu vas m'apporter un fauteuil relax ?

— Ce n'est pas une mauvaise idée, mais si on commençait plutôt par une tasse de café ?

Alors que Candy se dirigeait vers la salle de pause, Lydia s'écria :

— Est-ce que tu étais dealeuse dans une autre vie ?

— Est-ce que tu refuses de la caféine ? lui rétorqua Candy.

— Non, murmura Lydia en se frottant les yeux.

Elle était restée éveillée toute la nuit, avec l'impression que les objets se mouvaient dans les ombres de sa chambre ou que des gens l'observaient à travers ses fenêtres, l'empêchant de dormir. Et, même si cela faisait deux ans qu'elle vivait dans cette maison, jamais elle ne s'était rendu compte à quel point celle-ci était bruyante avant que le moindre grincement, crissement et sifflement du vent lui donnent la sensation de transpercer tout son corps. C'était comme si elle était devenue le diapason d'une bande-son de film d'horreur.

À ce propos, où était la moto ? Même avec un bon silencieux, elle aurait entendu la Harley. Après réflexion, Daniel Joseph avait peut-être finalement renoncé à ce travail.

À moins que le nomade en lui l'ait finalement emporté et qu'il soit déjà reparti sur la route, son passage ici couvrant à peine quarante-huit heures de boulot, et non une saison ou deux.

Tendant la main dans son dos, elle entrouvrit la fenêtre et le gazouillement des oiseaux printaniers s'intensifia, tandis qu'une bouffée d'air frais lui picotait le nez.

— Est-ce que seul ton corps est présent ici aujourd'hui ? demanda Candy, qui revenait avec deux tasses. Toutes ces invitations à faire t'ont-elles épuisée ? Tu as une sale tête.

— Eh bien, merci, répondit Lydia en prenant son café.

— Ce n'était pas un compliment.

— Je parlais du café. (Elle en avala une gorgée, et les larmes lui montèrent aux yeux quand elle se brûla la langue et le palais.) Tu veux t'asseoir une seconde ?

— Si tu me vires, tu devras passer l'aspirateur ici toute seule.

— Je ne te vire pas.

— Flûte ! j'aurais pu prendre un congé chômage. (Candy se posa et rajusta son pull, à thème forestier ce jour-là.) J'aurais peut-être enfin pu faire ce lifting dont j'ai toujours rêvé. Alors quoi de neuf, intrépide patronne ?

En entendant ce titre moqueur, Lydia repensa à la façon dont elle s'était ruée dans les bois la veille, bien déterminée à démolir celui qui aurait très bien pu lui tirer une balle dans la tête, pour ce qu'elle en savait.

Toutefois, elle n'avait débusqué personne derrière le bouquet d'arbres. Et il n'y avait aucune preuve que quelqu'un se soit même trouvé là pour la prendre en photo : elle n'avait décelé aucun dérangement dans les aiguilles de pins qui jonchaient le sol, ni entendu aucun bruit de fuite à pied ou d'un moteur de voiture, de moto ou même de quad en train de s'éloigner. La personne s'était-elle tout simplement volatilisée ?

Quand elle avait regagné sa maison, elle tremblait de tout son corps. *« Intrépide patronne » ? Même pas en rêve.*

— Qu'est-ce qui t'a fait renoncer au rose ? murmura-t-elle.

Parce qu'elle n'avait vraiment pas envie d'ouvrir la boîte de Pandore. Pas avant d'avoir vidé sa tasse.

Et elle n'avait que des boîtes de Pandore en réserve.

Candy haussa les épaules.

— J'ai fini par trouver le rose idiot. C'est aussi simple que ça. Maintenant, donne-moi les détails de ton week-end. Je vois bien que tu n'es pas allée chez le coiffeur. Tu as l'air d'avoir été traînée dans un rosier.

— Tu sais, tu manques parfois de tact, Candy.

— Vraiment ? Je me serais trompée sur ton compte ? Alors… ?

— Non.

— Non quoi ?

— Je n'ai pas vu Daniel Joseph. Il n'était pas en ville, et je t'ai dit vendredi que je ne sortais pas avec mes collègues. Je ne sors avec personne.

Jamais, ajouta-t-elle en son for intérieur.

— Eh bien, c'est sacrément dommage. (Candy rectifia la position d'une de ses créoles.) Je tenterais le coup si je n'avais pas cent vingt-six ans. Alors, de quoi veux-tu vraiment me parler ?

Lydia but une nouvelle gorgée de café, mais se montra plus prudente cette fois-ci avec le breuvage chaud.

— Je… euh… j'aimerais savoir si Peter n'aurait pas reçu au Centre quelque chose de… bizarre ?

— Quoi ? Genre, des plats à emporter provenant de Plattsburgh ? (Quand Lydia la regarda sans ciller depuis l'autre côté du bureau, Candy leva les yeux au ciel.) Pour info, il faut se trouver en personne quelque part pour recevoir une livraison quelconque. Sauf si c'est moi et UPS. Je te jure que si ce livreur se pointe ici je vais le…

— N'importe quoi, Candy. Un paquet, une enveloppe. Quelque chose qui lui aurait été adressé ici, que tu aurais ouvert, et qui se serait avéré être personnel ?

— Pas à ma connaissance.

Candy jeta un coup d'œil par-dessus son épaule comme pour s'assurer qu'elles étaient bien seules, puis elle se pencha en avant et fit l'impensable. Elle baissa la voix pour chuchoter :

— Qu'est-ce que tu as trouvé ici ?

— Strictement rien. (Lydia secoua la tête.) Soit il ne prépare rien de bon, et c'est un génie de la dissimulation… soit il a simplement perdu tout intérêt pour son boulot et se moque complètement de ce qui peut bien arriver.

— Bizarrement, je devine que c'est la deuxième option. Ne le prends pas mal, mais je n'ai jamais trouvé que Peter était l'ampoule la plus brillante de la boutique. (Candy se redressa.) Et, en parlant de boulot, l'assistante de C.P. Phalen voulait savoir si tu étais au bureau aujourd'hui. Il va passer te voir.

Lydia se redressa.

— Le nouveau membre du conseil d'administration ?

— Exactement.

— Que me veut-il ? Tu es sûre qu'il ne cherchait pas plutôt à rencontrer Peter ?

— Oh ! non. Il s'agissait de toi. C'est ton nom qu'a prononcé cette femme.

Lydia sourcilla.

— Pourquoi ne me l'as-tu pas dit immédiatement ?

— J'ai pensé que tu aurais sans doute besoin de caféine dans le sang avant tout. Et, par ailleurs, rien ne presse. Le grand et glorieux C.P. Phalen ne sera pas là avant… (elle consulta sa montre) environ quarante-cinq minutes.

— *Quoi ?*

— Eh ! au moins tu n'es pas en leggings de sport aujourd'hui.

— C'est arrivé une seule fois la semaine dernière, murmura Lydia d'un ton distrait. Bon, très bien, plusieurs fois ce mois-ci.

— Avec tes jambes, tu peux te le permettre. Et c'est une bonne chose que j'aie apporté des *donuts* aujourd'hui…

— Ils vont peut-être licencier Peter.

— Ils devront d'abord le trouver.

— Mon loup est encore en vie, lâcha soudain Lydia. Est-ce que je te l'ai dit ? Il a survécu au week-end.

— Tant mieux. (Il y eut un silence.) Tu sais, je ne suis pas trop du genre à prodiguer des conseils, mais les riches n'aiment pas quand on essaie de leur chercher des poux. Tu dois te montrer prudente. Ils ont l'habitude d'obtenir ce qu'ils veulent et d'arrêter ce qui ne leur plaît pas.

— C.P. Phalen est membre de ce fichu conseil d'administration. Il devrait être de notre côté.

— Ce n'est pas lui, le riche dont je parle. Ces gens de l'hôtel sont des salauds.

— As-tu entendu dire en ville qu'ils harcelaient les habitants ? Par exemple, que des gens se pointaient là où ils ne devraient pas ?

— Pas à ma connaissance. (Candy gagna la porte.) Merci de t'être occupée des invitations.

Avant que sa collègue s'en aille, Lydia ajouta :

— S'ils me virent, tu t'assureras que Rick s'occupe de mon loup ?

Candy se retourna pour lui jeter un coup d'œil.

— C'est son travail, chérie. Et c'est peut-être un geek, mais c'est un type bien. D'ailleurs, tu devrais sortir avec lui.

— Tu n'essayais pas de me caser avec Daniel Joseph ?

— Avec n'importe quel mec disponible.

— Je ne cherche pas de port dans la tempête, Candy. N'est-ce pas l'expression consacrée ? N'importe quel port dans…

Le grondement sourd d'un puissant moteur filtra soudain à travers la fenêtre entrouverte.

— En parlant de port, dit Candy avec un grand sourire. Ou alors c'est la tempête ?

— On n'est pas dans un roman sentimental, tu sais.

— C'est bien dommage. Et je te préviendrai quand ce bon vieux C.P. sera arrivé. En dépit de tout l'argent que donnent les membres du CA, ils ne franchissent jamais notre porte.

— Je n'ai jamais entendu leurs voix qu'à travers le haut-parleur du téléphone.

— Pourquoi les réunions du conseil d'administration se tiennent-elles toujours à huis clos et loin d'ici ?

— Je n'en sais rien. Seul Peter les a rencontrés en personne.

— Moi qui pensais qu'ils n'étaient qu'une création de son esprit pour s'octroyer davantage de pouvoir et d'autorité dans cette boîte. Parce que, tu sais, c'est une organisation si grande et si importante. Et, oui, je passerai l'aspirateur avant l'arrivée du grand homme. (Candy s'en alla, mais revint aussitôt.) Est-ce que je deviens réellement aussi amère que j'en donne l'impression ?

Lydia acquiesça par un soupir fataliste.

— Voyons le bon côté des choses : au moins tu as laissé échapper tout ça avant l'arrivée de notre administrateur.

— J'aime ta façon de voir les choses. Je vais t'envoyer Daniel pour que tu puisses amarrer ton bateau dans sa cale… ou non, attends, ça devrait être l'inverse. Sauf si tu es coquine. (Candy frotta l'un de ses sourcils dessinés au crayon.) Je dépasse vraiment les bornes aujourd'hui, pas vrai ? J'ai normalisé ma coiffure et tout mon côté contestataire s'exprime désormais par ma bouche. Ce n'est pas vraiment une amélioration.

— Tu devrais peut-être couper la poire en deux et te faire des mèches roses. De cette façon, tu ne râleras que durant tes heures de repos.

— Ouais, mais si c'est l'inverse et que je ne râle que pendant mes heures de travail ?

— Je ne suis pas assez payée pour poursuivre cette discussion.

— Tant que tu continues à déchiqueter tes chèques, techniquement, tu n'es pas payée du tout. (Candy s'adossa au chambranle en laissant échapper un « tss-tss » désapprobateur.) J'ai vidé ta poubelle et découvert les morceaux.

— Je les avais pourtant remis dans l'enveloppe.

— Ah ! donc j'avais raison. Pour info, n'avoue jamais tant que tu ne sais pas précisément ce que sait l'adversaire… Oh ! salut, Daniel. Elle est juste ici, et je vais vous laisser à vos quais et vos cordages. C'est une blague entre nous, trop difficile à expliquer. Elle a un rendez-vous à 10 heures, au fait. À toute.

Pendant que Candy s'en allait réellement cette fois, Lydia se prit la tête dans les mains.

— Bonjour, dit-elle sans lever les yeux.

— Salut. (Il y eut un silence.) On dirait que vous avez eu une promotion.

— Ce n'est pas permanent. Je suis juste ici pour l'ordinateur…

— Est-ce que ça va ?

Je crois que je risque d'être virée, répondit-elle intérieurement.

— Bien sûr, dit-elle. Comment s'est passé votre week-end ?

— Tranquillement. Et par là je veux dire que ma moto roule encore. Et vous ?

— Rien de particulier. (Si on supposait qu'elle vivait dans un documentaire policier.) Je pensais vous montrer aujourd'hui sur la carte de la réserve là où se trouvent les ponts qui ont besoin de réparations. On peut faire ça avant mon rendez-vous ?

Parce que, si elle devait se faire virer, elle pouvait au moins s'assurer que les randonneurs soient en sécurité.

Certains randonneurs, en tout cas.

Daniel entra dans le bureau et regarda la jeune femme derrière la table en fronçant les sourcils. Lorsque son prénom s'imposa à son esprit, il tenta de continuer à ne la voir que comme une « femme » anonyme. Sans résultat… mais bon, cela n'avait pas non plus fonctionné pendant le week-end.

Pour plein de raisons.

— Lydia, est-ce que ça va ? demanda-t-il de nouveau.

— Tout à fait. (Elle eut un sourire rapide et prit quelque chose sur le coin du bureau.) Voici la carte.

Tandis qu'elle la dépliait et en lissait les plis, il regarda ses cheveux cascader en avant. Elle ne les avait pas attachés ce matin, et il appréciait la façon dont la lumière terne du plafonnier en faisait ressortir les différentes nuances.

— Voici le chemin principal qui fait le tour du Bol, comme on l'appelle. (Du doigt, elle suivit une ligne brune marquée d'étoiles jaunes par intermittence qui décrivait un arc de cercle autour du lac.) Même s'il y a des sentiers plus petits qui sillonnent toute notre zone ouest, nous devons vraiment entretenir le principal, surtout là où il croise deux rivières qui descendent du sommet, ainsi que le grand torrent qui se sépare en deux ici.

Elle tapota sur la carte à différents endroits.

— Les trois ponts sont indiqués sur la carte comme vous le voyez, et tous ont besoin de consolidations. Nous avons des planches disjointes, et de la moisissure sur certaines rambardes. Je voudrais aussi que vous examiniez l'intégrité structurelle des étais. Pour les réparer, je sais que nous avons du bois dans le garage… et si vous pouviez commencer par utiliser ce que nous avons, ce serait formidable, même si cela n'est pas parfait. Nous tirons un peu le diable par la queue ces temps-ci…

— Vous avez une mine épouvantable. Vous n'avez pas dormi cette nuit, pas vrai ?

Lydia redressa vivement la tête.

— Je… euh… bien sûr que si. Comme un bébé.

— Alors à quoi ressemblait l'autre gars ?

Elle secoua la tête comme s'il parlait une langue étrangère.

— Je vous demande pardon, quoi ?

— Dans la bagarre que vous avez gagnée. Ce doit être l'explication de ces cernes noirs.

Elle éclata d'un rire bref qui ne l'abusa pas.

— Oh ! mon adversaire s'est fait complètement démolir : nez cassé, et il a perdu une ou deux dents. Il a fallu le recoudre.

— Bien, j'aime les femmes capables de se battre à mains nues.

Lorsqu'elle écarquilla les yeux, il ajouta :

— Cela signifie qu'elles sont capables de veiller sur elles-mêmes toutes seules. Je suis un nomade, vous vous rappelez ? Moins j'ai à protéger, moins j'ai de complications.

— Voilà qui éclaire un peu mieux votre personnalité. (Elle esquissa un sourire un peu plus honnête.) Pouvons-nous revenir aux ponts ?

— Bien sûr. Vous me disiez que vous vouliez que j'utilise en priorité les fournitures qu'on a déjà ?

— Oui, ce serait formidable. (Elle écarta les cheveux de son visage.) Ensuite, d'autres endroits nécessitent également d'être entretenus. Certaines pentes sont dotées de marches qu'il faudra nettoyer, et vous devrez tester la solidité de leurs rampes en corde, mais les ponts restent la priorité.

— Quand la fréquentation des sentiers va-t-elle redémarrer ?

— Bientôt. Les pluies de printemps vont en rendre certains impraticables, puis ce sera la saison des mouches noires.

— Ça existe vraiment ?

— Elles font la taille d'un âne dans le coin et ont la réputation d'emporter les petits enfants dans la montagne.

— Vraiment ? Et moi qui croyais que c'était juste un canular d'Internet.

— Oh, mon Dieu ! (Elle posa une main sur son cœur.) Je crois que vous avez fait une blague.

— Vraiment ? (Il eut un petit sourire.) Vous savez, je tentais le coup.

— Vous y venez. D'ici la fin de votre contrat ici, on vous surnommera Henny Youngman.

— Qui est-ce ?

— Le maître du bon mot. Cherchez sur Google. (Elle redevint sérieuse.) Est-ce que vous avez du spray au poivre ?

— Pour quoi faire ?

Son expression disait « sans déconner ? ».

— Il y a des animaux sauvages là-dehors.

— Peu importe ce que racontent les gros titres du journal, vous n'avez pas à vous faire de souci pour moi. C'est promis.

Sans raison valable, il s'aperçut qu'il ne parvenait pas à détacher les yeux de ceux de la jeune femme. C'était peut-être dû à la façon dont elle le dévisageait : elle semblait si inquiète, si soucieuse de son bien-être.

Il n'était pas habitué à cette sollicitude. Et il n'avait pas envie de l'être.

Elle sourit de nouveau.

— Parce que vos poings sont considérés comme des armes de première catégorie, quelque chose comme ça ?

— Disons seulement que je peux me débrouiller tout seul.

— Très bien, gros dur, mais faites attention, d'accord ? Et vous avez un téléphone. Vous pouvez toujours m'appeler.

Elle était si sérieuse, comme si elle allait enfourcher un destrier et s'élancer pour le sauver, alors même qu'il n'était rien pour elle. Alors même qu'elle ignorait à quel point il pouvait se débarrasser de toute menace à son encontre. Alors même… qu'il se voyait plutôt comme celui qui la sauverait, elle.

— Vous aimez sauver les choses, n'est-ce pas ? murmura-t-il.

Au bout d'un moment, elle secoua lentement la tête.

— Non. Je trouve cela… horrible. Cela peut vous briser le cœur en mille morceaux, et, la seule garantie qu'on ait, c'est qu'on échouera toujours parce qu'on ne peut pas tout sauver.

— Pourquoi vous infliger cela, dans ce cas ? dit-il d'un air songeur.

— À vous entendre, j'ai le choix. (Elle prit une profonde inspiration.) Mais je peux comprendre l'attrait de vivre en loup solitaire comme vous.

— Drôle de choix de mots.

— Ah bon ? (Puis elle secoua la tête.) C'est mon choix de vocabulaire. Il reflète ma façon de penser.

— La façon de penser de la femme qui étudie les loups.

— C'est moi. Et, en parlant de travail… vous vous rappelez que le quad a une fuite ? (Elle se pencha sur le côté et ramassa son sac.) Tenez, vous pouvez utiliser ma voiture pour transporter le bois et les outils là où vous en aurez besoin. Elle n'a rien d'extraordinaire, mais elle dispose de quatre roues motrices, donc elle peut rouler sur les sentiers… et, non, vous ne pouvez pas utiliser votre moto, même pour simplement aller jeter un coup d'œil. Ne dérangeons pas la faune sauvage plus que nécessaire. Et cette petite clé sur mon anneau ouvre le verrou de la grille fermant le chemin aux véhicules.

Lorsqu'elle lui lança le trousseau, il le rattrapa d'une main.

— Est-ce que vous voulez que j'essaie d'abord de réparer le quad ? C'est peut-être juste une question de câble débranché. Le Scotch est une force puissante dans ce monde, je vous le garantis.

— Bien sûr, mais gardez mes clés pour ouvrir le portail si la réparation semble plus longue que prévu…

Dans l'espace d'accueil, quelqu'un franchit la porte d'entrée, et Lydia regarda derrière Daniel.

Du parfum ? s'interrogea-t-il en jetant à son tour un coup d'œil par-dessus son épaule.

Au loin, Candy salua poliment le nouvel arrivant, puis un bruit de pas se fit entendre dans le couloir.

Quand la réceptionniste âgée, qui n'avait plus les cheveux roses, apparut sur le seuil du bureau, son visage était dépourvu de toute expression. Absolument aucune.

— C.P. Phalen est arrivé.

Lorsque Candy s'effaça pour laisser passer l'administrateur et repartit, Lydia baissa les yeux sur la moquette et les garda rivés dessus… tandis qu'une femme d'un mètre quatre-vingts, coiffée d'un casque de cheveux blancs coupés net et vêtue d'un élégant tailleur noir franchissait le seuil.

— Mademoiselle Susi, dit-elle d'une voix égale, j'aimerais discuter avec vous. En privé.

Daniel regarda Lydia.

— Je vais me mettre au travail sur les sentiers. Et je vous rapporterai cette carte quand j'aurai fini.

Il ne fut pas surpris quand Lydia se contenta d'opiner et de lui murmurer un « merci ». Lorsqu'il passa devant la femme aux cheveux blancs, il la regarda droit dans les yeux en guise de test.

Elle l'ignora.

Ce qui était une bonne chose. C'était ce qu'il voulait.

À l'accueil, la réceptionniste était de retour à son bureau, et parlait au téléphone.

— … certainement *pas* livré. Non, vous m'avez suffisamment baladée hier au téléphone. Vous allez à présent me mettre en relation avec un supérieur, sans quoi je prends ma voiture et je viens jusqu'à… Où est votre siège social ?

Tout en repliant la carte et en la glissant dans sa poche arrière, Daniel se surprit à espérer, pour le bien du responsable en question, qu'il y ait beaucoup de kilomètres – voire un océan – entre cette femme et le bâtiment qu'elle cherchait.

— Non, le paquet n'est pas arrivé, s'écria-t-elle. Et, je vous l'ai déjà dit, l'image de la signature que vous m'avez envoyée était illisible. Tout le monde ici signerait correctement, donc j'ignore où vous l'avez prise, ou à qui vous avez cru…

Daniel sortit par la porte d'entrée principale et regarda à gauche. Sur le parking, l'Audi A8L noire garée à côté des autres voitures ressemblait à un missile dernier cri parqué à côté de charrettes à cheval.

Il n'alla pas examiner le quad. Cela pouvait attendre.

La voiture à hayon de Lydia n'était pas verrouillée, et il dut reculer largement le siège conducteur pour pouvoir s'asseoir confortablement au volant. Tournant la clé de contact, il fit démarrer le moteur anémique et, quand il effectua sa marche arrière, il regarda par-dessus son épaule pour s'assurer qu'il ne heurtait pas le bâtiment.

Il n'avait pas besoin de la carte. Il connaissait la montagne par cœur.

Se dirigeant vers l'entrée du chemin principal, il se gara sur le parking et gagna le portail à pied pour le déverrouiller avec la petite clé de Lydia. Après avoir fait passer la voiture, il verrouilla le tout de nouveau, puis roula à faible vitesse. Le chemin était cahoteux et les racines des arbres affleuraient par endroits, si bien que la piste lui parut très vite s'étendre à l'infini vu son allure d'escargot…

Un grincement aigu lui fit soudain écraser le frein.

Quand il tenta de repartir, la résistance d'un élément essentiel au fonctionnement de la voiture, sans doute pris dans une racine, le fit grogner de frustration.

Coupant le moteur, il sortit, alluma sa lampe torche et s'allongea par terre sur le dos dans la boue afin de se glisser sous le véhicule et de découvrir…

Que ce n'était pas une racine qui bloquait le véhicule, mais un rocher partiellement dissimulé sous une petite couche d'aiguilles de pins.

C'était le genre de chose qu'il aurait dû voir à un kilomètre de distance et contourner sans difficulté s'il n'avait pas été en train de penser à Lydia. En l'occurrence, il y avait dans cette mésaventure comme une foutue métaphore dont il refusait de reconnaître quoi que ce soit…

Daniel immobilisa le faisceau de sa lampe torche alors qu'il éclairait un recoin près de la suspension.

— À moins qu'il s'agisse seulement d'une ombre, murmura-t-il à voix haute pour lui-même. Qu'est-ce que c'est que ce truc ?

Le petit boîtier noir qu'il découvrit faisait à peu près la taille d'un paquet de cigarettes. Il n'émettait ni bip ni clignotement et était fixé à la voiture grâce à un aimant.

Ce n'était clairement pas une bombe, sinon il aurait été projeté dans le ciel. Ou Lydia.

Non, c'était un mouchard.

Quelqu'un la surveillait.

Chapitre 13

Avant même que Lydia invite C.P. Phalen à entrer dans le bureau de Peter Wynne, la femme de haute stature prit l'initiative, s'avança et referma la porte derrière elle. L'autorité naturelle de la visiteuse ne fut pas une surprise : il était évident qu'elle était habituée à commander et diriger, si bien que, l'espace d'une fraction de seconde, Lydia envisagea même de lui offrir le fauteuil de Peter. Son bureau. Sa propre maison.

Oh ! attendez, c'était une location.

— Je vais m'asseoir ici, Lydia, si cela ne vous dérange pas.

Avec sa veste croisée, son pantalon cigarette et ses talons aiguilles noirs, elle ressemblait à une riche passante descendant la ve Avenue à Manhattan pour assister à un défilé de mode. On ne pouvait absolument pas l'imaginer prendre une chaise de l'autre côté d'un petit bureau pour licencier quelqu'un qui gagnait certainement moins que son majordome.

Lydia se racla la gorge.

— C'est une surprise, madame Phalen.

À bien des égards. Mais pourquoi était-il surprenant que le supposé « il » s'avère être une authentique « elle » ?

— Ah ! vraiment ? (Le sourire était froid… et condescendant vu la tenue de la femme et la façon dont elle croisait les jambes.) Vous ne vous attendiez pas à ma visite après qu'une employée de notre ONG a contacté les médias pour lancer des accusations à l'encontre d'une chaîne hôtelière nationale ?

Lydia baissa les yeux sur ses mains, qu'elle noua et dénoua avant de répondre :

— Je ne regrette pas ce que j'ai fait.

— Je pense que c'est clair compte tenu de ce que vous avez raconté à la chaîne de télévision, mais vous m'avez créé un problème.

— Si vous êtes à la tête du conseil d'administration… (Lydia lui décocha un regard noir) alors vous devriez vouloir protéger les animaux de notre réserve, en particulier ceux qui donnent leur nom à l'organisation que vous dirigez.

— Êtes-vous toujours aussi directe ?

— Si le sujet a vraiment de l'importance à mes yeux, oui. (Lydia se leva.) Et, avant de me virer, j'aimerais vous montrer quelque chose. Venez avec moi, s'il vous plaît.

L'expression de C.P. Phalen demeura exactement la même : rien ne bougea, aucune émotion ne filtra sur son visage à la Tilda Swinton. Et son corps ne tressaillit pas non plus. Lydia eut le sentiment que c'était parce qu'elle n'était pas habituée à être surprise – ou à recevoir des ordres – et qu'un inférieur venait exactement de faire les deux, mais elle ne comptait pas non plus s'excuser de cela.

Juste au moment où la tension devenait insoutenable, du moins pour elle, Mme Phalen se mit debout. Sur ses talons aiguilles, plutôt.

Mince, elle était si grande qu'elle dépassait largement le mètre quatre-vingts.

— Je vous suis, mais ne me faites pas perdre mon temps.

Lydia opina.

— Ce ne sera pas le cas.

Guidant la visiteuse jusqu'à la porte en acier de la clinique, Lydia poussa le battant. Assis sur un tabouret devant un plan de travail, Rick réparait un traceur démonté, et, quand il leva la tête, il marqua un temps d'arrêt.

— Voici la présidente de notre conseil d'administration, C.P. Phalen. Madame Phalen, je vous présente Rick Marsh, notre vétérinaire. Je suis sûre que vous avez déjà entendu parler de lui.

— Bien entendu. (La femme sculpturale s'avança et lui tendit une main dépourvue de bague, de montre ou de bracelet.) Monsieur Marsh, c'est un plaisir de vous rencontrer en personne. Vous effectuez un travail remarquable ici.

Rick serra la main qu'on lui tendait, même s'il paraissait toujours aussi déconcerté.

Bienvenue au club, songea Lydia.

— Madame, dit-il.

— Je vous en prie, appelez-moi C.P. (Elle jeta un coup d'œil autour d'elle au matériel vétérinaire et aux fournitures visibles dans l'espace carrelé, et son épaisse chevelure blanche étincela sous la lumière brillante des plafonniers.) Difficile de le croire, mais je n'étais encore jamais venue ici.

Vraiment, se dit Lydia, qui en eut soudain assez de tous les problèmes du Centre : le conseil d'administration qui n'autorisait pas le personnel à assister aux réunions, Peter qui se défaussait tout le temps de ses responsabilités, le manque de ressources, cette foutue chaîne hôtelière.

— Vous devriez venir plus souvent. (Rick fit un sourire crispé, mais il avait tendance à se montrer réservé avec les gens qu'il ne connaissait pas.) Et je suis content que vous soyez venue aujourd'hui.

— Comment va-t-il ? l'interrogea Lydia.

— Il tient bon.

— Nous allons le voir.

Sans laisser à Rick le temps de protester, elle poussa la porte fermée de la salle d'examen… et oublia momentanément tout, sauf le loup. Celui-ci était toujours allongé sur le flanc avec un masque sur le museau et encore sous sédation, et elle jeta un coup d'œil aux écrans de contrôle. Elle n'y connaissait pas grand-chose, mais elle vit qu'il avait un pouls régulier et une tension artérielle plutôt correcte.

— Vous voulez savoir pourquoi je suis impolie et insistante ? demanda-t-elle d'une voix enrouée. Pourquoi j'ai contacté les médias ? Voici pourquoi. C'est Corrington Hôtels qui l'a mis dans cet état-là, et il n'est pas le seul. J'ai essayé d'encourager la police locale à prendre l'affaire au sérieux, j'ai essayé d'en parler à notre soi-disant directeur général, j'ai essayé de fouiller moi-même la réserve pour dénicher ces pièges empoisonnés avant qu'ils fassent leur œuvre…

Lorsque sa voix se fêla, elle se botta mentalement les fesses et se ressaisit.

— Et cela s'est quand même produit. C'est moi qui l'ai découvert, et, si j'étais arrivée un peu plus tard, il serait mort. Merde ! il risque encore de mourir. Donc, si vous voulez me virer, très bien. Mais non, je n'ai aucun regret et je continuerai à agir par tous les moyens possibles pour faire cesser ce massacre absurde de la faune sauvage.

La femme traversa le carrelage avec un discret claquement de ses talons aiguilles jusqu'à la cage, devant laquelle elle s'immobilisa et baissa la tête, puis elle ferma les yeux.

Quelque chose dans ce recueillement inattendu toucha Lydia au plus profond d'elle-même, déclenchant chez elle une vague de chaleur qui lui rosit les joues et lui fit monter les larmes aux yeux. Cependant, encore une fois, elle refusa de céder à ses émotions. Il fallait agir et, si le conseil d'administration croyait pouvoir la faire taire en la virant, il se trompait lourdement…

— Je ne suis pas venue pour vous licencier, dit la femme d'une voix douce.

Lydia sourcilla et se tourna vers la visiteuse.

— Vraiment ?

C.P. Phalen secoua la tête, mais ne la regarda pas. Elle demeurait concentrée sur le loup.

Puis, soudain, une paire d'yeux gris très sévères se rivèrent sur Lydia.

— Je veux savoir ce que vous faites, déclara-t-elle d'un ton ferme. Absolument tout.

Peu après 11 h 30, Daniel regagna le bâtiment principal du CEL avec la voiture de Lydia. Lorsqu'il se gara sur le parking, l'Audi avait disparu, et, quand il sortit du véhicule et étira son dos raide, un instinct le poussa à se diriger vers le porche qui surplombait le panorama. Sans surprise, Lydia était de nouveau appuyée à la balustrade à observer, de l'autre côté du lac, la cicatrice que formait le chantier sur la montagne d'en face.

Il toussota pour attirer son attention et elle sursauta, plaquant une main sur sa gorge.

— Oh ! bonjour. Mince ! vous ne faites jamais de bruit.

— L'habitude, je suppose.

— Vous voulez dire que vous aimez prendre les gens par surprise ?

— Non. (Il vint se placer à côté d'elle, mais au diable la vue. Il voulait seulement contempler la femme qui le hantait comme un fantôme sans raison valable.) C'est seulement pratique de ne pas attirer l'attention parfois.

— Ça paraît sournois.

— Vous voulez que j'apprenne à jouer de l'ukulélé, peut-être ? ou du trombone ?

Les coins de ses yeux, ses ravissants yeux couleur de whisky, se plissèrent lorsqu'elle sourit.

— Vous feriez cela ?

— Bien sûr, je serais nul aux deux, mais je suis prêt à essayer.

— Juste pour garder ce boulot, poursuivit-elle.

— Oui, le salaire est pas mal, vous savez ? Et, à ce propos, je n'ai pas abîmé votre voiture.

— Je n'en attendais pas moins de vous.

Elle se tourna de nouveau vers le panorama et il put admirer son profil tendu. Elle avait encore attaché ses cheveux avec un élastique en caoutchouc, comme si ses mèches libres avaient fini par l'agacer.

— Alors, comment sont les ponts ?

Je préfère ses cheveux dénoués, songea-t-il.

— Je n'ai pu en inspecter que deux, et ils ne sont pas en bon état, répondit-il, mais au moins je sais comment les réparer pour qu'ils tiennent une saison supplémentaire sans engager de grosses dépenses. Cependant, je vais remettre le quad en état de marche pour pouvoir déplacer le bois. C'est trop pour votre véhicule.

— Est-ce qu'on a assez de bois dans le hangar ?

— On verra.

Il se tut et attendit qu'elle dise quelque chose, mais elle se contenta de recentrer son attention sur le paysage, incarnant la figure même de la préoccupation.

— Bon, crachez le morceau, demanda-t-il. Est-ce que vous avez été virée ?

Lydia tourna les yeux vers lui.

— Qu'est-ce qui vous fait dire ça ?

— Allons, une femme comme votre visiteuse débarque ici comme si elle était chez elle, à bord d'une voiture qui coûte plus cher que toute l'installation ? Soit c'est une chasseuse de têtes qui essaie de recruter quelqu'un, soit c'est une supérieure hiérarchique venue abattre la hache.

— Eh bien, elle ne m'a pas licenciée. (Lydia haussa les épaules.) Et elle n'est pas aussi méchante que je le pensais.

— Vous voulez me raconter ce qui se passe ?

Lorsqu'elle se tourna une fois de plus vers le panorama, il reprit :

— Vous pouvez être honnête avec moi.

Il y eut une longue période de silence. Après laquelle il se sentit obligé d'ajouter :

— Vous savez ce qui est génial avec les nomades ?

Lydia murmura :

— Ils n'ont jamais à craindre de trop entasser ?

— Bon, c'est vrai, mais on sait aussi comment se défendre… et défendre les autres. Comment puis-je vous aider ?

— Je croyais que vous ne vous mêliez jamais des affaires d'autrui, répondit-elle.

— Je suis employé ici. Vous également. Ce sont donc mes affaires.

Elle pivota sur elle-même et contempla la baie coulissante qui ouvrait sur le bâtiment. De l'autre côté de la vitre, la réceptionniste était au téléphone, puis elle raccrocha, inscrivit quelques notes sur un calepin, ouvrit sa boîte mail et se mit à taper une réponse.

— Je dois envoyer plusieurs cartons d'invitations, dit la jeune femme d'un ton absent. Dans les cinq cents. Est-ce que vous pouvez m'aider à les porter et à les déposer à la poste ?

— Oui. Bien sûr.

— Allons-y, reprit-elle d'un air songeur. Est-ce que vous avez encore mes clés ?

Il sortit le porte-clés de sa poche et l'agita au bout de ses doigts.

— Juste ici.

Lydia parut carrer les épaules.

— Génial. Vous pouvez conduire.

Chapitre 14

— Alors, vous avez trouvé un logement ?

Lorsqu'elle lança la question, Lydia cherchait à paraître désinvolte, tant en actes qu'en paroles : même si son corps tremblait, elle attacha sa ceinture de sécurité et s'installa dans ce qu'elle espérait être une position détendue, sur le siège passager de sa voiture. Et, bien que sa voix menace de monter dans les aigus à cause de la tension qu'elle ressentait intérieurement, elle réussit à la maintenir à son niveau habituel. Elle n'autorisa pas non plus la moindre nervosité à filtrer dans son discours, s'efforçant de ralentir son débit et d'égaliser son ton.

Comme si elle ponçait ses affects.

Pendant ce temps, côté conducteur, Daniel Joseph débordait de partout, et sa masse était réconfortante.

— Nan, je n'ai pas encore trouvé de logement pour l'instant. (Il effectua une marche arrière pour sortir du parking.) Mais quelque chose va se présenter. Ça se présente toujours.

Elle l'observa en sourcillant.

— Donc vous restez au *Pine Lodge* jusqu'à…

— Je ne suis pas sûr de rester là-bas. Cet endroit coûte cher, même si c'est agréable d'avoir l'eau courante.

— Mais ce soir vous dormez là-bas.

— Oui. Bien sûr.

Une fois arrivé au niveau de la route départementale, il enclencha le clignotant pour tourner à gauche.

—Non, dit-elle. Allons à droite.

—Mais la poste est à côté de la banque, non ?

—Ce serait super si vous preniez l'autre direction. Je dois d'abord vérifier quelque chose.

—OK. Comme vous voulez.

Ils attendirent qu'un pick-up les dépasse, puis il appuya sur l'accélérateur, et le tacot de Lydia laissa échapper un râle sifflant quand on lui demanda de franchir la bosse que formait l'asphalte avec un chargement bien supérieur à l'ordinaire.

Une fois sur la route, il attendit de rouler à soixante-dix kilomètres à l'heure pour lui jeter un coup d'œil.

—Alors on va chez vous ? Ce n'est pas loin d'ici.

—Comment savez-vous où j'habite ? demanda-t-elle.

Non que ce soit un secret d'État. Beaucoup de gens savaient où elle habitait.

Malheureusement.

—J'ai dîné au restaurant, vous vous rappelez ? (Daniel leva les yeux au ciel.) Le soir où vous avez failli manger une tourte au poulet avec moi. Après votre départ, j'ai eu droit au récit de votre vie. C'est comme ça que j'ai appris où vous vivez, que vous êtes célibataire depuis que vous avez emménagé ici il y a deux ans, que vous êtes très sérieuse et que vous n'êtes jamais partie en vacances, même pour un week-end. Enfin, excepté deux trajets jusqu'à Plattsburgh pour une dévitalisation. Oh ! et vous êtes très sérieuse. Est-ce que je l'ai déjà dit ?

Elle appuya un coude sur la vitre et frotta sa tête douloureuse.

—C'est Bessie qui vous a raconté tout ça ?

— Eh bien, pour être honnête, la plupart des infos vous concernant m'ont été livrées par l'épicière quand j'ai acheté un Coca et un paquet de Doritos pour grignoter juste après votre entretien d'embauche. Je m'attendais presque à obtenir une copie de votre dossier dentaire avec mon reçu de caisse, mais je crois que son imprimante était en panne.

— Comment suis-je arrivée dans la conversation ? grogna Lydia. Attendez, laissez-moi deviner. Je suis la seule femme célibataire à cinquante kilomètres à la ronde, et vous ne portez pas d'alliance.

— *Grosso modo*. Tout a commencé lorsqu'elle a voulu savoir pourquoi j'étais en ville, et que je le lui ai dit.

— Susan est tellement bavarde. (Lydia lui coula un regard.) Et je devine que je n'ai plus de secrets pour vous désormais, hein ?

Daniel la regarda, les paupières mi-closes.

— Je ne dirais pas cela.

Le souffle manqua soudain à Lydia, qui fut aussitôt assaillie par des images de peau nue, de corps à l'horizontale et de peaux de bêtes devant la cheminée, tout droit sorties d'une version contemporaine de *Bridgerton*. Des visions pas du tout utiles, mais intéressantes à conserver en mémoire pour se les repasser plus tard.

Quand il tourna de nouveau son attention sur la route, elle fit de même et se toucha les lèvres. Celles-ci la picotaient comme s'il l'avait embrassée.

— Pardon, dit-il.

— De quoi ?

— Ce qui me passe par la tête en ce moment. Vous n'avez pas envie que j'entre dans les détails, mais je pense que vous savez de quoi il retourne.

Tournant la tête vers la vitre latérale, Lydia murmura :

— Candy pense que je devrais sortir avec vous.

— Je savais que c'était une femme d'une rare intelligence. À moins, bien entendu, qu'elle soit arrivée à cette conclusion uniquement parce que vous n'avez aucune autre option. Même si cette logique me serait toujours aussi profitable, je ne l'admirerais pas autant.

Lydia ne put s'empêcher de rire, mais cela ne dura pas.

— Vous avez raison, au fait. J'ai bel et bien failli me faire virer aujourd'hui.

Il fronça les sourcils.

— Ah ! vous êtes mise à pied, ou un truc du genre ?

— Non.

— Alors pourquoi cette femme est-elle venue ici dans ce cas ? Et, au fait, je ne suis pas certain qu'elle devrait approcher quoi que ce soit ressemblant à un chien.

— Pourquoi cela ?

— C'est Cruella d'Enfer. (Lorsque Lydia s'esclaffa, il eut un vrai sourire.) Allons, vous savez qu'elle cache un manteau fait en un truc atroce dans son placard.

— Je pense que vous êtes atteint de comédie-dysmorphie.

— Que dire… (Ses yeux aux paupières mi-closes croisèrent de nouveau les siens.) Vous m'inspirez.

Le visage de Lydia s'empourpra, et elle souleva la ceinture de sécurité de son torse pour se redresser sur son siège.

— Bien, le virage approche… Ici, c'est juste ici.

Il tourna le volant et freina, les entraînant tous deux sur une allée pavée ombragée par un alignement d'érables. Ou du moins qui aurait été ombragée si les branches n'avaient pas été nues. En l'occurrence, les arbres squelettiques, avec la pelouse desséchée et les feuilles mortes qui voletaient en chuchotant dans cette allée, produisaient une lugubre impression.

— Où allons-nous ? demanda Daniel tandis que la voiture roulait toujours, mais au pas.

— Il faut que je… *(voie ce que Peter Wynne fabrique)*. Écoutez, je veux savoir si mon directeur général est chez lui.

— C'est celui avec qui j'étais censé passer mon entretien, non ? Alors, depuis combien de temps a-t-il disparu ?

— Voyons simplement s'il est là. (Elle lui jeta un coup d'œil.) Et je suppose que j'aurais dû vous prévenir.

— Quoi ? que nous allions nous rendre sur une scène de crime ? Ouais, ça vaudrait le coup de me mettre au courant à l'avenir. Pensez-y la prochaine fois.

— Nous n'allons pas sur une scène de crime, murmura-t-elle en se penchant en avant et en posant les mains sur le tableau de bord.

Il accéléra légèrement.

— Vous en êtes certaine ?

Non.

— Oui, bien sûr. Les gens ne se font pas assassiner à Walters.

— Dites ça au randonneur qu'on voit partout dans le journal.

— Ce n'était *pas* un meurtre.

— Agression par loup dangereux, alors.

— Ce n'est pas drôle.

— Alors pourquoi vous souriez ?

Elle se frotta la bouche jusqu'à ce qu'elle retrouve une ligne droite.

— Pourquoi est-ce qu'on se dispute à ce sujet ?

Au fur et à mesure qu'ils avançaient sous les érables plantés face à face comme des sentinelles à feuilles caduques protégeant une allée qui semblait rarement utilisée, elle se prépara à… Eh bien, elle ne savait pas quoi, mais son sixième sens faisait retentir en elle une alarme digne d'un tocsin, et sa peau la picotait d'anxiété.

Et elle était sacrément contente que Daniel soit avec elle.

Au dernier virage, la grange reconvertie en maison de Peter Wynne apparut. La structure de deux niveaux était habillée de lattes de bois rouge vif soulignées par des bandeaux d'un blanc éclatant au niveau des ouvertures. Elle semblait directement sortie d'un carton de magasin de jouets et posée sur ce qui aurait dû être un gazon artificiel, avec des figurines en plastique de chevaux, de chiens et de chats collés dessus. Le 4 x 4 Mercedes tout neuf que Lydia n'avait pas reconnu était garé sur le côté et, en supposant qu'il s'agissait d'une nouvelle acquisition de Peter, ce symbole étincelant de réussite sociale était tout à fait le style du bonhomme... même si, vu son salaire, elle se demanda comment il pouvait se le permettre compte tenu de toutes les rénovations qu'il avait effectuées sur sa propriété.

Il disposait peut-être d'une fortune familiale. Ce qui expliquerait les blazers et les pantalons de luxe.

— Bel endroit, dit Daniel tandis qu'il mettait la voiture au point mort, après avoir contourné le cercle de gazon sur le devant. On le dirait tout droit sorti d'un magazine.

— Je veux juste vérifier... (elle ouvrit sa portière et sortit) s'il est chez lui.

Daniel coupa le moteur et sortit à son tour.

— Cette voiture n'est pas rentrée ici toute seule. Sauf si votre copain a des visiteurs.

— Ce n'est certainement pas mon copain, marmonna-t-elle.

Arrivée devant la porte en chêne verni, elle jeta un coup d'œil derrière elle. Daniel observait le terrain, le corps détendu, les mains dans les poches, l'air vigilant, mais sans curiosité excessive non plus. Et ce fut alors qu'elle remarqua les branches tombées, les tas de feuilles mortes entourant les buissons sous les fenêtres, eux-mêmes envahis par les mauvaises herbes, et la présence de trois journaux dans leurs pochettes plastique dépassant de la fente de la boîte aux lettres.

Se retournant vers la porte, elle souleva le heurtoir en cuivre et le laissa retomber une fois. Deux fois. Trois fois.

Elle entendit les coups résonner à l'intérieur.

— Pas de réponse ? demanda Daniel, qui s'avançait pour la rejoindre.

Elle secoua la tête.

— Mais cette voiture…

— Allons voir derrière.

Avant qu'elle puisse répondre, il avait déjà bifurqué pour atteindre le 4 x 4 et jeter un coup d'œil au siège conducteur, puis il alla scruter la façade du garage indépendant.

Lydia songea qu'ils étaient là illégalement. Qu'ils devraient appeler le shérif si elle estimait vraiment que quelque chose clochait. Cependant, elle voulait des réponses davantage qu'elle ne se souciait de la loi, à laquelle, en outre, elle ne faisait pas confiance.

Longeant la grange sur le côté, elle arriva sur l'arrière et ne fut pas surprise de l'agencement. On avait ajouté un porche, qui s'étendait tout le long du bâtiment et, au-dessus, l'étage comportait également une nouvelle extension qui offrait une belle vue sur le jardin et la lointaine ligne d'arbres.

— Les affaires devant, la fête derrière, fit remarquer Daniel en gagnant une porte au-dessus de laquelle était suspendu un carillon à vent.

— Ce carillon devrait bouger. (Elle le rejoignit sous la suspension.) Je sens le vent.

— Alors c'est que l'angle est mauvais pour la brise. (Il frappa du poing sur le montant de la porte.) Il y a quelqu'un ?

Sa voix était grave et forte, du genre à attirer l'attention de quiconque à l'intérieur. Voire de quelques personnes de l'autre côté de la vallée.

Tandis qu'il recommençait à taper du poing, Lydia s'approcha de la baie vitrée juste à côté. Les mains en coupe, elle se pencha contre la vitre. Les canapés du salon étaient disposés autour d'une télévision à écran plat qu'on avait laissée allumée. Le blanc de leurs housses contrebalançait joliment le rouge des tapis et le noir et blanc des photographies de paysages sur les murs lambrissés de bois. On aurait dit le décor d'une romance de Noël dans une petite ville.

Sauf que c'était le bazar. Des journaux traînaient partout. Des tasses à moitié vides encombraient la table basse, des assiettes sales pleines de miettes étaient posées par terre, et il y avait même un bol rempli d'une substance en train de figer abandonné sur le bras d'un des canapés.

— Seigneur ! s'exclama-t-elle. D'habitude, Peter est un maniaque de l'ordre.

— J'entre.

— Attendez, quoi ? (Elle agrippa Daniel par la manche.) On ne peut pas !

— Pourquoi pas ? Nous toquons à la porte de cet homme et sa voiture est garée juste là. (Du menton, Daniel désigna l'angle de la maison.) Et c'est pour ça qu'on est venus, non ?

— On pourrait peut-être se contenter d'appeler le shérif ?

— D'accord, sortez votre téléphone. (Lydia hésita. Observa la rangée de baies vitrées.) C'est pour cela que vous m'avez demandé de vous accompagner, murmura Daniel. Vous vouliez entrer par effraction et je suis le genre de type qui ne recule pas devant une serrure. Même quand ce n'est pas la mienne.

Elle leva le menton.

— Je vous ai demandé de m'accompagner à cause des invitations. Elles pèsent une tonne.

— Alors pourquoi on n'est pas à la poste ? (Il se pencha vers elle.) Et vous ne faites pas confiance à la police du coin, pas vrai ?

— Je ne fais confiance à personne.

Il hocha la tête.

— Je savais que vous étiez intelligente. Alors soit vous appelez le shérif tout de suite, soit je m'occupe de nous faire entrer.

— C'est une effraction.

— Non, vraiment ? Faites-moi un schéma. (Il recula d'un pas.) À trois, vous décidez, sinon je choisirai pour nous.

— Les portes sont verrouillées…

— Un.

— Sérieusement, Peter pourrait être à l'intérieur…

— Alors pourquoi n'a-t-il pas répondu ? Deux.

— Et il est du genre à appeler le shérif…

— Ou vous pouvez le faire, vous. Trois.

Lorsqu'elle se contenta de le dévisager… puis hocha la tête, il ôta sa veste et s'enveloppa le poing de sa manche.

— Attendez, que faites…

D'un coup déterminé, il fit sauter le carreau en bas à droite du panneau vitré de la porte, hors de sa gangue de mastic, et il vint se briser sur le parquet de pin verni d'une façon aussi bruyante et choquante qu'un juron proféré dans une église.

Passant le bras à l'intérieur, Daniel tourna le verrou et ouvrit.

Tenant le battant grand ouvert, il demanda d'un ton calme :

— Est-ce que vous voulez entrer la première, ou est-ce que c'est moi ?

Lydia battit des paupières, puis se frotta les yeux.

Au cas où, à tout hasard, elle n'était pas plongée dans un rêve très bizarre et ait une possibilité de se réveiller.

Quand elle laissa retomber les mains, elle découvrit que, oui, il avait bel et bien ouvert la porte de Peter Wynne, et tenta de s'imaginer appeler Eastwind et ses potes en uniforme de la police d'État. Cependant, une fois qu'ils auraient pénétré dans la maison, elle n'obtiendrait jamais la moindre réponse.

Mince ! dès que la loi aurait débarqué ici, ils la forceraient à partir... après lui avoir posé tout un tas de questions auxquelles elle ne voulait pas répondre.

— Honneur aux dames, répondit-elle d'un ton bourru.

Daniel fut surpris que Lydia entre la première. Il s'était attendu à ce qu'elle le laisse être le fer de lance, mais il y avait des avantages à la laisser passer devant.

Il put sortir son arme à feu et la garder contre sa cuisse sans rien lui expliquer...

— Oh, *mon Dieu*... (Elle eut un mouvement de recul et leva le coude contre son visage, à la façon d'un vampire.) Cette *odeur* !

La puanteur l'atteignit à son tour, et même lui recula instinctivement.

— Ouais, il doit y avoir une vieille poubelle suintante tout près d'ici.

— Pourquoi fait-il aussi chaud ? (Elle agita la main devant elle.) Il doit faire vingt-cinq degrés.

— On a laissé le feu allumé.

— Peter ? appela-t-elle. Hou ! hou !

Tout le rez-de-chaussée était un espace ouvert, avec la cuisine sur la gauche, et le coin salon transformé en bouge avec toutes ces assiettes abandonnées et ces déchets sur la droite. Tandis que Lydia se dirigeait vers la cheminée de pierre alimentée au gaz, Daniel vérifia l'évier, rempli d'autres assiettes et tasses sales. Sur la gazinière Viking toute neuve, il y avait une casserole contenant quelque chose ressemblant vaguement à de la viande ; du moins, il estima que c'était peut-être du bœuf. Ce truc était si gâté et avarié qu'il n'aurait pu dire avec certitude quel genre de protéine cela avait été.

— Ça fait longtemps que le ménage n'a pas été fait ici, murmura-t-il.

Tous les plans de travail étaient maculés de graisse et de crasse… des coquilles d'œufs brisées étaient éparpillées sur le couvercle de la poubelle… et un liquide non identifiable avait éclaboussé le sol au pied du réfrigérateur.

— Que lui est-il arrivé ? s'interrogea Lydia tandis qu'elle ramassait un magazine ouvert sur le sol, le refermait et le reposait sur un guéridon.

Daniel jeta un coup d'œil autour de lui afin de se faire une idée des lieux. Il était évident que non seulement tout avait été rénové, mais qu'on avait aussi confié la décoration à un professionnel, car le jeu de contraste entre le blanc et le rouge se poursuivait dans la salle à manger et la pièce à vivre sur le devant. L'atmosphère était faussement rustique. Le parquet de pin couleur miel, les poutres apparentes et les panneaux muraux également en pin étincelaient sous leur couche de vernis fraîchement posée. L'odeur des tapis neufs et de la peinture tout juste sèche offrait un contrepoint agréable à la méchante puanteur des ordures.

Quelqu'un avait signé un sacré nombre de chèques pour obtenir ce décor douillet.

Et l'avait fait récemment.

— On a brûlé quelque chose là-dedans, dit Lydia devant la cheminée.

Daniel rangea son pistolet et la rejoignit. En passant à côté des canapés, il remarqua qu'ils étaient presque entièrement démontés. On ne s'était pas contenté de jeter les coussins par terre en vrac, mais également les assises rembourrées.

L'endroit ressemblait à un décor saccagé.

Lydia s'agenouilla, ouvrit la vitre de la cheminée et commença à tirer hors des flammes bleu et jaune de petits fragments de papiers blancs carbonisés.

Il se précipita sur elle et lui saisit le poignet.

— Vous voulez vous brûler ?

— Il faut savoir ce que c'est…

— Lâchez ça. (Il lui frotta les doigts.) Quoi que ce soit, ça a disparu.

Lydia poussa un juron, puis inclina la tête de côté.

— Qu'est-ce que c'est que ça ?

— Ce sont juste les coins du papier…

— Non, ce bruit.

Lorsqu'elle se leva et regarda vers la porte principale de la grange, il tendit mieux l'oreille.

— Je n'entends rien.

— On dirait comme un robinet qui goutte. (Elle se dirigea vers la salle à manger.) Quelque chose goutte quelque part.

Daniel ne l'entendit pas jusqu'à ce qu'ils débouchent dans la pièce. Alors, ce fut évident. « Ploc… ploc… ploc… »

Ils passèrent devant une longue table de style campagnard, en bois brut, décorée d'un chemin de table blanc et entourée de chaises rembourrées, également recouvertes de housses blanches. Un tapis rugueux couleur crème était disposé sous l'ensemble.

— On dirait qu'ils n'aiment pas le vin rouge par ici, murmura-t-il. Voyons le bon côté des choses : si on avait assassiné quelqu'un pendant le repas, on le saurait.

— À moins de l'avoir étranglé.

— Bien vu.

Près de la porte d'entrée, Lydia s'arrêta net et contempla l'escalier de bois.

— C'est un véritable torrent !

En effet, un filet d'eau s'écoulait lentement du palier pour former une petite flaque au pied des marches, qui se déversait ensuite dans la bouche d'aération de sol la plus proche.

— Il faut qu'on monte, déclara-t-elle.

Cet enfoiré est mort, songea Daniel. Donc, non, cette fois-ci, ce ne serait pas « honneur aux dames ».

Se précipitant dans l'escalier, il gravit les marches deux à deux, perturbant l'écoulement et projetant moult éclaboussures au passage. En haut, le premier étage était un vaste espace ouvert, mais il y avait une porte coulissante en pin, étroitement fermée, à gauche. C'était dans l'interstice entre le panneau et le plancher que l'eau sortait.

Daniel jeta un coup d'œil à droite. Un dressing avec des portes vitrées montrait toutes sortes de compartiments avec des vêtements impeccablement rangés, suspendus à des cintres. Et à l'autre bout de l'immense chambre un lit *king size* était collé contre le mur du fond, mais la couette et les draps blancs étaient tachés. Pas de sang, néanmoins. Ils paraissaient juste ne pas avoir été lavés depuis le mois précédent tant ils semblaient crasseux et froissés.

Aucune raison de sortir son flingue.

— J'ai un mauvais pressentiment, chuchota Lydia à son côté.

Lui aussi, mais il n'allait pas le dire.

Tirant sa manche sur sa main, il fit coulisser la porte fermée sur le côté…

— C’est quoi… ce *bordel*! souffla Lydia.

Chapitre 15

Poussant la large épaule de Daniel de côté, Lydia vit une scène dans la salle de bains de Peter qui n'avait aucun sens : les robinets chromés de la baignoire blanche laissaient couler un torrent alors que l'évacuation était bouchée et que le trop-plein ne suffisait pas à absorber le volume d'eau accumulé, dont l'excédent se déversait par-dessus le rebord émaillé sur le carrelage. De la même manière, les robinets des deux lavabos sur le meuble de toilette en marbre blanc étaient ouverts, et les vasques s'étaient elles aussi transformées en piscines à débordement qui se répandaient sur le carrelage. Le jet de la douche était pareillement ouvert à fond et cascadait au centre de l'alcôve de marbre sur une évacuation bouchée par une serviette blanche roulée en boule.

L'inondation résultante avait soulevé les tapis de bain immaculés et les avait fait dériver sur la mare ondoyante, jusqu'à ce qu'ils se coincent en tas contre les montants de la porte. Pendant ce temps, tous les murs, les miroirs et les fenêtres s'étaient embués de condensation, au point que les coins de deux photographies encadrées sur un mur dégouttaient littéralement.

L'eau avait été chaude au départ, se dit-elle, mais l'air dense et humide était désormais froid. Depuis combien de temps l'eau coulait-elle ?

Plus important : pourquoi quelqu'un avait-il fait cela ?

Jetant de nouveau un coup d'œil à la pièce, elle vit une brosse à dents toujours à la verticale dans son gobelet blanc. Elle remarqua également, qu'entre les deux lavabos des serviettes monogrammées étaient encore suspendues à leurs barres, et que la cuvette des toilettes et le bidet avaient leurs abattants baissés.

Lydia inspira à fond, mais sans trop savoir ce qu'elle s'attendait à sentir.

Ce qui était un mensonge.

Le sang… elle cherchait le bouquet cuivré du sang ; sauf qu'elle n'était pas un chien secouriste. Elle saisit seulement la note vaguement piquante du chlore émanant de l'eau traitée.

— Quelqu'un a dissimulé le truc, dit-elle sombrement.

Elle n'éprouva pas la nécessité de définir le « truc » à voix haute, mais elle savait que Peter Wynne était mort, et elle soupçonnait qu'il avait été tué ici.

Se retournant, elle trébucha… et aperçut la porte vitrée du dressing. L'ordre à l'intérieur, comparé au chaos qui régnait partout ailleurs dans la maison, était étrange. Comme la radio d'une voiture fonctionnant toujours après un accident.

Mais, dedans, tout n'était pas bien rangé. Lorsqu'elle entra dans l'étroite pièce, dans un coin, sur la moquette blanche, elle vit une pile désordonnée de pyjamas monogrammés, comme si leur propriétaire avait eu des sueurs nocturnes et s'était changé en vitesse, dégoûté par ses cauchemars. Il y avait aussi des maillots de corps tachés par ce qui semblait être de la nourriture, des boxers et des chaussettes sales laissés en tas.

Elle ressortit. Penché devant le lit, Daniel regardait sous le matelas en veillant à ne toucher à rien.

— Est-ce qu'on coupe l'eau ? demanda-t-elle en jetant un coup d'œil par les fenêtres de l'étage.

L'arrière de la propriété descendait en pente douce jusqu'à un étang artificiel, ou, du moins, elle supposait qu'il était artificiel vu sa berge en ciment et en pierre. Les arbres avaient été taillés, et, juste à la lisière de la forêt, elle discerna les vestiges d'un ancien enclos et d'une écurie.

— Allons inspecter le reste de la maison, dit Daniel. Mais, non, on ne touche à rien.

Ils dévalèrent la rivière qui cascadait toujours sur les marches et tournèrent à droite dans une bibliothèque assez banale. À l'autre bout se trouvait un couloir qui les ramena à l'espace principal.

— Alors que fait-on ? demanda-t-elle au moment où ils se retrouvèrent dans la pièce à vivre. Je veux dire, je sais qu'on devrait appeler la…

Du coin de l'œil, elle aperçut l'écran de la télévision, dont le son avait été coupé. Celle-ci était réglée sur une chaîne affiliée à Plattsburgh sur laquelle un présentateur apparaissait face caméra… avec une image du siège du CEL incrusté dans le coin à droite près de sa tête.

— Où est la télécommande ? (Elle regarda autour d'elle.) Où est la…

Daniel s'approcha de l'écran plat.

— Je m'en occupe.

Il se couvrit le doigt de sa manche et augmenta le volume directement sur le côté de la télévision.

« … revenir à un sujet en cours. Une source au Centre d'étude des loups a accusé les promoteurs de la propriété McBridge, de deux cents hectares sur Bread Loaf Mountain, d'empoisonner la faune sauvage. La chaîne Corrington Hôtels, bien connue pour ses établissements de luxe partout dans le monde, fait bâtir un hôtel sur le terrain après avoir obtenu le permis de construire il y a tout juste deux mois. Des inquiétudes au sujet de la réserve voisine et de sa population de loups eu égard à la sécurité des visiteurs de l'hôtel-spa ont été consignées dans les notes internes que WNDK a pu se procurer. Restez avec nous pour le reportage complet par l'équipe primée de *17 heures en direct…* »

Avec un juron, Lydia tourna la tête vers le jardin et elle fronça les sourcils pour tenter de mieux distinguer les structures au niveau de la ligne d'arbres.

— Il faut qu'on ressorte pour aller voir là-bas.

— Voir où ?

— Là-bas, reprit-elle en désignant la forêt.

Quelque part dans la maison, la sonnerie d'un téléphone retentit et résonna dans les pièces vides, couvrant le bruit d'eau de l'entrée.

— Il faut qu'on parte d'ici, annonça Daniel.

Debout à côté du canapé, les bras croisés sur son large torse, il secouait la tête d'avant en arrière tandis qu'il se concentrait toujours sur la télévision, puis il tourna la tête vers elle et riva ses yeux aux siens.

— Il faut vraiment qu'on parte maintenant, Lydia. On pourra discuter de la suite de nos actions dans la voiture, mais… on doit partir d'ici. *Tout de suite.*

Elle eut envie d'argumenter… mais sans raison valable. Il avait raison. Merde ! ils n'auraient même jamais dû entrer.

— D'accord.

Ils ressortirent en silence, par la porte qu'il avait brisée. Après avoir bien refermé le battant, il lui prit le bras et l'entraîna en hâte vers la voiture, et la façon dont il scrutait les alentours fit se hérisser les petits cheveux dans la nuque de la jeune femme. Même si la sensation se serait peut-être manifestée sans cela. Une fois qu'ils furent arrivés à la voiture, elle se dirigea vers le côté conducteur par habitude, et il ne parut pas se soucier de savoir qui prendrait le volant. Lorsqu'elle se laissa tomber sur le siège, elle se retrouva très loin du tableau de bord, si bien qu'elle dut tirer sur la barre entre ses jambes pour se rapprocher du volant.

Il lui tendit les clés de contact et elle démarra le moteur.

Son cœur cognait si fort qu'elle aurait juré que son compagnon pouvait l'entendre lui aussi, et elle se surprit à déglutir de façon compulsive alors qu'elle avait la bouche sèche.

Appuyant sur l'accélérateur, elle fit déraper les pneus sur le gravier, puis elle tourna vivement dans l'allée circulaire avant de remonter à toute allure l'allée d'érables. Parvenue à la jonction avec la route départementale, elle ne prit pas la peine de mettre son clignotant. Elle se contenta de foncer et de débouler dans le trafic inexistant.

— Ralentissez, dit-il. Vous allez nous emplafonner.

Lydia leva le pied et lui jeta un coup d'œil pour le découvrir calé à la fois contre la vitre et le tableau de bord pour éviter d'être secoué.

— Désolée.

— C'est bon…

— Attendez, cette camionnette qui arrive en face de nous… (Elle se pencha en avant.) Est-ce que c'est l'équipe de journalistes ?

En effet, sur la voie opposée, une fourgonnette blanche surmontée d'une antenne satellite roulait à tombeau ouvert. Lorsqu'elle les dépassa, le logo NBC ne fut qu'une tache de couleur. Le réseau WNDK.

— Ils vont chez Peter ! (Elle regarda dans le rétroviseur.) Je vous jure qu'ils vont chez Peter…

Comme le véhicule disparaissait dans un virage, elle écrasa le frein et effectua un demi-tour. Mettant les gaz, elle fit vrombir le moteur sous le capot.

— On n'y retourne pas, déclara Daniel en se calant de nouveau comme il pouvait pour rester droit.

— Je dois savoir s'ils se rendent bien chez Peter.

— Soyez raisonnable. On vient juste d'entrer par effraction dans cette fichue maison. Vous voulez leur expliquer, face à la caméra, comment on a fait le tour des lieux ? Sans appeler la police ?

— Nous avons un shérif dans cette ville, murmura-t-elle. Pas de police.

Avant que Daniel puisse poursuivre, elle tourna brusquement le volant à droite et les fit s'engager dans un chemin de terre assez large pour une seule voiture. Se cramponnant au volant pour que sa tête ne heurte pas le plafond, elle lutta contre les nids-de-poule, tandis que Daniel tendait les mains et s'accrochait à la portière et au tableau de bord. Pour la troisième fois.

— Où… diable… allons-nous ? articula-t-il entre ses dents alors qu'ils étaient bringuebalés en tous sens.

— Ce chemin longe le fond de la propriété de Peter, dit-elle par-dessus le vacarme. Nous pourrons voir…

— Seigneur… Lydia ! on va… se faire prendre.

— Ils ne… sauront pas qu'on est ici.

— Si on est assez près… pour les voir, ils seront assez près… pour nous voir eux aussi.

Elle se força à ralentir. En outre, elle ne voulait pas perdre des pièces de sa voiture dans son sillage. Genre le moteur entier, ou éventuellement un essieu.

— Ils ne regarderont pas vers la forêt, dit-elle alors que les cahots se muaient en une sorte de roulis. Ils seront entièrement concentrés sur ce qui se passe dans la maison.

— Et quand ils appelleront les flics pour fouiller les lieux ?

— Nous serons déjà partis. Ils ne sauront jamais que nous étions là à les observer.

— Vous en êtes sûre ? murmura-t-il. Parce que j'ai perdu mes molaires sur ce sentier de chèvres, et que les dossiers dentaires constituent une preuve recevable pour les tribunaux.

La manœuvre s'avéra inutile.

Lorsque Lydia arrêta enfin la voiture, Daniel regarda, à travers la vitre de la jeune femme, l'endroit où la grange de Wynne aurait dû se trouver… et ne vit rien d'autre que des broussailles et des troncs d'arbres. La propriété qu'ils avaient visitée n'était absolument pas visible depuis cet endroit-là.

Quand elle sortit, il eut envie de la ramener dans la voiture et de lui faire entendre raison. Ils flirtaient avec les ennuis à insigne, et même si, personnellement, cela ne lui posait pas de problème, elle risquait de se retrouver plongée dans des ennuis qu'elle ne pourrait pas résoudre seule. Et, même s'il était vrai qu'il se faisait un point d'honneur à ne jamais se mêler des affaires des autres, parfois sa règle d'or se ternissait un peu.

Enfin, pas parfois. Seulement lorsqu'il s'agissait de Lydia Susi. Avec elle, il se retrouvait aspiré. Piégé. Enfermé.

Bon sang !

Daniel sortit à son tour et, avant qu'il ait pu lui lancer un nouvel appel à la raison, elle désigna les arbres.

— Par ici, dit-elle en s'éloignant sans attendre de voir s'il la suivait.

Le sentier sur lequel elle les entraîna était l'équivalent pédestre du chemin cahoteux qu'ils venaient d'emprunter en voiture. Il était si étroit qu'il ne permettait le passage que d'une seule personne à la fois et posait un défi à la carrure de ses épaules. Devant lui, en revanche, elle esquivait ou repoussait les branches qui leur barraient la route avec des gestes souples et assurés. L'air frais et humide sentait la terre et la germination.

Et le parfum des mauvaises idées.

Même si c'était lui qui les avait poussés à l'effraction en brisant ce carreau de porte, c'était bien différent, arguait-il intérieurement, que de les entraîner à retourner sur les lieux de leur crime mineur.

Mineur, bien sûr, comparé à ce qu'on avait fait au propriétaire de la grange.

L'inondation avait servi à dissimuler un meurtre, et il s'y connaissait en la matière.

— Avançons encore un peu, chuchota-t-elle après environ trois cents mètres.

Elle bifurqua une fois de plus et les buissons hirsutes s'espacèrent quelque peu, puis elle l'attira vers un chêne épais. Tout d'abord, il ne comprit pas vraiment ce qu'elle faisait, mais ensuite il aperçut les planches clouées au tronc. L'affût pour la chasse au cerf se trouvait à environ six mètres du sol, et elle grimpa l'échelle d'une traite, comme un chat.

Il la suivit de près.

Et tenta de ne pas regarder… ce qui se trouvait juste au-dessus de sa tête. Car non seulement mater son derrière était indiscret et digne d'un pervers, mais également totalement inapproprié vu qu'ils s'apprêtaient à espionner des gens.

Ce n'était pas le moment d'avoir le sexe en tête.

En haut, l'abri mesurait environ trois mètres de long et la moitié de large, avec des parois assez hautes pour dissimuler sa haute stature et sa large carrure une fois qu'il se fut accroupi. Et, ça alors ! la vue était parfaite : la cime des pins formait une trouée offrant un point de vue imprenable… sur l'arrière de la grange rénovée.

Où il se passait plein de choses : un homme en tenue décontractée avec une caméra sur l'épaule se tenait devant la porte au carreau cassé, à côté d'une femme vêtue d'une jupe et d'une veste rouges élégantes. Penchés en avant, ils inspectaient le battant ouvert.

Je l'avais fermé, songea Daniel. La porte était fermée quand Lydia et lui étaient partis.

La journaliste et le cameraman de WNDK eurent ensuite un petit échange qui sembla trahir une certaine agitation, puis la femme sortit son téléphone.

— Ils appellent la police, dit-il.

— Le shérif, rectifia Lydia.

— Est-ce qu'on peut retourner à la voiture maintenant ? (Quand elle secoua la tête, il se pencha plus près vers elle.) Mieux vaut ne pas être ici quand le *shérif* arrivera.

— Nous ne sommes pas sur la propriété de Peter. Ce terrain appartient au mari de Bessie Farlan. Nous avons parfaitement le droit d'être ici.

— Vous aimez vivre sur le fil du rasoir ?

— Non, rétorqua-t-elle, j'ai horreur de ça.

Daniel s'assit sur les fesses, en s'assurant avant que le plancher sous lui était bel et bien aussi solide qu'il le paraissait. Heureusement, l'édifice sembla bien résister à son poids. Mais bon, l'affût avait sans doute été calibré pour accueillir deux chasseurs à gros ventre avec leurs fusils et leur pack de douze canettes de bière.

— Je crois vraiment qu'on en a assez vu, reprit-il.

— Ils ont appelé Eastwind, murmura-t-elle, toujours concentrée sur la grange à travers une fissure entre les planches. Et il ne va rien faire. Bon sang ! je ne comprends pas pourquoi il protège Corrington.

— Lydia, je sais que je parle comme un disque rayé…

— Très bien, cracha-t-elle comme pour elle-même. Je vais juste me taper tout le travail de terrain. Je vais trouver les preuves… quelles qu'elles soient, merde ! mais je refuse de rester là les bras croisés et de laisser ces gens…

— *Lydia.*

— … dévaster cette terre. Je me fiche de ce qu'ils peuvent me faire ou de leurs manœuvres pour m'effrayer…

Daniel fronça les sourcils à ces dernières paroles.

— Attendez, quoi ? Est-ce qu'ils vous ont fait quelque chose ?

Comme elle continuait à marmonner, sans cesser d'observer la grange, il lui tapa sur l'épaule. Quand elle se détourna enfin de la journaliste et du caméraman, il lui prit la main pour s'assurer qu'elle lui prêtait vraiment attention.

— Que vous ont-ils fait ? (Il leva la paume lorsqu'elle ouvrit la bouche pour parler.) Non, ne me mentez pas, bordel ! Vous m'avez embringué là-dedans. Ne commencez pas à censurer l'histoire.

Elle tourna de nouveau le regard vers la grange, les sourcils froncés et les lèvres pincées. Lorsqu'une brise se leva, sa queue-de-cheval fut balayée dans sa direction, et il saisit une bouffée de son shampoing.

— Vous pouvez me faire confiance, dit-il doucement.

Elle eut un petit rire bref.

— N'est-ce pas vous qui me conseilliez justement de ne me fier à personne ?

— Je ne parlais pas de moi.

— Eh bien, je n'ai toujours pas vérifié vos références. (Elle lança cela distraitement, comme s'il s'agissait d'une note de rappel soudain apparue sur son écran cérébral.) Je ne vous connais pas.

— Vous vouliez que je vous accompagne pour une bonne raison. Qui n'avait rien à voir avec le poids des invitations.

Quand elle croisa les bras et ne répondit pas, il sortit son portable. Fouillant dans ses contacts, il fit apparaître un numéro, l'appela et tendit l'appareil à la jeune femme.

— Tenez, l'encouragea-t-il lorsqu'elle se contenta d'observer l'objet d'un air interdit.

— Qui avez-vous appelé ?

— Prenez-le. C'est pour vous.

Sa main tremblait lorsqu'elle s'en saisit, et il songea qu'il la poussait trop loin dans ses retranchements, puis il décida que non. Elle pouvait encaisser. Elle avait peut-être peur, mais elle ne fuyait pas.

Lydia posa le téléphone contre son oreille en fronçant de nouveau les sourcils.

— Euh… allô ? Euh… oui. (Elle lui décocha un regard noir qui disait « Ce n'est pas le moment ».) Je… euh… désolée. Avez-vous eu un employé du nom de Daniel Joseph… Ah ? Oh ! bien. Eh bien, je m'appelle Lydia Susi et il vient de poser sa candidature à un poste dans l'ONG pour laquelle je travaille. Vous êtes sur la liste de ses références… Ah ? Oh ! vraiment ?

Comme elle se remettait à observer la grange à travers la fente entre les planches, il y eut une succession de silences, suivi de nouvelles affirmations de sa part.

Après quoi, elle raccrocha tandis que, devant la grange, la journaliste portait elle aussi son téléphone à son oreille.

— Qu'est-ce qu'ils vous ont dit ? l'interrogea Daniel.

— Qu'ils vous adoraient. (Elle lui jeta un coup d'œil.) Ils ont dit que vous étiez très méticuleux dans votre travail. Ils ont ajouté qu'ils vous réembaucheraient dans la seconde. Félicitations.

Il lui reprit son téléphone. Comme il recommençait à fouiller dans ses contacts, elle prit la parole.

— Vous avez déjà le poste. Inutile de…

— Ce n'est pas à propos du boulot. (Il appuya sur « Appel », puis lui rendit l'appareil.) Allez-y. Prenez-le…

— Daniel.

— Ou alors vous me racontez ce qui vous est arrivé. À vous de choisir.

Elle repoussa son portable de la main.

— Nous sommes dans un arbre…

— Je sais où nous sommes. Parlez-leur ou parlez-moi.

— Vous êtes toujours aussi insistant ?

— Et vous toujours aussi entêtée ?

Ils se dévisageaient d'un œil noir, puis Lydia prit le téléphone, raccrocha et le rangea dans sa propre poche.

— Vous le récupérerez quand vous aurez renoncé à appeler vos anciens employeurs.

Daniel cligna des yeux, puis il ne put réprimer un léger rire.

— Est-ce que vous venez de me mettre au coin ?

— Parfaitement. Maintenant, soyez gentil et accordez-moi encore un peu de temps ici. Sinon, pas de dessert.

Lydia revint à la fente entre les planches… et il ne put s'en empêcher : du regard, il suivit la ligne de ses épaules puis la courbe de son dos.

Un dessert, ce serait génial, se dit-il.

Et le fait qu'il la veuille à son menu dans les deux sens de l'expression était un cliché. Mais bon, il était presque certain que quoi qu'elle dise, dans quelque situation que ce soit, il serait capable d'en déduire un sous-entendu sexuel.

Juste un petit moment. Gardons le contact. Joue bien ton jeu.

Même les simples mots n'étaient pas à l'abri des idées géniales de sa queue.

Cornichon, par exemple.

Mince ! il n'était qu'un sale pervers.

Concentrant son attention sur le profil de la jeune femme, il sentit soudain ses tripes se nouer d'une façon qui n'avait rien à voir avec l'excitation sexuelle.

— Que t'ont-ils fait, Lydia ? lui redemanda-t-il plutôt brusquement.

Chapitre 16

Avant que Lydia puisse répondre à la demande pressante de Daniel, elle sentit soudain comme un étrange avertissement lui chatouiller la nuque.

Tournant vivement la tête, elle découvrit une autre fissure entre les planches qui lui permettait de voir la portion de la forêt s'étendant derrière l'affût. Lorsqu'elle tenta d'identifier ce qui l'avait alertée, son pouls tripla de vitesse. Juste au moment où elle commençait à s'exaspérer…

Elle vit un homme qui se faufilait entre les arbres et se dirigeait droit vers l'affût. Vêtu d'un uniforme noir de style militaire, il portait une casquette noire baissée de façon à dissimuler son visage, et avait toutes sortes d'armes sanglées à ses hanches et à son dos.

— Oh… mon Dieu, chuchota-t-elle.

À côté d'elle, Daniel avait également remarqué le nouveau venu et aussitôt roulé sur le flanc pour l'observer par une autre fente.

Il se rapprochait de plus en plus. Si bien qu'à présent elle pouvait entendre ses légers bruits de pas sur le sol humide. Quand son nez commença à la démanger, elle le frotta plusieurs fois. Si elle éternuait…

L'homme n'était plus qu'à dix mètres. Six. Trois.

Et il s'arrêta presque au pied de l'affût.

Fermant les yeux avec force, elle se mit à trembler et plaqua une main sur sa bouche. Des questions telles que l'identité de l'homme ou celle de ses employeurs étaient bien moins importantes que de savoir s'il allait ou non dégainer l'un de ses flingues et cribler l'affût de plomb.

Son cœur cognait si fort qu'il rugissait dans ses oreilles, et elle pria, *pria* pour que…

Les bruits de pas reprirent… puis commencèrent à s'estomper.

Elle ne put s'en empêcher. Il fallait qu'elle voie. Souhaitant désespérément ne pas faire craquer l'une des lattes disjointes du plancher ou de la paroi, elle se retourna et regarda l'homme… le soldat… bref, s'éloigner d'eux.

— Reste ici, murmura Daniel.

D'un geste vif, elle empoigna sa veste.

— Où vas-tu…

— Il cherche ta voiture.

Lydia secoua la tête.

— Impossible qu'il sache que nous sommes ici. Cette zone n'a pas de caméras…

— Reste ici. (Il lui décocha un regard dur.) Je reviendrai te chercher.

— Daniel…

— Surveille la grange. Reste ici.

En dépit de sa taille, Daniel ne fit aucun bruit lorsqu'il se leva et enjamba la paroi de l'affût. Au lieu de redescendre par l'échelle, il se suspendit à un côté de l'abri et se laissa tomber par terre, au pied de l'épais tronc du chêne, qui le dissimula complètement, puis, toujours sans émettre le moindre son, il s'éloigna, emboîtant le pas à l'autre homme.

Elle patienta… peut-être une minute et demie.

Oui, Daniel était grand et fort, mais elle pourrait peut-être l'aider ou… faire elle ne savait quoi.

Scrutant la forêt, elle s'assura que personne d'autre n'approchait, puis elle s'extirpa à son tour de l'affût et redescendit par l'échelle. Lorsqu'elle posa le pied sur les aiguilles de pins et les feuilles mortes, elle ne suivit pas les deux hommes. Elle évalua d'abord leur direction et décida de couper transversalement à travers les pins pour les rejoindre plus rapidement. Ensuite, elle s'élança au pas de course…

Très vite, elle aperçut entre les arbres le soldat qui progressait toujours dans la forêt, inconscient de la présence de Daniel à plusieurs dizaines de mètres derrière lui.

L'attaque de Daniel fut si rapide, si accablante, qu'elle lâcha un hoquet de stupeur. Il se rapprocha rapidement de la silhouette en uniforme et lui bondit sur le dos comme s'il était monté sur ressorts. S'élançant dans les airs les bras tendus, il retomba en refermant ses bras musclés autour de sa cible, qu'il projeta à terre, la tête la première, puis, sans s'accorder une seconde de récupération et avant que l'autre puisse réagir, il plaqua un genou dans le creux du dos de l'homme et l'avant-bras sur sa nuque, si bien que le soldat – si c'était bien sa fonction – fut complètement hors d'état de nuire.

Ensuite, Daniel se pencha et lui murmura quelque chose à l'oreille…

Puis il lui arracha sa casquette, l'empoigna par les cheveux et souleva son crâne du sol. Refermant son bras libre autour du cou de l'homme, il agrippa son propre poignet qui tenait toujours les cheveux… et se mit à tirer en arrière. Violemment.

Si bien que le creux de son coude se referma comme un étau sur la trachée du soldat.

— Qu'est-ce que tu fabriques ? s'écria Lydia en se précipitant. (Courant dans sa direction, elle se fichait qu'on l'entende.) Arrête… arrête !

Daniel ne se retourna pas. Il ne parut même pas l'avoir entendue. Il regardait droit devant lui dans le vide. Les veines de son cou et de son front étaient gonflées par l'effort, et sans doute, tous ses muscles bandés. Il ne respirait même pas.

Tout comme sa victime.

Sous lui, le soldat ouvrait grand la bouche, la figure rouge tandis qu'il luttait pour inspirer, et ses doigts gantés de noir griffaient désespérément la barre d'acier qui lui écrasait la trachée.

— Arrête ! hurla Lydia. Tu vas le tuer !

Elle saisit Daniel par le bras et se mit à tirer, mais ce fut comme tenter de débloquer quelque chose de solidement boulonné. Rien ne bougea.

Enfonçant les talons dans le sol, elle se pencha en arrière pour tirer davantage et poussa un grognement.

— Lâche-le…

Le cliquetis qu'émit l'autre homme était terrible. De même que ses mouvements désordonnés alors qu'il se débattait avec une force déclinante contre son assassin.

— Non, *non* !

Les pieds de Lydia se dérobèrent sous l'effort, et elle tomba à genoux, même si cela diminua sa force de levier, surtout lorsqu'elle se retrouva à glisser sur les aiguilles de pins. Tandis qu'elle luttait, des larmes se mirent à couler sur ses joues, et des pensées incongrues lui traversèrent l'esprit, telles que : comment cela pouvait-il arriver ? Comment était-elle passée d'un entretien avec C.P. Phalen à une lutte contre la force surhumaine de Daniel qui tuait…

Tout à coup, ce fut fini : Daniel relâcha sa prise en même temps qu'il dégageait son bras de la poigne de Lydia, le mort s'amollit et sa tête retomba face contre terre, Lydia vola en arrière et atterrit durement sur les fesses.

— Tu l'as tué ! (Elle se redressa et se précipita sur Daniel, qu'elle repoussa brutalement.) Qu'est-ce que tu as fait !

— Chut…

Quand elle le frappa à la tête et aux épaules, il lui saisit les poignets et la tint à distance.

— Il est en vie… Bon Dieu ! Lydia, veux-tu bien te détendre…

— Il est mort…

— Non, absolument *pas*. (Daniel la repoussa et retourna l'homme sur le dos.) Regarde. Il respire, putain !

Lydia s'essuya les yeux avec son avant-bras. L'homme – le soldat, bref – était… En fait, oui, son torse se soulevait et s'abaissait. Lentement, mais régulièrement, et son teint était toujours aussi cramoisi d'avoir lutté

— Tu as tenté de le tuer, gémit-elle.

— Non, je voulais seulement le réduire à l'inconscience. (Du doigt, Daniel pointa l'endroit où elle s'était garée.) Retourne à ta voiture et monte dedans. Il sait où tu es… Il en a après toi.

— Quoi ?

— Il est ici pour toi.

Lydia secoua la tête pour s'éclaircir les idées.

— Attends, comment sais-tu que j'étais surveillée ?

— Je n'ai pas le temps de t'expliquer.

D'un geste brutal, il ouvrit la veste noire.

— Et, non, je ne vais tuer personne ; je veux juste te donner une chance de t'échapper.

Sur ce, il entreprit de désarmer l'inconnu : deux flingues ; un couteau à lame argentée, visiblement mortel ; des chargeurs de munitions.

Lydia écarquilla les yeux.

— C'est fini pour moi.

Elle fouilla ses poches pour trouver son téléphone.

— J'appelle le shérif…

— Appelle la garde nationale, je m'en moque. (Daniel descendit plus bas et palpa les poches du pantalon de l'homme.) Mais fais-le depuis ta voiture pendant que tu t'éloignes d'ici, bordel ! File ! Avant qu'il se réveille.

Alors que Lydia sortait le portable de Daniel au lieu du sien, elle examina l'inconnu. Il respirait encore.

— Je ne sais pas qui c'est.

Daniel passa aux mollets et récupéra un autre couteau sanglé à la cheville gauche de l'homme.

— Mais il est sacrément dangereux, à moins que tu ne saches pas à quoi sert tout le métal dont je suis en train de le délester. Et si tu ne veux pas que je le tue il faut que tu t'en ailles tout de suite.

— Viens avec moi, dit-elle tout à coup. Ensemble, nous pouvons…

— Non, je dois rester ici et m'assurer qu'il ne te suivra pas. (Daniel secoua la tête.) Je ne sais pas ce que tu as fait ni qui tu as appelé ni… merde ! quoi que ce soit d'autre. La seule chose évidente, c'est qu'il sait où tu te trouves.

Lydia se redressa.

— Abandonnons-le simplement ici. Partons…

— Il y a un émetteur. Sous ta voiture. (Quand Lydia eut un mouvement de recul, et Daniel jeta de nouveau un coup d'œil autour de lui.) Je l'ai découvert ce matin quand je me suis retrouvé coincé sur le sentier. C'est un émetteur GPS magnétique posé sous le châssis côté conducteur. C'est pour cela que je pense que ce type te cherche. Je crois qu'il suit le signal émis par ta voiture… et, oui, j'allais t'en parler. Maintenant, rends-moi mon téléphone et pars. Va te mettre à l'abri. *S'il te plaît.*

Lydia repensa aux empreintes de pas sous ses fenêtres.

On n'était donc pas venu sur son terrain pour pénétrer dans sa maison, mais pour installer un traceur sur sa voiture.

— Viens avec moi, le pressa-t-elle de nouveau d'une voix enrouée.

— Non, je dois rester ici. S'il se réveille, nous aurons tous les deux un problème, pas vrai ? Contente-toi de me redonner mon téléphone et ça ira pour moi. Ça va toujours.

Lydia lui jeta son portable, puis empoigna le sien.

— J'appellerai le shérif pour qu'il vienne te chercher.

— Je me fous de ce que tu fais. Tant que c'est depuis ta voiture en train de rouler. Va-t'en avant qu'il reprenne conscience. Soit dans une minute, peut-être moins.

Lydia se mit à haleter, comme si elle avait déjà commencé à courir.

— Garde-le ici. Et j'irai voir le shérif…

— Ne lui dis pas qu'on est entrés dans la grange. Ne m'implique pas là-dedans.

— Eastwind doit être arrivé chez Peter à présent. C'est lui qui a dû réceptionner l'appel de la journaliste.

— Eh bien, tant mieux pour eux… Je m'en fous ! Fous le camp, s'il te plaît. Pars !

— J'appelle la police, annonça-t-elle en tournant les talons.

— C'est un shérif que vous avez, rappelle-toi, lui rétorqua-t-il.

Sur ce, elle partit en trombe sur le sol spongieux. Elle ne se retourna qu'une seule fois pour lui jeter un coup d'œil. Daniel l'observait toujours, tandis qu'il demeurait agenouillé près du soldat, une expression des plus sérieuse sur le visage. Comme s'il se demandait dans quel guêpier il s'était fourré.

Bienvenue au club, songea-t-elle.

Daniel regarda Lydia s'enfuir, et le bruit de ses pas, accompagné du léger froissement de son coupe-vent, s'estompa peu à peu jusqu'à devenir complètement inaudible. Sa voiture était garée à environ cinq cents mètres de là, trop loin pour qu'il puisse entendre le son du moteur qui démarrait.

Il lui accorda donc quatre minutes pour rejoindre le véhicule. En attendant, il ramassa l'un des pistolets qu'il avait retirés au garde. Le chargeur était plein.

Quand un gémissement s'éleva de l'homme mis hors d'état de nuire, Daniel passa en revue les différentes armes et munitions rassemblées par terre. Extrayant un cylindre du tas, il vissa le tube creux au canon de l'automatique.

S'assurant que Lydia n'avait pas changé d'avis et n'était pas revenue sur ses pas, il tendit l'oreille. Observa encore.

Puis il plaqua le silencieux sur le front de l'homme et tira une unique balle dans son lobe frontal. Aucun bruit ne monta de l'arme, mais le corps tressauta et ses extrémités se soulevèrent un instant avant de retomber mollement.

Daniel ramassa ensuite toutes les armes et les glissa dans ses poches. Il retourna ensuite le cadavre et lui palpa le dos. Pas de pièce d'identité, sans blague. Il trouva cependant un téléphone portable dans la poche arrière du treillis de l'homme.

En raison de tout cet équipement et de l'absence d'un insigne, ce type ressemblait davantage à un militaire qu'à un membre des forces de l'ordre, et c'était pour cela que Daniel était certain qu'il s'agissait d'un agent de sécurité… mais pour qui travaillait-il ?

Se relevant, il coinça la casquette dans une des poches du soldat, attrapa le corps sous les aisselles et le souleva du sol pour le faire basculer sur son dos à la façon d'un pompier. Ensuite, avec prudence, il s'enfonça davantage dans la forêt, loin du lieu de l'exécution.

Il n'avait pas de plan particulier quant à l'endroit où dissimuler les restes. Il fit donc ce qu'il faisait toujours. Il compta sur son environnement pour lui offrir une solution. Et, sans surprise, comme si la forêt était heureuse de lui prêter main-forte, une étroite caverne se présenta à lui, et il traîna le cadavre tout au fond de l'espace sombre et humide en veillant à ne rien déranger de la végétation qui en dissimulait partiellement l'entrée plus qu'il n'était strictement nécessaire, comme s'il évoluait au beau milieu d'une scène de crime.

Ah, ah!

Lydia avait peut-être raison à propos de son sens de l'humour.

Nan.

Puis il sortit son téléphone et activa la fonction lampe de poche. Les parois de pierre humide brillèrent aussitôt sous le faisceau lumineux, mais le sol en terre absorba la lumière.

Le couteau du soldat correspondait exactement à ce qu'il lui fallait.

Daniel se pencha au-dessus du visage du type après avoir coincé son portable entre ses dents de façon que le faisceau éclaire le visage du cadavre, puis, à l'aide du pouce et de l'index, il ouvrit la paupière droite et inséra l'extrémité particulièrement pointue de la lame argentée dans le coin de l'œil...

Il sortit ensuite le globe oculaire de son orbite, avec le nerf optique, qui forma un délicat enchevêtrement.

Après avoir répété l'opération sur l'autre œil, il tira un bandana de sa poche arrière et en enveloppa son petit trophée. Ensuite, il coupa la lumière de son téléphone et retraversa la caverne à demi accroupi, pour ne se redresser que lorsqu'il fut certain d'avoir dépassé le surplomb de l'entrée.

Jetant de nouveau un coup d'œil autour de lui, il glissa le petit paquet dans sa veste et s'éloigna.

Lorsqu'il regagna le lieu de l'exécution, il constata que la couverture végétale montrait des signes évidents de la lutte qui avait eu lieu là, même pour un œil non averti. Il allait sans dire qu'il y avait également des traces de sang.

Il observa le ciel gris.

—Allez, la pluie. J'aurais bien besoin d'un petit coup de main si ça ne t'ennuie pas.

S'agenouillant, il enfonça les doigts dans les feuilles mortes et les aiguilles de pins jusqu'à la terre, qu'il sonda à plusieurs endroits pour finir par trouver la balle. Grâce à la couche granitique située à environ trois centimètres sous la fine épaisseur de terre, la dragée de plomb n'avait pas pénétré très profondément.

Il ne pouvait rien faire pour effacer l'impact de la balle dans la pierre, hormis la recouvrir.

Au moins, il n'avait pas à s'inquiéter des forces de l'ordre locales. Les petites villes comme celle-ci n'avaient pas d'équipes scientifiques capables d'analyser une zone de la taille de cette clairière en se fondant uniquement sur la faible perspective d'y découvrir quelque chose.

Sans compter qu'ils auraient deux témoins oculaires affirmant qu'un homme avait été étourdi, et non tué.

Après un dernier regard et quelques coups de botte pour égaliser le terrain, il tourna les talons et se dirigea vers le sentier pour rejoindre… la route départementale asphaltée.

L'impression d'être suivi n'était pas nouvelle. Il avait l'habitude que ses actes le talonnent.

Mais le fait qu'il se soucie de ce que Lydia Susi allait penser de lui était un sacré désagrément.

Chapitre 17

Lydia courut jusqu'à sa voiture, le cœur battant à tout rompre, en scrutant frénétiquement du regard la forêt autour d'elle. À force de tourner sans cesse la tête à gauche et à droite, elle avait l'impression que les arbres bougeaient mais, en définitive, rien ni personne ne bondit sur elle, pas plus d'homme vêtu de noir et armé que… Daniel.

Et si l'autre homme s'était réveillé ? Et s'ils étaient en train de se battre en ce moment même et que Daniel avait le dessous parce que l'élément de surprise ne jouait plus en sa faveur…

Lorsqu'une vague de panique vertigineuse lui court-circuita le cerveau, elle se força à empoigner ses clés et à entrer dans son véhicule. Mettant le moteur en route, elle songea un instant qu'elle devrait peut-être sortir retirer l'émetteur qu'on avait placé sous son châssis, mais l'image mentale des armes à feu dont Daniel avait délesté le soldat la guérit de cette impulsion.

Elle devait d'abord revenir sur la départementale. Trouver de l'aide. Sauver Daniel.

Enclenchant la marche arrière, elle fit demi-tour et s'engagea de nouveau sur l'étroit chemin où, à l'aller, les empreintes de ses pneus avaient formé comme des rails dans la terre meuble. Et c'était une bonne chose, car elle eut bien besoin d'aide pour maintenir sa trajectoire.

Il s'écoula une éternité avant qu'elle parvienne sur la départementale. Et, lorsqu'elle atteignit enfin la chaussée asphaltée, elle vérifia à peine la circulation. Elle s'avança tout simplement sur la route, tourna le volant et partit. Elle voulait attendre d'être assez loin pour appeler le shérif…

Lorsque son téléphone sonna, elle sursauta et le sortit maladroitement de sa poche.

— Allô…

— Je vais bien. C'est bon…

— Daniel ! (Elle freina sans raison.) Où es-tu ?

— Je traverse actuellement les bois en direction du sud-ouest. Je n'ai pas la moindre idée du temps qu'il va me falloir pour atteindre la route.

— Où est le soldat ? ou quoi qu'il soit ?

— Je l'ai attaché avec un câble qu'il avait sur lui. Je l'ai laissé là-bas et je suis parti en courant.

— Dieu merci. (Elle ferma brièvement les paupières.) Je vais chercher un endroit où m'arrêter…

— Va là où personne ne pourra te voir et je t'indiquerai où est l'émetteur. Tu dois avant tout le retirer et t'en débarrasser. Tant que tu ne l'auras pas fait, tu seras en danger…

À cet instant précis, le parking desservant le point d'accès à l'un des sentiers de la réserve apparut. C'était le chemin qui conduisait au « côté moche » comme le qualifiaient les locaux, si bien qu'aucune voiture n'était garée sur le petit espace ombragé.

— J'ai trouvé, dit-elle en se garant. Je m'arrête, je veux dire.

— Bien.

— Tu es sûr que ça va ? (Elle mit le levier de vitesse au point mort.) Est-ce que tu…

— Je fais juste un agréable jogging dans les bois. Je profite du paysage. Tu sais, je fais du tourisme.

Elle ferma de nouveau les yeux.

— Où est-ce que je regarde sous la voiture ?

— Sous le côté conducteur. L'émetteur est juste à côté de la roue avant. Tu le verras avec la lampe de ton téléphone.

— D'accord.

Sortant du véhicule, elle s'allongea par terre sur le dos et se glissa sous le châssis. Elle sentit la chaleur du moteur, qui s'était propagée au métal du cadre, et l'odeur d'huile et de cambouis la fit éternuer.

— Tu es toujours là ? demanda-t-elle en mettant Daniel sur haut-parleur pour activer la fonction lampe de poche.

— Oui, répondit-il d'une voix métallique. Où es-tu ?

— Sous la voiture.

— Où es-tu garée ?

— Au point de départ de Burning Tree. Sur le parking. Il n'y a personne d'autre.

— Très bien, tourne un peu la tête à droite. C'est…

— Je le vois.

Le rectangle noir était plus grand qu'elle l'aurait cru : il faisait à peu près la taille de sa paume, et, lorsqu'elle l'éclaira sous tous les angles, il lui sembla tout droit sorti d'un *James Bond*.

— Y a-t-il le moindre risque qu'il explose si je l'enlève ? demanda-t-elle.

Il y eut un silence.

— Oui, ça pourrait arriver. Je ne sais pas.

Lydia poussa un juron.

— Rappelle-moi de ne pas t'interroger sur mes risques de cancer.

— Nan, tu es tranquille pour le cancer. Tu manges correctement, tu fais du sport… mais quels sont tes facteurs génétiques ?

— Une vraie bâtarde, marmonna-t-elle en agrippant l'objet. Bien, je compte d'abord à rebours ou je l'enlève direct ?

— Enlève-le, c'est tout.

— Super moment pour vivre le slogan Nike.

Fermant les yeux, elle inspira à fond.

— Merde ! s'écria-t-elle en arrachant l'émetteur.

— Lydia ? *Lydia !*

— Oh, mon Dieu ! ça clignote. (Elle retourna l'appareil dans sa main.) Qu'est-ce que c'est que ce truc ?

— Jette-le ! Jette-le aussi loin que tu peux… Balance ce truc dans les bois.

Dans sa précipitation, elle se cogna la tête en sortant de sous la voiture, puis bondit sur ses pieds, prit son élan, et, dans un lancer digne de Lamar Jackson, projeta l'appareil dans les arbres de toutes ses forces.

— Lydia ? dit la voix de Daniel. Est-ce que tu…

— Oui, je l'ai jeté.

— Va-t'en de là à présent.

Sans perdre une seconde, elle remonta dans sa voiture. Négligeant de mettre sa ceinture de sécurité, elle écrasa l'accélérateur en marche arrière avant de déraper dans la boue pour effectuer un demi-tour et filer en trombe.

— Ça va ? demanda Daniel.

D'une main tremblante, elle colla le téléphone contre son oreille même s'il était toujours sur haut-parleur.

— Ça ne va pas, non. Ça ne va pas. Où es-tu ?

— Toujours dans les bois.

— Tu es en sécurité ?

Il y eut un silence, pendant lequel seuls lui parvinrent les bruits de course et de respiration de Daniel.

— Tu n'as pas à me sauver, Lydia. Je te l'ai dit, ça va toujours pour moi.

De nouveau sur la route départementale, elle se contenta de rouler droit devant elle sans se soucier de sa direction. Chaque fois qu'elle clignait des yeux, elle revoyait des instantanés qui anéantissaient peu à peu son calme : la salle de bains chez Peter Wynne, le soldat marchant sous l'affût… et aussi ce que Daniel avait fait pour les protéger tous les deux.

La journaliste de la télé avait déjà appelé Eastwind. Elle le savait, point. À qui d'autre pouvait-elle s'adresser ?

— Lydia ?

— Je ne sais pas où je vais, marmonna-t-elle.

— Alors continue à rouler.

— Comment peux-tu dire ça ?

— Parce que c'est tout ce que tu as à faire. Ne heurte rien et détends-toi.

Elle cligna des yeux. Plusieurs fois.

Quand quelque chose frappa son pare-brise, elle tressaillit, mais ce n'était que la pluie, de grosses gouttes qui s'écrasaient comme des poings miniatures sur la vitre.

— Il pleut, dit-elle dans le téléphone toujours sur haut-parleur.

Elle songea fugitivement qu'elle craignait de mettre fin à l'appel, comme si leur connexion téléphonique était ce qui le protégeait, le maintenait en vie. Tout autant qu'elle.

— Qu'allons-nous faire ? chuchota-t-elle en enclenchant les essuie-glaces.

— Pour l'instant, concentre-toi sur la conduite, Lydia. C'est tout ce qui doit t'intéresser. Donne à ton corps une chance d'évacuer l'adrénaline avant de décider quoi que ce soit.

— Peter est mort.

Il y eut un nouveau silence, uniquement troublé par les bruits des pas de Daniel à l'autre bout du fil.

— Oui, probablement.

— Crois-tu que ce soit cet homme en uniforme qui l'a tué ?

— Je l'ignore. Peux-tu me dire pourquoi quelqu'un voudrait du mal à ton chef ?

Lydia repensa aux papiers qu'on avait brûlés dans la cheminée.

— Non, mais je vais le découvrir.

Tout en courant à travers bois, Daniel gardait son téléphone collé à l'oreille. Au bout du fil, il entendait le moteur de la voiture de Lydia, et ce qu'il estimait être le frottement des essuie-glaces sur le pare-brise.

Juste à temps, songea-t-il en levant les yeux vers la pluie.

Les branches nues des chênes et des érables n'offraient aucun abri, et les pins n'avaient jamais fait de bons parapluies. Malgré cela, cette pluie était une bonne nouvelle pour lui.

— Lydia ? reprit-il en ralentissant sa course pour se mettre à marcher.

— Hum ?

Jetant un coup d'œil dans son dos, il vit que la voie était libre. Avec un peu de chance, cela allait durer, mais les renforts du mec en noir désormais mort risquaient d'être un problème.

— Que t'a-t-on fait ? demanda-t-il. Que s'est-il passé ?

Il ne fut pas surpris que la jeune femme prenne son temps avant de répondre, puis elle le stupéfia en lui disant ce qu'il sut viscéralement être la vérité.

— Quelqu'un est venu inspecter toutes mes fenêtres dans la nuit de samedi. C'est à ce moment-là qu'on a dû placer l'émetteur sous ma voiture. Et ensuite… on m'a prise en photo alors que je me tenais devant la maison et examinais les empreintes de pas juste après les avoir remarquées.

Merde !

— Qui est derrière tout ça, d'après toi ? demanda-t-il.

— L'hôtel. Tout est arrivé après mon appel aux médias.

— Y a-t-il autre chose que tu ne m'aies pas dit, Lydia ?

— Non, c'est tout. Je te le jure sur la mémoire de mon grand-père.

Daniel s'arrêta. Se retourna. Attendit. Il se fiait à son instinct dans les bois plus qu'à toute autre chose, mais il était distrait et c'était comme cela qu'on se faisait tuer. Leçon que l'agent de sécurité avait apprise par la rigidité cadavérique.

— Est-ce que tu as un jardin ? demanda-t-il en reprenant ses esprits et en se remettant en marche.

— Un jardin… Tu veux dire chez moi ? Oui.

— Est-ce qu'il est grand ? comme celui de ton directeur général ?

— Je suppose. Pourquoi est-ce que tu…

— Ça t'ennuie si je plante ma tente tout au fond de ton terrain ? Je n'ai pas assez d'argent pour rester plus longtemps au *Pine Lodge*, et je te promets que je n'entrerai pas dans ta maison à moins que tu me le demandes ou que tu aies besoin de moi, mais, de cette façon, j'aurai un endroit où dormir et tu ne seras pas seule… et il y a une douche dans le bâtiment des équipements du Centre donc, non, je n'aurai pas besoin de t'emprunter ta salle de bains.

En réponse à l'autre bout du fil, il n'y eut d'abord que le ronronnement du moteur et le crissement rythmique des essuie-glaces.

— Pourquoi ferais-tu cela ? finit-elle par demander d'un ton las.

— J'ai besoin d'un endroit où dormir.

— Tu ne dormais pas au *Pine Lodge*, pas vrai ? Tu allais juste camper dans la montagne.

— Camper dans la nature, c'est le paradis pour les nomades. (Il jeta de nouveau un coup d'œil par-dessus son épaule.) Et c'est valable aussi bien en altitude que sur un gazon plat.

— Il y a des loups partout dans le coin.

— Et moi qui croyais que le « L » du CEL désignait les lapins. Je serai donc plus en sécurité dans ton jardin, non ? (Il lui laissa le temps de répondre.) Lydia, je sais que tu ne me connais pas, mais enferme-moi dehors. Tourne tous les verrous. Tu seras à l'abri dans ta maison, et, si quelqu'un d'autre revient se balader sur ton terrain… je pourrais le maintenir cloué au sol le temps que tu appelles les secours. Quelque chose dont j'ai déjà prouvé être capable.

Il y eut un long silence.

— J'ai peur.

— Je le sais. Alors laisse-moi t'aider… et personne n'a besoin de le savoir. Ce serait juste entre toi et moi.

— Je dois y aller, dit-elle d'une voix distante. J'appelle le shérif.

— Bien. Remettons ce type à la justice. Il n'allait nulle part quand je l'ai laissé là où il est tombé.

— J'aimerais venir te chercher.

— J'aperçois la route entre les arbres de là où je suis. Je vais marcher sur le bas-côté.

Il mit fin à l'appel et rangea le téléphone. Désormais, la pluie tombait de façon continue et, s'il avait de la chance, le sang aurait disparu à leur retour. Sinon ?

Eh bien, il y avait des loups dans ces bois, non ?

Chapitre 18

Alors qu'elle se dirigeait vers la ville, Lydia composa le numéro d'Eastwind... et ne fut pas surprise de basculer directement sur la messagerie. Elle rappela aussitôt, tout en guettant le bas-côté de la route dans l'espoir de voir Daniel Joseph, mais, quand on ne décrocha pas non plus, elle poussa un juron. À la troisième tentative, elle se retrouva à passer à proximité de chez Peter Wynne et du chemin de terre qu'ils avaient emprunté pour se rendre ensuite jusqu'à l'affût... et Dieu soit loué!

Daniel était là. Elle repéra sa puissante silhouette tandis qu'il marchait sur le chemin de terre en direction de la départementale. Juste au moment où elle s'apprêtait à manœuvrer sa voiture pour le rejoindre, le shérif décrocha.

— Eastwind.

Elle laissa échapper un souffle qu'elle n'avait pas conscience d'avoir retenu.

— Shérif... c'est Lydia, du CEL. J'ai besoin de votre aide. Je dois vous voir...

— Je suis en mission à l'extérieur pour le moment, mais je peux...

— Vous êtes chez Peter Wynne, je sais.

Le shérif baissa d'un ton.

— En effet.

Mettant son clignotant, Lydia traversa la voie et se gara sur le bas-côté, à l'orée du chemin de Daniel. Pendant qu'il approchait, elle l'examina de façon quasi obsessionnelle dans le rétroviseur, mais ne discerna aucune trace d'hémorragie sur lui. Il ne boitait pas non plus et n'avait aucune contusion sur le visage.

— Il faut que je vous parle, dit-elle à Eastwind. Tout de suite.

— Je peux venir vous voir dès que j'en aurai fini ici…

— Non, il faut que ce soit tout de suite. Le chemin des Farlan. Retrouvez-moi à environ quatre cents mètres de l'accès. J'ai quelque chose… que vous devez voir. Déléguez momentanément votre enquête à Anthony ou Phil. J'ai besoin de vous *maintenant*.

Daniel tenta d'ouvrir la portière. Celle-ci était verrouillée, et Lydia essaya vainement diverses commandes, comme si elle n'était jamais montée dans cette voiture.

— Très bien, dit le shérif. Je vous retrouve là-bas dans cinq minutes, mais je n'ai pas beaucoup de temps.

Lydia trouva enfin le bon bouton et appuya dessus ; le bruit sec du déverrouillage se répercuta dans l'habitacle. Elle tourna la tête seulement après avoir mis fin à l'appel.

Daniel se tassa sur le siège passager. Referma la portière et repoussa en arrière ses cheveux mouillés par la pluie. Il la regarda ensuite d'un air désinvolte, comme s'ils n'avaient rien fait de plus éprouvant ou d'inhabituel que de déposer les fameuses invitations à la poste : pas d'investigation étrange de la maison mystérieusement vide et envahie par les eaux de Peter Wynne, pas d'espionnage de la journaliste et du caméraman, pas de soldat bizarre rôdant sous l'affût et Daniel…

— Salut, dit-il.

D'un ton très détendu, comme s'il lui demandait simplement de ses nouvelles.

Le tremblement s'abattit sur elle comme une vague, et elle se mit à frissonner si violemment sur son siège qu'elle dut se cramponner au volant.

— On doit retourner à l'affût. Eastwind, le shérif, va nous retrouver là-bas.

— D'accord, très bien. Tu es en état de conduire ?

— Non, pas du tout.

La pluie s'était transformée en déluge à présent, et les essuie-glaces se révélaient incapables de suivre le rythme. Tandis qu'ils balayaient frénétiquement, mais vainement, le pare-brise, elle fixa sur eux un regard vide.

— Une chose après l'autre, dit-il d'un ton posé. Découpe l'impossible en morceaux.

— Comment peux-tu être aussi calme ?

— Fais demi-tour.

Lorsqu'un camion les dépassa, elle renonça à exécuter un énième demi-tour et se contenta d'enclencher la marche arrière. Se retournant sur son siège, elle agrippa d'une main l'appuie-tête et fit reculer de l'autre la voiture jusqu'au chemin des Farlan.

La petite entaille dans la forêt surgit plus vite qu'elle s'y attendait, et, au moment d'engager ses roues dans les traces de pneus déjà existantes qui sinuaient entre les arbres, elle remarqua le panneau de signalisation jaune et marron indiquant l'entrée du chemin. Cela semblait bien formel pour ce que son grand-père aurait qualifié de sentier de chèvre.

— Que vas-tu dire quand il te demandera pourquoi tu ne l'as pas appelé depuis chez Peter ? demanda Daniel. Tu devrais t'y préparer.

Tournant la tête vers lui, elle lui posa une question dont elle redoutait la réponse.

— As-tu déjà séjourné en prison ?

— Tu as vu mon casier judiciaire.

— Ça ne veut pas dire non.

— Je ne peux pas falsifier mon casier.

Il se mit à tambouriner des doigts sur le tableau de bord comme s'il était agacé, même si elle n'aurait su dire si c'était à cause d'elle ou de lui-même.

— Quand j'étais jeune, j'ai eu des ennuis. Rien de très grave. J'ai commis quelques délits relevant de la délinquance juvénile. Je suis allé en centre de détention pour mineurs, mais je n'ai jamais récidivé une fois adulte.

Elle hocha la tête et commença à avancer sur le chemin cahoteux.

— On dirait que tu as déjà fait ça. Discuter avec les forces de l'ordre, je veux dire.

Et entrer par effraction dans une maison.

Et plaquer un type par terre.

— Ne prends pas mon détachement pour de l'habitude.

Ils se turent tandis qu'elle s'enfonçait davantage dans les bois. Au-dessus d'eux, les branches nues des feuillus et celles, grêles, des pins, ne les protégeaient guère de la pluie, si bien qu'elle laissa les essuie-glaces. Au bout d'une certaine distance, elle s'arrêta là où elle estimait s'être garée la première fois. Après avoir coupé le moteur, elle déverrouilla le capot et sortit. Lorsqu'elle se pencha sur le moteur chaud, Daniel la rejoignit de l'autre côté.

— Il faut qu'on…

— Si tu veux donner l'impression qu'on a été retardés, on va juste faire ça, murmura-t-il en tendant la main.

Il tira de leur logement une série de tubes.

— Tu lis dans mes pensées, murmura-t-elle alors que deux énormes phares se dirigeaient vers eux en cahotant. Le voici. Je crois que je vais laisser le capot ouvert.

Comme Daniel se contentait d'opiner, elle repoussa ses cheveux mouillés sur ses épaules.

— Je n'ai pas l'habitude de tout ça. Et j'ai *horreur* de mentir.

— Je sais.

Le 4 x 4 du shérif de la commune de Walters était équipé de ces nouveaux phares bleus à l'avant et en forêt, par temps couvert, ils étaient aveuglants. Eastwind interrompit la torture en coupant le moteur, puis il enfila son chapeau et sortit. Le couvre-chef était protégé d'un plastique semblable à une charlotte de douche, mais le reste de sa personne était aussi mouillé que Lydia et Daniel.

— Bonjour, shérif. (Lydia leva la main en frissonnant de froid.) Merci de nous avoir rejoints.

Le nouveau venu effleura le bord de son chapeau imperméabilisé et inclina la tête.

— Alors, que se passe-t-il ? On dirait que vous avez plus besoin d'une dépanneuse que de moi.

— Ce n'est pas la voiture le problème. (Lydia parlait à toute vitesse.) Quelqu'un me suit. La personne s'est rendue chez moi samedi soir. (Elle désigna Daniel.) Nous étions en train de nous rendre à la poste quand j'ai remarqué une voiture suspecte derrière moi. J'ai accéléré et j'ai roulé jusqu'ici en me disant que j'allais la semer. Quand ma voiture m'a lâchée, Daniel et moi nous sommes enfoncés sous les arbres. Nous avons trouvé un affût dans un chêne et décidé de nous y cacher le temps d'appeler à l'aide… et c'est comme ça qu'on a su que vous étiez chez Peter. On apercevait la grange depuis là-haut, et il était évident que quelque chose clochait.

— Et personne ne vous a suivis ?

— En fait si. (Elle jeta un coup d'œil à Daniel.) Sans que je sache comment il a réussi à me retrouver, l'homme m'a suivie. Nous a suivis. À pied jusqu'à l'affût.

Eastwind concentra sur Daniel son regard brun perçant.

— Et vous êtes ?

— Daniel Joseph. Le nouvel homme à tout faire du Centre d'étude des loups. Je lui donnais un coup de main avec des invitations parce que les cartons étaient très lourds.

— L'un d'entre vous peut-il me décrire cet homme ?

Lydia reprit la parole.

— Il ressemblait à un militaire. Habillé tout en noir. Il avait l'air… d'un professionnel.

— Et où est-il à présent ?

Lydia dévisagea Daniel.

— Il est dans les bois. Là où Daniel… s'est occupé de lui.

— Je voulais la protéger.

Daniel haussa les épaules.

— Je l'ai désarmé et neutralisé pour qu'elle puisse s'enfuir, puis je suis parti à mon tour et j'ai couru jusqu'à la départementale.

— Quand je suis revenue à la voiture, j'ai tenté de comprendre ce que je pouvais faire pour la réparer, mais je n'y connais rien en mécanique. J'avais tellement peur. C'est à ce moment-là que je vous ai appelé.

Son récit comportait tant de lacunes. Il paraissait foutraque, comme s'il tenait non sur des vérités ou des faits, mais sur un mauvais assemblage de conneries. Cependant, que pouvait-elle faire d'autre ? Elle ne se fiait pas non plus à Eastwind.

— Retournons auprès de lui.

Du menton, elle indiqua les bois.

— Je vais vous guider.

— Absolument, murmura Eastwind. Montrez-moi tout.

— Il était ici… Nous l'avons laissé ici.

Lydia fronça les sourcils et s'agenouilla là où les feuilles mortes et les aiguilles de pins avaient été écrasées et dérangées. En comparaison avec le reste de la couverture végétale tout autour, la lutte entre Daniel et l'homme en noir avait laissé des traces évidentes : la terre avait été mise à nu par endroits et marquée par les empreintes de leurs bottes ainsi que par le corps du militaire.

Mais l'autre moitié de ce combat restait invisible.

Oh, mon Dieu ! se dit-elle, *il est en liberté quelque part.*

Et comme elle s'était précipitée pour essayer d'empêcher ce qu'elle avait pris pour un meurtre, l'homme l'avait vue et savait donc qu'elle pouvait désormais le reconnaître.

Elle indiqua la direction de l'affût.

— Nous étions là-bas, mais c'est ici que Daniel lui a sauté dessus.

Eastwind jeta un coup d'œil autour de lui, puis se concentra sur Daniel.

— Et vous dites que vous l'avez désarmé ?

— En effet, mais je n'ai pas pris les armes. (Il ouvrit sa veste en cuir, puis montra l'intérieur de ses poches et la ceinture de son jean.) Je regrette de ne pas l'avoir fait cependant.

— Qu'est-ce qu'il avait ?

— Un pistolet semi-automatique. Un couteau. Des balles.

— L'avez-vous gravement blessé ? interrogea le shérif.

— Je l'ai juste étourdi en l'asphyxiant. (Il regarda Lydia.) Je voulais seulement qu'elle puisse s'enfuir, donc, dès qu'il a perdu conscience, j'ai arrêté. Quand j'ai estimé qu'elle était assez loin, je l'ai attaché avec son propre câble et j'ai couru jusqu'à la départementale.

— Est-ce que vous avez vu son visage ? (Eastwind sortit son téléphone qui vibrait, mais fit basculer l'appel sur la messagerie.) Pourriez-vous l'identifier en cas de besoin ?

— J'ai vu son visage, affirma Lydia. Je serais tout à fait capable de l'identifier.

Eastwind leva la main comme s'il voulait prévenir une éventuelle protestation de la part de son interlocutrice.

— Non que je mette en doute votre récit, mais qu'est-ce qui vous fait croire qu'il représentait une menace pour vous ?

— Si l'on excepte toutes ses armes ? murmura sèchement Daniel. Et le fait qu'il nous a suivis jusqu'ici ?

— Eh bien, il n'y a aucune arme ici. Et personne alentour.

Le shérif regarda de nouveau Lydia.

— Donc, je vous le demande, qu'est-ce qui vous a donné l'impression que vous étiez suivie ?

— Les empreintes de pas sous mes fenêtres, à la maison.

Elle sortit son téléphone et passa les photos en revue.

— Tenez. Regardez.

Eastwind prit l'appareil et fit défiler les images. Avec deux doigts, il en agrandit une.

— Quand est-ce arrivé ?

— Samedi soir, je pense. Je les ai découvertes dimanche matin.

Il leva les yeux de l'écran.

— Pourquoi ne pas m'avoir appelé ?

— Je n'étais pas certaine de l'importance de cette découverte, mais j'en suis consciente à présent, C'est pourquoi je vous ai fait venir ici, alors que vous étiez occupé...

— Il y avait aussi un émetteur GPS sur sa voiture.

Quand Daniel prit la parole, le shérif haussa les sourcils.

— Je vous demande pardon ?

Daniel hocha la tête.

— Je l'ai découvert ce matin quand j'ai pris sa voiture pour me rendre dans la réserve afin de travailler à la réfection des ponts. Le véhicule s'est retrouvé coincé par une pierre, et, quand j'ai examiné le châssis pour voir s'il n'y avait pas de dégâts, c'est là que je l'ai vu. Je ne savais pas exactement ce que c'était, jusqu'à ce que cet homme nous suive jusqu'ici.

— Ce bois est immense. Comment a-t-il su que vous vous cachiez dans un affût ?

— Il ne le savait pas, rétorqua Daniel. Il la cherchait au hasard, et il a eu de la chance. Il doit *toujours* être en train de la chercher à l'heure actuelle.

— C'est moi qui ai parlé aux médias, reprit Lydia. Je sais que vous avez vu les informations, ou que vous avez vous-même été contacté par WNDK. Je les ai appelés au sujet de Corrington Hôtels, et, s'ils sont capables d'empoisonner les loups, ils peuvent faire bien pire. Peter Wynne… il lui est arrivé quelque chose, pas vrai ? Et je me moque que mon histoire vous paraisse illogique parce que je sais ce que j'ai vu : c'est le même homme qui nous a suivis en voiture et s'est ensuite mis à nous chercher sous les arbres.

Eastwind lui rendit son téléphone.

— J'aurais aimé que vous m'appeliez dimanche.

— Moi aussi, mais je ne voulais pas sembler réagir de façon excessive. Cependant, après cette histoire… (Du bout du pied, elle tâta les aiguilles de pins.) Je ne veux pas que ce qu'on a fait à Peter Wynne m'arrive.

— Comment savez-vous qu'on lui a fait quelque chose ?

— Vous ne vouliez pas quitter sa maison. (Elle croisa les bras sur sa poitrine.) Il y a une camionnette de journalistes garée là-bas, ainsi que les voitures de deux de vos adjoints. Vu que votre bureau compte quatre agents, vous y compris, vous avez appelé tout le monde, hormis le type qui n'est pas de service cet après-midi.

— Où est ce fameux émetteur GPS ?

Eastwind jeta un coup d'œil à Daniel.

— Laissez-moi deviner : vous l'avez retiré et balancé.

— Bien sûr que oui. Quand on a atteint la route, je l'ai balancé à l'arrière d'un pick-up.

— Vous êtes un tireur d'élite, alors.

— Pas du tout. (Daniel haussa les épaules.) Ils se sont arrêtés pour nous demander si on avait besoin d'être déposés quelque part, et j'en ai profité pour le jeter sur la plate-forme.

— Donc vous étiez prêt à mettre éventuellement en danger la vie de quelqu'un d'autre.

— C'est elle qu'ils cherchent. Ils se fichent des autres.

— Et laissez-moi deviner, reprit Eastwind à l'adresse de Lydia, aucun de vous ne sait qui conduisait ce pick-up. Ni n'a relevé sa plaque d'immatriculation.

Lydia secoua lentement la tête.

— Non, nous ne l'avons pas fait.

— Pouvez-vous au moins me dire de quelle couleur il était, demanda le shérif d'une voix traînante.

Comme s'il ne croyait pas un seul mot de ce qu'ils racontaient.

Chapitre 19

Cette nuit-là, dans la salle à manger de la demeure de la Confrérie, à Caldwell, Xhex comprit enfin l'origine de ses cauchemars. Cette révélation s'imposa à elle sans qu'elle l'ait cherchée. Depuis que V. lui avait balancé sa saleté de vision sur elle, elle avait remisé le souvenir de ce joyeux petit échange avec ses propres ruminations sur les causes de ses réveils nocturnes, façon attaque de piranhas, dans le trou noir de son cerveau, d'où elle espérait que rien ne ressorte jamais.

Néanmoins, le destin était comme le sumac vénéneux. Une fois qu'il vous avait frôlé, ses démangeaisons se montraient tenaces, irritantes… et ne guérissaient jamais spontanément.

Elle était donc là, assise à côté de John Matthew pour le Premier Repas, en train de chipoter allégrement ses œufs dans son assiette en espérant de toutes ses forces qu'il ne remarque pas son manque d'appétit… quand elle regarda par hasard de l'autre côté de l'énorme table.

Audaszs, qui avait fait construire la demeure bien avant que les frères songent seulement à vivre ensemble sous le même toit, avait conçu une salle à manger assez vaste pour accueillir une ville, et la table qu'il avait fait faire sur mesure était parfaitement adaptée à l'immense espace. Tous les guerriers, leurs compagnes et leurs enfants – sans compter les invités – pouvaient s'y asseoir.

Et Dieu savait que Fritz était un majordome du genre « plus on est de fous, plus on rit ». Si ce mâle avait pu nourrir un millier de personnes chaque nuit après le coucher du soleil, il en aurait été ravi.

Le brouhaha des conversations pouvait toutefois devenir un peu intense, car les frères avaient l'habitude de parler tous en même temps, au point que leurs provocations viriles et leurs interventions casse-couilles semblaient carrément faire partie intégrante de leur boulot. Xhex ne leva les yeux que parce que Rhage se mit à rire d'une pique que Butch venait d'envoyer à Lassiter… et peu importe l'humeur dans laquelle elle se trouvait, le spectacle de Hollywood avec sa tête de mannequin parfait rejetée en arrière, en train de glousser jusqu'à devenir écarlate et devoir s'éponger les yeux avec sa serviette damassée, valait la peine d'être vu.

C'était comme regarder un chiot corgi essayant de mordre dans une balle de tennis. Ça valait le coup d'œil.

Alors qu'elle regardait Rhage se gondoler, elle nota quelque chose à la périphérie de son champ de vision qui fit résonner en elle une petite alarme cognitive.

Tournant la tête, elle fut surprise par l'émotion familière qui la submergea soudain. Nate, le fils adoptif de Mheurtre et Sarah, paraissait indifférent à l'animation qui régnait autour de lui. En fait, il s'était recroquevillé en dépit de sa taille assez imposante, et avec ses épaules voûtées, son menton baissé, ses coudes plaqués contre son torse… il donnait même l'impression de souhaiter désespérément ne pas se faire remarquer.

Elle savait pourquoi.

Alors que ce gamin avait *parfaitement* le droit d'être assis là sur son siège – et qu'elle le désignait par ce terme de « gamin » uniquement parce qu'il venait tout juste de passer la transition –, il semblait mal à l'aise et accablé.

Mais bon, cela ne faisait que trois ou quatre mois qu'il était sorti du même genre de labo que celui où Xhex avait été détenue.

Pour lui, la liberté était très récente, et il s'écoulerait un très, très long moment avant que ses connexions neuronales se modifient et que ses perceptions sensorielles s'apaisent.

C'était le problème quand on était un cobaye : votre corps ne vous appartenait plus. Lorsqu'on vous injectait toutes sortes de maladies et de drogues, cela entraînait chez vous des réactions chaotiques que votre cerveau était forcé de concilier avec vos émotions pour pouvoir les supporter. Pour sa part, elle s'était déconnectée grâce à la rage, et, quand l'occasion de se libérer s'était présentée, elle l'avait saisie. À sa façon.

Mais Nate était un enfant à l'époque. Et ils avaient tué sa *mahmen*…

Comme s'il avait senti son regard insistant, il leva les yeux et croisa les siens. Le premier réflexe de Xhex fut de détourner la tête, mais non, elle lui devait mieux que cela. C'était un survivant, tout comme elle, et il y avait de fortes chances que, si elle évitait son regard, il risquait d'y voir de la pitié. Ou le reproche d'avoir été trop faible pour s'enfuir.

Xhex sourit autant que possible… c'est-à-dire pas beaucoup, puis elle lui fit un petit salut désinvolte de la main.

Il rougit, comme s'il pouvait lire dans ses pensées et savait qu'elle voulait le ménager, mais, au bout d'un moment, il lui retourna son petit salut.

Puis tous deux se détournèrent en même temps.

Une tape sur le genou lui fit tourner la tête vers son *hellren*.

— Tu as déjà fini ? demanda-t-elle à John Matthew.

Son mâle secoua la tête, puis il signa :

— *Tu as envie d'aller faire un tour ?*

Comment la connaissait-il aussi bien, bordel !? Mais bon, ils étaient ensemble depuis ce qui lui paraissait une éternité.

— Oui, dit-elle. J'aimerais bien.

Ils se levèrent de concert et laissèrent leurs assiettes en place – parce que, si on ramassait quoi que ce soit sur la table et qu'on essayait de le rapporter en cuisine, on devait affronter l'air de chien battu de Fritz, son cœur brisé, ses yeux humides d'autocondamnation devant son échec total à débarrasser.

Rhage avait tenté une fois l'expérience avec une serviette, et la maisonnée entière avait fini avec une sacrée culpabilité à cause de l'autoflagellation incessante du *doggen*.

Son compagnon et elle longèrent la table jusqu'à l'arche donnant sur le vestibule tout en prenant congé au passage de leurs amis par une inclinaison de la tête ou un sourire. John Matthew gratifia même Blay et Vhif d'une claque sur l'épaule. Xhex, pour sa part, fit semblant de ne pas voir le regard aux paupières lourdes de V.

Non, V., désolée, pensa-t-elle.

Très vite, ils atteignirent le bureau, mais se contentèrent de le traverser pour ouvrir l'une des portes-fenêtres et se retrouver dehors, sur la terrasse. Bien qu'on soit au printemps, ils étaient très au nord de l'État de New York… et, qui plus est, sur une montagne. Cela expliquait donc qu'elle soit encore dépouillée de son mobilier de jardin, de même que la piscine avait été vidée, et que les parterres de fleurs et les arbres fruitiers étaient toujours bâchés pour l'hiver.

John Matthew referma derrière eux, puis se posta à l'écart et la laissa déambuler jusqu'à ce qu'elle se lasse. Au bout d'un moment, peut-être cinq minutes, peut-être dix… peut-être douze heures… elle s'arrêta et regarda le ciel nocturne.

— On dit qu'il y a des extraterrestres qui voyagent tout le temps là-haut. (Quand il siffla une note ascendante, elle lui jeta un coup d'œil par-dessus son épaule.) Pas vraiment. Les gens au nord d'ici en voient souvent. L'idée, c'est que c'est genre une information de Plattsburgh.

John Matthew pinça les lèvres d'un air sceptique.

— Oui, tout ce qui traverse les cieux en brillant n'est pas une étoile filante.

Sa voix trahissait à peine son amertume, même si elle se foutait que des humains prennent en photo des extraterrestres ou des ballons-sondes. Putain de merde, elle était bien une vampire ! alors pourquoi E.T. ne pourrait-il pas exister pour de vrai ?

— J'ai compris pourquoi je faisais ces cauchemars. (Elle avait parlé précipitamment, comme si elle pouvait peut-être encore esquiver le problème si elle crachait les syllabes assez vite.) C'est à cause de Nate.

John Matthew opina et signa :

— *J'aurais dû faire le lien.*

— Moi aussi, mais, oui, c'est lui la raison de mes cauchemars. Ce qu'il a subi a fait tout remonter en moi, tu vois.

Elle détestait cette faiblesse, cette émotion, le fait que, sous la surface, se trouvaient la douleur et la souffrance qu'elle n'avait pas demandé à endurer et semblait incapable de perdre. Mais bon, elle avait été vendue à ce labo par sa propre famille, pour la punir d'une violation des règles qu'ils jugeaient impardonnable.

Mheurtre avait été un de ses anciens amants, et c'était à cause de cette relation que son propre sang lui avait donné une leçon… ou du moins croyait l'avoir fait…

John Matthew siffla et, quand elle le regarda, signa :

— *Pourtant, la vision de Viszs ne concernait pas le labo mais un wolven.*

— Je refuse de me soucier de ses prédictions à la noix. Pour autant que je sache, il a très bien pu manger un sandwich à 1 heure du matin et son rosbif fumé lui est resté sur l'estomac.

— *Alors, à quoi penses-tu ?*

— Je ne pense à rien. (Elle poussa un juron.) Oh ! allez, est-ce que mon côté *symphathe* déteint sur toi ?

John Matthew se contenta de hausser les épaules, et, tandis qu'il la dévisageait, elle contempla son corps immense. Il était vêtu d'un tee-shirt moulant et d'un pantalon en cuir du même noir profond que les ombres qu'il traquait sur le champ de bataille pour protéger l'espèce vampire de son nouvel ennemi.

— Je t'aime, dit-elle d'une voix enrouée.

Son *hellren* articula un juron, puis signa :

— *Merde ! tu penses à te rendre dans la colonie, pas vrai* ?

Chapitre 20

« Les ténèbres s'épaissirent, chargées d'ombres.
Elles envahirent la terre pour réclamer les âmes des damnés.
Le monde n'était plus qu'un vaste cimetière où erraient les morts, cherchant, cherchant tout ce qu'ils avaient perdu… »

Au crépuscule, à Walters, Lydia, assise à sa table de cuisine avec un bol de soupe à la tomate Campbell's entre les mains, écoutait ce vieux poème résonner dans sa tête avec la voix de son grand-père, dans la langue de son grand-père. Ces fragments étaient tout ce qui subsistait dans sa mémoire de l'œuvre complète, comme si les mots étaient un tissu qui s'était désintégré avec l'âge.

—Arrête, arrête, arrête…, s'intima-t-elle à haute voix, avant de reprendre une gorgée de sa soupe. Elle ne sentait aucune saveur, et n'aurait su dire si elle était assez chaude ou si elle l'avait additionnée d'eau ou de lait.

« Les mensonges sont une maladie », répétait toujours son grand-père. Un trop-plein pouvait se révéler mortel.

Le poids sur sa poitrine lui faisait assurément l'effet d'une pathologie.

Jetant un coup d'œil par la fenêtre située à côté de la petite table, elle constata que tout était noir dehors, et pas noir comme à Boston. Pas un noir urbain. Walters était d'un noir rural, comme l'endroit où elle avait grandi, en périphérie de Seattle, un noir d'encre, sans la moindre lueur, sans l'éclairage diffus des villes pour rassurer quelqu'un de nerveux et malheureux et lui signifier que tout n'était pas perdu. Que tout n'était pas un vide dans lequel on pouvait basculer.

Surtout si l'on avait péché. Ou si l'on avait menti.

— Pardonne-moi, grand-père, chuchota-t-elle.

Elle reposa son bol, écœurée par l'odeur, pourtant d'habitude si réconfortante. Et, lorsqu'elle jeta un coup d'œil au niveau de sa soupe pour voir quelle quantité elle en avait absorbé, la vue du liquide épais, visqueux et rouge l'indisposa encore plus.

Cela lui rappelait le sang.

Se levant d'un bond, elle alla vider son piteux dîner dans l'évier et détourna la tête pendant qu'elle rinçait son bol.

La cuisine, dont la dernière rénovation datait de la fin des années 1980, avait des placards mauves assortis aux tons de rose et de bleu du linoléum. Les appareils électroménagers étaient noirs, et coordonnés avec rien. L'évier était en acier inoxydable et devenu mat à force d'être utilisé et nettoyé.

Mais ce n'était pas ce décor à la Candy qui la préoccupa soudain, et pas parce qu'elle s'y était habituée, mais les fenêtres : il y en avait une au-dessus de l'évier, une autre à côté de la table et une troisième dans la porte donnant sur le jardin de derrière.

Ses mains tremblaient quand elle se hâta de fermer les fragiles rideaux, puis elle ressortit précipitamment de la cuisine et se dirigea vers la robuste porte d'entrée et son verrou. Quand elle tourna la clé dans la serrure, le pêne coulissa en place dans sa solide cage de métal avec un claquement.

Ensuite elle la testa la solidité du verrou en tirant la poignée de la porte vers elle à l'aide de ses deux mains, les genoux fléchis et en y mettant tout son poids.

— C'est fermé.

Elle avait néanmoins formulé cette évidence sans y croire vraiment, si bien que, quand elle se redressa, elle eut envie de tester le verrou, encore et encore, comme si elle pouvait ainsi le renforcer.

Pour finir, elle pivota sur elle-même et s'adossa contre le battant de bois en s'entourant de ses bras.

La maison était si petite qu'en dehors de la cuisine et du salon qu'elle venait de traverser au pas de course il n'y avait qu'une seule autre pièce au rez-de-chaussée : un bureau meublé d'une table, d'un pouf et d'une desserte sur laquelle elle avait installé son imprimante sans fil. Il était plongé dans le noir puisque sa situation, de l'autre côté de l'escalier, empêchait toute lumière provenant de la cuisine de porter jusque-là.

Franchissant le seuil, elle s'approcha de la fenêtre donnant sur le jardin de derrière, la gorge serrée et les nerfs à fleur de peau.

Se plaquant contre le mur, elle inspira à plusieurs reprises, avant de se pencher pour jeter un coup d'œil par les vitres anciennes et légèrement déformantes, comme si elle s'abritait durant une fusillade.

Elle s'attendit à voir un visage, celui d'un inconnu au regard mauvais, en uniforme noir, revenu achever ce qu'il avait échoué à accomplir dans la forêt.

Rien. Et, comme elle continuait à scruter le terrain broussailleux, la réalité changea autour d'elle et le passé prit le dessus sur le présent. Elle s'était toujours sentie comme un imposteur parmi les autres, et c'était peut-être pour cette raison que les mensonges avaient été si faciles à construire et à prononcer devant Eastwind... mais cela ne voulait pas dire que la situation lui convenait.

Son trouble intérieur la fit retourner dans la cuisine, sans qu'elle ait conscience de s'être déplacée.

Devant la porte de derrière, elle regarda, comme à distance, sa main saisir la poignée de cuivre. Comme celle de la porte d'entrée, elle datait de la construction de la maison et avait terni, sauf aux endroits du frottement des paumes, qui brillaient à force d'être polis.

Elle avait l'intention de tester le verrou, tout comme elle l'avait fait devant, puis de recommencer quand son cerveau refuserait d'accepter ce que ses yeux verraient.

Au lieu de quoi, sa main droite se posa sur le verrou et défit le pêne, puis la gauche tourna le bouton et ouvrit la porte.

Sortant sur le petit perron, elle prit une grande inspiration et sentit les effluves de la pluie qui était tombée tout l'après-midi. L'odeur de la terre et de la germination, mêlée à celle des bardeaux de cèdre mouillés et des flaques sur l'allée, annonçait également l'arrivée du printemps, mais la température demeurait basse.

À moins que ce ne soit en elle. Lydia se sentait gelée jusqu'aux os.

Au fond du jardin, juste devant la ligne des arbres, elle distinguait à peine la tente que Daniel avait dressée là-bas ; si elle ne l'avait pas cherchée, et malgré sa bonne vue, elle n'aurait pas spontanément remarqué que les ombres se densifiaient très légèrement à cet endroit.

Aucune lumière ne trahissait la présence de Daniel. Aucun feu non plus.

Il devait avoir si froid…

Une haute silhouette émergea de la tente, et sa stature dépassait largement le toit de nylon noir.

Consciente qu'il pouvait l'apercevoir, elle leva la main.

Daniel traversa l'herbe miteuse pour la rejoindre. Quand il s'arrêta devant elle, il était assez proche pour qu'elle puisse discerner ses yeux, son ombre de barbe et les petites ondulations de ses cheveux relativement longs.

— Ça va ?

— Pas vraiment, dit-elle. Et toi ?

— Ça va. Je décompresse.

— Comment as-tu su que j'étais dehors ?

— Décompresser ne veut pas dire « dormir ». Et je me suis assurée que je pouvais voir ta maison à travers un petit rabat. (Elle repoussa ses cheveux sur son épaule et se frotta le haut des bras.) Tu as assez chaud sous ta tente ?

— Oui. (Il tapota le coupe-vent qui lui couvrait le torse.) Ce truc est isolant.

Quand elle n'ajouta rien, il baissa d'un ton.

— Tu as fait ce qu'il fallait avec Eastwood.

— Eastwind, corrigea-t-elle. Et je ne crois pas qu'il nous ait crus.

— Peu importe. C'est ce qu'il peut prouver ou non qui compte… et aucune preuve ne réfute notre histoire.

Elle détourna la tête.

— Je crois sincèrement qu'il s'efforce de satisfaire l'hôtel. Il veut les emplois qui iront avec, l'argent que rapporteront leurs impôts, l'augmentation du tourisme dans la région que leur installation occasionnera. Il n'empêche que j'ai eu horreur de lui mentir.

— Qu'aurais-tu préféré lui dire ?

Elle soutint son regard.

— La vérité.

— Si tu estimes que ta vie est compliquée maintenant, attends d'être soupçonnée du meurtre de Peter Wynne.

— Oh ! je ne le serai pas.

— Vraiment ? Ton supérieur disparaît et tu bénéficies de sa mort parce que tu récupères son boulot. Rien que cela pourrait faire de toi une suspecte potentielle aux yeux de la police.

— Je ne veux pas être directrice générale. Je suis une scientifique, pas une administratrice…

— Tu es installée dans son bureau, non ? et tu te sers de son ordinateur, pas vrai ?

— Cela ne veut pas dire que je… Je suis incapable de tuer quelqu'un.

— Tu serais surprise de ce qu'on peut faire quand on y est obligé.

— Eh bien, je ne l'ai *pas* tué. Qu'en dis-tu ?

Daniel leva les mains.

— Je ne t'accuse pas. Je t'explique simplement ce que ton ami le shérif penserait s'il apprenait que nous sommes entrés dans la grange et qu'on en a fait le tour. Au moins, je n'ai repéré aucune caméra de surveillance ni à l'intérieur ni à l'extérieur – ce qui a été une surprise, d'ailleurs, et la seule raison pour laquelle on nous laisse tranquilles à présent.

Lydia se frotta les yeux.

— Est-ce que tu es en sécurité dehors ?

— Oui. Ne t'inquiète pas pour…

— … toi. Oui, tu me l'as déjà dit. (Du menton, elle indiqua la tente derrière lui.) Est-ce que tu avais de quoi manger ?

— Des Doritos et du Coca. Dans ma sacoche, j'ai des restes du jour où j'ai eu toutes les infos sur ta vie à l'épicerie.

Elle baissa les bras en sourcillant.

— Tu n'étais pas censé manger sainement ?

— Tu n'as pas la moindre idée de ce que j'avais l'habitude de manger. De boire. De fumer.

— Quoi donc ; des pneus et des blocs de ciment ?

— Oui, c'est caoutchouteux et sec. Un mélange parfait, mais au moins mon taux de cholestérol était bon.

Elle esquissa un sourire.

— Et ces horribles snacks sont tout ce que tu as ?

— Les calories, c'est des calories. Je survivrai, et le restaurant ouvre à 6 heures demain matin. J'ai prévu de manger trois assiettes de pancakes, avec du bacon et des œufs, dès que possible.

Lydia jeta un coup d'œil par-dessus son épaule.

— J'ai des provisions. Je suis allée faire les courses samedi.

— Est-ce que tu en as mangé une partie ? J'ai l'impression que non…

— Laisse-moi te préparer un vrai dîner. Ensuite au moins…

— Quoi, je pourrai mourir l'estomac plein dans ton jardin ? (Quand elle redressa brusquement la tête, il fit la grimace.) Désolé. C'est trop tôt ?

— C'est trop, tout simplement. (Elle indiqua la porte ouverte.) Je ne suis pas un grand chef, mais je peux faire mieux que les Tostitos et le Coca.

— Ce sont des Doritos. Et je ne vais pas refuser. (Elle tourna les talons.) Tu n'es pas obligée, dit-il brusquement.

— Je sais, répondit-elle en lui jetant un regard par-dessus son épaule, mais, si tu cesses tes mauvaises blagues comme le fait que tu vas mourir dans mon jardin, je serai heureuse de te préparer à manger. En plus, j'ai besoin de m'occuper pendant les soixante-dix-sept minutes qui viennent.

Il sourcilla et jeta un coup d'œil à sa montre.

— Tu as un truc à faire à 21 heures ?

— On ne va pas se coucher avant 21 heures. (Elle rentra dans la maison.) C'est comme les gens qui refusent de boire du vin avant 17 heures. C'est un marqueur temporel de la journée. Après 21 heures, je peux m'écrouler et tenter de dormir.

— Est-ce que tu as le même genre de règle stricte pour le réveil ?

— Je ne me lève jamais avant 4 heures du matin. (Elle fit un geste de la main.) Tu entres ?

Il leva ses deux index.

— Attends, ça veut dire que, 4 h 15, c'est une heure envisageable pour te réveiller ?

— Oui.

Il franchit le seuil en secouant la tête.

— Mince alors ! je suis surpris que tu n'ailles pas au lit à 19 h 30.

— On dirait que nous étions finalement destinés à dîner ensemble, hein ?

Tandis que Daniel mordait dans le sandwich que Lydia lui avait préparé avec les restes de ses trois dernières soirées passées sans manger, cette dernière sirotait son thé. C'était drôle de voir à quel point il remplissait la maison. Il avait beau se trouver dans la cuisine, c'était comme s'il était dans toutes les pièces en même temps.

— Je crois que c'est déjîner, en fait. (Quand il arqua un sourcil, elle haussa les épaules.) Un déjeuner en guise de dîner. Déjîner. Parce que, regardons les choses en face, c'est mieux que dînej.

La bouche de Daniel frémit, et il baissa la tête, comme s'il ne voulait pas qu'elle aperçoive son sourire.

— Qui l'eût cru, un tout nouveau repas !

— Si tu mangeais tes pancakes avec des œufs au bacon en ce moment même, ce serait un petit dîner.

— Ou un goûtiner.

— Tu vois, tu as pigé. (Elle avala une nouvelle gorgée de son thé.) Est-ce qu'il fait très humide dehors ?

— La tente est étanche. (Il s'essuya la bouche avec une serviette qu'il avait prise dans le distributeur.) Et, avant que tu me poses la question, je serai parti à l'aube. Il n'y aura aucune trace de mon séjour…

— J'aimerais te demander quelque chose.

Il leva les yeux vers elle, mais son visage demeura détendu. Et elle se demanda si, face à un semi-remorque lui fonçant dessus, il frémirait seulement. Cet homme avait le système nerveux d'un objet inanimé.

Qui aurait cru qu'elle envierait cela un jour.

— Vas-y, dit-il.

— Et tu peux dire non.

— Je le sais. (Il but un peu du lait qu'il avait réclamé.) Alors, qu'est-ce que tu as pour moi, Lydia Susi ?

— Je veux me rendre sur le chantier de l'hôtel.

Daniel interrompit sa mastication.

— OK. Et pour faire quoi ?

— Je ne sais pas. Je veux juste voir ce qu'il y a là-bas.

— Si tu déniches une paire de jumelles, tu peux faire ça depuis le porche au travail.

De l'index, elle fit tourner sa tasse en rond sur la table.

— Je veux trouver des preuves.

— De quoi ?

— N'importe quoi. (Elle abandonna toute prétention au calme et se prit la tête à deux mains.) Je ne sais pas ce que je fabrique…

— Si tu penses qu'essayer de tromper Eastwind sur ce qui s'est réellement passé dans les bois était une promenade de santé, alors attends d'entrer par effraction sur le chantier de l'hôtel. Il y aura des caméras de surveillance partout, des agents de sécurité et…

— Je n'aurais pas dû aborder le sujet…

— Oh ! je suis partant. (Quand elle releva la tête, il opina.) Appelle-moi Alice détective. Mais j'ajouterai que tu dois faire attention et savoir jusqu'où tu es prête à aller. Et tu dois te préparer également à la possibilité de te faire prendre…

— On peut y aller dans le voile.

— C'est quoi, ça ? (Il termina sa dernière bouchée et s'essuya la bouche.) Regarde-moi, j'apprends toutes sortes de choses ce soir. Déjîner. Petit dîner. Le voile.

Elle rougit.

— C'est le moment juste avant l'aube. Quand il fait encore noir, mais plus complètement. De cette façon, on n'aura pas besoin de lampes torches pour trouver notre chemin, et, si on porte des vêtements sombres, on sera encore plus difficiles à repérer.

— D'accord. Quand partons-nous là-bas ? Quelle nuit ?

— Je viendrai te chercher à 4 h 15. (Ce n'était pas comme si elle allait dormir.) On peut… Flûte, je n'ai pas ma voiture !

Le véhicule avait été remorqué jusqu'au garage de Paul, et Candy avait dû la ramener chez elle du bureau après que Lydia avait passé le reste de l'après-midi à s'efforcer d'avoir un air normal, tout en gardant le silence sur leur escapade chez Peter.

Et ce qui était arrivé ensuite.

— Nous irons avec ma moto.

Daniel se leva et emporta son assiette dans l'évier.

— Je suppose que tu prévois de te garer à l'écart du domaine et de t'approcher à travers bois ?

— Oui.

Quand il pressa un peu de liquide vaisselle sur l'éponge, elle se surprit à observer ses mains. Elles étaient grandes.

Bronzées. Calleuses. Les mains d'un ouvrier, qui ne ressemblaient en rien à celles de Rick ou de Peter.

C'étaient… des mains sexy.

— Eh bien, lança-t-il, c'est déjà arrivé ?

Lydia se ressaisit… mais échoua à détourner les yeux de l'eau qui coulait le long de ses doigts pendant qu'il rinçait son assiette.

— Pardon ? murmura-t-elle.

— Je te demandais si tu étais déjà allée là-bas ?

— J'y ai déjà songé, mais… non.

— Alors on a un plan.

Il reposa l'assiette sur l'égouttoir, et la voir à côté de sa tasse lui parut intime. Comme deux personnes dans un même lit.

— Tu as mon numéro dans ton téléphone, reprit-il. Tu peux toujours m'appeler. En attendant, je serai comme un chien de garde dans une décharge, je protégerai tout depuis l'extérieur.

Elle ne put réprimer un sourire.

— J'ai l'impression de t'accabler avec tout ça.

— Pas du tout. Je suis majeur et vacciné. Si je ne voulais pas m'y coller, je ne serais pas dans ton jardin avec ma tente montée et mon sac de couchage déroulé.

— C'est très gentil à toi.

Il s'appuya au rebord de l'évier et croisa les bras sur son torse massif.

— Je ne suis pas certain que ce soit le mot.

— Alors que suggérerais-tu ?

— Je ne sais pas.

Se mettant debout, elle cessa de faire semblant de boire son Earl Grey tiède.

— Cela te viendra peut-être.

Comme elle essayait d'atteindre l'évier, il demeura à sa place… si bien qu'elle s'immobilisa devant lui.

Et ce fut alors que l'atmosphère changea.

Quand ni lui ni elle ne bougèrent, l'univers se concentra dans l'espace chargé de tension électrique entre leurs deux corps, et une étincelle jaillit, brûlante et grésillante.

— Allons, murmura-t-il, donne-moi ça, je vais la laver pour toi.

Lydia ne savait absolument pas ce qu'il venait de dire mais, lorsqu'il tendit la main, elle y déposa sa tasse… et oublia de la lâcher.

— Que veux-tu que je fasse d'autre pour toi ? demanda-t-il d'une voix sourde.

— Rien.

— Menteuse. (Il n'y avait cependant aucune censure dans son intonation.) Dis-moi ce que tu veux, Lydia. Il n'y a que nous deux ici. Derrière les rideaux tirés. Aucun œil ne nous espionne.

La propre voix de la jeune femme devint également plus grave et légèrement rauque.

— Tu donnes l'impression que, s'il n'y a pas de témoin, l'arbre ne fait aucun bruit lorsqu'il tombe.

— C'est une question à laquelle il est impossible de répondre, pas vrai ?

— Il tombe quand même violemment par terre.

— Je ne peux pas le nier.

Qu'est-ce que tu fabriques ? se demanda Lydia en plongeant son regard dans celui de son compagnon.

— Juste pour information, Lydia, je ne réfléchis pas trop aux choses. (Il lui replaça une mèche derrière l'oreille.) Je les prends comme elles viennent. Parfois, c'est la seule façon d'être libre sur cette terre.

— Je ne suis pas bien dans ma tête.

— Qui l'est ? chuchota-t-il en se penchant pour approcher sa bouche tout contre son oreille. La vie est courte. Il faut faire son possible pour en profiter tant que nous sommes sur terre.

Mon Dieu ! son odeur.

Lydia prit une inspiration… puis n'eut plus envie d'exhaler. Le fait qu'elle veuille quelque chose de lui en elle, même s'il ne s'agissait que de son odeur, paraissait dingue.

— Je ne suis pas comme ça, protesta-t-elle.

— Comme quoi ?

— Ça.

— Tu vas devoir te montrer plus précise. (Il recula.) Dis-moi.

Écarte-toi, Lydia, s'enjoignit-elle. *Tu dois t'écarter de cet homme avant de faire un truc stupide.*

Au lieu de quoi, elle tendit la main vers son visage, mais s'immobilisa juste avant d'établir le contact.

— Où veux-tu me toucher ? dit-il d'une voix enrouée.

— Ce n'est pas le moment.

— Bien sûr que si.

Le ciel lui vienne en aide… il se trouvait qu'elle était d'accord avec lui, même s'il n'y avait aucune logique là-dedans.

Avec des doigts tremblants, elle lui effleura la lèvre inférieure, avant de caresser le reste de sa bouche… comblant le fossé gigantesque qui les séparait, un fossé qui n'était pas seulement fait d'air, mais de temps, de gravité et de vie.

Quelque part, elle n'arrivait pas à croire qu'elle le touchait.

— Je ne sais pas ce que je fais, reprit-elle.

— Je veux être ta courbe d'apprentissage.

Sur ce, il ouvrit la bouche… et aspira son index. Sa langue humide et brûlante enveloppa sa chair, tandis que son regard ardent la transperçait jusqu'à l'âme.

Lydia gémit, et il lui fut impossible de dissimuler ce son mais, vu la façon dont il la contemplait, elle n'était pas certaine qu'elle l'aurait réprimé même si elle l'avait pu.

Lorsque Daniel libéra lentement son doigt de sa bouche, elle poussa une exclamation à cette sensation.

Et voulut continuer.

Chapitre 21

À bien des égards, Lydia aurait dû se douter de quelque chose. Dès l'instant où Daniel Joseph était apparu sur le seuil de son bureau, il y avait eu un je-ne-sais-quoi. Mais elle ne s'était pas attendue à… *cela*.

—À moins que tu m'ordonnes de partir, je vais t'embrasser, lui annonça-t-il d'une voix rauque.

Alors que Lydia le dévisageait, tous deux savaient ce qu'elle désirait. Ce qu'il lui fallait. Néanmoins, elle les maintint sur le fil du rasoir pendant encore une seconde ou deux.

—Je ne veux pas que tu partes.

—Bien, gronda-t-il.

Quand il baissa la tête, un grondement de satisfaction monta de sa poitrine, puis elle n'entendit plus rien. Ne pensa à rien. Ne s'inquiéta plus de rien.

Il avait beau être grand et fort, ses lèvres étaient douces sur les siennes. Attentionnées, aussi, comme s'il savait qu'elle voulait que l'on y aille progressivement avec elle ; pas parce qu'elle ne le désirait pas, mais justement parce que c'était tout le contraire. Elle le désirait trop. Et, Seigneur ! il y avait plus de raisons de s'écarter que de se rapprocher de lui, mais il lui était impossible de nier l'alchimie, la connexion, la chaleur qui existaient entre eux.

Et l'expérience était bien meilleure qu'elle l'avait anticipée.

Consciente qu'elle allait interrompre les choses plus tôt qu'elle le souhaitait, mais plus tard qu'elle aurait dû, Lydia leva les bras et les plaça sur les épaules de son compagnon. Sous le coupe-vent, son corps puissant était dur, au point que les muscles saillaient sur son cou, et ce fut dans cette direction-là qu'elle dirigea ensuite les mains.

Elle voulait juste voir si ses cheveux étaient aussi épais et abondants qu'ils le paraissaient…

Oui.

Quand elle enfonça les doigts dans ses mèches, il réagit en ronronnant, comme s'il était un grand félin et qu'elle avait trouvé sa zone de caresse préférée. Et ce fut alors qu'il referma un bras autour de sa taille. Néanmoins, elle ne se sentit pas prise au piège. Elle avait l'impression, alors qu'il continuait à lui caresser doucement les lèvres, qu'il la lâcherait immédiatement si elle le lui demandait.

Non qu'elle compte se rendre quelque part de sitôt.

Peu à peu, leurs corps se rapprochèrent au point que leurs poitrines, leurs cuisses et leurs hanches se pressèrent les unes contre les autres, puis le baiser s'approfondit et la langue de Daniel s'insinua dans sa…

Laissant échapper un nouveau gémissement, elle raffermit sa prise sur sa nuque et ses cheveux, puis, poussée par une sorte de désespoir qui la rendit plus brutale qu'elle aurait dû, elle le plaqua davantage contre elle et s'agrippa à lui. Mais il suivit le mouvement. Une de ses mains descendit de son épaule à sa taille, avant de s'arrêter sur sa hanche, et elle se frotta contre sa paume en imaginant ce que cela ferait d'être nue quand il la touchait.

Avec ces mains d'ouvrier.

Daniel s'écarta soudain et lui écarta les cheveux du visage.

— Tu embrasses bien, tu sais ?

— Ah bon ? (Elle sourit comme une idiote.) J'aurais juré que c'était toi.

— Je suppose que c'est nous. (Il dévorait son visage du regard, puis il esquissa un demi-sourire.) Je vais y aller, maintenant.

Lydia souffla de surprise… mais comme si elle allait coucher avec lui sur le sol mauve de sa cuisine.

En fait, ce n'est pas une si mauvaise idée, songea-t-elle en baissant les yeux.

— D'accord, dit-elle. Je comprends. On travaille ensemble…

— Ce n'est pas pour ça que je m'en vais.

— Alors pourquoi ?

Il lui caressa la joue, puis la mâchoire.

— Si je reste, je ne te laisserai pas du tout dormir. (Il recula d'un pas.) Tu sais où me trouver si tu as besoin de moi. Et je te verrai dès que nous aurons été autorisés à nous réveiller à 4 h 15 du matin.

Elle opina.

— Bonne nuit, Daniel.

Il s'en alla en lui faisant un petit signe de la main par-dessus son épaule. Une fois arrivé devant la porte, il déclara :

— N'oublie pas de reverrouiller derrière moi.

Puis il disparut dans la nuit.

Plaquant les mains sur ses joues, Lydia eut l'impression d'être sous une lampe chauffante. Ou d'en avoir avalé une. À ce propos, ses vêtements lui semblaient soudain trop serrés et irritants. Et ses lèvres la picotaient. Et son corps se languissait.

Pendant ce temps, la solution à tous ces maux traversait son jardin. Dans le noir. Dans le froid.

Son malaise était tel quand elle tourna le verrou que le besoin de le rappeler faillit la submerger.

Pour s'assurer qu'elle ne le ferait pas, elle gagna l'escalier et monta au premier étage. Bien entendu, sa chambre donnait sur le jardin de derrière et, laissant la lumière éteinte, elle alla s'étendre sur son lit et roula sur le flanc. Les bras repliés contre sa poitrine et les genoux contre son ventre, elle regarda par la fenêtre.

S'il avait fait jour, elle aurait pu le voir rentrer dans sa tente, et elle l'imagina plier en deux sa grande carcasse pour se faufiler dans ses fragiles quartiers, puis s'allonger sur son sac de couchage. Sur cette dernière pensée, elle ne put s'empêcher de se demander ce qu'ils auraient fait s'il ne s'était pas écarté. Ou si elle l'avait rappelé.

Le désir sexuel était douloureux. Et cela rendait toutes ses raisons de ne pas coucher avec lui assez fragiles, voire lâches.

Dans la poche arrière de son jean, elle prit son téléphone et le cala contre sa poitrine.

Elle ne se rapprocherait pas davantage de Daniel Joseph ce soir.

Peut-être même jamais, selon ce qui l'attendait dans cette forêt avec lui…

De légers bruits de pas dans l'escalier la firent soudain se retourner vers la porte, mais ensuite elle saisit l'odeur du savon à barbe artisanal.

— Oh, Dieu merci ! chuchota-t-elle. Et où étais-tu ?

Le parfum de son enfance s'intensifia, et elle attendit, tandis que des craquements s'élevant des marches, puis du parquet du couloir, témoignaient d'une lente progression jusqu'à sa chambre.

Tout autour d'elle, la température de l'air baissa de cinq degrés et, tandis qu'elle frissonnait, elle sut qu'elle était cliniquement folle.

Mais alors le fantôme de son grand-père décédé apparut dans l'encadrement de sa porte. Comme d'habitude, il était difficile de discerner son visage, ou même sa tenue démodée et formelle, pourtant la silhouette mince comme un fil et son odeur de savon lui firent monter les larmes aux yeux.

Cela faisait longtemps qu'il ne lui avait pas rendu visite, sa dernière apparition datait de l'époque où elle s'interrogeait pour savoir si elle devait ou non accepter le poste au CEL.

Depuis son décès, il apparaissait à chaque tournant décisif de son existence.

— *Isoisä*, chuchota-t-elle, est-il dangereux ?

Comme d'habitude, elle n'obtint aucune réponse de l'apparition. Et une fois encore elle se retrouva coincée, incapable de savoir s'il était venu la rassurer.

Ou la mettre en garde.

— Peux-tu rester un peu, le supplia-t-elle. Je t'en prie. Et je n'ai pas oublié les règles, je te le promets.

Mais il ne resta pas avec elle. Il ne le faisait jamais. Sous ses yeux, le fantôme disparut, comme s'il n'avait jamais été là.

Elle poussa un juron et se rallongea, sentant de nouveau le poids accablant de la solitude peser sur sa vie. L'apparition était un nouveau rappel qu'il existait deux mondes pour elle, intérieur et extérieur, même si c'était vrai pour tout le monde, mais par une nuit pareille ? avec un homme qu'elle désirait dehors dans le jardin, et un harceleur qui pouvait se trouver n'importe où ?

Les deux lui semblaient irréconciliables.

Mais bon, elle s'était peut-être déjà endormie et, comme bien d'autres choses, cela n'était peut-être qu'un mauvais rêve.

Daniel traversa la pelouse miteuse, s'attendant à être rappelé d'une seconde à l'autre. Il pouvait déjà presque entendre le désir et la frustration sexuelle filtrer dans la voix rauque de Lydia lorsqu'elle crierait son nom.

C'était plutôt ironique, cette satisfaction qu'il tirait à l'avoir ainsi allumée. Parce que lui aussi subissait les affres du désir inassouvi par contrecoup.

Il ne se rappelait pas avoir déjà été aussi excité par une femme. Jamais. Mais ce ne pouvait pas être vrai. Il devait forcément exister une autre femme, tapie dans son passé, qui l'avait touché de la sorte, au point d'avoir l'impression d'être dévoré vivant par sa propre libido.

Marquant un temps d'arrêt, il se retourna pour observer la maison. Les fenêtres de l'étage étaient noires. Était-elle déjà au lit… ?

Seigneur ! pourquoi diable était-il parti ?

— Parce que tu es un crétin fini, voilà pourquoi, dit-il à haute voix.

Il y avait des choses qu'elle ignorait sur lui, des choses qui changeraient la façon dont elle le voyait si elle en avait connaissance.

Pour s'empêcher de se flageller, il vérifia les pièges qu'il avait posés. Aucun n'avait été dérangé, les branches étaient toujours bien positionnées en équilibre et les morceaux d'écorce toujours bien rassemblés en tas sur le sol.

Une fois sous sa tente, il sortit son pistolet et s'allongea, en gardant l'arme à la main. Plaçant un bras sous sa tête en guise d'oreiller, il contempla le toit en nylon.

Les bruits de la nuit l'entouraient : les ululements d'une chouette, le pied léger d'un cerf à sa gauche, la course d'un raton laveur sur le sol… Autant de signaux qui lui indiquaient qu'il n'y avait aucune présence suspecte dans un rayon raisonnable autour de lui. Et, par conséquent, autour de Lydia.

Fermant les yeux, il changea de position, croisa les chevilles et raffermit sa poigne sur son pistolet.

Quelle drôle d'arme, un pistolet. C'était pratique dans beaucoup de situations… mais limité, aussi. Parfois, il valait mieux se rapprocher de son ennemi. Faire les choses à l'ancienne.

Alors que le passé revenait toquer à la porte de sa mémoire, il secoua la tête comme si ses souvenirs étaient une personne cherchant à avoir une conversation qu'il ne désirait pas. La bonne nouvelle était qu'il disposait d'une puissante distraction à offrir à son esprit.

Même si, comme tout, celle-ci avait également son lot de complications.

Lorsqu'il se représenta Lydia en train de le dévisager de ses yeux dorés, avec ses lèvres entrouvertes et ses joues rosies par l'impatience, son sexe se redressa instantanément. Et exigea de l'attention.

Peut-être que la mettre au centre de ses pensées n'était pas la meilleure idée.

Surtout avec son pénis désormais coincé dans une mauvaise position dans son pantalon de treillis, et, bien sûr, lorsqu'il se réarrangea, le contact de sa main sur sa braguette suffit à le faire siffler entre ses dents. Il appuya brutalement de l'index sur son membre dur pour tenter d'en soulager la constriction, mais plus il poussait dessus, plus celui-ci palpitait à son propre rythme.

Déterminé à ignorer le problème, il recala son bras sous sa tête et ferma les yeux comme il aurait claqué la porte d'un coffre-fort.

Ouais, raté.

Il n'arrivait à penser qu'à la sensation de Lydia sur sa bouche, la façon dont il lui avait enlacé la taille, la fébrilité avec laquelle elle lui avait agrippé les épaules et glissé les mains dans ses cheveux.

Il tint cinq bonnes minutes.

Après quoi il baissa le zip de sa braguette et glissa la main dans…

—*Merde!*

Serrant les dents, il se caressa tandis que ses souvenirs de cette femme embrasaient son sang comme un chalumeau, au point qu'il pouvait sentir la chaleur bouillonner à la surface de sa peau et que sa lèvre supérieure se retroussa d'excitation. De haut en bas, plus fort… plus vite… Il était brutal avec son pénis, mais quelle importance? Il l'aurait tapé à coups de marteau si cela lui avait offert l'orgasme qu'il attendait en haletant…

Soudain, l'image parfaitement nette de son doigt glissant hors des lèvres de Lydia lui fit perdre les pédales. Il eut à peine le temps d'attraper un tee-shirt et de couvrir son gland avant de jouir…

À la dernière seconde, juste avant que l'orgasme prenne totalement le contrôle, il eut le bon sens de lâcher son arme. Autrement, en raison de ses contractions musculaires, il aurait risqué de se tirer une balle dans le pied.

Ou à un autre endroit qui ne repoussait pas.

Avec un gémissement et un dernier soubresaut des hanches, il se laissa aller… et éjacula, encore et encore, sans s'arrêter. C'était comme si Lydia était une sorte de stimulant érotique, et que le simple souvenir d'elle pressée contre son corps lui procurait une endurance qui ne pouvait être épuisée en un seul orgasme. Ni même en deux.

Ou en trois.

Pendant tout ce temps, il imagina qu'il la comblait, jouissait en elle, allait et venait pour remplir son sexe.

Et, tout du long, il sut que c'était un fantasme qui allait se concrétiser.

Mon Dieu, à l'aide !

Chapitre 22

Oui, songea Xhex, *je vais retourner à la colonie.*

Tandis que le Premier Repas s'achevait dans la salle à manger et que les membres de la maisonnée commençaient à se disperser, Xhex sortit par l'entrée principale de la demeure de la Confrérie, en compagnie de John Matthew. Tous deux étaient lourdement armés, mais ils n'allaient pas sur le terrain. D'une part, elle n'appartenait pas à la Confrérie et ne se battait pas pour l'espèce de cette façon-là, et, même si cela avait été le cas, les couples unis n'étaient jamais autorisés à se battre ensemble.

— Tu es d'attaque ?

Quand elle posa la question, ce fut à elle-même. Et, lorsque John Matthew opina d'un air décidé, elle eut l'impression qu'il répondait pour eux deux. Lui prenant la main, elle l'attira contre elle, et il posa les lèvres sur les siennes pour un baiser prolongé.

— *Je suis avec toi*, articula-t-il alors que le froid vent printanier leur soufflait au visage. *Toujours.*

— Je ne te mérite pas, putain !

— *Si*, signa-t-il. *Bien sûr que si.*

Sur ce, ils se dématérialisèrent ensemble, pour se déplacer dans un nuage de molécules encore plus au nord et à l'ouest, vers les plateaux situés de l'autre côté des monts Adirondacks.

Elle avait l'impression de se jeter dans la gueule de l'enfer.

La colonie avait été établie là-bas parce que les *symphathes* n'étaient les bienvenus nulle part à proximité des vampires depuis des générations, et ce pour une sacrée bonne raison. Sa lignée paternelle était franchement diabolique. Les membres de cette sous-espèce étaient des sociopathes dotés de pouvoirs spéciaux, complètement détachés et indifférents à ces petites choses enquiquinantes telles que la morale, l'empathie et la compassion.

Et, oui, son frère avait tout à fait sa place dans ce bouillon toxique.

Reprenant forme à côté d'un étang qui ressemblait à une publicité pour la vie rurale, elle découvrit que John était déjà en position, un flingue dans chaque main, en train de scruter le paysage bucolique de ses yeux plissés.

Tu parles d'un endroit pour se détendre ! En dépit du banc à côté du saule pleureur et des tables de pique-nique non loin de la piste cyclable, ce n'était absolument pas un agréable site municipal. C'était au contraire un lieu qu'on n'aurait même pas voulu traverser et où l'on aurait encore moins accepté de faire du sport ou de flâner si on avait connu l'affreuse réalité qui se cachait derrière ce joli décor.

Mais c'était le but recherché. C'était un piège pour attirer les humains, un appât pour procéder à un échange et rassembler des jouets, car l'entrée du labyrinthe souterrain de la colonie se situait dans cet abri de jardin juste là, à une trentaine de mètres. Il y avait une demi-dizaine de ces nouveaux avant-postes éparpillés sur les cent soixante hectares que comptait la colonie, chacun camouflé sous le même genre de décor inoffensif invitant à la détente. Dans ce cas particulier, le fragile et innocent cabanon à côté des toilettes publiques abritait un escalier, et si aucun cadenas ni pancarte n'en décourageait l'accès, c'était pour une bonne raison.

Ces connards de *symphathes* savaient vraiment comment construire les meilleurs pièges, pas vrai ?

John Matthew lui tapota l'épaule, et, lorsqu'elle lui jeta un coup d'œil, il signa :

— *Vhen est ici. Il va s'assurer que tout se passe bien.*

Vu l'inquiétude dans le regard de son compagnon, la réaction instinctive de Xhex aurait dû être de le rassurer en niant ses propres craintes, mais elle ne pouvait jamais rien cacher à son *hellren,* si bien qu'elle ne put que répondre :

— Vhen est un type bien.

En réalité, le roi des *symphathes* était beaucoup plus complexe que cela. Comme elle, en tant que métis, il avait hérité d'un mélange de gênes de vampires et d'autres plus dangereux issus de l'ADN *symphathe* de son père, mais au moins elle n'était pas obligée de prendre de la dopamine pour se contrôler en permanence. Contrairement à elle, Vhen devait avoir recours à des médicaments pour rester équilibré…

La porte de l'abri de jardin s'ouvrit pour livrer passage à une silhouette dans une robe rouge sang, comme celle d'un chanteur de gospel qui aurait perdu sa place devant l'autel.

Lorsque le vent changea de direction et qu'elle saisit l'odeur de Blade, ses crocs s'abaissèrent et elle sortit son flingue.

Le rire mauvais porté par la brise la poussa à tout remettre en question : la rencontre, la quête dans laquelle elle semblait s'être lancée, la réalité même de se sentir complètement hors de contrôle. Tandis que son frère approchait, elle le retrouva exactement comme dans ses souvenirs : un grand type, à la carrure puissante, avec des cheveux d'un noir de jais ondulés, semblables à un vol de corbeaux tournoyant autour de sa tête.

Ou à un halo diabolique.

— La sœur prodigue est de retour, dit-il d'un ton railleur.

— Épargne-moi les sarcasmes, d'accord !

— Est-ce une façon de saluer ton sang ? (Blade avisa John Matthew.) Et de qui s'agit-il ? Attends, laisse-moi deviner, c'est ton…

Blade n'eut pas l'occasion d'achever ce qui était sans doute une sacrée insulte, probablement agrémentée d'un sous-entendu sexuel. John Matthew attaqua le *symphathe* en un clin d'œil : un instant, il se tenait en retrait du mâle, le suivant il avait immobilisé le frère de Xhex en passant son avant-bras musclé autour de sa gorge et pointait l'un de ses canons en plein sur la tempe de son « sang ».

Dans le silence qui suivit, Xhex se dit que… ouais, c'était une des raisons pour lesquelles elle s'était unie à lui.

Pendant ce temps, Blade, *alias* Horace pour la colonie, ne cilla pas. Il se contenta de lui sourire en dévoilant ses longs crocs blancs.

— Donc il s'est lié, hein ? constata-t-il simplement.

— Oui, dit-elle, et je ne me sentirai pas mal s'il te collait une balle dans le lobe frontal, mais *il* aura droit à quelques très bonnes fellations en récompense.

John Matthew haussa les sourcils, puis articula :

— *Cool.*

Blade ne parut pas du tout impressionné par ce discours.

— Oh ! mais alors tu n'obtiendras pas ce pour quoi tu es venue, n'est-ce pas ? Quelle perte de temps à voyager jusqu'ici depuis cette cage dorée dans laquelle tu vis sur la montagne. Et songe à la note du pressing : il y a du vent dehors, ma matière grise finirait aussi sur ton cuir… ma sœur.

— Je suis sûre qu'il existe d'autres moyens de découvrir ce que je dois savoir.

— Vraiment ?

— Toujours.

— Alors dis-lui d'appuyer sur la détente. Tout de suite. Allez.

Xhex serra les dents.

— Arrête de jouer, Blade, c'est chiant.

— Oh ! je trouve que c'est plutôt drôle, en fait. (Blade fredonna quelques mesures du générique de *Jeopardy!*) Et je serai heureux de te dire ce que tu dois savoir, mais ton petit mari va devoir ôter ce morceau de métal de ma tempe.

Au bout d'un moment, elle fit un signe de tête à John Matthew, et ce dernier s'écarta si vite que Blade faillit perdre l'équilibre. Lorsqu'il se redressa, sa robe couleur sang fut projetée vers l'avant, comme si elle était vivante et tentait de sauter sur Xhex.

Son frère jeta un coup d'œil à John Matthew.

— Tu sais que je porte le nom d'un tueur de vampires, hein ?

— Il s'en moque, l'interrompit Xhex. Et ce n'est que ton surnom.

Blade l'ignora.

— Tu as donné ta langue au chat, mon grand ? ou est-ce que tu es juste du genre étalon puissant et silencieux.

— Parle-moi du labo, exigea-t-elle. Il en existe un autre, pas vrai ? Et il est dans les environs.

Tournant la tête, Blade concentra son attention sur elle. Et pendant un instant, juste un instant, elle aurait juré que son œil gauche avait tressailli comme s'il avait eu une sorte de réaction émotionnelle. Mais il la dissimula rapidement et elle n'aurait pas pu deviner la cause de ce trouble passager.

— Oui, il y a un labo. Et il a repris son activité.

Derrière son propre masque de calme, Xhex eut conscience qu'elle s'était intérieurement liquéfiée de terreur. Mais « à bon chat, bon rat ».

— Alors, où est-il ? (Quand Blade ne répondit pas, elle se rapprocha.) Tu es métis aussi, « mon frère ». Alors ne fais pas comme si ta culpabilité était invisible. Ça t'a ennuyé quand ils m'ont livrée aux humains…

— Tu parles…

— … et ça t'ennuie encore. (Elle eut un petit rire sec.) C'est pour cette raison que tu es sorti, et pas parce que Vhen t'y a forcé. Il ne peut t'obliger à rien. Tu as toujours mauvaise conscience et tu te dis que, si tu me racontes ce que tu sais, tu seras tiré d'affaire.

Blade plissa les yeux, et elle secoua la tête.

— Pour info, je me fiche que tu sois un enfoiré qui ne sert que ses propres intérêts. C'est même en réalité la seule raison pour laquelle je croirai les mots qui sortiront de ton claque-merde ce soir.

— Une vraie petite *symphathe*, ma sœurette. (Mais Blade détourna alors les yeux, avant de la regarder de nouveau.) Et je n'éprouve pas la moindre culpabilité.

Xhex posa l'index au centre de la poitrine de son frère.

— Je sais ce qu'il y a là-dedans. Je te vois, frangin.

Quand Blade écarta sa main d'une tape, John Matthew plaqua aussitôt son arme sur le crâne du mâle une nouvelle fois.

Ce dernier jeta un coup d'œil méprisant au canon.

— S'il te plaît, épargne-moi ça. (Puis il se concentra de nouveau sur Xhex.) Je ne connais pas les détails, mais je peux t'indiquer où aller pour le trouver. Peut-être. Quelqu'un sait, et, si tu es une gentille fille, cette personne acceptera de te parler… mais ça dépend de toi.

— Si tu me doubles, la Confrérie de la dague noire *vhengera* ma mort. Tu le sais, hein ? Et Vhen ne les arrêtera pas.

Dans le silence qui suivit, elle se demanda si le mâle n'allait pas tenter une moquerie par pure bravade, mais il n'en fit rien parce qu'il savait qu'elle n'avait pas proféré une menace en l'air.

Il se contenta de croiser les bras par-dessus sa robe.

— Tu dois te rendre sur Deer Mountain. À Walters. Je ferai en sorte que la personne te rencontre sur le sentier principal. Je m'occupe de tout.

Xhex inclina la tête.

— Ça me va.

— Tu devras y aller seule.

— Je n'ai pas peur, répondit-elle sombrement. Et, encore une fois, j'examinerai attentivement le plan que tu auras prévu. Si tu m'embrouilles, le merdier que la Confrérie te fera tomber dessus donnera des airs de thé dansant à l'Armageddon.

Sur cette note joyeuse, John Matthew et elle se dématérialisèrent loin, très loin. Dire qu'elle était soulagée de partir était un euphémisme.

Dire qu'elle avait hâte de voir ce qui allait suivre… était une pure folie.

Mais parfois on devait faire des trucs qu'on n'avait pas envie d'accomplir.

Pour simplement pouvoir dormir le jour.

Chapitre 23

Le lendemain matin, à 4 h 23, Lydia sortit par la porte de derrière et observa les arbres au fond de son jardin, puis elle scruta ce qu'elle voyait du reste de son terrain.

Après avoir verrouillé la porte, elle glissa ses clés dans la poche de son coupe-vent avant de la zipper, puis remonta l'élastique de ses leggings. Avec sa brassière de sport et son tee-shirt en nylon, elle voulait créer l'illusion qu'elle n'était qu'une joggeuse sortie courir de bon matin, et en même temps s'assurer d'être correctement équipée si elle devait détaler en cas de danger.

C'était l'idée qui tournait dans sa tête lorsqu'elle…

Il n'y avait peut-être pas de lune à cause des nuages, mais le voile était bien là, dans le ciel, et, à l'est, le préambule sacré de l'aube diffusait sa lumière à travers les branches nues des feuillus et celles touffues des pins.

Au moment même où les yeux de Lydia détectèrent le scintillement et où elle leva la tête pour s'intéresser à sa source, une silhouette sortit du couvert des arbres. Les larges épaules et les jambes puissantes de Daniel formèrent une ombre noire au milieu du mystérieux chatoiement de la montagne.

« *Si tu veux connaître ton avenir, va dans la forêt au moment du voile, et c'est là que ton sort se présentera à toi* », entendit-elle dans sa tête.

Daniel s'arrêta au milieu du jardin.

— Pile à l'heure.

Le son de sa voix l'arracha à sa rêverie, la libérant de l'enfermement d'un ancien proverbe auquel, se répétait-elle, elle ne croyait pas.

Elle s'avança vers lui en tentant d'avoir l'air aussi calme et paisible que ce petit matin…

— J'apprécierais que ce soit noté, dit-il alors qu'elle le rejoignait.

— Quoi donc ?

Daniel tapota son poignet.

— Le fait que j'étais à l'heure. (Il esquissa une révérence.) Et je t'offrirais bien mon bras, mais cela me semble trop direct. Alors contentons-nous de marcher jusqu'à ma moto.

— OK, d'accord. Bien…

Tais-toi, s'intima-t-elle.

— Où est ta moto ? demanda-t-elle.

— Là où je campais. Je vais te montrer.

Ensemble, ils s'enfoncèrent sous les arbres, et elle jeta un coup d'œil à l'endroit où s'était dressée la tente. Ou, du moins, là où elle pensait que celle-ci s'était dressée. Il n'y avait aucun signe qu'il avait passé la nuit quelque part dans la forêt.

— Tu es un campeur respectueux de l'environnement, fit-elle remarquer.

— Eh comment ! La Harley est par ici.

La moto était à moitié couverte d'une bâche de camouflage assortie à la palette de gris, de brun et de vert de la forêt, et Daniel la retira entièrement. Tandis qu'il la pliait, il lui posa une question à laquelle elle répondit distraitement.

Soudain, elle se rendit compte qu'il avait enfourché sa moto et la regardait par-dessus son épaule. Elle vit sa bouche remuer, mais n'entendit rien. C'était comme si le monde avait perdu ses haut-parleurs, ou qu'on avait débranché une chaîne stéréo.

C'était à cause de la lumière. C'était... à cause du voile.

Tandis qu'elle dévisageait Daniel, elle vit un halo lui entourer la tête et le haut du corps, et la lumière était si vive qu'elle cligna des yeux, puis dut lever les mains pour ne pas être aveuglée.

— Lydia ?

— La lumière est si forte.

— Quelle lumière ?

Se sentant idiote, elle se força à baisser les bras... et sourcilla.

— Oh... elle a disparu. La lumière s'est estompée.

— Est-ce que ça va ? Tu as une migraine ou quelque chose ?

Non, ce n'était pas cela.

Je me suis trompée au sujet du loup dans les bois l'autre matin, songea-t-elle. *C'est toi, Daniel Joseph, qui es mon avenir.*

— Ça va, murmura-t-elle. Je ne souffre pas de maux de tête de cette sorte-là.

— Tu as de la chance.

Il redressa la moto pour replier la béquille, et fit démarrer le moteur d'un coup de botte, dans un vrombissement qui la stupéfia, même si elle s'y attendait.

— Allez, hop, en selle !

Se rapprochant un peu plus, elle tenta de lever la jambe pour la passer au-dessus des sacoches bien remplies sans perdre l'équilibre.

— Prends appui sur moi. (Il lui tendit le bras.) Je vais te maintenir à la verticale.

S'appuyant de la main sur son biceps, elle se hissa sur la moto et se retrouva plaquée contre le dos de son compagnon à cause de l'inclinaison du siège arrière. Son odeur lui envahit les narines et elle ferma les yeux brièvement…

Derrière ses paupières, elle ne vit que son profil éclairé par cette mystérieuse lumière étincelante.

Quand elle poussa un juron et rouvrit les yeux, elle se frotta le visage.

— Ça va, derrière ? demanda-t-il. Je ne porte jamais de casque, au fait, mais j'ai mon permis, et tu peux te tenir à moi.

Quand il mit les gaz, elle fut projetée en arrière et, d'instinct, posa les mains sur sa taille. Mais, après ce départ en trombe, il roula prudemment jusqu'au chemin cahoteux sur la route de campagne qu'elle lui avait dit d'emprunter, et qui, ironiquement, menait à la propriété des McBridge… et de là s'engagea ensuite sur une route secondaire qui croisait la départementale.

Une fois sur l'asphalte, il accéléra et, l'espace d'un moment, elle fut capable d'oublier où ils se rendaient et ce qu'ils allaient faire. Il n'y eut plus que l'homme, la moto, et l'air matinal vivifiant si pur, si froid, si sain. Tandis qu'ils fonçaient sur la route, les arbres défilaient à toute allure sur les côtés, en même temps que les senteurs de la forêt et de la terre imprégnaient son sang.

Vite, tout allait vite. Son cœur. Son esprit.

Son corps.

Tournant la tête de côté, elle posa la joue sur le dos de Daniel. Si perturbant que ce halo lumineux ait été, toute cette histoire… lui semblait normale, lui semblait juste.

Hormis, évidemment, le fait qu'ils allaient entrer illégalement sur la propriété de l'hôtel.

Mais elle n'éprouvait pas d'inquiétudes à cette idée. Ce n'était pas comme s'ils n'avaient encore jamais commis ce genre d'infraction.

— Merde ! dit-elle dans le rugissement du vent.

Daniel n'était pas du matin. Il ne l'avait jamais été. Mais c'était intéressant de voir comment Lydia l'avait transformé en lève-tôt. Quant à ce petit *road trip* ? avec elle cramponnée à lui et serrée contre son dos ? Il était tenté de poursuivre sa route.

Jusqu'en Californie, disons.

Trop vite, elle se redressa et lui tapa sur l'épaule.

— L'accès au sentier est juste là, lui cria-t-elle à l'oreille.

Il coupa les gaz et les fit entrer en roue libre sur le parking équipé de toilettes rustiques, d'une pancarte gravée au nom du sentier, et pas grand-chose de plus.

Passant derrière les sanitaires, il gara la moto à côté de la citerne. Ce n'était pas la cachette idéale, mais, bref, ça valait mieux que laisser la Harley bien en vue.

Lorsqu'il arrêta le moteur, Lydia descendit, et il ressentit cela comme une perte colossale. Forcé de l'imiter alors que, tout ce qu'il souhaitait, c'était la sentir blottie contre lui plus longtemps, il mit pied à terre et remonta son jean.

— Passe devant, dit-il en ôtant la clé du contact.

Avec un hochement de tête, Lydia se dirigea rapidement vers le sentier et entreprit de le remonter à grandes enjambées. Il se calqua sur son rythme et marcha à sa hauteur. Après avoir parcouru une bonne distance, elle le tira par la manche et l'entraîna dans la forêt proprement dite. Le sol commença à s'élever sous leurs pieds et devint plus caillouteux.

La lumière à l'est gagnait en intensité, et c'était une mauvaise nouvelle.

En fait, toute cette expédition était une mauvaise idée, mais Lydia était du genre à la faire sans lui.

Alors il préférait l'accompagner dans cette aventure.

Juste au moment où il se demandait comment ils sauraient quand ils auraient atteint la propriété de l'hôtel, une clôture grillagée de six mètres de haut, avec des pancartes « Défense d'entrer » fixées dessus, se présenta devant eux.

— Laisse-moi deviner, dit-il en jetant une poignée d'humus sur le grillage afin de s'assurer qu'il n'était pas électrifié. Nous avons atteint la partie « escalade » de notre périple.

Elle lui jeta un coup d'œil.

— Cette clôture s'étend sur huit kilomètres. Et la seule entrée est équipée d'un poste de garde.

— Est-ce que ça ira pour grimper… ? (Daniel secoua la tête.) Bon, je vois que… tu préfères te lancer tout de suite.

Agrippant la clôture à la façon d'un chat, Lydia venait d'entamer son escalade comme si elle avait été une gymnaste dans une vie antérieure. Et il s'apprêtait à la suivre… quand il se figea.

— Attends, dit-il. (Lorsqu'elle ignora sa demande, il tendit le bras et l'attrapa par la cheville.) Arrête.

Elle baissa les yeux dans sa direction.

— Qu'est-ce qu'il y a ?

Lentement, sa tête fit « non » de sa propre volonté. Et, pour donner l'impression qu'il avait remarqué quelque chose d'anormal dans leur environnement, il regarda ostensiblement autour de lui.

Mais c'était une impression intérieure qui lui disait que, non, ils ne devraient pas monter.

— Lydia, on ne peut pas faire ça.

— Qu'est-ce que tu… ? (Elle dégagea sa cheville et se concentra sur le sommet du grillage.) J'y vais sans toi alors…

— Non ! tu ne peux pas…

À cet instant, les phares d'un véhicule transpercèrent l'obscurité du petit matin.

— Descends, lui ordonna-t-il. Tout de suite.

Lydia lâcha prise et il la rattrapa au vol, avant de la plaquer au sol et de la couvrir de son corps. Cessant tous deux de respirer, ils scrutèrent la route de l'autre côté de la clôture. La camionnette qui passa devant eux était blanche, avec un logo peint sur le côté.

Et elle n'était pas seule.

Des engins de chantier suivirent, ainsi que des remorques transportant des bulldozers, des grues, des pelleteuses. Cela donnait l'impression d'assister au défilé d'une fanfare de machines de terrassement, et Daniel ne put s'empêcher de se demander pourquoi ce matériel était livré si tôt.

— Est-ce qu'ils creusent ailleurs ? chuchota Lydia.

L'odeur des vapeurs de diesel balaya les senteurs de terre et de pin, et le grondement des poids lourds montait du sol en vibrant.

Ils virent ainsi se succéder une quinzaine d'énormes engins de chantier.

Une fois le convoi passé, ni lui ni Lydia ne bougèrent. Mais comment savoir si d'autres véhicules n'arriveraient pas ?

— Que font-ils ici aussi tôt ? demanda-t-elle.

— Continuons, mais restons de ce côté-ci du grillage. Même si on nous aperçoit, ce ne sera pas un problème, car on ne sera pas sur leur terrain…

Daniel baissa les yeux vers elle, avec l'intention de poursuivre. Mais, alors qu'il la dévisageait, la sensation de ses seins contre son torse et de sa propre cuisse entre les jambes de la jeune femme lui fit comprendre que, sans leurs vêtements, il aurait été en elle.

Enfin, s'ils ne s'étaient pas trouvés à un grillage de goûter aux joies d'entrer illégalement sur une propriété privée.

Lorsqu'elle riva les yeux sur sa bouche, il secoua la tête.

— Mince ! murmura-t-il. Mauvais endroit, mauvais moment, hein ?

Avec un juron, il se releva et lui tendit la main. Quand elle s'en empara, il l'aida à se remettre debout et apprécia la vue de ses joues rosies. Elle avait beau être excitante, elle avait beau l'exciter, il y avait chez elle une réserve qu'il adorait bousculer.

— Vraiment dommage, reprit-il tandis qu'ils se remettaient en marche.

Ils avaient parcouru environ cinq cents mètres quand ils atteignirent une immense clairière où la terre mise à nu donnait l'impression que la montagne souffrait d'alopécie. Des ouvriers posaient des fondations sur une corniche plate qui formait une ligne droite à environ deux tiers de l'élévation. En contrebas, le lac emblématique de la vallée offrirait un magnifique panorama à toutes les chambres orientées à l'est…

— Merde ! souffla-t-il, qu'est-ce que c'est ?

Lydia l'aperçut en même temps que lui, et ils s'immobilisèrent de concert : quelqu'un se tenait assis devant la clôture grillagée et semblait totalement absorbé par ce qu'il faisait… avec une pince coupante.

Qui que ce soit, la personne sectionnait méthodiquement les mailles du grillage…

— Rick ! s'écria Lydia, qu'est-ce que tu fabriques ?

Chapitre 24

Lydia reconnut la veste gris et noir. Et, lorsqu'elle prononça le nom de Rick, l'individu à la pince coupante se redressa d'un coup.

Les traits du vétérinaire étaient reconnaissables même dans le voile, et le choc qui apparut sur son visage refléta exactement celui que ressentit Lydia.

— Qu'est-ce que tu fabriques ? répéta-t-elle en s'avançant.

Il se rassit avec un air défait… et ce fut alors qu'elle remarqua le sac. Ce n'était pas sa trousse vétérinaire, même s'il était tout aussi volumineux.

Elle se tenait à présent au-dessus de lui, mais il ne disait rien, se contentant de secouer la tête.

Ce fut avec un sentiment de dissociation qu'elle s'agenouilla à côté du sac. Celui-ci était équipé de deux zips autour du rabat supérieur, et, quand elle les fit glisser, le panneau d'accès du sac s'ouvrit pour révéler…

— Qu'est-ce que c'est ? demanda-t-elle alors qu'un frisson lui parcourait l'échine.

Et pourtant elle le savait.

— Oh, mon Dieu ! Rick, c'est une bombe.

Des tubes scellés aux deux extrémités et des bâtons de dynamite étaient attachés ensemble par du Scotch et reliés à un vieux téléphone portable en guise de détonateur.

Il se leva et laissa tomber sa pince coupante comme un zombie. Et, tandis qu'il se contentait de fixer un regard vide sur le chantier de l'hôtel entre les mailles du grillage, il donna l'impression que sa conscience s'était échappée de son corps.

Une paire de larges mains apparut dans le champ visuel de Lydia.

Daniel saisit les poignées du sac et le souleva pour le mettre hors de portée de Rick. Tandis que la jeune femme suivait son geste, elle se rendit compte qu'il tenait une arme à feu dans sa main libre. Contre sa cuisse.

Elle ne s'était donc pas fait des idées chez Peter Wynne.

— Je suis désolé, dit Rick d'une voix blanche. Je ne sais pas ce que je fais ici.

Bizarrement, elle le crut, et c'était étrange comme la lucidité pouvait soudain frapper votre esprit. Parce que, en même temps qu'elle se relevait, Lydia se rendit compte que… non, elle n'était pas prête à faire n'importe quoi pour arrêter la construction de l'hôtel. Elle n'aurait pas recours au meurtre. Certes, à l'état d'hypothèse, la promesse de tuer avait fonctionné comme une validation et une libération de sa colère, de son désir de vengeance, de sa douleur.

Mais dès lors qu'elle se concrétisait en un sac noir bien réel, transportant un engin explosif artisanal ?

Non, elle n'irait pas aussi loin.

— Je t'en prie, ne fais pas ça, dit-elle à Rick. Je sais que tu es plein de rage. Je ressens la même chose…

Le rire qui lui parvint était dur, et l'homme la regarda.

— Tu ne sais pas ce que j'éprouve. Et ça a toujours été le problème.

— Je ne comprends pas.

— C'est toi, Lydia. (Il se tourna vers Daniel.) Ça a toujours été elle.

— Moi quoi ?

Rick secoua de nouveau la tête, mais sans pour autant lâcher Daniel des yeux.

— Seigneur, même dans mon moment de gloire, elle ne me voit toujours pas. Attention, mon pote. Elle ne ressemble à aucune femme que tu rencontreras jamais, et ce n'est pas un compliment.

Lydia se frotta les yeux.

— Rick, tu racontes n'importe quoi…

— Alors qu'est-ce que tu vas faire ? l'interrogea ce dernier. Appeler Eastwind ? Me dénoncer ?

Daniel prit la parole.

— Je ne vois pas pourquoi on ferait ça. Tu faisais juste un peu d'élagage. Du jardinage. Ce genre de chose. Et ce n'est pas comme si tu étais sur la propriété.

Rick parut stupéfait.

— Pourquoi diable me protéger ? Mais bon, je fais un piètre rival, pas vrai… ?

— Arrête avec tout ça. (Lydia balaya l'air de sa paume devant elle.) Tout. Rentrons tous à la maison.

— Tu es complice de mon crime. (Rick indiqua l'entaille dans la clôture en souriant d'un air hanté.) C'est sans doute la seule chose que nous ferons ensemble, hein ? Plutôt ironique.

— Tu n'es pas dans ton état normal. Nous allons nous séparer à présent, mais on emporte le sac. Il faut que tu parles à quelqu'un, que tu trouves de l'aide. Je peux demander…

— Pour un ami, hein ? reprit-il. Tu demanderais pour un ami.

Lydia lui mit la main sur l'épaule.

— Parce que tu en es un. Rick, tu ne me connais pas. Tu n'es pas amoureux de moi. Si tu as des sentiments, ils sont fondés sur un fantasme.

Oh, mon Dieu! songea-t-elle en jetant un coup d'œil à Daniel. Un conseil qu'elle devrait suivre elle-même.

Et comment avait-elle pu ne pas remarquer l'obsession que le vétérinaire nourrissait pour elle ? Mais bon, il avait toujours semblé si professionnel et dévoué à son travail. En fait, chaque fois qu'elle était en sa présence, il se montrait généralement irrité.

Cela dit, l'amour sans retour pouvait provoquer ce genre de réaction…

— Tu ne connais pas la vraie moi, répéta-t-elle.

— Oui, eh bien, tu ne me connais pas non plus, rétorqua-t-il. Et même si une personne intelligente comme toi peut extrapoler beaucoup de choses dans la vie, elle ne peut jamais savoir ce qu'éprouve autrui. Pas vraiment. Pas à moins de le laisser s'exprimer. Alors appelle Eastwind, ou ne l'appelle pas. File-moi le numéro d'un psy puisque ce sera d'une *grande* aide. Oublie que tout cela est arrivé. Je m'en fous. Mais ne fais pas semblant de savoir ce que je vis en ce moment, OK ? Je ne te reproche pas de ne pas vouloir de moi, mais il est hors de question qu'on déforme mon ressenti !

Comme il lui lançait un regard noir, elle repensa à ce qu'il était venu faire là.

— Très bien. (Elle posa les mains sur ses hanches.) Alors voici ma vision des choses : je trouve que blesser des gens n'est pas une bonne façon d'attirer l'attention d'une femme.

— Tu détestes cet hôtel.

— Mais pas les ouvriers innocents qui travaillent ici. Tu étais prêt à blesser des gens qui ne font que gagner leur vie. C'est impardonnable à tous les niveaux.

Rick secoua la tête, puis détourna le regard. Après un silence tendu, il répondit :

— Ton loup s'est réveillé, au fait. Ses constantes vitales sont bonnes. Je l'ai débranché à minuit et je l'ai surveillé pendant trois heures. Je l'ai également nourri, et il a bu. Il va se remettre complètement. Je pense qu'on pourra le relâcher d'ici à vingt-quatre heures.

— Alors voilà sur quoi on va se concentrer. Et nous laisserons la justice s'occuper du reste. D'accord ?

Comme Rick ne répondait pas, elle se surprit à vouloir qu'il adhère sincèrement à sa proposition. Qu'il renonce à son projet malsain de lui rendre une espèce d'hommage, d'attirer son attention… de gagner son amour.

— Je t'en prie, le supplia-t-elle. Laissons la justice gérer les problèmes occasionnés par l'hôtel.

— Ce n'était pas ton sentiment l'autre matin.

— Eh bien c'est mon sentiment maintenant.

Au bout d'un long moment, Rick tourna la tête vers elle.

— Je suis épuisé, putain ! Cela fait des jours que je n'ai pas dormi. Je vais rentrer chez moi et prendre une douche. J'attendrai Eastwind là-bas. Je sais que tu vas l'appeler parce que tu fais toujours ce qu'il faut. C'est une de tes plus belles qualités. Tu fais *toujours* ce qu'il faut.

— Rick…

Alors qu'il la dévisageait, sa voix se fêla.

— Promets-moi que tu feras ce qu'il faut. Je ne peux plus faire semblant.

Sans attendre sa réponse, il tourna les talons et commença à s'éloigner. Lydia songea qu'il ne devait pas avoir la moindre idée d'où il allait. C'était peut-être le bon chemin… ou pas.

— Viens, lui enjoignit Daniel. Retournons au parking.

Par-dessus son épaule, elle jeta un coup d'œil à l'entaille dans le grillage, puis elle ramassa la pince coupante.

Daniel tint le sac ouvert lorsqu'elle la glissa dedans. Elle remonta ensuite les zips pour le refermer.

Sur le chemin du retour, Lydia demeura silencieuse jusqu'à ce qu'ils aient rejoint la moto.

— Il faut que je parle à Rick, dit-elle.

— Je vais détruire tout ça. Ne t'inquiète pas.

— Je dois d'abord voir ce qu'il y a exactement dedans.

Daniel posa le sac et l'ouvrit. Lorsqu'elle alluma la lampe torche de son téléphone et braqua le faisceau à l'intérieur, rien n'avait bougé. L'assemblage de tubes et de bâtons de dynamite, relié au portable, était exactement à la même place.

— C'est une bombe, n'est-ce pas ? Est-ce qu'on est en sécurité ?

— Oui, parce que j'ai déconnecté les câbles du détonateur. (Il donna un petit coup au sac.) Tu entends ce bruit de ferraille ? Il y a des clous dans les tuyaux. Il n'avait pas l'intention de blesser les gens, Lydia. Il voulait les tuer.

Daniel n'eut pas besoin de demander quelle serait leur prochaine destination. Quand Lydia appela le shérif et dut lui laisser un message, il ne fut pas étonné qu'elle lui demande de le conduire chez ce dernier. Par un heureux hasard, Eastwind habitait dans une ferme à seulement quatre minutes de là et, lorsqu'ils s'engagèrent dans sa rue, le fait que l'allée de gravier soit marquée d'un panneau « Eastwind Lane » indiquait clairement que le shérif et ses ancêtres vivaient sur ce domaine depuis très longtemps.

La maison d'un étage, blanche avec des encadrements noirs et brillants, datait des années 1930 et paraissait si bien entretenue qu'on aurait pu se croire en banlieue. Derrière le bâtiment d'habitation, on apercevait une grange et une prairie clôturée, mais aucun animal n'était en vue.

Quand les phares de la Harley éclairèrent la façade de style colonial, toutes les fenêtres étaient noires. Mais bon, il était six heures et quart. Et, avant même que la moto soit complètement à l'arrêt, Lydia sauta de la selle arrière et se dirigea vers la porte d'entrée. Saisissant le heurtoir en forme de tête de lion, elle en martela frénétiquement le battant de bois, et ses efforts furent récompensés. Quelques instants plus tard, Eastwind ouvrit. Il portait un peignoir en flanelle bleu marine étroitement noué à la taille qui soulignait son corps affûté, des mules aux pieds, et ses longs cheveux étaient encore tressés, comme s'ils n'étaient jamais autorisés à être lâchés.

Lydia parlait trop vite, et Eastwind tentait de la faire ralentir quand Daniel décida de leur apporter une aide visuelle, car cela rendrait la situation bien plus compréhensible.

De façon tragique, les bâtons de dynamite réunis en bombe parlaient d'eux-mêmes dans toutes sortes de situations.

Lorsqu'il s'avança avec le sac, Eastwind tourna les yeux vers lui, mais pas longtemps, comme si Daniel était un problème secondaire.

— … sac. Daniel l'a… (Lydia jeta un coup d'œil par-dessus son épaule.) Oh ! bien. Veux-tu lui montrer ce qu'il y a dedans ?

Daniel dévoila le contenu du sac en l'inclinant afin que la lumière de la lanterne au-dessus d'eux éclaire l'intérieur.

— Rick est en route pour chez lui. (Lydia croisa les bras comme si la proximité de l'explosif artisanal la mettait mal à l'aise.) Il faut qu'on aille lui parler.

— Je vais m'habiller et me rendre chez lui. (Eastwind tendit la main.) Et je vais prendre le sac, merci.

— Avec plaisir, répondit Daniel en passant le merdier au shérif.

— Nous y allons aussi. (Lydia leva la main.) Stop. Je travaille avec Rick depuis deux ans. C'est un ami et il est... perturbé. Bouleversé. Il n'est plus rationnel.

— Comment saviez-vous tous les deux qu'il serait sur la propriété de l'hôtel ?

Eastwind avait posé la question d'un ton désinvolte, mais Daniel ne s'y trompa pas. Ce type avait un regard pénétrant, et il enregistrait tout, comme l'œil d'une caméra.

— Nous sommes allés faire une randonnée au petit matin, expliqua-t-elle en haussant les épaules. Une fois arrivés au grillage de Corrington, on l'a longé. C'est comme ça que nous avons découvert Rick en train de sectionner la clôture avec une pince coupante. Elle est aussi dans le sac.

— Et il vous a simplement dit qu'il rentrait chez lui ? interrogea le shérif. Pourquoi n'êtes-vous pas resté avec lui et ne m'avez-vous pas appelé ?

— Il avait l'air abattu, épuisé... et il savait que j'allais vous contacter. Il a dit...

— Il a dit quoi ?

— Que je faisais toujours ce qu'il fallait. Écoutez, il était conscient que nous devions le dénoncer. Et nous avons récupéré la bombe...

— Comment savez-vous qu'il n'en avait pas d'autres dans sa voiture ? ou chez lui ?

Lydia ouvrit la bouche. La referma. Puis elle secoua la tête.

— Il ne représente plus aucun danger pour personne. Et je vais aller tout de suite chez lui pour m'assurer qu'il va bien. Il est...

— Il est amoureux d'elle, l'interrompit Daniel. Et il s'est dit qu'à la place d'un bouquet de roses il allait faire exploser l'hôtel. C'est pour cela qu'elle veut y aller. Elle se sent en partie responsable et, à votre place, je préférerais qu'elle soit là. Elle arrivera à entrer en contact avec lui comme personne. Je l'ai vu de mes propres yeux.

— Il a pris conscience que ce qu'il allait faire était mal… (Lydia baissa les yeux) mais je n'essaie pas de le défendre en disant cela.

— Non, en effet, son acte est difficilement défendable, répondit Eastwind. Mais vous n'y allez pas sans moi. Laissez-moi cinq minutes pour m'habiller.

Comme le shérif rentrait chez lui, Daniel retourna à sa moto, l'enfourcha et attendit en tenant le guidon.

Quand il sentit Lydia se hisser derrière lui, il fit démarrer le moteur aussitôt.

— On ne l'attend pas, hein ?

— Non, dit-elle. On ne l'attend pas.

Chapitre 25

Rick n'habitait pas loin du centre-ville, et, tout en guidant Daniel, Lydia repensa à tous les bons moments qu'elle avait partagés avec le vétérinaire du CEL : les éclats de rire dans la salle de pause avec Candy, la surveillance des loups de la réserve par le biais des caméras et en observation directe dans la montagne… le puçage et la remise en liberté des animaux.

Rick s'était montré tout aussi impliqué qu'elle dans leur mission, et il avait toujours semblé garder la tête sur les épaules… même si, maintenant qu'elle y songeait, il était tendu et irritable ces derniers temps. Elle avait cru que c'était à cause des soucis financiers du CEL, qui l'obligeaient à économiser sur ses fournitures.

C'était clairement autre chose qui le tracassait et, mon Dieu ! elle priait pour que ce ne soit pas uniquement ses sentiments pour elle qui l'avait amené à échafauder ce plan tordu. Parce que, si c'était le cas, Daniel avait raison. Elle se sentait responsable, même si elle ne l'avait jamais encouragé, ni fait marcher.

Jurant tristement dans sa barbe, elle se rappela le moment où il avait traversé la forêt l'autre matin, tandis qu'elle était étendue à côté du loup empoisonné. Malgré son mécontentement de la voir enfreindre les règles de sécurité, il s'était comporté en parfait professionnel.

Jamais elle ne se serait attendue à ce qu'il en arrive là.

Quoi que « là » signifie.

Même s'il allait certainement être arrêté.

Le cottage de Rick, dont il était propriétaire, était situé en retrait de la route, dans un champ envahi de fleurs sauvages au printemps et en été. Il n'y avait pas de garage, et sa Jeep était garée à côté de la petite maison. Quand Daniel s'arrêta derrière le véhicule, Lydia descendit mais ne se précipita pas immédiatement vers la porte.

Qui était ouverte, malgré le froid.

Comme un frisson de terreur lui parcourait l'échine, Lydia scruta les fenêtres. Tous les rideaux étaient tirés, ce qui n'avait jamais été le cas auparavant. Chaque fois qu'elle l'avait raccompagné chez lui ou était venue lui déposer quelque chose, elle avait toujours pu voir l'intérieur de la maison. Mais c'était peut-être juste parce que l'hiver avait été très froid et qu'il s'efforçait de faire baisser la note de chauffage.

— Reste ici, s'entendit-elle dire.

— Appelle-moi si tu as besoin de moi.

Elle hocha la tête d'un air distrait et se dirigea vers le chemin dallé, dont elle remonta le motif gris et rouge jusqu'à la porte. Une fois arrivée là, elle déglutit avec difficulté.

— Rick ? cria-t-elle d'une voix forte. C'est moi, est-ce que je peux entrer… ?

Le bruit de la détonation fut si fort qu'il résonna dans ses oreilles.

— *Rick !*

Tandis que l'écho du « boum ! » s'estompait, elle se rua à l'intérieur et dérapa sur le tapis du salon. Son souffle retentissait à ses oreilles, et elle regarda autour d'elle, en proie à la panique, remarquant à peine les meubles.

— Oh, mon Dieu ! oh, mon Dieu…

Elle ne cessait de répéter ces mots comme un mantra qui l'empêcherait de haleter et d'avoir le vertige.

— Rick ?

S'avançant, elle pénétra dans la cuisine à l'arrière du cottage. Elle nota l'absence de désordre du lieu, sans vaisselle sale dans l'évier, ni rien qui encombre le plan de travail. C'était trop propre, comme s'il avait tout rangé avant de partir… parce qu'il n'avait jamais prévu de revenir.

La maison était à l'opposé de celle de Peter… et pourtant elle avait l'impression qu'elles formaient les deux faces d'une même pièce maléfique.

L'odeur de la poudre à canon lui monta aux narines quand elle pivota pour quitter la cuisine. Ce fut alors qu'elle aperçut par une étroite porte donnant sur le couloir… une pièce sombre remplie d'étagères de livres. À cause des rideaux tirés, l'unique source d'éclairage provenait de la faible lueur bleutée d'un écran d'ordinateur. Et cette lumière fantomatique exerça sur elle comme une fascination morbide qui l'incita à entrer voir.

Sous ses pieds, le parquet du couloir grinça, et, quand la sueur commença à perler sur son front, elle l'épongea à l'aide de sa manche. Ses poumons luttaient pour inspirer et sa gorge était si serrée qu'elle dut ouvrir la bouche pour aspirer de l'air.

Dès qu'elle eut pénétré dans le bureau, elle vit les pieds de Rick dépasser de sous la table de travail.

Les pointes des baskets du vétérinaire, aux semelles boueuses, étaient mollement inclinées d'un côté et de l'autre.

— Rick, murmura-t-elle d'une voix étranglée en se précipitant sur lui.

Le fusil de chasse était tombé sur son torse, comme s'il était assis par terre lorsqu'il avait appuyé sur la détente. Et il était clair qu'il avait glissé le canon dans sa bouche…

S'écroulant à côté de lui, elle se couvrit la bouche, puis elle se tourna sur le côté, plaqua les paumes sur la moquette et fut prise de haut-le-cœur.

Même les yeux étroitement fermés elle voyait toujours les détails de son visage avec une netteté horrible : la mâchoire vaporisée, le nez disparu, l'un des yeux qui pendait.

Son ami, l'homme qu'elle avait connu et au côté duquel elle avait travaillé, le vétérinaire qu'elle respectait et estimait, n'était plus.

Et il lui semblait que c'était sa faute…

Des mains chaudes la tirèrent en arrière, et elle s'abandonna à la compassion qu'on lui offrait, se blottissant contre un torse puissant tandis que des sanglots lui déchiraient la poitrine. Tournant la tête à l'horreur, le corps soutenu, elle n'arrivait pas à se ressaisir et, quand elle laissa échapper un gémissement, une voix grave et profonde lui chuchota des syllabes apaisantes.

Même sans en comprendre les mots, le murmure de Daniel lui donna l'impression que c'était la seule chose qui la maintenait sur cette planète.

Il la tenait encore serrée contre lui lorsque Eastwind entra.

— Nous n'avons rien touché, entendit-elle Daniel dire. Et il a pressé la détente juste au moment où elle est arrivée devant la porte ouverte.

Lydia avait l'intention de redresser la tête et de parler.

Mais, au bout du compte, elle n'avait plus de voix.

Plus tard dans la journée, beaucoup plus tard, Lydia se rendit au travail à pied.

Après tout ce qui était arrivé, elle avait besoin d'air frais et, avec sa voiture toujours en réparation au garage, c'était sa seule option en dehors de se pointer là-bas à l'arrière de la moto de Daniel.

Vu que Candy était la seule personne sur place, cela n'aurait sans doute pas suscité les commérages qu'elle redoutait, mais elle avait besoin de respirer et d'être seule un moment. Seigneur, il semblait y avoir cinquante pour cent d'oxygène en moins dans l'atmosphère !

Tandis qu'elle longeait la départementale, elle avait mal partout, depuis la tête jusqu'aux pieds, preuve, supposait-elle, que la relation corps-esprit existait bel et bien puisqu'elle n'était pas blessée. Elle n'avait pas non plus fait trop de sport et ne souffrait d'aucune maladie. Pourtant, ses muscles l'élançaient comme si on l'avait passée à l'essoreuse, sans laisser aucune surface de son corps indemne.

Daniel et elle étaient restés quelques heures chez Rick, dans son jardin, sous le soleil. Elle avait été contrainte de demeurer assise, les bras sur les genoux jusqu'à ne plus sentir ni ses coudes ni ses mains ballantes. À son côté, Daniel s'était allongé sur l'herbe brunâtre, les jambes croisées au niveau des chevilles, un bras glissé sous la tête. À la façon d'un chien assoupi, il avait soulevé les paupières à chaque bruit extérieur au fond sonore ambiant que composaient les gazouillis d'oiseaux, ainsi que les voitures passant occasionnellement sur la route et les conversations téléphoniques étouffées provenant de la maison.

Tous deux avaient regardé les agents du shérif arriver, suivis de la légiste, dans sa camionnette massive. Et, quand le moment avait été venu de sortir le sac mortuaire noir de la maison sur un brancard, Daniel et elle s'étaient levés.

Que Rick Marsh ait été en vie le matin même, dans le voile, devant cette clôture, avec une bombe dans un sac de voyage, lui paraissait toujours aussi inconcevable.

Mais certaines choses échappaient parfois pour toujours à notre compréhension.

Le shérif Eastwind était la seule autre personne à être restée là tout du long. Et il avait profité d'un moment de calme pour prendre leurs dépositions. Aux environs de midi, Daniel et elle étaient enfin partis. Il l'avait déposé chez elle avant de repartir au CEL pour prendre une douche.

Ils avaient très peu échangé. Il avait semblé comprendre qu'elle ait besoin d'air.

Non que cela l'aide. Absolument pas.

De retour chez elle, elle avait grignoté des céréales et découvert qu'elle était affamée. Une vieille boîte de riz pilaf tout prêt avait résolu le problème en contentant surtout ses besoins caloriques à défaut de ses besoins nutritionnels. Et, quand elle s'était assise pour manger, elle avait repensé à Daniel et à son alimentation saine…

Revenant au présent, elle observa le paysage autour d'elle, s'attardant un instant sur le vert foncé des conifères, le gris de la route et le jaune vif de la ligne discontinue qui séparait la chaussée en deux. Au-dessus d'elle, le ciel presque sans nuages était d'un bleu resplendissant, et le soleil jaune scintillant prouvait que, peu importe la durée et la rigueur de l'hiver, le printemps arrivait toujours.

Comme ses yeux se remplissaient de nouveau de larmes, elle les essuya.

La bonne nouvelle, c'était qu'elle approchait de l'allée du CEL et qu'elle allait pouvoir se concentrer sur la récupération du courrier dans la boîte aux lettres. Tirant sur le petit vantail noir pour l'ouvrir, elle tendit la main pour sortir le paquet de lettres et de pochettes, et la normalité de ramasser la livraison du jour lui parut totalement déplacée.

Puis elle remonta vers le bâtiment principal en serrant le modeste butin contre sa poitrine.

Sur le parking, la voiture de Candy et la Harley de Daniel étaient garées côte à côte.

La Jeep de Rick ne stationnerait plus jamais sous cet arbre.

Au lieu de se diriger vers l'entrée principale du bâtiment, Lydia marcha jusqu'à celle de la clinique. La porte était verrouillée, alors elle se servit de sa clé et ouvrit lentement le battant. Les plafonniers à détecteur de mouvement s'allumèrent en clignotant, éclairant l'espace auparavant plongé dans le noir. La propreté et l'ordre régnaient partout : les plans de travail en acier inoxydable étincelaient, les placards, tous bien fermés, exposaient à travers leurs portes vitrées des rangées bien nettes de médicaments, de balises, de matériel et de fournitures divers. Au hasard, elle ouvrit quelques tiroirs et quelques portes. Elle n'y découvrit rien d'anormal, rien que des seringues stériles de différents calibres dans des boîtes scellées, des bandages dans leurs paquets et des instruments chirurgicaux emballés dans du plastique sur des plateaux.

Avec un sentiment de terreur, elle posa le courrier et se tourna vers le bureau de Rick.

Elle s'avança vers la porte ouverte et appuya sur l'interrupteur mural. Sa table et sa chaise étaient dépareillées et usées, mais tout était impeccable et parfaitement organisé, avec son vieil écran d'ordinateur et son clavier au centre, son téléphone fixe sur le côté et sa lampe de bureau dans le coin. Aucun papier ne traînait. Ni aucun dossier. Et lorsqu'elle ouvrit l'un des tiroirs…

— Qu'est-ce que c'est que cette histoire… ? marmonna-t-elle en ouvrant le suivant.

Ils étaient tous vides. Elle ne trouva même pas un stylo oublié, un calepin ou un trombone.

Lorsqu'elle se redressa et regarda autour d'elle, elle constata qu'il ne restait plus aucun effet personnel. Les photos de Rick prises lors de différentes randonnées et balades à vélo dans la région avaient disparu. Son manteau de secours. Sa polaire ornée du logo du CEL. Son calendrier canin. Sa gourde en acier et son sac à déjeuner en nylon isotherme.

Tout comme avec sa maison, il n'avait jamais eu l'intention de revenir ici. Il avait vidé et nettoyé les lieux pour son successeur.

Rick avait été en mission suicide avec cette bombe.

Se prenant la tête à deux mains, elle prit une inspiration tremblante, puis elle se racla la gorge et se dirigea vers la salle d'examen où le loup s'était trouvé.

La cage était vide, le matériel de surveillance médicale rangé, l'endroit désinfecté et prêt pour une prochaine utilisation.

Le cœur gros, elle se dirigea vers une porte en Plexiglas. De l'autre côté du panneau très légèrement dépoli, elle pouvait voir l'enclos de transition, accolé à la clinique, qu'on utilisait pour les loups convalescents sur le point d'être relâchés dans la réserve.

Son loup se tenait juste derrière la vitre, sur ses pattes, et la regardait directement. Sur le mur, près du chambranle, était suspendue une tablette à pince avec des notes écrites de la main de Rick : il avait indiqué la date et l'heure du dernier repas, la nourriture proposée et consommée, la quantité d'eau absorbée, ainsi que diverses observations sur l'état de vigilance de l'animal.

Du bout des doigts, elle effleura l'écriture, puis elle toucha le Bic suspendu à une ficelle.

La porte était verrouillée à la poignée et, quand elle l'ouvrit, elle entendit dans sa tête la voix de Rick lui crier de ne pas s'approcher du loup.

Avec un sourire triste, elle ignora les avertissements qu'elle avait entendus si souvent.

Lorsqu'elle pénétra dans l'enclos, elle jeta un coup d'œil autour d'elle. Les murs en béton d'environ un mètre de haut étaient surmontés d'un grillage de deux mètres cinquante. L'air frais printanier, un peu réchauffé par le soleil, soufflait à l'intérieur de l'enceinte et tout autour.

Les yeux du loup demeuraient rivés sur elle, brillants et dorés. *Comme le soleil*, songea-t-elle. Et, même s'il avait les oreilles pointées vers l'avant, il n'avait pas les poils du dos hérissés, son souffle était régulier et son corps souple était détendu et relâché.

— Bonjour, dit-elle doucement en s'accroupissant devant lui.

Elle veilla à laisser la porte ouverte dans son dos, juste au cas où elle aurait mal déchiffré l'attitude de l'animal et devrait se replier rapidement. Mais elle savait que non.

— Tu as l'air en bien meilleure forme. Je vais te préparer à dîner ce soir. Et demain… nous te laisserons repartir là d'où tu viens.

Le loup baissa la tête et avança d'un pas… puis d'un autre. L'une de ses oreilles tressaillit, comme si elle le démangeait, et il se lécha les babines.

Lydia tendit les paumes vers lui.

— Tu as l'air en bien meilleure forme. Tu vas vivre.

Les larmes qui coulaient sur ses joues tombèrent sur le sol pendant qu'elle lui parlait.

Le loup s'immobilisa à quelques centimètres de ses mains, et elle tendit le bras pour lui toucher les épaules.

— Tu sais qui je suis, pas vrai ? dit-elle. Oui, oui, tu le sais.

Il se colla contre elle, l'enveloppant de son corps et les oreilles désormais détendues, pressa sa fourrure à la fois rêche et soyeuse contre ses mains pour chercher les caresses qu'elle lui offrait.

— Tu as eu un sacré vétérinaire, chuchota-t-elle. J'ai besoin que tu le saches. Un sacré vétérinaire t'a sauvé la vie.

Chapitre 26

Plus tard, Daniel se demanderait ce qui l'avait exactement attiré derrière le bâtiment principal du CEL. Il travaillait dans le hangar des équipements à réparer le réservoir du quad quand quelque chose avait titillé son instinct. Il avait d'abord écarté la sensation, comme s'il s'agissait d'une mouche, mais, très vite, il lui avait été impossible de négliger cette démangeaison sensorielle.

Ou de l'ignorer.

La situation s'éclaircit un peu lorsqu'il atteignit le porche qui donnait sur le lac… et aperçut une sorte d'enclos un peu plus loin.

Là, à l'intérieur, Lydia se tenait accroupie près d'un loup. Leurs deux têtes étaient à la même hauteur, et la jeune femme faisait courir ses mains dans la fourrure de l'animal, qui se tortillait de plaisir devant elle. Ils semblaient avoir oublié le monde extérieur, plongés qu'ils étaient dans cet instant qui n'appartenait qu'à eux, même si des larmes coulaient sur le visage de la jeune femme et venaient mouiller son jean.

Le premier instinct de Daniel fut d'écarter le loup de Lydia… mais pas pour la sauver.

Non, pour simplement prendre la place de celui qu'elle caressait.

Au lieu de céder à cet élan de jalousie, il demeura où il était, aussi ensorcelé par Lydia que l'animal. Cette magie contre laquelle Rick l'avait mis en garde et dont il avait déjà ressenti les effets sur lui-même s'épanouissait dans l'air comme si Lydia était un objet sacré duquel émanait une bénédiction.

Elle avait dompté cette créature sauvage par la simple puissance de sa paume de main ouverte.

Daniel était comme ce loup.

Sauf qu'il ne voulait pas être apprivoisé. Il ne pouvait pas *se permettre* de l'être, même s'il l'avait souhaité.

Avec un juron, il recula, et sut qu'il était temps de se remettre au travail. Se dirigeant vers sa moto, il l'enfourcha, fit démarrer le moteur et s'engagea dans l'allée pour quitter les lieux. Une fois arrivé sur la départementale, il tourna à gauche et fit rugir la Harley pour de bon.

L'air froid soufflait agréablement sur son visage, et la vibration familière du guidon dans ses mains l'apaisa.

Vous voyez ? il était libre, après tout.

Du moins était-ce ce qu'il se répétait. La réalité était bien différente. Des images de la matinée ne cessaient de lui traverser l'esprit sous forme d'instantanés éclatés, la plus affreuse de toutes étant celle de Lydia au moment où il l'avait découverte par terre à côté du cadavre.

Il n'oublierait jamais comment il l'avait prise dans ses bras et serrée contre lui tout en observant, par-dessus sa tête, ce que cet homme s'était infligé. Après tout ce qu'il avait vu au cours de sa vie, il aurait cru pouvoir mieux encaisser cet atroce spectacle. Au lieu de quoi, cela le hantait.

Même si c'était davantage à cause de Lydia.

Il aurait préféré qu'elle ne voie pas ce genre de chose. Jamais.

Devant lui, le centre-ville en tant que tel apparut, et, lorsqu'il s'approcha du restaurant-épicerie, il se gara sur le parking quasi vide et consulta sa montre. Il était presque 14 heures.

Nom de Dieu ! il avait l'impression qu'il était 3 heures du matin.

Entrant dans la partie épicerie du bâtiment, il se dirigea vers la caissière. Levant la tête du livre qu'elle lisait, celle-ci lui sourit, comme si elle venait enfin de pêcher un poisson dans ce qu'elle avait cru être un étang vide.

— Eh bien, bonjour, Daniel. (Elle tapota sa chevelure blonde décolorée qui, grâce à la laque, restait fixée en place comme le dessus d'une glace à l'italienne.) Comment va-t-on aujourd'hui, jeune homme ? Je suis Susan, au cas où vous l'auriez oublié.

Il sentit qu'il devait répondre « Comment va ».

— Salut.

— Vous cherchez des tickets de loterie ?

— Non, je suis ici pour…

— Parce que vous avez l'air chanceux.

— Ah bon ? (Il ne donna cette réponse que parce qu'il sentait qu'il y avait un quota d'échanges exigé avant qu'il puisse acheter quoi que ce soit.) Je ne suis pas certain d'avoir la moindre opinion quant à ma chance.

Menteur, se dit-il.

— C'est peut-être pour cela que vous êtes chanceux, reprit-elle.

— Comment ça ?

— La chance, c'est comme un chat.

Susan agita l'index dans sa direction, comme si elle corrigeait un enfant qui aurait dû le savoir.

— Plus on la pourchasse, plus elle vous échappe. On peut chasser ce qui ne veut pas de vous, mais on n'attrape que ce qui choisit de tomber dans votre paume.

En esprit, il se rappela le loup frottant son pelage contre les mains tendues de Lydia, dont les doigts s'enfouissaient dans l'épaisse fourrure, son beau visage illuminé par la tristesse qu'elle éprouvait pour un homme qui avait probablement mérité son amour mais ne l'avait jamais obtenu.

Daniel était prêt à parier qu'elle se le reprochait, comme si, si elle avait eu des sentiments différents, le vétérinaire aurait toujours été en vie. Même si rien de tout cela n'était sa faute.

— Ou dans votre portefeuille, selon le cas.

Il redescendit sur terre.

— Quoi ?

— C'est peut-être dans votre portefeuille que vous voulez voir apparaître cette chance.

— Vous avez raison.

Il désigna un point derrière elle, qui n'était pas les tickets à gratter avec leurs bordures argentées brillantes.

— Je voudrais un paquet de Marlboro rouges.

— Légères ou classiques ?

— Peu importe… d'ailleurs, mettez-m'en plutôt deux. Et il me faut également un briquet.

— Est-ce que la couleur a une importance ?

— Il me faut des rouges. Pas des légères…

— Non, pour le Bic. J'ai bleu, vert, jaune, rouge…

— Peu importe.

Susan en choisit un rouge et pivota sur son tabouret. Au lieu de lui donner les quarante clopes et le briquet à silex, elle les garda plaqués contre sa poitrine… d'une façon qui le poussa à observer sa tenue. Elle portait un pull décontracté rose et blanc, un jean délavé et une petite montre en argent qui paraissait trop délicate pour le reste de sa personne. Avec sa coiffure sophistiquée, elle ressemblait à une fille se préparant pour son bal de promo, mais n'ayant pas encore enfilé sa robe à froufrous.

— Est-ce que vous êtes sûr de vouloir faire cela ? lui demanda-t-elle.

Daniel cligna des yeux.

— Je vous demande pardon ?

— Écoutez, je vends beaucoup de cigarettes à beaucoup de gens. Et ceux qui ont arrêté et s'y remettent achètent toujours deux paquets et un briquet neuf. Si vous étiez un fumeur régulier, vous auriez tout un tas de Bic à moitié pleins dans votre maison, votre voiture, toutes vos poches. Et vous achèteriez une cartouche. Ou, si vous étiez exceptionnellement à cours de cigarettes et que vous vouliez vous en griller quelques-unes avant de rentrer chez vous, vous n'achèteriez qu'un seul paquet, sans briquet. Mais là…

Il sortit un billet de vingt dollars.

— Est-ce que ça suffira ?

— Vous voyez ? voilà où je veux en venir. Si vous étiez un fumeur régulier, vous sauriez combien elles coûtent. Et non, ça ne suffira pas.

Il sortit un autre billet de vingt.

— Là, ça suffira ?

Susan le dévisagea, depuis l'autre côté du comptoir.

— Et, si vous commenciez, vous les taxeriez à d'autres fumeurs.

Mais au moins elle prit son fric et lui donna les cigarettes. Daniel s'en alla avant qu'elle puisse lui rendre sa monnaie.

Au CEL, Lydia donna une dernière caresse au loup, puis lui annonça qu'elle reviendrait à 17 heures pour lui préparer son dîner et s'assurer qu'il allait bien, comme s'il comprenait son langage. Néanmoins, quand elle referma la porte de l'enclos, elle croisa son regard… et vit qu'il avait compris. Il avait compris qu'elle ne l'abandonnait pas pour toujours.

Mais bon, les loups étaient ainsi.

— Bientôt, promit-elle. Tu retrouveras la liberté très bientôt.

Refermant avec soin, elle verrouilla la poignée.

— C'est donc vrai ? demanda une voix douce.

Lydia ferma les yeux un moment, puis elle se tourna vers Candy. La réceptionniste faisait désormais complètement son âge. Elle avait les traits affaissés et triturait nerveusement le col de son chemisier, puis elle s'attaqua à la manche de son pull tricoté.

— Oui, répondit Lydia. Il est mort.

Néanmoins, Candy ne s'effondra pas et afficha une apparente réserve. Toutefois, il fut impossible à Lydia de ne pas lui poser une main sur l'épaule. Mais que pouvait-elle dire qui rende plus supportable cette tragique histoire ?

Elle se racla la gorge.

— Je…

Par où commencer ? Par ce qui s'était passé devant la clôture grillagée ? ou peut-être par ce que cela lui avait fait de pénétrer dans le bureau et d'apercevoir les baskets de Rick dépasser de sous le bureau.

Ou pourquoi pas évoquer l'odeur de la poudre à canon ? ou la vue du sang ?

— Je ne sais pas quoi dire, dit-elle en soupirant d'un air défait.

— C'était un bon vétérinaire, répondit Candy.

— C'est exactement ce que j'étais en train d'expliquer au loup.

Candy s'écarta et se dirigea vers la vitre en Plexiglas pour regarder dans l'enclos.

— Est-ce qu'il va vivre ?

— Oui. Grâce à Rick.

— Je t'ai vue avec lui là-dedans. J'étais sur le porche… (Candy indiqua l'endroit d'un mouvement de tête.) Je suppose qu'il n'apprécie pas tous les humains, hein ?

Un grognement d'avertissement filtra à travers la porte.

— Il ne te connaît pas, c'est tout. (Lydia tira sa collègue vers elle pour l'éloigner de la porte.) Je vais le relâcher demain matin.

— Comment vas-tu t'y prendre sans Rick ?

— Je vais lui donner un sédatif, puis je l'emmènerai dans la réserve à l'arrière du 4 x 4.

Candy fronça les sourcils.

— Combien pèse-t-il ?

— Environ quatre-vingt-dix kilos. Il est plus grand qu'un loup gris moyen.

— Et tu peux soulever ce genre de poids mort ?

Non, songea Lydia.

— Je trouverai une solution.

— Tu peux peut-être demander de l'aide à Daniel.

— Bien sûr…

— Comment va-t-on s'en sortir ? demanda Candy. Je suppose que la vraie question c'est : à ton avis, combien de temps on va encore pouvoir continuer ? Je ne voudrais pas paraître bassement matérialiste, mais j'ai des factures à payer. Je vais devoir… trouver un autre boulot.

Lydia secoua la tête.

— Je ne sais pas.

Candy passa la main dans ses cheveux courts, disciplinant ainsi ses épis blonds.

— Je suis désolée. Je n'aurais peut-être pas dû aborder le sujet si tôt après… enfin, tu sais…

— Non, c'est bon. Le monde ne s'arrête que pour les morts, pas pour les vivants. Il faut qu'on résolve le problème.

— Où diable est Peter Wynne ?

— Je ne sais pas. Et c'est la vérité.

Candy se dirigea vers la pile de courrier laissée sur l'un des plans de travail et se mit à passer les factures en revue.

— Bon, juste pour information, je resterai tant que je recevrai un chèque. (Elle jeta un coup d'œil autour d'elle, à l'espace de la clinique.) Et j'appréciais vraiment Rick. C'était un type bien. Je ne sais pas pourquoi j'éprouve le besoin de le dire à voix haute, mais voilà.

— Je suis tout à fait d'accord. C'était… un type très bien.

— Mais Peter ? (Le regard de Candy se durcit.) Je ne donnerais pas un radis pour cette merde.

Toutes deux se turent un moment.

Puis Lydia dit soudain :

— Puis-je te demander un service ? J'ai besoin de t'emprunter ta voiture.

Chapitre 27

En revenant de son achat de nicotine, Daniel passa devant l'allée du CEL, mais sans s'y engager. Au lieu de quoi, il poursuivit sa route. Le virage qu'il cherchait lui parut long à venir… à moins qu'il ne sache simplement pas vraiment ce qu'il foutait et que cela perturbe et ralentisse sa perception du temps.

Le chemin des Farlan n'avait pourtant pas bougé depuis la dernière fois qu'ils l'avaient quitté, et, dès qu'il l'aperçut, Daniel se pencha sur sa moto pour tourner en ralentissant à peine et opta d'insérer ses roues dans le sillon de pneu de droite, puis il s'enfonça loin sous les arbres, jusqu'à l'endroit d'où le garagiste avait remorqué la voiture de Lydia.

Il se demanda si le type allait rapporter à quelqu'un qu'on avait juste tiré un câble dans le moteur. Sans doute pas. Paul semblait du genre « vivre et laisser vivre ».

Bien sûr, si on l'interrogeait, sa réaction serait peut-être différente…

Daniel coupa le moteur et descendit de la moto, en n'oubliant pas d'ôter la clé du contact. Il se mit aussitôt en marche, sortant l'un des paquets de Marlboro de sa poche. La dextérité avec laquelle il ôta le film plastique prouvait qu'une puissante habitude, même passée depuis longtemps, s'oubliait beaucoup moins vite que la plupart des compétences. Quand il souleva le rabat et sortit l'un des soldats par le filtre, il décida que sa rechute serait temporaire.

D'ailleurs, il ne replongeait pas vraiment puisque c'était un choix conscient.

Il pourrait donc revenir dessus une fois que tout ceci serait terminé.

À moins que ce ne soit un non-choix. Ou un pas-le-choix. Bref.

Le fait que Susan, la caissière, lui ait choisi un Bic rouge, assorti au paquet, semblait une proclamation de la philosophie de la dame en matière de style. Pour sa part, il ne s'intéressait qu'à la flamme...

Une quinte de toux suivit immédiatement la première bouffée, et, quand il leva le dos de sa main devant sa bouche, il se demanda pourquoi on avait toujours l'impression qu'une expectoration se passait mieux quand on avait quelque chose pour couvrir son bec. C'était comme un boxeur avec un punching-ball, supposa-t-il.

On se donnait une cible à viser à la place de l'air.

Mais, à la troisième bouffée, la gêne cessa, et il sentit un bourdonnement dans sa tête et un frémissement sous sa peau. Arrivé à la moitié de la cigarette, il s'était remis dans le bain et exhalait de grandes volutes de fumée comme un moteur à vapeur. Bientôt, il sentit un apaisement l'envahir, en même temps que sa concentration se trouvait renforcée.

Non qu'il ait été désorienté.

Au pied de l'affût, il pinça le bout allumé de la cigarette entre son pouce et son index pour l'éteindre, se délectant de la petite pointe de douleur ainsi occasionnée, puis il glissa le mégot dans sa poche arrière et regarda en direction de la grange de Peter Wynne... même s'il ne distinguait pas grand-chose.

Changeant de direction, il poursuivit son chemin jusqu'à la caverne où il avait caché assez facilement le cadavre de l'homme de main, et, quand il vit que la végétation devant l'entrée semblait aussi intacte que lors de son départ puisqu'il avait fait de son mieux pour ne rien déranger, il prit cela comme une bonne nouvelle.

— Où t'étais passé hier, putain !?

Au son de cette voix, il jeta un coup d'œil par-dessus son épaule, puis glissa d'un air désinvolte la main dans la poche où il cachait son arme.

— Eh bien, si ce n'est pas Monsieur Personnalité ! s'exclama-t-il d'un ton narquois.

Il se retourna vers son plus ancien ami et allié, qui semblait de mauvais poil. Habillé de vêtements amples qui dissimulaient toutes sortes d'armes à feu et de munitions, ce dernier plissait sur lui ces yeux sombres familiers sous la visière d'une casquette John Deere remarquable de banalité. En dehors du fait que le type avait les épaules larges et la mâchoire carrée, tout chez lui était étudié pour se fondre dans la masse. Passer sous les radars. Rester invisible au milieu des gens qui passaient près de lui.

— Alors, où t'étais, bordel !? demanda-t-il.

— Occupé. J'ai décidé de démarrer un nouveau hobby.

— Oh ! je suis au courant. Et elle s'appelle Lydia Susi.

Daniel avança d'un pas.

— Elle n'a rien à voir là-dedans.

— Elle est pourtant au beau milieu de…

— Elle n'a rien fait d'autre que pister les loups et s'assurer de leur bonne santé. C'est tout. Elle n'est pas impliquée.

Son copain lui retourna un sourire acerbe.

— Est-ce qu'elle t'a dit ça avant ou après que tu l'as baisée…

Daniel referma aussitôt la main sur la gorge de son pote.

— Tu veux reformuler ça ? tant que tu as toujours des cordes vocales ?

— Alors. C'était. Pendant.

Les syllabes sortirent étouffées, mais il n'y eut aucune réaction de peur. Ni lutte non plus.

Il y avait une bonne raison à leur entente, merde !

— Ce n'est pas elle que nous cherchons.

Daniel donna une forte poussée à son pote, mais ce dernier ne perdit pas longtemps l'équilibre et se rétablit presque immédiatement.

— C'est contre ses principes.

— Oh ! alors cherchons ailleurs, parce que ta copine a une espèce de marque sacrée tatouée sur le front.

Comme Daniel refermait la main sur son arme, il dut s'enjoindre de se calmer.

— Le CEL n'a pas de ressources. Tu le sais…

— *Tu* es hors de contrôle.

— Va te faire foutre…

On pointa sur lui un index comme un rayon laser.

— Tu as un conflit d'intérêts. Tu crois que je ne sais pas que tu dors…

— Sur son terrain, enfoiré, rétorqua Daniel. Je ne dors pas dans sa maison.

— Alors ce n'est qu'une question de temps avant de te retrouver dans son lit. Je sais comment ça se passe, ces conneries.

— Parce que tu es un vrai génie, hein ? J'avais oublié.

— Ça m'est arrivé une fois. Je me suis trop impliqué et j'ai tout fait foirer. (Son pote pencha son torse massif vers lui.) Reste à l'écart, ou je prends les commandes. Nous n'avons pas le temps, ni intérêt à te sauver d'un bordel créé par toi-même…

— Ce n'est pas toi qui diriges.

— Tu veux qu'elle se fasse tuer ?

L'autre haussa les épaules.

— Tu te soucies donc *si peu* de cette femme ? Que crois-tu qu'il va lui arriver ?

— Ce n'est *pas* elle que nous cherchons.

— Eh bien, la seule chose que toi et moi sachions avec certitude, c'est que tu ne peux pas être des deux côtés en même temps : elle est soit coupable, soit innocente… mais dans les deux cas, si tu continues de t'impliquer avec elle, elle finira par mourir.

Daniel regarda au loin. Il avait planqué les armes récupérées sur le soldat de la veille, et, bon sang, il regrettait de ne pas avoir le silencieux !

— Alors tu veux le faire ? demanda-t-il à son pote d'un ton las. Ou continuer à me parler. Parce que la seconde option fait une *telle* différence dans ma vie.

— Tu dois reconnaître ta faiblesse, mon ami.

— Et, toi, tu dois lever le pied. Si tu n'apprécies pas ce que je fais, fais-moi démettre. Ou essaie.

Sur ce, Daniel sortit son portable et activa la fonction lampe de poche, puis il se baissa pour pénétrer dans la caverne peu profonde…

Le corps avait disparu.

Comme un idiot, il balaya l'endroit du faisceau lumineux, vous savez, juste au cas où il aurait raté le sac de quatre-vingts kilos qui ne respirait plus sur le sol en terre.

Il passa la tête dehors.

— Tu l'as déjà emporté ?

— Emporter quoi ? fut la réponse.

— Bordel de merde ! marmonna Daniel.

Lydia n'eut pas besoin d'aller aussi loin qu'elle l'avait cru. Elle s'était préparée à conduire une heure, voire plus. Au lieu de quoi, sa destination nécessita à peine dix minutes de trajet sur le réseau de départementales qui ceinturaient la montagne.

Et c'était une bonne chose. Le temps lui semblait compté, comme si une échéance approchait. Le problème, c'était qu'elle ne savait pas exactement ce qu'elle était censée faire, où aller, ni quel devoir rendre au professeur, pour ainsi dire.

Mais ce n'était pas la première fois de sa vie qu'elle devait comprendre une situation toute seule.

Toussant pour la centième fois – avec une petite pensée compatissante pour Daniel –, elle se demanda comment Candy pouvait supporter d'être dans cette voiture. L'habitacle était si imprégné d'un écœurant parfum chimique de fraise que c'était comme respirer dans un gâteau industriel ; chaque inspiration apportait une bouffée dense d'arôme de fruit artificiel.

Ce fut alors que le mur de pierre débuta. Au tournant de la route, une barrière de cinq mètres de haut surgit soudain dans le paysage. Les pierres entassées et liées au mortier étaient gris, crème et rose pâle, et le ciment qui maintenait le tout était couleur de brouillard. Elle imagina qu'il devait être très épais, et l'absence de mousse et de lichen l'informa qu'on l'avait érigé récemment.

Après ce qui lui parut un bon kilomètre, un portail verrouillé apparut. Il était majestueux avec ses deux battants en fer forgé noir torsadé, surmontés d'une crête décorative. Elle arrêta la voiture de Candy juste devant, près de l'interphone. Baissant la vitre, elle se demanda si…

La caméra était encastrée dans le mur, son objectif orienté sur elle. Elle faillit saluer de la main.

Au moins, elle était sûre de se trouver au bon endroit, se dit-elle en tendant le bras pour appuyer sur le bouton d'appel.

Avant d'avoir pu l'atteindre, elle entendit un cliquetis suivi d'un ronronnement électrique et le portail s'ouvrit comme si elle était attendue. Ce qui n'était pas le cas. Elle jeta un coup d'œil dans le rétroviseur. Il n'y avait personne derrière elle.

Mais c'était pour cela qu'elle était venue.

Appuyant sur l'accélérateur, elle franchit l'ouverture, et s'engagea dans une allée récemment pavée et encadrée par deux haies si hautes et si épaisses qu'il était impossible de voir au travers : elle se trouvait dans une glissière de conifères dépourvue d'accotement, et elle espéra qu'il existait un autre accès au domaine. Si un camion de livraison arrivait devant elle, elle devrait faire marche arrière ou…

L'espace s'ouvrit une quinzaine de mètres plus loin sur une pelouse centrale que l'allée contournait. L'étendue de gazon était si vaste que Lydia eut l'impression de se retrouver sur un terrain de golf. Et puis il y avait la maison. Ou plutôt le château… un château américain, bâti dans la même pierre que le mur bordant la route.

Seigneur ! la demeure était immense, avec trois ou quatre étages et une façade qui paraissait plus grande que la ville de Walters tout entière.

L'allée pavée passait devant la bâtisse, au pied d'un immense portique d'entrée qu'elle n'aurait pas été étonnée de voir flanqué de deux soldats.

Lydia s'arrêta, puis ouvrit sa portière…

Au loin, elle perçut un bruit qu'elle ne reconnut pas immédiatement, mais elle cessa d'y penser lorsqu'elle examina la façade de la maison. Quelque chose clochait avec les fenêtres. Au lieu de lui permettre de voir l'intérieur, elles reflétaient le terrain, avec sa pelouse, son allée, sa fontaine. Et ce n'était pas parce qu'on avait tiré les rideaux ni parce que la lumière de l'après-midi lui jouait des tours, mais parce qu'il y avait un revêtement réfléchissant posé dessus…

Quatre dobermans surgirent du coin de la maison et se précipitèrent à l'attaque vers elle en silence, les oreilles rabattues en arrière et les crocs visibles.

Comme ils n'émettaient pas le moindre aboiement ni grognement, ils ressemblaient à des balles fendant l'air.

Lydia rentra d'un bond dans la voiture et claqua la portière. La vitre était baissée… *Merde!* Elle ressortit fébrilement ses clés, les laissa tomber, puis enfonça la mauvaise dans le contact.

Juste au moment où les chiens atteignaient en dérapant le côté conducteur, elle inséra la bonne clé, la tourna et pressa le bouton idoine.

Ils sautèrent sur la vitre qui remontait en montrant les crocs, en claquant des mâchoires, en bavant partout…

Au même instant un hélicoptère survola la maison. Le rapace noir avec son double rotor était aussi gros qu'un bus, et celui qui conduisait – pilotait ? – l'engin le fit atterrir sur la pelouse juste devant la voiture affreusement parfumée de Candy. Les rafales créées étaient si violentes qu'elles soulevèrent un nuage de particules de terre qui mouchetèrent le pare-brise et poussèrent les chiens à fermer les yeux sans qu'ils cessent pour autant leur attaque.

Avant même que les pales aient ralenti, une série de marches se déploya hors de la carlingue jusqu'au sol.

Une femme vêtue de noir avec un casque de cheveux blancs comme neige sortit de l'hélicoptère et descendit les marches, pas le moins du monde incommodée par les violentes bourrasques.

Tout à coup, les chiens cessèrent les hostilités pour courir vers C.P. Phalen. Ils lui tournèrent autour avant de s'asseoir en formation par deux de chaque côté d'elle.

Le pouls de Lydia se calma un peu, surtout lorsque la femme fit un geste de la main et que les dobermans décollèrent comme un escadron d'avions de chasse pour filer à l'arrière de la maison.

Où à n'en pas douter ils allaient recommencer à mâcher les os d'un livreur de journaux. Ou d'un autre d'Uber Eats.

Le vacarme de l'hélicoptère diminua, et, vu que les chiens de garde étaient hors de vue, Lydia rouvrit la portière et sortit.

— Voici une surprise inattendue, dit C.P. Phalen pardessus le boucan.

Lorsque le vent rabattit les cheveux de Lydia sur son visage, celle-ci les écarta d'un geste.

— Je devais vous voir.

— Vous êtes arrivée juste à temps.

Vous aussi, avant que vos chiens ne pèlent la voiture de Candy comme un grain de raisin, songea Lydia.

C.P. Phalen sourit.

— Un peu plus tard ou un peu plus tôt, et je vous aurais manquée.

Sur un signe de son hôtesse, Lydia la suivit sous le magnifique portique d'entrée. Il n'était pas difficile d'imaginer une réception grandiose dans cette maison, avec des voitures coûteuses s'arrêtant juste devant pour débarquer des invités en smokings et robes longues.

Tout ce décor était intimidant, mais Lydia ne partirait pas tant qu'elle n'aurait pas obtenu ce qu'elle était venue chercher.

La demeure, comme le mur de pierre, avait été clairement bâtie pour paraître ancienne, mais on n'avait pas tenté de dissimuler le clavier moderne encastré à côté de la porte. Quand C.P. Phalen posa le pouce sur l'écran, on entendit le bruit assourdi d'un mécanisme qui s'activait suivi d'un cliquetis.

— Si quelqu'un veut entrer ici, il devra me couper le doigt pour s'en servir de clé, dit la femme avec un sourire en coin.

Sur ce commentaire joyeux, elle ouvrit les portes massives de verre et d'acier, révélant… OK, waouh ! Cela aurait très bien pu être le hall d'un hôtel. Les sols et les murs étaient recouverts de marbre pâle, poli et étincelant, ainsi que le double escalier juste en face. Des pièces aussi grandes que des maisons entières s'étendaient de chaque côté de cet espace, et des lustres en cristal scintillaient au plafond comme des galaxies.

Mais il n'y avait ni meubles, ni tapis, ni tableaux, ni sculptures. Nulle part.

— Lydia ?

Levant la main pour frotter le picotement à la base de sa nuque, elle tourna son attention vers C.P. Phalen. En dépit du fait que ses cheveux au carré avaient été pris dans une tornade, ses mèches blanches avaient repris leur place, et son tailleur noir demeurait impeccable, comme s'il sortait tout juste du pressing.

La bouche soudain sèche, Lydia déglutit et tenta de retrouver sa voix.

— Rick, notre vétérinaire, est mort. Peter Wynne est porté disparu. Je suis à peu près certaine d'être la suivante… et vous êtes la seule personne influente que je connaisse.

Chapitre 28

— Je viens d'emménager.

Tandis que C.P. Phalen lui faisait traverser ce que Lydia supposa être la salle à manger vu la forme rectangulaire de la pièce, les claquements secs de ses talons aiguilles résonnaient sur le marbre.

— Ou, plutôt, je suis en train d'emménager. (Elle lui sourit, mais ce sourire ne réchauffa pas ses yeux gris.) Le mobilier arrive demain par camion.

Lydia se remémora la longue file des engins de chantier s'acheminant vers le site de l'hôtel, puis elle se rappela Rick, accroupi par terre avec sa pince coupante, occupé à sectionner la clôture grillagée pour pouvoir passer. Avec son sac.

— Je fais construire cette maison depuis deux ans, poursuivit son hôtesse. J'ai toujours vécu en ville, mais désormais je cherche juste le silence, l'intimité, la liberté qu'on ne trouve pas à Manhattan. Je ne suis pas mariée et je n'ai aucun lien personnel, donc le choix n'appartenait qu'à moi.

Elle poussa une porte battante donnant sur une sorte d'immense office, équipé de multiples plans de travail et de nombreuses armoires vitrées, sans doute destinées à accueillir la vaisselle et la cristallerie.

Du moins Lydia supposa-t-elle que l'endroit devait servir à la préparation de grands banquets et de dîners. Elle n'avait aucune expérience des maisons de maître.

— Je ne retournerai jamais en ville. (La femme eut un petit rire.) J'ai déjà fait installer ma chambre à l'étage. Donc je dormirai ici ce soir et pour toujours.

— Vous n'avez pas peur ? interrogea Lydia. Toute seule, dans une si grande maison.

C.P. Phalen s'immobilisa devant une autre porte battante. D'une voix calme et égale, elle répondit :

— Je n'ai peur de rien.

C'était le genre d'affirmation bravache que proféraient les adolescents et les ivrognes du monde entier, se dit Lydia, mais quelque chose dans le ton de C.P. Phalen donnait l'impression que ce n'était pas des paroles en l'air et que les gens mal intentionnés devraient vraiment avoir peur.

— Je ne cuisine pas vraiment, reprit son hôtesse en poussant le battant, mais cette cuisine n'est pas pour moi.

Et quelle cuisine ! Toute en acier inoxydable, comme celle d'un restaurant, avec une rangée entière de fours, un mixeur de la taille d'une baignoire et assez de brûleurs pour nourrir une armée.

— Néanmoins, je peux vous offrir un café. (Comme Lydia ralentissait, son interlocutrice se dirigea vers une petite Nespresso qui ressemblait à un enfant abandonné sur un campus.) Quel est votre poison ?

Mauvaise blague, pensa Lydia. En plus, elle avait les nerfs à vif.

— Ça ira, merci.

— J'aime le mien noir, avec juste un soupçon de sucre. (La femme lui jeta un coup d'œil par-dessus son épaule.) La douceur ne m'intéresse pas vraiment.

— Puis-je m'asseoir ici ?

Sans attendre sa permission, Lydia se dirigea vers une espèce de poste de préparation, tira un tabouret d'un alignement qui en comportait plusieurs et se posa. Baissant la tête, elle se demanda ce qu'elle fabriquait.

— Alors, dites-moi ce que vous aimeriez que je fasse pour vous, suggéra C.P. Phalen.

Lydia l'observa prendre une tasse et placer une capsule dans la machine. Sortir un sac de deux kilos de sucre, puis une petite cuillère. Une fois la boisson prête, un peu du « plus petit des grands plaisirs » y fut ajouté et mélangé.

— Vous ne m'avez pas répondu, reprit son hôtesse en s'adossant au plan de travail, sa tasse blanche à la main. Qu'attendez-vous de moi, exactement ?

— Je ne sais pas à qui d'autre m'adresser.

— Je veux bien le croire. Et j'ai déjà parlé au P.-D.G. de l'hôtel.

Lydia haussa les sourcils.

— Ah bon ?

— C'est Corrington lui-même qui a pris mon appel. Je lui ai dit que, la prochaine fois qu'un de vos loups serait retrouvé mort ou empoisonné, je contacterai l'autorité des marchés financiers avec tout ce que je sais concernant l'ouverture du capital de sa société l'an dernier.

— Je vous demande pardon ?

— Corrington Hôtels a ouvert son capital, et un certain nombre de ses amis ont eu le droit d'acheter des parts à l'avance. Un délit d'initié classique. Bien entendu, c'est un connard tellement arrogant qu'il a estimé que ce n'était pas grave. Encore un autre maître de l'univers façon Tom Wolfe… même si je suppose qu'on dit plutôt « un loup de Wall Street » de nos jours.

Quand Lydia se contenta de cligner des yeux, son interlocutrice eut un petit rire.

— Je vois que ce n'est pas votre domaine de compétence, mais c'est le mien. Je gère des fonds de pension, et, bien que je sois spécialisée dans les entreprises pharmaceutiques, j'ai plusieurs cordes à mon arc. C'est ainsi que je sais ce qu'a trafiqué Corrington.

Il y eut un silence, et, lorsque Lydia ne fit aucun commentaire, C.P. Phalen sourit.

— Est-ce que je vous ai complètement perdue ou est-ce que vous êtes seulement surprise de m'avoir entendue dire « connard » ?

Lydia se racla la gorge.

— Quelle a été la réponse de Corrington ?

— Il a nié en bloc, tout en prenant soin de souligner que le randonneur découvert il y a quelques jours était le parfait exemple du pourquoi il devait protéger ses clients. Je lui ai conseillé de conserver la clôture grillagée de façon permanente, parce qu'ainsi il n'aurait pas à craindre que des loups viennent sur son terrain.

— Il n'y a aucune preuve qu'il s'agissait d'une attaque de loup.

Le regard de la femme fut si direct que Lydia baissa les yeux.

— Que puis-je faire d'autre pour vous ? lui demanda son hôtesse.

Lydia inspira à fond.

— Avez-vous connaissance d'affaires dangereuses ou illégales dans lesquelles Peter Wynne pourrait être impliqué ? ou le CEL ?

— Non. Pourquoi me demandez-vous cela ?

— Peter s'est comporté bizarrement ces derniers temps. (Cela avait aussi été le cas de Rick, mais pas pour les mêmes raisons.) Et il ne vient plus au bureau depuis un mois.

— Il se passe peut-être quelque chose dans sa vie personnelle ?

— Je ne sais rien de lui, répondit Lydia. En dehors du fait qu'il a cessé de venir travailler, et que nous sommes à court d'argent.

— Voilà qui est nouveau pour moi, déclara C.P. Phalen d'un air songeur. Concernant l'argent.

— J'ai examiné le tableau financier il y a à peine deux jours. Il ne reste quasiment plus rien sur le compte d'exploitation et celui de la paie. En fait, j'ai déchiré mon chèque pour que nous puissions nous permettre de remplacer notre homme à tout faire. Et nous avons dû nous séparer de l'équipe de ménage.

Comme C.P. Phalen plissait les yeux et fronçait les sourcils, son visage habituellement lisse afficha un air renfrogné, qui fit comprendre à Lydia que…

Oui, c'était pour cela qu'elle était venue.

Daniel fut de retour au CEL avant la fermeture de 17 h 30. Lorsqu'il entra, Candy leva les yeux de son bureau.

— Est-ce que tu sais où elle est ? demanda-t-elle.

— Qui ? Lydia ? Non.

— Elle a pris ma voiture – avec ma permission, mais je dois rentrer à présent, j'ai un chat à nourrir.

Daniel sourcilla.

— Où est-elle allée ?

— Elle ne m'a rien dit.

— Est-ce qu'on peut l'appeler ? (Il sortit son téléphone.) Je vais le…

— J'ai déjà essayé. Trois fois…

Un crissement de pneus dans l'allée en gravier le fit se retourner. À travers les fenêtres de l'accueil, il vit la berline Chevrolet familière descendre vers le parking.

— Dieu soit loué ! dit Candy en s'emparant de son manteau et de son sac.

Daniel ignora volontairement le soupir de soulagement qu'il poussa.

— Tout est bien qui finit bien.

Lorsque Candy le dépassa, elle s'immobilisa.

— Tu es fumeur ? Je ne le savais pas.

— Non, je ne fume pas. (Cependant, quand il renifla la manche de son coupe-vent, il sentit l'odeur du tabac lui aussi.) Bon, d'accord, j'en ai juste grillé une ou deux.

— S'il y avait bien un jour pour le faire, c'était aujourd'hui. (Elle lui tapota l'épaule.) Prends soin de notre amie. Il ne faut pas qu'elle démissionne. Si elle s'en va, je vais devoir trouver un autre boulot. Merde ! ce sera sans doute nécessaire de toute façon. À demain, en supposant qu'il y en ait un.

Sur ce, Candy sortit et interpella Lydia avant même que celle-ci descende de la voiture.

Toutes deux se retrouvèrent à mi-chemin du parking et du bâtiment, et elles échangèrent quelques mots, ainsi qu'un trousseau de clés.

Après quoi, Candy monta dans sa berline et s'en alla.

Lydia resta plantée là, dans la douce lumière du soleil couchant, et regarda sa collègue partir, les bras croisés sur la poitrine. Pour attirer son attention, Daniel toqua contre une vitre, mais le regretta presque aussitôt, car la jeune femme se retourna brusquement, une expression de peur bien visible sur son visage pâle. Il leva la main dans un geste qu'il espérait amical, calme et apaisant.

Ce qui n'était pas du tout ce qu'il ressentait.

S'il avait écouté ses émotions, il se serait précipité dehors pour l'enlacer et la serrer fort dans ses bras, et il ne l'aurait peut-être plus jamais lâchée…

Merde ! Monsieur Personnalité a peut-être raison, se dit-il.

Elle marcha jusqu'au bâtiment en gardant les yeux rivés au sol et ne parut se reprendre qu'au moment d'entrer, car alors elle redressa les épaules et releva le menton.

— Désolée de m'être absentée si longtemps, dit-elle.

— Je suppose que tu vas devoir rembourser l'essence à Candy, hein ?

— J'ai fait le plein avant de revenir. (Elle prit une grande inspiration.) Tu avais raison, conduire aide vraiment à s'éclaircir les idées.

— Je réfléchis beaucoup mieux sur ma moto avec une route déserte filant devant moi.

Il y eut un silence, puis elle demanda d'un air absent :

— Comment sais-tu quand le moment est venu pour toi de t'en aller ? D'un endroit, je veux dire. D'un emploi.

Daniel haussa les épaules.

— Je ne sais pas. C'est comme si j'avais une sorte d'horloge interne, ou plutôt un de ces grille-pain à ressort. Quelque chose en moi change et j'en ai fini.

Lydia jeta un coup d'œil autour d'elle, et son regard s'attarda sur le bureau de Candy, avant de se tourner vers le couloir menant aux bureaux et à l'entrée de la clinique.

— Peux-tu m'aider à relâcher le loup demain ? demanda-t-elle.

— Absolument.

— Merci. (Elle parut se ressaisir et repoussa ses cheveux en arrière.) Je vais aller le nourrir. Tu es libre de rentrer chez toi. Pardon... je veux dire... de partir où tu veux si tu...

— Je dormirai encore dans ma tente ce soir dans ton jardin.

Quand elle se contenta d'opiner d'un air absent, il ne fut pas certain qu'elle l'ait entendu. Mais ensuite elle ajouta :

— As-tu déjà eu droit au *suomen makaronilaatikko* ?

— Non, mais je suis plutôt en bonne santé. Une petite toux de temps à autre, mais rien de plus.

Lydia cligna des yeux avant de rire doucement.

— C'est la version finlandaise du gratin de pâtes. J'en ai au congélateur à la maison, et je me demandais si tu…

— Oh ! d'accord. En fait, j'adore les macaronis scandinaves. C'est tout à fait mon style, un plat sérieux pour un mec dépourvu du sens de l'humour.

Le sourire de la jeune femme dura un peu plus longtemps cette fois, et il en fut heureux.

— D'accord, bien, dit-elle en hochant la tête par-dessus son épaule. Rentrer à pied me convient si tu veux y aller…

— Je vais t'attendre ici. Prends ton temps avec ton loup.

Juste au cas où elle protesterait, il alla s'asseoir sur le canapé de la salle d'attente et croisa les jambes, la cheville posée sur le genou. Heureusement, Lydia ne repoussa pas son offre ; elle se contenta de murmurer « Je ne serai pas longue » et s'éloigna.

Daniel se frotta le visage puis laissa sa tête retomber en arrière. Le soleil se couchait, la lumière déclinait dans le ciel qui s'assombrissait peu à peu. C'était étrange comme certaines journées semblaient durer aussi longtemps qu'une vie entière.

Alors que sa nuque commençait à l'élancer, il entendit un véhicule s'arrêter devant le bâtiment. Quand il se redressa et regarda par la fenêtre, il glissa la main dans son coupe-vent, sur la crosse de son flingue. C'était un camion UPS, carré et marron, des plus réglementaire. Un homme dans un uniforme à manches courtes en descendit, avec un paquet de la taille d'un micro-ondes.

Ça paraissait réglo, mais Daniel ne se fiait à rien.

Il se leva et gagna la porte, sans ôter la main de son arme, puis il l'ouvrit, souriant d'un air détendu.

— Il vous faut une signature ?

— Oui, dit le type. Ici.

— Merci. (Daniel signa de la main gauche sur la tablette électronique.) J'espère que c'est votre dernière livraison.

— Encore deux et j'ai terminé. Bonne soirée.

— À vous aussi.

Revenant à l'intérieur avec le paquet, Daniel verrouilla et se dirigea vers la fenêtre. Le camion effectua un large virage et faillit renverser la Harley, puis il remonta l'allée gravillonnée.

— C'était qui ? demanda Lydia en passant la tête par la porte de la clinique. Je viens d'apercevoir les phares d'une voiture.

— UPS. (Il souleva le paquet en l'air.) Et c'est adressé à Peter Wynne.

Chapitre 29

Lydia tint le paquet pendant le trajet jusque chez elle. Elle le cala entre elle et Daniel sur la moto, avec un bras glissé autour de la taille du pilote et l'autre serrant fort la boîte comme un joueur de rugby son ballon.

Elle avait oublié de lui dire de faire le tour jusqu'à l'arrière de son terrain, juste pour s'assurer que personne ne les voit. Mais en réalité, après tout ce qui s'était passé, cela importait peu. Si Susan et Bessie voulaient colporter qu'il l'avait raccompagnée chez elle à tous ceux qui mangeaient au restaurant ou achetaient un litre de lait et un journal, qu'il en soit ainsi.

En outre, tout le monde ne parlait que du suicide de Rick.

Mon Dieu ! comment pouvait-il avoir disparu ? Alors que la question ricochait dans son esprit pour la centième fois, Daniel s'engagea dans son allée et remonta jusqu'à sa maison…

Avait-elle laissé cette lumière allumée ?

— Qu'y a-t-il ? demanda-t-il quand il coupa le moteur et qu'elle ne descendit pas.

— Je n'arrive pas à me rappeler si…

— La lumière de ta chambre était allumée lorsque nous sommes partis.

— Tu en es sûr ?

— Oui, mais laisse-moi d'abord fouiller la maison.

— Je ne reste pas dehors. (Elle mit pied à terre et sortit ses clés de sa poche.) J'ai l'impression d'être une cible partout où je vais maintenant.

— Laisse-moi le temps de garer la moto derrière.

Elle opina et l'accompagna tandis qu'il poussait la Harley hors de vue, puis ils entrèrent par la cuisine. Pendant qu'il refermait, elle regarda autour d'elle.

— Tout me paraît distordu, dit-elle. Comme si tout mon univers avait bougé d'un demi-centimètre sur la gauche.

— Quelque chose n'est pas à sa place habituelle ?

— Non. (Cependant, elle vérifia par sécurité.) C'est juste une impression.

Il lui parla, mais sans lui prêter vraiment attention, trop concentré qu'il était à scruter les fenêtres, la porte de la cave, les pièces derrière… qui étaient encore plongées dans le noir.

Elle regrettait de ne pas avoir laissé toutes les lampes allumées.

— Tu es toujours armé ? lui demanda-t-elle en voyant qu'il gardait sa main glissée dans la poche de son coupe-vent.

Il la dévisagea.

— Est-ce que ça t'ennuierait si je répondais par l'affirmative ?

— Vu la journée que je viens de passer ? Non. Pas du tout.

— Mon arme est légale et je sais m'en servir.

— Bien. (Elle posa le paquet sur la table, puis tourna le verrou de la porte.) Je vais inspecter les pièces avec toi.

— D'accord, mais reste derrière moi. Les balles ne volent pas en arrière.

Juste au moment où elle allait le suivre, elle revint sur ses pas et reprit le colis, puis, Daniel en tête, comme s'il servait de bouclier, ils traversèrent le petit salon, passèrent la tête dans le bureau et se tournèrent vers l'escalier.

— Au moins, les marches ne ruissellent pas d'eau, fit remarquer Daniel tandis qu'ils montaient à l'étage.

— Où diable est donc passé Peter ? demanda-t-elle, plus à elle-même qu'à lui.

— Je ne sais pas si on le retrouvera un jour.

Un cliquetis dans le paquet poussa Lydia à secouer l'objet juste pour s'assurer que la source du bruit provenait bien de là. Oui. Ce qu'on avait envoyé à Peter n'était pas fixé.

Mon Dieu, je vous en prie, faites que ce ne soient pas des ossements ! se dit-elle.

Daniel inspecta rapidement les deux chambres, la salle de bains et les toilettes, puis il fouilla les placards et regarda sous les lits. Il n'y avait pas de grenier.

— Je m'occuperai du sous-sol quand nous serons redescendus, dit-il.

— Il est verrouillé parce qu'il y a une contre-porte donnant sur l'extérieur. (Elle se dirigea vers la banquette sous la fenêtre et s'assit.) Je veux ouvrir le paquet maintenant. Ici.

Là où personne ne pouvait les voir.

Il sortit quelque chose de sa poche arrière et le lui lança.

— Utilise ça.

Lydia attrapa le couteau suisse au vol et déplia la grande lame.

— Merci.

Le colis était scellé par une double couche de Scotch transparent. L'étiquette UPS portait une adresse de retour située à Lancaster, en Pennsylvanie, et une d'expédition à...

— Attends. (Elle redressa la tête.) C'était censé arriver chez Peter, pas au CEL.

— Il a peut-être modifié les paramètres de livraison en ligne. On faisait ça dans certaines résidences où j'ai travaillé pour les équipements dont le bureau de gestion ne voulait pas s'occuper.

— Ça a été posté il y a douze jours.

Quand elle retourna la boîte pour ne pas abîmer l'étiquette en la découpant, le contenu cliqueta une fois de plus, avant de retomber en place.

Elle fendit rapidement le Scotch de la lame du couteau et souleva les rabats.

— Qu'est-ce que c'est ? demanda Daniel.

— Juste de vieilles disquettes. (Elle en sortit quelques-unes.) Qui datent d'avant l'hégémonie des clés USB.

Les carrés de plastique noir avec leur petit disque central et leur volet argenté étaient tous dépourvus d'étiquette. Les disquettes, initialement rangées dans trois boîtes mal fermées, avaient fini éparpillées au fond du colis.

— Ça alors, dit-elle en les posant sur la banquette, RadioShack est toujours vivant et en bonne santé.

— Tu vas voir si tu peux les lire ?

— Peut-être. (Elle se racla la gorge.) Tu veux manger ?

— Oh ! oui. Je suis affamé.

Ils redescendirent, et, pendant qu'elle sortait des portions surgelées de son plat finlandais préféré, il déverrouilla la porte de la cave et descendit inspecter le sous-sol. Une fois qu'elle eut allumé le four et posé les deux blocs de glucides sur la grille de cuisson, elle s'assit à table.

Et eut envie de pleurer.

Mais, au lieu de céder au chagrin, elle sortit le médaillon en or que son grand-père lui avait donné sur son lit de mort et le frotta entre ses doigts.

Lorsque Daniel remonta l'escalier, son poids était si massif que les marches en bois grincèrent, puis il apparut sur le seuil.

— Est-ce que tu ne préférerais pas dormir dans la chambre d'amis ? lui proposa-t-elle soudain.

— Oui, répondit-il. Volontiers.

Dans le jardin, à côté de sa Harley, Daniel alluma une cigarette. Il ne toussa qu'une fois, ce qui était un progrès dans la mauvaise direction. Mais bon, dès que la situation serait réglée, il arrêterait de nouveau. Ce n'étaient que des vacances à Nicotineville, pas un emménagement définitif.

Coinçant le filtre entre ses dents, il se pencha pour déboucler ses sacoches. Quand il se redressa, il scruta la pelouse desséchée et la ligne irrégulière de la forêt, ou plutôt ce qu'il en discernait étant donné que la nuit aspirait toute la lumière du ciel. Toutefois, avec le silence général qui régnait autour de lui, il était enclin à croire ce que ses oreilles lui disaient. Personne d'autre ne se trouvait sur les lieux.

Du moins pour le moment.

— Je ne savais pas que tu fumais.

Il jeta un coup d'œil par-dessus son épaule, puis saisit sa cigarette entre l'index et le majeur et recracha la fumée.

— J'ai repris aujourd'hui.

— Je ne peux pas te le reprocher.

— Je ne fumerai pas à l'intérieur, et ce n'est pas comme si je redevenais accro à vie.

— Mon grand-père fumait la pipe. C'est plus parfumé, mais pas si différent. (Lydia s'assit sur les marches du perron de derrière.) Est-ce que l'arrêt du tabac faisait partie de ta reprise en main santé ?

— Oui, avec l'arrêt de l'alcool. Je n'ai jamais pris de drogue… mais j'étais un peu trop porté sur le Jack Daniel's. Ça, je ne reprendrai jamais.

— Je suis contente que tu aies réussi à contrôler cette addiction-là.

— Moi aussi. Ce n'est pas un chemin que j'ai envie de reprendre.

Une voiture passa sur la départementale, montrant d'abord ses phares blancs à l'avant, puis les rouges à l'arrière.

— Je suis désolée que tu te retrouves mêlé à tout ça. (Elle libéra ses cheveux de leur élastique et se frotta le crâne comme si elle tentait de soulager un mal de tête.) Tu es venu pour un travail, et maintenant…

— J'ai un travail.

— Eh bien, techniquement, ce n'est que de 8 h 30 à 16 h 30. Donc tu fais actuellement des heures supplémentaires non facturées.

Daniel exhala par-dessus son épaule même si le vent aurait de toute façon dissipé la fumée.

— Je ne reste pas avec toi pour le travail. Nous sommes… amis. Je suis ici parce qu'une amie a besoin de mon aide.

— Amis.

— Oui. (Il tapota les cendres de sa cigarette.) À moins que tu n'aies un meilleur mot pour ça.

— L'anglais est ma deuxième langue. Je ne saurais donc pas te dire.

— Waouh ! pour moi tu semblais t'exprimer dans ta langue maternelle. (Il scruta une fois de plus le jardin, l'allée, la maison.) Aucun accent. Un bon vocabulaire. S'il existait un autre mot, je pense que tu le connaîtrais.

— Je suppose que… « amis » est le terme approprié.

Daniel opina, se lécha le pouce et l'index, et écrasa l'extrémité rougeoyante de sa cigarette…

— Ouille ! s'écria-t-elle en se levant d'un bond. (Elle s'arrêta avant de le toucher, et retomba assise.) Ça doit faire mal.

— La douleur est une vue de l'esprit. (Il se tapota la tempe.) Tout est là-dedans.

— Je croyais que c'était surtout la peur.

— La douleur, la peur, l'anxiété. Le psychisme explique tout dans la vie.

— Qu'en est-il de la joie, de l'amour, du bonheur ? Ce ne sont aussi que des vues de l'esprit ?

— Oui, exactement. Tout n'est qu'illusion, je le crains. Rendue manifeste par une salade de récepteurs sensoriels et de faisceaux de neurones qui s'allument sous ton crâne.

— Waouh ! c'est remarquablement…

— Biologique, souligna-t-il.

— Cynique.

Daniel haussa les sourcils et finit de détacher ses sacoches.

— C'est la vérité, et tu le sais. Tu es comportementaliste. Ce n'est pas parce qu'une émotion est profondément ressentie qu'elle est plus puissante que ce qu'elle est vraiment, à savoir éphémère. Son intensité ne change pas sa nature, et tous les sentiments s'estompent avec le temps.

Il y eut un long silence.

— Tu sais… (elle observa le ciel) je serais encline à adhérer à ton argument si je n'avais pas découvert un brave homme quelques instants après qu'il se fut tiré une balle dans le visage ce matin.

Daniel hissa les sacoches sur son épaule.

— Je suis désolé. Je n'aurais pas dû débiter mes conneries en ce moment.

— C'est bon. (Elle se leva.) En outre, toi non plus tu ne crois pas vraiment à ta théorie, ou alors tu n'es pas aussi doué pour le détachement que tu le penses. Autrement, tu n'aurais pas repris ta mauvaise habitude aujourd'hui, n'est-ce pas ?

Chapitre 30

— Tu as totalement raison. Le ketchup fait toute la différence.

Daniel couvrit de sauce tomate son assiette pleine de *suomen makaronilaatikko*, et Lydia acquiesça aux propos de son hôte, assis en face d'elle à la petite table de sa cuisine.

— Mon grand-père mangeait toujours ça avec de la sauce aux airelles, mais le ketchup me va. Et ça se congèle super bien. Exactement comme dans *Potins de femmes*.

— Hein ? dit-il en refermant la bouteille.

— Ouais, ce film ne figure sans doute pas dans tes favoris. Le personnage d'Annelle veut donner à la famille de Maline quelque chose qui « se congèle super bien » avant la greffe de rein. Je repense toujours à cette réplique quand je prépare ce plat en grandes quantités.

— Un bon petit plat classique et réconfortant.

Ils se turent, et bientôt seul le bruit de leurs fourchettes raclant leurs assiettes retentit dans la cuisine, puis il se resservit une tasse de café et l'aida à faire la vaisselle, extrêmement réduite.

— Je n'arrive pas à garder les yeux ouverts. (Elle dissimula un bâillement derrière le dos de sa main.) Il faut que j'aille m'allonger.

— Allons à l'étage.

Il vérifia que les portes de la cuisine étaient bien verrouillées, puis, lorsqu'ils se dirigèrent vers l'escalier, s'assura également que le verrou de devant était tourné. Quelque chose dans le soin qu'il mit à faire cela fit prendre conscience à Lydia du nombre de tâches qu'elle accomplissait seule.

Ses jambes flageolaient de fatigue pendant l'ascension de l'escalier et, une fois arrivée sur le palier, elle lui dit que des draps propres étaient posés sur le lit de la chambre d'amis, qu'elle avait besoin de prendre une douche, qu'elle espérait ne pas ronfler, et beaucoup d'autres choses sûrement sans grand intérêt pour lui.

Mais bon, c'était le premier homme qu'elle accueillait dans cette maison.

Dans n'importe quelle maison où elle avait vécu, en fait. Enfin, hormis son grand-père, et il ne comptait pas dans cette situation.

— Ça va aller, murmura Daniel. Ça va juste prendre du temps. Si tu as besoin de moi, je suis là.

Il lui effleura la joue, puis entra dans la chambre d'amis et referma la porte à demi.

Dans sa chambre, Lydia se déshabilla à côté du panier à linge sale et jeta dedans tout ce qu'elle portait, puis elle enfila son peignoir. Lorsqu'elle ressortit dans le couloir, elle regarda à droite et à gauche comme s'il s'agissait d'un carrefour fréquenté, et marcha sur la pointe des pieds jusqu'à la salle de bains. Juste avant de pousser la porte, elle s'enjoignit de ne pas regarder vers la chambre de Daniel…

Mais, bien entendu, elle jeta un coup d'œil.

Penché sur ses sacoches, qu'il avait déposées par terre de l'autre côté du lit, il en sortit quelque chose qu'il jeta derrière lui sur l'édredon. Quand il se redressa face au mur du fond, il dézippa son coupe-vent et le retira, avant d'ôter son tee-shirt par la tête.

Son dos était… spectaculaire.

Il était très musclé, mais aussi élancé, comme un athlète : depuis ses épaules gonflées jusqu'à la ligne puissante de sa colonne vertébrale, ses muscles se déployaient en une succession de pics et de vallées qui allait en se rétrécissant jusqu'à sa taille étroite. Et plus bas ? Eh bien, son jean lui tombait un peu sur les hanches, mais pas parce que ses fesses n'étaient pas…

Daniel jeta un regard par-dessus son épaule.

Lorsqu'elle rougit et détourna la tête, il lui demanda :

— Tu as besoin de quelque chose ?

— Désolée, je vais juste prendre une douche, dit-elle. *Une douche glacée.*

— D'accord.

Après s'être enfermée dans la salle de bains, Lydia s'adossa à la porte. Tout ce qu'elle voyait sur ses paupières, c'était un autocollant de pare-chocs qu'elle avait remarqué une fois : « Économisez l'eau, douchez-vous avec un ami. »

— Nous sommes amis, se rappela-t-elle.

Comme si elle pouvait gérer autre chose avec tout ce foutu drame ?

La douche occupait une alcôve et était le seul équipement neuf de la maison ; comme si la vieille baignoire victorienne avait rendu l'âme et qu'il avait fallu la remplacer. La paroi vitrée avec son bac avait fière allure quand elle était propre, mais tenir les projections savonneuses en respect était chiant. Elle avait fini par se résoudre à utiliser une raclette et un détergent en spray pour le sol carrelé…

Waouh ! elle essayait vraiment de se distraire avec des réflexions nulles.

En contradiction totale avec la douche froide dont sa libido avait besoin, elle s'assura que l'eau était chaude avant de se placer dessous… et, oh, mon Dieu ! ce fut merveilleux. S'affaissant sous le jet, elle baissa la tête et laissa la chaleur couler sur elle. Quand elle commença à s'inquiéter de la quantité restante dans le ballon d'eau chaude de la cave – au cas où Daniel voudrait lui aussi profiter du même miracle –, elle se mit au shampoing et au récurage, comme disait son grand-père. Lorsqu'elle posa les pieds sur le tapis de bain, elle était partiellement ressuscitée. Cela ne durerait certainement pas, mais elle accepterait cette amélioration aussi longtemps qu'elle durerait.

De retour dans son peignoir, elle s'enveloppa les cheveux d'une serviette, se brossa les dents et se répéta qu'elle s'était rasé les jambes uniquement parce que c'était le moment.

Et pas parce qu'elle envisageait d'être nue avec quelqu'un…

Non, elle n'y pensait pas.

À l'aide d'une petite serviette, elle essuya la condensation sur le miroir au-dessus du lavabo. Ses traits étaient tirés et les poches sous ses yeux si prononcées qu'on aurait dit qu'elle avait le rhume des foins. Pas exactement l'incarnation du mot « sexy », et elle se dit qu'elle devrait redescendre de son nuage de fantasmes.

Par ailleurs, même si les choses avaient été normales dans sa vie, il y avait des règles, et les traditions de son grand-père pesaient lourdement sur elle, comme toujours. Les deux fois où elle les avait enfreintes, elle ne pouvait pas dire que ces nuits prétendument passionnées avaient valu la culpabilité qui les avait suivies.

Même si, avec Daniel, elle avait le sentiment que ce serait un échange plus qu'équitable…

Elle avait l'impression qu'un voile de brume s'interposait entre elle et son reflet dans la glace. Avait-elle, d'une façon ou d'une autre, changé à cause de ce qu'elle avait vu aujourd'hui ? de ce qu'elle avait fait ?

C'était comme lorsqu'elle était entrée dans sa cuisine tout à l'heure, supposait-elle, et avait eu l'impression que quelque chose clochait, alors même qu'apparemment rien n'avait changé.

Avec des mains tremblantes, elle trouva le fermoir de sa chaîne en or sur sa nuque. En libérant l'attache, elle ôta le médaillon que lui avait donné son grand-père et le posa dans le panier qui contenait sa brosse à cheveux, sa pince à épiler, ses ciseaux et ses limes à ongles.

Elle ne pouvait plus le porter en ce moment. À cause des pensées qu'elle nourrissait à l'égard de Daniel.

Mais, dès le lendemain matin, elle le remettrait.

C'était étrange comme on suivait les règles selon lesquelles on avait été éduqué, même une fois devenu grand. C'était comme si celles-ci faisaient partie du squelette de votre armature d'adulte.

Lorsqu'elle souleva le loquet de la porte, son cœur s'emballa et le grincement des gonds lui hérissa la peau… mais pas de peur. D'impatience.

En dépit du terme « amis ».

Et de tout le reste.

Inspirant à fond, elle ouvrit la porte en grand et marqua un temps d'arrêt… puis se rendit compte que sa résolution de se tenir à distance de cet homme n'avait pas duré longtemps. « Pouf ! »… disparue.

Elle aurait dû le savoir quand elle avait retiré le pendentif.

Lydia sortit dans le couloir.

Son regard se dirigea de nouveau vers la porte de la chambre d'amis et elle chercha une explication, une raison valable et non irresponsable justifiant le fait de le désirer, là, tout de suite, et pas dans un fantasme qui ne se réaliserait peut-être jamais.

— Daniel ? appela-t-elle d'une voix douce en s'approchant.

Dans la chambre, il s'était allongé sur le lit *queen size*, mais sa haute stature l'avait obligé à replier légèrement les jambes sur le côté afin que ses pieds ne dépassent pas du matelas. Sa tête reposait sur une pile d'oreillers, et il avait les mains jointes sur ses abdominaux. Avec ses yeux fermés, on aurait dit un mort.

Reposant dans son cercueil.

Lydia se dirigea en silence et sur la pointe des pieds vers le bout du lit. Endormi, il offrait un tel contraste par rapport à ce qu'il était éveillé, quand il semblait si vivant, si viril si fort, que c'en était difficilement concevable pour le cerveau de la jeune femme. Il paraissait épuisé au point d'être plongé dans une sorte de coma.

Elle se l'imagina dehors, sous cette tente dans les bois.

Et fut heureuse qu'il ait un toit au-dessus de la tête, et soit au chaud et au sec.

— Bonne nuit, Daniel, chuchota-t-elle.

Lydia se redressa brusquement dans son lit, le cœur battant à tout rompre tandis que son souffle court résonnait dans sa chambre silencieuse. Elle alluma à tâtons sa lampe de chevet… puis cligna des yeux, éblouie.

Glissant les jambes hors des draps, elle posa ses pieds nus sur le sol et se pencha en avant. Comme la douleur refluait dans ses yeux, elle tendit l'oreille, guettant des bruits de pas. Des murmures. Des lumières dans le jardin. Des voitures…

Le gémissement était discret et lointain, mais il la fit se lever d'un bond. Se précipitant sur sa porte, elle l'ouvrit à la volée et passa la tête dehors.

Ce fut alors qu'elle l'entendit de nouveau. Une manifestation sourde de douleur. Venant de la chambre d'amis.

Se ruant dans le couloir, elle alluma le plafonnier, qui éclaira une partie du lit dans lequel dormait Daniel : allongé sur l'édredon, il s'agitait et remuait les jambes comme s'il courait dans son sommeil, tournant la tête d'un côté et de l'autre sur les oreillers et agrippant les couvertures d'un poing si serré qu'il tremblait. Il avait la bouche ouverte et son torse se soulevait avec force…

— Daniel ? l'appela-t-elle avant de reprendre plus fort : *Daniel…*

Tout comme elle, il se redressa d'un coup, mais, lorsqu'il croisa son regard, il ne la vit pas, et il n'y eut aucun signe de reconnaissance dans ses prunelles quand il écarquilla les yeux et que son visage se contracta de terreur.

— Daniel ! (Elle se précipita vers lui.) Daniel, c'est bon, tu es…

— Je n'arrive plus à respirer.

Il lâcha l'édredon et posa la main sur sa poitrine. Tout en serrant le tee-shirt qu'il avait enfilé pour dormir, il tourna le visage vers elle, et son regard opaque soutint enfin le sien, même s'il ne semblait toujours pas savoir qui elle était.

— Je…

— Tu respires.

— Ah bon ?

— Oui, ici. (Elle posa la main sur la sienne.) Tu vois ? tu inspires et tu expires. Tout va bien.

— Vraiment ?

— Je te le promets. Respirons ensemble.

Il avait désormais les yeux rivés aux siens, comme si elle était la seule chose le maintenant sur cette planète, comme si la gravité avait décidé de l'oublier et qu'il courait le risque de s'envoler sans elle.

— Je n'arrive plus à respirer…, répéta-t-il d'une voix étouffée.

Sans prévenir, il s'affala de tout son poids contre le torse de Lydia. Il était si grand qu'elle eut du mal à le retenir alors qu'il menaçait de basculer par terre… et elle dut s'allonger sur le lit, sans quoi elle allait le lâcher. Instantanément, il l'entoura de son bras musclé et la serra plus étroitement, puis il se recroquevilla en position fœtale et des tremblements s'emparèrent de lui, de façon si intense qu'ils firent cogner la tête du lit contre le mur.

Changeant de position, elle cala la tête de Daniel dans son cou et caressa son épaisse chevelure.

— Chut… je suis là. Il faut juste lâcher prise. Laisse sortir ce que tu retiens… Libère-toi.

— Je ne peux pas, répondit-il d'une voix enrouée.

— Si, bien sûr que si, murmura-t-elle. Confie-le-moi. Lâche prise et confie-le-moi.

Le gémissement qui émana de lui donnait l'impression qu'un morceau de son âme s'était détaché et que désormais, perdu et abandonné, celui-ci criait dans les ténèbres du destin pour retrouver son chemin.

— Confie-le-moi, Daniel. Je suis assez forte pour prendre ton fardeau. Je peux supporter tout ce que tu as besoin de me confier. Donne-moi ce fardeau…

— Je n'arrive plus à respirer.

— Tu respires…

— Je ne peux pas respirer je ne peux pas respirer je ne peux… elle ne respire plus. Oh, mon Dieu ! elle ne respire plus…

— Raconte-moi.

Il s'écoula un moment où il ne dit plus rien et où seules ses inspirations saccadées emplirent la maison entière, le monde entier, puis, quand il lui parla enfin, ses syllabes fusèrent comme les sabots d'un cheval lancé au galop et ses mots couvrirent rapidement la distance entre son passé, où il était seul, et le présent, où ils se trouvaient tous les deux.

— Elle est dans l'eau. Elle est tombée du pont dans la rivière. Sa tête est sous la surface. Il fait noir, je ne vois pas où elle est… le courant est rapide… l'eau est trouble… je n'y vois rien… je saute. Je saute. Je touche l'eau froide. Elle est dure comme de la pierre et elle est… dans ma bouche et dans mon nez. Je m'étouffe… je nage. Je l'appelle…

Il respirait encore plus difficilement à présent.

— Maman… maman… *maman*… où es-tu ?

Lydia ferma les yeux.

— Je la vois… sa tête flotte… je nage vers elle. Maman ! maman, je viens te chercher… Oh, mon Dieu, ! j'ai les bras fatigués, mais je nage aussi vite que possible… *Maman !*

Lydia lui caressa les cheveux en murmurant des mots de consolation à mesure que l'histoire se déroulait. C'était tout ce qu'elle pouvait faire, même si cela ne suffisait pas. Rien ne suffirait jamais.

— Elle n'est pas… Oh ! Seigneur… elle ne…

Comme il paraissait bloqué, elle murmura :

— Quoi donc, Daniel ?

— Elle est sur le ventre. Elle n'est pas… Elle flotte sur le ventre dans la rivière… (Il laissa échapper un gémissement de douleur.) Je l'ai attrapée, je l'ai retournée… Je l'emmène vers la rive, je nage à contre-courant… Maman, je suis là… j'essaie de te sortir… À l'aide… *à l'aide*… je n'arrive pas à la tenir… J'essaie… de… *Maman !*

Soudain, les tremblements cessèrent.

Et elle ne fut pas surprise lorsqu'il sursauta contre elle… puis s'écarta.

— Qu'est-ce que tu… Lydia ? est-ce que ça va ?

Chapitre 31

— Tu étais en train de rêver, expliqua Lydia d'une voix fluette où perçait l'inquiétude. Je suis entrée… parce que tu as crié dans ton sommeil.

Avec, pour seule lumière, celle du couloir qui s'infiltrait par la porte entrouverte, Daniel s'efforça de se repérer : le corps contre le sien était très féminin, et il sentait bon le shampoing. La pièce dans laquelle il se trouvait était une chambre qu'il ne connaissait pas… mais il savait qui se trouvait avec lui. Lydia était allongée à son côté.

Ce qui n'était pas une bonne nouvelle.

Un coup d'œil au choc sur le visage de la jeune femme et il se dit : Merde ! quelle histoire lui avait donc échappé ? Que lui avait-il raconté dans son sommeil ?

Il y avait des choses qu'elle ne devait pas connaître à son sujet. Quand on vivait dans deux mondes, et qu'on tentait de concilier l'incompatible… on devait surveiller ce qui sortait de sa bouche. Même pendant son sommeil.

Surtout pendant son sommeil.

Daniel s'écarta d'elle, roula sur le dos et replia les jambes en crochet. Il avait gardé son jean et pressa les paumes sur ses cuisses pour décoller un peu le denim de ses hanches.

— Désolé que mes cris t'aient réveillée. (Il s'efforça de prendre un ton léger et détendu.) Je parle dans mon sommeil, parfois. J'aurais dû te prévenir… À l'avenir, ignore-moi, c'est tout.

Cesse de parler aussi vite, s'enjoignit-il.

Comme elle repoussait les cheveux de son visage et se redressait dans le lit, il songea qu'elle avait l'air d'une femme après l'amour. Enfin, si l'on exceptait l'expression sur son visage.

Qui ressemblait davantage à celle d'une accidentée de la route. Ou d'une victime de vol.

— Tu ne parlais pas, Daniel. (Elle se racla la gorge.) Du moins, pas au début.

— Désolé. *(Bon sang!)* Donc… euh… de quoi ai-je parlé ?

— C'était à propos de ta mère.

Daniel retint son souffle.

— Qu'ai-je raconté sur elle ?

— Elle était… dans l'eau.

Soudain, ses poumons se figèrent dans sa cage thoracique et son torse devint une dalle de granit. Mais il se répéta que c'était bon. Ce récit valait mieux que beaucoup d'autres qui auraient vraiment pu compliquer la situation.

Il se frotta le torse – juste histoire de s'assurer qu'il n'était plus dans cette rivière froide mais se trouvait réellement sur ce matelas parfaitement sec – et secoua la tête.

— Waouh ! ça faisait un moment que je n'y avais pas pensé.

— Je voulais seulement… t'aider, reprit-elle. C'est pour cela que je suis entrée.

— Je t'en suis reconnaissant mais, comme je te l'ai dit, si cela se reproduit, contente-toi de m'ignorer. (Il se força à sourire.) Et, écoute, si tu veux je peux retourner dormir dans la forêt…

— Non.

— D'accord.

Un silence gêné s'installa entre eux. Lydia était visiblement trop polie, trop respectueuse pour l'interroger, et il ne voulait plus jamais revenir sur cet épisode tragique de sa vie, dans aucune circonstance. Mais il avait l'impression de lui devoir une explication. Ou un contexte. Ou…

— Alors… (Les mots refusaient de sortir de sa bouche.) Ça donne quoi, les Mets ?

Quand elle ne sourit pas et se contenta de garder les yeux rivés sur le lit, sa tristesse était si palpable qu'elle modifia la température de la pièce.

— Tu n'as pas à t'inquiéter pour moi, dit-il, réussissant presque à ne pas laisser la rudesse transparaître dans sa voix.

— Je devrais y aller.

Pourtant partir semblait à Lydia la même chose que pour Daniel demander à la jeune femme de regagner sa chambre : une intention dépourvue de la moindre énergie pour la réaliser.

Daniel fit craquer les articulations de ses doigts l'une après l'autre, et, lorsqu'il eut terminé avec le pouce gauche, il prit une profonde inspiration… qui lui donna le sentiment de n'aspirer absolument aucun air.

— Ma mère a sauté, OK ? Du haut d'un pont, dans la rivière Ohio. (Il secoua la tête.) C'est pas grave, d'accord ? Des gens sautent de ponts tous les jours dans le monde.

L'expression abasourdie de Lydia était parfaitement compréhensible, mais il n'allait pas revenir sur ses mots.

— Comment peux-tu dire ça… ?

— Parce que je dois le croire, sans quoi tout est ma faute.

Quand elle lui lança un regard acéré, il détourna les yeux d'elle tout aussi vite.

— Je n'étais pas prévu, d'accord ? Ma naissance n'était pas un heureux événement parce que je n'étais pas…

ce qu'elle voulait. Franchement, je ne lui en veux pas. Ne lui en voulais pas. Bref.

— Oh ! Daniel…

— Non, ne sois pas désolée pour moi. C'est comme ça.

Frottant ses yeux fatigués, il se demanda combien de temps encore allait durer son supplice…

— Qu'est-il arrivé cette nuit-là ? l'interrogea-t-elle doucement.

Daniel sourcilla.

— Comment sais-tu que c'était la nuit ?

— Tu l'as dit. Tu as dit que tu ne voyais rien.

— Ouais.

L'impression de se noyer, avec les sensations de l'eau froide glissant sur son visage, pénétrant dans sa bouche et ses poumons, menaçait de l'entraîner dans le passé. Et il continua de parler juste pour tenter de s'arracher à ces souvenirs.

— Elle… euh… elle était ivre et conduisait. Elle s'est arrêtée au milieu du pont à quatre voies. Quand elle est sortie… j'ai cru que c'était juste pour s'enfuir. Tu sais, me laisser avec la voiture, se barrer, point. Mais elle… euh… elle s'est dirigée vers la rambarde. Elle n'a pas hésité. Je veux dire, elle s'est juste cramponnée et a passé les jambes par-dessus le parapet. Je me rappelle que l'une des deux s'est accrochée, si bien qu'elle est tombée en oblique. Elle a dû toucher l'eau sur le flanc. Je ne sais pas.

— Oh ! Daniel, je suis désolée. Assister à ça…

— J'étais un idiot, bien sûr. J'ai couru jusqu'à l'endroit où elle avait sauté. Mais comme si je pouvais faire quoi que ce soit sur le pont ? Et puis le courant l'avait déjà emportée. Quand j'ai enfin compris ça, j'ai traversé l'autoroute en vitesse et j'ai regardé dans l'eau. La lune brillait et il y avait des lampadaires sur tout le pont. Je l'ai vue refaire surface juste en dessous de moi, alors j'ai sauté. (Il secoua de nouveau la tête.) Bon sang ! l'eau était glaciale et dure. J'ai eu le souffle coupé, mais pas parce que je suis mal tombé. Je suis entré par les pieds. C'était juste un étourdissement causé par le froid.

Il s'enveloppa de ses bras.

— Dès que j'ai eu repris mon souffle, j'ai essayé de la retrouver. Je n'y voyais strictement rien. L'eau m'éclaboussait le visage, les remous m'empêchaient de voir correctement autour de moi et le courant m'avait emporté loin des lumières du pont, mais bientôt j'ai vu un quai devant moi. Une jetée. Ils étaient éclairés par des lanternes à gaz, et soudain j'ai vu sa tête s'agiter. J'ai nagé comme un damné vers elle. J'ai nagé de toutes mes forces. Et quand je suis arrivé à sa hauteur…

Les sensations physiques revinrent dans une nouvelle vague de souffrances. Il éprouva de nouveau le froid, la toux pour expulser l'eau de ses poumons, la faiblesse physique généralisée. Son esprit hurla alors et il aurait laissé échapper ce cri s'il avait réussi à conserver assez d'oxygène.

Chaque fois qu'il clignait des yeux, il revoyait la chevelure mouillée de sa mère flotter autour de sa tête et son dos qui oscillait de haut en bas à la surface de l'eau.

— Je l'ai retournée pour qu'elle puisse respirer. Mais il m'avait fallu beaucoup de temps pour arriver jusqu'à elle. Une éternité. (Il toussota.) Puis je me suis mis à nager. Je me disais que si je pouvais l'amener sur la rive…

— Quelqu'un t'aiderait.

— Oui. (Il revit le quai et la jetée, les grosses lanternes, le parking vide.) Mais j'ai lâché son corps. J'étais en train de me noyer à mon tour… en nageant avec un seul bras, et il faisait si froid.

S'arrachant à ses souvenirs, il haussa les épaules.

— Au bout du compte, je me suis sauvé moi-même. On l'a retrouvée le lendemain, après les chutes de l'Ohio. Vingt-cinq kilomètres en aval.

Quand il se tut, Lydia essuya les larmes de ses yeux.

— Je suis désolée.

— C'est comme ça. (Il lui jeta un regard.) Je ne peux pas revenir en arrière ni changer quoi que ce soit. Elle a fait son choix, je n'ai pas pu la sauver et je dois en rester là. J'ai suffisamment ressassé mes émotions à l'époque, tu sais. Les sentiments ne changent absolument rien à la triste réalité.

— Quel âge avais-tu ? demanda-t-elle doucement.

— Quatorze ans.

Lorsque Lydia ferma les yeux et poussa un juron, il haussa les épaules.

— Écoute, la vérité c'est que, peu importe mon âge, je n'aurais pas pu la sauver. Peu importe ma taille ou ma force, les chances de survivre à une chute dans l'eau froide depuis cette hauteur pour une personne ivre, voire peut-être défoncée, sont déjà très minces. Ajoute à cela un mauvais atterrissage et c'est la mort assurée.

— Tu étais un enfant.

Il eut un rire dur.

— Les enfants ont cinq ans. J'étais à deux ans de la conduite accompagnée.

Lydia enfouit le visage dans ses mains.

— Que t'est-il arrivé ensuite ? Où es-tu allé ?

— On m'a placé en famille d'accueil, mais je n'y suis pas resté longtemps. J'ai arrêté l'école à seize ans et je suis parti sur les routes tout seul. J'ai fini par trouver quelques personnes comme moi, si bien que je n'étais plus totalement seul. C'est comme ça.

— Et ton père ?

Daniel pinça la bouche.

— Je ne parle pas de lui. Jamais. Désolé.

Tandis qu'il regardait la porte entrouverte et évaluait la distance pour s'enfuir de la chambre, il songea qu'il n'avait pas vraiment d'endroit où aller. C'était le truc casse-couilles. Partout où il allait, il se retrouvait confronté à ce constat-là.

En outre, Lydia avait toujours besoin de protection.

— Voilà donc mon histoire, conclut-il.

— Maintenant, je comprends mieux ta façon de voir les émotions. Et aussi pourquoi tu as la bougeotte.

Alors qu'une vague d'épuisement s'abattait sur lui, il ferma les yeux et se mit à osciller légèrement de gauche à droite.

— Bon sang ! je suis crevé.

— Tu pourrais essayer de te rendormir.

— Je crois que je vais y être obligé.

Et ce fut ainsi qu'il finit par lui donner un oreiller et en garder un pour lui.

— Viens ici.

Il se rallongea sur le dos et tendit un bras, et elle n'hésita pas. Elle se blottit tout contre lui et posa la tête sur sa poitrine.

— Essayons de dormir un peu. (Il s'entendit marmonner de fatigue, mais n'essaya pas de le cacher. Quelle importance.) Demain est un autre jour.

Sans préambule, ses paupières se refermèrent sur ses yeux, et sa conscience fut aspirée loin de sa volonté de rester vigilant. Bon Dieu ! même si cette maison avait été en flammes, il n'aurait pas pu lutter contre le sommeil.

Il gisait quasiment mort à côté de…

… du seul et unique être humain auquel il avait raconté cette histoire.

Chapitre 32

Vers la fin de la nuit, Xhex se rendit seule à Deer Mountain.

Laissant sa moto sur le parking, au départ d'un des sentiers, elle s'assura que ses armes étaient en place, puis s'engagea sur ce qui semblait être la piste principale. Elle était assez large pour laisser passer une voiture, et relativement lisse en dehors d'une racine noueuse de temps à autre.

Seigneur ! elle espérait que Blade ne lui avait pas tendu un piège. Il lui avait dit qu'il avait un contact qui savait pour le labo et qui l'attendrait sur la piste principale.

Elle marchait en gardant les mains posées sur ses pistolets dans leurs holsters de hanche. Respirant profondément, elle sentit l'odeur fraîche de pin et de terre saine, et, même si elle se fichait de la nature et de l'écologie, elle devait reconnaître que…

… ce n'était pas si mal.

Mais elle était loin d'être détendue. Même les *symphathes* savaient qu'il ne fallait pas se fier aux *symphathes*.

Elle avait parcouru quatre cents mètres, peut-être davantage, lorsque son téléphone vibra dans la poche intérieure de sa veste en cuir. Elle le sortit en esquissant un petit sourire.

— Je vais bien, dit-elle en décrochant. Vraiment.

Dans le haut-parleur à l'autre bout du fil, la voix de Blay était chaleureuse.

— Eh bien, ton mec se fait du souci.

— Je le sais bien, John, mais tu es sur le terrain ce soir, et, en outre, tu te souviens de ce qu'a dit Blade.

Il y eut un silence, puis Blay marmonna :

— Et il n'admire pas franchement ton frère.

— Je ne te le reproche pas. (Elle scrutait les lieux de gauche à droite tout en discutant.) Mais cette personne me voit seule, ou pas du tout.

Il y eut un nouveau silence, puis Blay demanda :

— Il veut savoir si tu es prudente.

— Je ne prends aucun risque. Et l'émetteur GPS autour de mon cou est…

Elle s'immobilisa. Se retourna. Huma le vent qui soufflait dans sa direction.

— Vraiment. Vous voulez *vraiment* jouer à ça tous les deux ?

Il y eut un silence, puis les deux mâles se matérialisèrent juste devant elle. Xhex posa les mains sur ses hanches.

— Vous pensiez que je n'allais pas vous remarquer ? alors que je marche dans le sens du vent par rapport à vous ?

John Matthew sourit d'un air penaud et signa :

— *Je pensais qu'on la jouait tranquille.*

— Moi aussi, murmura Blay.

Tous deux arboraient une expression pleine d'espoir, comme s'ils tentaient de faire appel à sa bonne nature – ce qui était une blague, vu qu'elle n'en avait pas réellement.

Enfin sauf quand il s'agissait… eh bien, des deux guerriers devant elle.

— Donc vous êtes de repos ce soir ? les interrogea-t-elle.

Avec un hochement de tête, John Matthew dit :

— *Et c'était le planning d'origine. On ne s'est soustraits à rien.*

— Enfoirés ! râla-t-elle en avançant de deux pas pour embrasser son compagnon.

Puis elle frappa Blay du poing à l'épaule.

— Bien, restez si vous voulez, mais séparez-vous de moi tout de suite. Mon frère m'a dit que je devais y aller seule, et je ne vais pas faire foirer cette rencontre parce que vous vous inquiétez pour ma protection. Est-ce que c'est clair ? Restez en arrière, hors de vue, et faites attention à ne pas trahir votre présence, ce que vous avez délibérément fait à l'instant, pas vrai ? Parce que tu détestes mentir.

Cette dernière phrase s'adressait à son compagnon, qui hocha la tête comme un chien à qui l'on demanderait s'il voulait aller en promenade.

Il était plutôt mignon, vraiment, si l'on exceptait la largeur de ses épaules et les nombreuses armes qu'il portait sur lui. Parce qu'en réalité il ressemblait à ce qu'il était : un tueur entraîné qui connaissait toutes sortes de tours avec tout plein de trucs en métal qui faisaient « pan, pan ». À son côté, Blay était pareil. Avec ses cheveux roux coupés en brosse et le cuir noir qui le couvrait des pieds à la tête, il était l'incarnation même du type qu'il ne fallait pas emmerder.

Elle secoua la tête.

— Vous allez foutre la trouille à mon contact.

— *Sauf si c'est un ennemi*, souligna John. *Auquel cas, nous sommes là où il faut, et nous ferons ce qu'il faudra.*

— Je ne vais pas discuter, répondit-elle, mais on se sépare maintenant et, à moins que la situation dégénère, je ne peux pas vous revoir avant d'être retournée à ma moto.

Il n'y avait aucune raison de faire valoir la réalité, à savoir qu'ils l'avaient peut-être déjà compromise. Au moins le contact qu'elle était venue rencontrer ici ignorait par quel sentier elle pénétrerait dans la réserve. L'immense surface comptait beaucoup de pistes.

Les feux étaient peut-être toujours au vert.

— *Sois prudente, s'il te plaît*, signa John Matthew.

— Toujours.

Quand elle leva de nouveau la tête vers lui pour l'embrasser, il baissa la sienne et ils échangèrent un rapide baiser sur la bouche.

Puis, après que Blay lui eut fait une petite révérence, comme à son habitude, les deux guerriers se dématérialisèrent, ne laissant que de l'air dans leur sillage.

Xhex tourna les talons et se remit en marche.

Cette nuit paraissait échapper au temps : les minutes donnaient l'impression de défiler comme des heures, et, à l'inverse, les heures de s'écouler en un clin d'œil. Elle se serait dématérialisée elle aussi si elle avait su exactement qui elle allait rencontrer, et l'endroit précis où cela se ferait.

Parfois, mieux valait dissimuler sa véritable nature. Même parmi les gens qui ne pouvaient pas nécessairement vous faire de mal.

Et encore plus parmi ceux qui risquaient de le faire.

Elle ne savait pas précisément quelle distance elle avait déjà parcourue lorsqu'elle se sentit épiée. Mais elle attribua cette surveillance aux créatures nocturnes qui se déplaçaient dans la forêt autour d'elle : les loups, les cerfs, les chouettes, les ratons laveurs. Plus elle s'enfonçait dans la réserve, plus elle éveillait la curiosité des populations animales autochtones.

Mais cela ne la dérangeait pas forcément.

Pas alors qu'elle était si nettement le prédateur suprême…

Ce fut à cet instant qu'une silhouette apparut sur le sentier à quelques mètres devant elle.

Xhex s'arrêta. Un frisson la parcourut soudain, qui n'avait aucun rapport avec la température de l'air. Quelque chose… clochait vraiment… chez la créature qui lui faisait face.

— *Tu es venue dans la montagne à la recherche de ton passé.*

— Bonjour, dit Xhex, agacée. Êtes-vous…

— *Pourtant tu ne connais pas ta véritable quête, mon enfant.*

OK. Comme si elle avait besoin de ce tour de passe-passe, de ces conneries pseudo-prophétiques.

— *Oui, c'est moi que tu cherches.*

L'entité s'avança, mais pas en marchant. Elle flottait, comme si elle se déplaçait sur un hovercraft, et sa robe scintillante tournoyait autour d'elle.

Le visage qu'elle choisit de lui montrer était celui d'une vieille femme aux cheveux blancs, très ridée, aux yeux quasi aveugles sous de lourdes paupières et un front plissé qui faisait écho à des bajoues affaissées. Cependant, seul un idiot aurait été abusé. Une énorme puissance métaphysique émanait de cet être, au point que l'énergie qu'il dégageait surchargeait l'air autour de lui et faisait crépiter de minuscules étincelles dans l'obscurité.

Le scintillement provenait de là, et non du tissu de la robe recouvrant ce « corps ».

— Écoutez, reprit Xhex. Je m'appelle…

— *Ton nom n'a pas d'importance ici, sur la montagne. Pose ta question, je répondrai.*

Xhex jeta un coup d'œil alentour, se demandant si…

— *Ils ne sont pas loin de toi, mon enfant. Ils t'ont accompagnée tout du long.*

Se retournant d'un bloc, Xhex ouvrit la bouche, pour la refermer aussitôt.

— Je suis ici pour vous interroger sur le laboratoire. Savoir s'ils ont repris leur activité et, si oui, où je peux les trouver.

— *Ce n'est pas ta question.*

— Ouais, ne le prenez pas mal, mais je suis certaine que si.

— *Ce n'est pas ta question.*

— Écoutez, je pense que c'est une erreur. Vous savez, un tour qu'on nous aura joué à tous les deux.

— *Connard de Blade!*

— Je veux juste savoir où est l'autre laboratoire…

— *Tu te tiens en ce moment même sur le laboratoire.*

— Je vous demande pardon. (Xhex réussit presque à réprimer l'impatience dans son ton.) En fait, je crois que je vais y aller…

— *Ils font des expérimentations sur les loups qui ont fait de cette montagne leur foyer.*

Xhex plissa les yeux.

— Que font-ils aux… loups?

— *Ils sont en quête d'éternité. C'est dans la nature des humains mortels de chercher ce qui ne leur est pas dû. Pour eux, c'est ce que représentent le progrès, le pouvoir. Et, dans leur quête désespérée du succès, ils se montrent cruels. Même ceux qui ne chercheraient normalement pas à infliger de la douleur se comportent comme des monstres vis-à-vis des innocents.*

— Nom de Dieu! marmonna Xhex.

Et ce fut alors qu'elle comprit ce qui clochait chez l'entité. Quelle que soit sa nature… elle n'avait pas de grille. Ce qui mettait Xhex en position d'infériorité, un état dont elle n'avait pas l'habitude.

— *Pose ta question, mon enfant.*

L'être se rapprocha. Néanmoins, Xhex n'avait pas peur. En fait, c'était comme si l'aura qui émanait de l'être l'avait hypnotisée et plongée dans une sorte de transe.

— *Tu es en sécurité ici. Pose ta question.*

Xhex cligna des yeux. Sous son crâne, son cerveau élabora une autre phrase réaffirmant sa volonté de s'en aller. Toutefois, ce ne fut pas ce qui sortit de sa bouche.

— Serai-je un jour libérée des souffrances qu'on m'a infligées? chuchota-t-elle.

L'entité tendit une main brillante vers elle, mais s'arrêta juste avant de lui caresser le visage… Pourtant Xhex ressentit un contact, comme un frôlement doux et compatissant sur sa peau.

— *Un chemin s'ouvre devant toi, mon enfant. Il sera long et dangereux, et le résultat de ta quête n'est pas clair à cet instant. Mais si tu ne commences pas… jamais, jamais tu ne finiras.*

Xhex repensa à toutes ces journées où elle s'était réveillée, terrorisée, griffant son compagnon, hurlant sous sa peau, dans son âme.

— Cette histoire est censée être derrière moi, dit-elle d'une voix étranglée. C'était il y a des années. Les cicatrices ont toutes guéri, je m'en suis occupée.

— *L'énergie est piégée sous ta chair. À moins de la relâcher une bonne fois pour toutes, tu ne seras jamais en paix.*

Soudain, elle pensa à tout ce qu'elle devait déjà gérer dans sa vie actuellement : le lancement du nouveau club, sa collaboration avec Trez sur les autres, sa relation avec John Matthew, sa place à table avec sa… famille.

Et puis il y avait sa *mahmen*, cette chère Automne.

— Je n'ai pas le temps de m'en occuper maintenant, d'accord ? (Elle se représenta Mary, la thérapeute de la maisonnée.) Vous savez quoi ? je vais en parler à quelqu'un. Je vais juste… vous savez, m'asseoir et discuter du problème. D'accord ? Ce sera…

— *Tu as une maladie de l'âme. Si tu ne la soignes pas maintenant, elle te détruira.*

— Je refuse de faire cela.

— *Il le faut, mon enfant. Sans quoi tu mourras à petit feu… et tu entraîneras tous ceux que tu aimes dans ta chute.*

— Vous avez dit ne pas connaître l'issue. (Pourquoi diable parlait-elle ainsi ? Comme si cette… chose… savait quoi que ce soit à son sujet ?) Vous avez dit…

— *Débuter, c'est avoir une chance. Rester où tu es est une sentence de mort.*

Sur ce, l'entité disparut. Cependant, elle ne s'en alla pas définitivement. Elle reprit forme, un plus loin sur la piste.

Ce n'était plus une vieille femme.

C'était un majestueux loup argenté.

L'entité se retourna, et s'en alla en courant.

Xhex demeura où elle était, incapable de bouger. C'était comme si elle était suspendue dans une poche d'existence qui n'était ni ici ni là, une brèche dans le continuum espace-temps. Et, merde ! elle ne sentait plus son corps, ignorait si elle avait froid ou chaud, si elle était debout ou allongée…

John Matthew se matérialisa juste devant elle. Quand elle prit conscience de sa présence, elle sursauta en hurlant.

— *Xhex ? Xhex, ça va ?* signa-t-il.

Se forçant à revenir à la réalité… elle se concentra sur le regard de son compagnon.

— Oui, oui, ça va. (Elle se frotta le visage.) Comment tu vas, toi ?

Il l'observa avec une expression bizarre.

— *Ça va.*

— OK. Bien. Bon, oui.

— *Est-ce que tu continues ? ou penses-tu que personne ne va venir ?*

Elle sourcilla.

— De quoi parles-tu ? Tu n'as pas vu la… ?

Comme il se contentait de la dévisager avec inquiétude, elle se racla la gorge.

— Non, reprit-elle. Je ne pense pas que quelqu'un viendra. Ce n'était qu'une chasse au dahu. Mon frère, fidèle à ses racines *symphathes*, s'est joué de moi.

John Matthew secoua la tête.

— *Quel enfoiré !*

— Ouais, c'est tout lui.

Quand elle fit demi-tour, son *hellren* bien-aimé lui glissa un bras autour de la taille, et elle l'enlaça en retour. Pendant ce temps, Blay avait patienté à distance respectueuse, et, lorsqu'ils arrivèrent à sa hauteur, il hocha la tête comme pour dire : « Je respecte votre intimité, c'est tout. »

Ensemble, tous trois revinrent à son point de départ, à sa moto, à leurs vies.

Quand elle atteignit le dernier tournant du sentier, Xhex regarda par-dessus son épaule.

Mais elle ne vit rien derrière elle. Rien que des pins… et les ténèbres de la montagne immobile et silencieuse.

Pourtant on la pistait.

Aussi sûrement que si les événements souillant son passé avaient développé des bras et des jambes, ils la traquaient… et se rapprochaient pour la tuer.

Chapitre 33

Quand l'aube arriva, Lydia se réveilla avec l'impression d'avoir un feu couvert pressé étroitement contre son dos. Au cours de la nuit, Daniel et elle avaient roulé sur le flanc, et il avait naturellement passé son bras autour de sa taille et entrelacé ses doigts aux siens, comme s'ils dormaient ensemble depuis des années. Son compagnon n'avait pas encore émergé du sommeil, et son léger ronflement lui paraissait paisible et familier.

Mais une partie au moins du corps de Daniel était tout à fait réveillée.

Il était impossible à Lydia de ne pas sentir cette rigidité, qui n'était pas loin de là où elle la voulait désespérément…

Avec un reniflement, Daniel tressaillit dans son dos… puis ses ronflements cessèrent.

Lydia contempla fixement la porte entrouverte en se demandant ce qu'elle devait faire. S'esquivait-elle pour se préparer à partir travailler en faisant semblant de ne pas être frustrée sexuellement ? ou faisait-elle ce dont elle avait envie ?

Ce qui impliquait de se retourner entre ses bras et de l'attirer encore plus près d'elle.

Ainsi que d'autres choses, comme l'absence de vêtements.

Daniel résolut le problème en s'écartant d'elle, puis elle sentit le matelas remuer lorsqu'il s'étira… et fit craquer ses articulations.

Lydia décida d'arrêter de faire la morte.

— Tu es prêt pour le petit déjeuner ?

Elle jeta un coup d'œil par-dessus son épaule et eut un aperçu de ses longues jambes dans son jean et de ses chaussettes noires.

— Je n'ai pas grand-chose, mais je veux bien partager les provisions restantes dans ma cuisine avec toi.

— Je vais prendre une douche, annonça-t-il, puis je viendrai t'aider.

— OK, d'accord. *(Ouais, vraiment. Totalement OK.)* Ce serait super.

Mais, allez, elle n'avait aucune raison d'être abattue. On ne pouvait se faire refuser une chose qu'on n'avait pas demandée, se rappela-t-elle.

— Il est tôt, constata-t-il en se levant de l'autre côté du lit.

Elle vit ses épaules bouger lorsqu'il fit quelque chose au niveau de ses hanches, puis il se pencha sur ses sacoches. Après en avoir tiré un petit sac noir, il lui fit un signe de tête et se dirigea vers la sortie.

Puis cela arriva.

Sur le seuil, il dit d'un air décontracté.

— Tu pourrais simplement te reposer ici si tu veux.

Sur ce, il disparut dans la salle de bains, referma la porte et mit la douche en marche.

Est-ce qu'il suggérait…

Sans prendre le temps de réfléchir à la question, elle se précipita hors du lit et se rua en silence dans le couloir. Une fois dans sa chambre, elle ouvrit fébrilement les tiroirs de sa table de chevet, puis ceux de sa commode.

— Merde… merde ! *Merde !*

Elle avait deux sacs à main dans le placard, accrochés à une patère au dos de la porte. Qui étaient tous les deux noirs et à bandoulière, mais peu importait, elle n'allait pas se soucier de ses goûts routiniers en matière de mode pour le moment. Fouillant à tâtons dans les sacs, elle en sortit des cartes de rendez-vous de l'endodontiste, une paire de lunettes de soleil qu'elle croyait avoir perdue, la clé de secours de sa maison, des mouchoirs en papier réduits en charpie…

Les comprimés antiacides furent un soulagement. Plus ou moins.

Goût fruité, pas menthe.

Mais, le problème, c'était que les chewing-gums étaient introuvables. Ce qui arrivait quand quelqu'un qui n'en mâchait pas se mettait en tête de les chercher. Et avec Daniel enfermé dans la salle de bains avec sa brosse à dents, elle ne pouvait pas s'approcher du dentifrice qu'elle aurait aimé pouvoir utiliser.

Déchirant le rouleau en alu, elle prit le premier comprimé, qui était rosâtre, et le lança dans sa bouche sèche. Lorsqu'elle écrasa le cachet entre ses molaires, celui-ci se changea en une poudre plâtreuse qui lui tapissa tout l'intérieur de la cavité buccale.

— Bon sang…

Claquant la langue comme un chien ayant mangé du beurre de cacahouète, elle se précipita de nouveau vers sa table de nuit. Son verre d'eau de la veille était à moitié plein, et elle vérifia rapidement la surface à la recherche de poussière avant d'avaler le tout pour se rincer la bouche.

C'était le mieux qu'elle puisse faire.

Elle revenait en courant dans le couloir lorsque la douche s'arrêta. Vu la surface que cet homme avait à savonner, il s'était clairement lavé en vitesse, mais, heureusement, elle avait été rapide. Quand elle se jeta entre les draps, son cœur cognait, elle avait les joues rouges, et se sentait stupide de s'être autant affolée à cause de son haleine du matin.

Mais elle n'avait pas beaucoup d'expérience en matière de sexe et ne voulait pas prendre le risque d'y ajouter un nuage toxique capable de faire fondre la peinture d'une voiture…

Maintenant, c'était dans le lavabo que l'eau coulait. Il devait être devant. Et, sous l'odeur familière de son propre shampoing, elle aurait juré sentir celle de la crème à raser.

Sa barbe naissante ne l'avait pas dérangée, mais bon, elle l'aurait pris comme il venait…

Rougissant de sa propre blague idiote, Lydia plaqua les mains sur son visage brûlant. Sous sa peau, le sang affluait d'une façon qui n'avait absolument rien à voir avec son expédition désespérée pour obtenir une haleine mentholée. Et il ne ralentit pas lorsque la porte de la salle de bains s'ouvrit et qu'un nuage de buée s'échappa dans l'air plus frais du couloir.

Daniel sortit. Enveloppé d'une serviette. Qui tenait à peine autour de sa taille, et pas parce qu'il était en surpoids à cause d'un excès de hamburgers et de bière. Oh, mon Dieu… ses cheveux étaient mouillés et bouclaient aux extrémités, les muscles saillaient sur son torse, et ses jambes étaient puissantes et assurées.

Il s'immobilisa sur le seuil de la chambre d'amis. Lorsque leurs regards se croisèrent, elle inspira à fond.

Et retira la couverture pour l'accueillir.

Daniel la rejoignit, en quelques mouvements fluides et puissants de son corps magnifique.

— Je suis encore trempé, murmura-t-il.

— Ça ne me dérange pas.

Sur ce, elle tendit les bras, et il n'hésita pas. Il s'allongea à côté d'elle et rabattit les couvertures sur eux, puis ils fusionnèrent : les seins de Lydia se pressèrent contre son torse nu au travers de son tee-shirt et les hanches de Daniel se plaquèrent contre les siennes. Quand il la fit rouler sur le dos et s'appuya sur un coude à côté d'elle, ses cheveux dégoulinèrent sur le visage de la jeune femme.

Elle les repoussa en arrière d'une caresse.

— J'ai envie de toi.

— Et je brûle pour toi.

Lorsqu'il roula sur elle, elle écarta les jambes pour lui faire de la place, et son poids l'enfonça délicieusement dans le matelas. Elle fit courir ses mains sur ses épaules et le long de ses bras forts, appréciant la sensation de sa peau chaude et lisse et des muscles gonflés et puissants qui affleuraient dessous. Elle le regarda en songeant qu'il était magnifique, plus animal qu'homme… surtout lorsque ses yeux étincelants plongèrent dans les siens.

— Lydia…, chuchota-t-il en posant la bouche sur la sienne.

Elle gémit quand son baiser l'emporta, puis inclina la tête sur le côté pour s'ouvrir davantage à lui. Tandis qu'elle se cambrait contre lui et inspirait profondément, elle n'arrivait pas à croire que cela se passait, que *cela* arrivait… La nudité, la pression brute du désir, le fait qu'elle n'allait pas s'arrêter.

Et lui non plus.

Car elle avait absolument besoin de vivre cet événement jusqu'à son apogée… car, dans le fond de son esprit, une croyance s'était enracinée dans l'éther de sa pensée présente et de sa mémoire à court terme : ils n'avaient pas beaucoup de temps. Tous les deux, Daniel et elle, avaient un compte à rebours qui s'accélérait au fur et à mesure qu'approchait l'heure fatidique.

Elle ne savait absolument pas comment elle le savait…

Oh ! attendez, c'était peut-être parce que les gens mouraient et/ou disparaissaient autour d'elle.

Sur ce, elle glissa les mains sous la couverture et trouva la serviette. Le coin replié qui la maintenait en place s'était relâché, et, lorsqu'elle posa les mains sur le tissu-éponge doux et humide, elle le voulut totalement nu contre elle.

Elle ôta donc le linge. Quand elle tira cette barrière sur le côté, il souleva les hanches pour l'aider… puis il se retrouva contre son bas de pyjama doux, et elle sentit son sexe en érection presser durement l'intérieur de sa cuisse. Instantanément, leurs baisers gagnèrent en intensité et la langue de Daniel chercha la sienne, pour l'explorer et la lécher. Doux Jésus ! il était comme une drogue qui faisait disparaître la réalité. Seules les sensations l'ancraient désormais… et cela lui convenait.

Seigneur ! elle en avait assez de réfléchir. C'était un tel soulagement de céder, de s'abandonner, de lâcher prise dans cet espace sacré et intime.

Et, quand elle sentit sa main descendre sur son sein, elle s'arc-bouta contre lui.

— Encore…

Ce fut elle qui remonta son tee-shirt, puis s'en débarrassa comme s'il lui brûlait la peau. Ses mamelons s'érigèrent davantage sous l'effet de l'air frais et Daniel émit un grognement.

— Ne te retiens pas, dit-elle. Je veux tout.

Quand il se pencha sur ses seins, l'effort pour maintenir son poids au-dessus d'elle fit saillir les muscles de ses bras, puis il laissa sa bouche talentueuse effleurer sa clavicule, son sternum… et le dessous de ses deux globes charnus. Ses baisers étaient doux, rien qu'un petit chatouillement des lèvres, mais elle ressentait tout de façon amplifiée et se délectait de cet exquis tourment.

Enfin, il frotta le nez entre ses deux seins, puis… en lécha l'une des pointes.

Criant son prénom, elle glissa les doigts dans son épaisse chevelure et se contorsionna sous lui, la tête renversée en arrière. En réponse, il referma la bouche sur son mamelon et le suçota un moment avant de le titiller et d'en tracer le contour avec sa langue. Le plaisir était trop intense pour qu'elle puisse se contenir plus longtemps. Sans cesser de se tortiller sous lui, elle descendit les mains jusqu'au creux du dos de Daniel, puis enroula les jambes autour de lui.

Si bien que son intimité se retrouva plaquée contre son sexe en érection.

Ce fut à son tour de gémir, et, comme s'il ne pouvait contrôler son bassin davantage, il commença à se frotter fiévreusement contre elle…

Soudain, il s'arrêta et se redressa au-dessus d'elle.

Il avait les yeux fermés et respirait par la bouche. Regardant entre leurs corps, elle vit son sexe tendu et gonflé, prêt à…

— Daniel ? interrogea-t-elle.

Pendant un instant, elle craignit qu'il ne mette un terme à leurs ébats. Avait-elle fait quelque chose de mal…

— Il faut que je ralentisse, haleta-t-il. Putain… Lydia…

Lorsqu'il s'écarta sur le côté, son sexe lui effleura la hanche… et il siffla entre ses dents et se mordit la lèvre inférieure suffisamment fort pour presque faire couler le sang.

— Ne t'arrête pas, le supplia-t-elle.

Il rouvrit les paupières.

— Oh ! je ne vais pas m'arrêter. Certainement pas.

Sur ce, il reposa la bouche sur son sein… mais sans s'y attarder cette fois-ci. Il se mit à descendre le long de son corps. D'abord il l'embrassa sur les côtes, puis il passa à son ventre… et poursuivit ainsi jusqu'à la courbe de sa hanche.

Au début, elle se demanda ce qu'il faisait… mais ensuite elle ferma les yeux et se cambra.

Parce qu'elle avait parfaitement compris…

Il coinça les pouces dans l'élastique de son pyjama, et elle souleva les hanches tandis qu'il abaissait l'ample vêtement de flanelle à motif écossais. Alors, ils se retrouvèrent tous les deux nus. Dieu merci !

Daniel reprit ses baisers, et sa bouche chemina vers sa taille, sa hanche... pour descendre plus bas encore. Quand ses paumes lui caressèrent les cuisses, elle plia les genoux et s'ouvrit à lui.

— Lydia, gémit-il en passant la langue sur son bas-ventre.

Elle se contorsionnait à présent, les seins tendus vers le plafond.

— Je ne peux plus attendre, hoqueta-t-elle.

Il suivit obligeamment ses instructions.

Il plongea la bouche entre ses jambes et déposa un baiser sur le sommet de son sexe avant de faire tourner sa langue à l'intérieur, puis, avec un grognement, il se mua en tourbillon dans son intimité, l'aspirant, la lapant, tout en la pénétrant en même temps de ses doigts.

Lorsqu'elle baissa les yeux sur son corps et aperçut la tête de Daniel s'activant entre ses cuisses, cette vision, associée aux sensations brûlantes et humides qu'elle ressentait, la fit basculer dans un orgasme qui la traversa comme un éclair. Son bassin se souleva, la faisant se cambrer davantage, tandis qu'elle avait l'impression que chaque cellule de son corps explosait.

Daniel l'accompagna tout du long, entretenant sa jouissance, et ses deux doigts en elle trouvèrent un rythme qui la ramena au bord du gouffre juste au moment où le premier orgasme refluait.

C'était un maître en matière de plaisir. Son talent et son habileté étaient extraordinaires. D'une façon étrange et indéfinissable, il ne prenait pas seulement son sexe, mais son âme. Elle se sentait...

... revendiquée.

Daniel s'était préparé à quelque chose de brûlant. Il avait obtenu la surface du soleil.

Il avait été prêt à se jeter dans l'action. Il était désespéré.

Il avait été surexcité à l'idée d'un orgasme. Il était frappé par un foutu tsunami.

Vénérant l'intimité de Lydia avec sa bouche, il fut submergé par la saveur et les sensations du corps de la jeune femme contre lui. Les bruits qu'elle faisait. La façon dont ses mamelons et ses seins bougeaient alors qu'elle tressaillait et s'agitait sous l'effet du plaisir qu'il lui procurait. Et quand il s'écarta un peu et observa ses doigts luisants et mouillés aller et venir en elle…

Sa voix jaillit de sa gorge.

— Putain !

Tout à coup, son excitation se détraqua, et l'orgasme qu'il retenait, la douleur dans ses testicules, le besoin urgent de jouir échappèrent à son contrôle. Comme un adolescent, il eut juste le temps de se redresser et de saisir la serviette de bain abandonnée sur le côté pour s'en couvrir les hanches avant d'éjaculer…

— Bon sang ! souffla-t-il.

Lydia redressa la tête et le dévisagea par-dessus ses seins aux pointes tendues.

— Quoi ?

Levant les yeux du sexe trempé de la jeune femme, il ferma les paupières, puis il prononça une phrase qu'il n'aurait jamais imaginé entendre un jour sortir de sa bouche :

— Cela ne m'est jamais arrivé.

— Je ne comprends pas…

Quand il s'assit sur ses talons avec la serviette sur ses genoux, elle jeta un coup d'œil dessus, avant de lever vers lui un regard perplexe.

— Je te jure que ça ne m'est jamais arrivé, murmura-t-il.

— Est-ce que tu… ?

— Je veux dire, je serai bientôt prêt à remettre ça. (Il la contempla entre ses paupières mi-closes.) Ce ne sera pas un problème avec toi.

Portant les doigts à sa bouche, il les suça puis les sépara délibérément avec sa langue… et fut récompensé par le halètement que Lydia laissa échapper avec un tressaillement des plus érotique. Incapable de résister, il posa une paume près de sa taille et se plaça au-dessus d'elle. Il lui caressa de nouveau le sexe de ses doigts, agaçant du pouce son clitoris, puis il pencha la tête et lui titilla un mamelon de la langue. Il démarra lentement avant d'accélérer la cadence… et, quand elle recommença à jouir, il prit sa bouche.

Et avala ses cris de plaisir.

Cela compensait presque sa perte de contrôle.

Presque.

Chapitre 34

— Bien, il dort à présent.

À travers la porte en Plexiglas, Lydia observait son loup dans l'enclos de transition à l'extérieur de la clinique du CEL, scrutant sa respiration lente et régulière alors qu'il gisait sur le flanc, les yeux fermés. Elle avait détesté lui donner des sédatifs, mais elle devait faire ce qui convenait le mieux à l'animal. Ses sentiments ne devaient pas interférer.

C'était un truisme qu'elle devrait généraliser. Surtout après ce que Daniel et elle avaient fait dans sa chambre d'amis environ deux heures plus tôt.

Elle traversait un véritable chaos émotionnel depuis. Après tous ces orgasmes, elle sentait qu'elle s'attachait à lui d'une façon qu'il ne voudrait pas, et qu'elle n'apprécierait pas non plus à long terme.

Comme elle sentait une bouffée de chaleur l'envahir, elle jeta un coup d'œil à l'autre bout de la salle d'examen. Daniel l'observait, appuyé contre le plan de travail et l'évier. En fait, elle avait l'impression qu'il n'avait pas cessé de la regarder depuis qu'il avait appris toutes sortes de choses sur son corps…

— Est-ce que tu veux que j'entre pour le prendre ? (Il jeta un coup d'œil à la porte en Plexiglas.) Je peux le porter jusqu'au quad ?

— Je crois que tu es assez fort pour ça, hein ? (Elle leva les paumes.) Et ne t'inquiète pas, il est vraiment endormi, et nous avons une bonne demi-heure avant son réveil. Tu es en sécurité.

— Je n'ai pas peur de lui.

À voix basse, elle murmura :

— Toi et C.P. Phalen.

— Quoi ?

— Rien. Alors, oui, on fait comme ça. Je vais déverrouiller le portillon de l'enclos et on pourra l'installer à l'arrière du quad pour le transporter dans la réserve. Je resterai avec lui.

Daniel opina et s'approcha. L'espace d'un instant, leurs regards se croisèrent, et elle sut qu'il pensait à ce qu'ils avaient fait ensemble.

— Lydia, dit-il avec douceur.

Elle ne put que le dévisager.

— Oui.

C'était une réponse, pas une question, et il hocha la tête, comme s'ils venaient de faire des projets concrets pour finir ce qu'ils avaient commencé.

Mais, mon Dieu, elle était complètement dépassée, non ?

Ouvrant la porte en Plexiglas, il se dirigea vers le loup endormi, glissa les bras sous l'animal et souleva le fardeau poilu du sol comme s'il ramassait simplement un journal.

Rick n'aurait absolument pas approuvé, songea-t-elle avec tristesse tandis qu'elle sortait et refermait la porte de la salle d'examen.

Après avoir ouvert le portillon, ils sortirent et se dirigèrent vers le quad, garé à proximité. Daniel avait réparé la fuite du réservoir – ou du moins l'avait provisoirement colmatée à l'aide d'un patch, ainsi qu'il l'avait expliqué, qui tiendrait suffisamment longtemps pour qu'ils puissent emmener l'animal dans la réserve. Et si l'engin rendait l'âme à mi-chemin du retour, une fois qu'ils auraient libéré son loup ? Peu importait, ils pourraient toujours marcher.

— Je vais m'asseoir sur la plate-forme, dit-elle en sautant sur le plateau monté sur les pneus noirs.

— Tu es sûre ? C'est inconfortable.

— Ça ira. (Elle s'installa et tendit les bras.) Allonge-le sur mes genoux. Et vas-y lentement.

Daniel se pencha et déposa le loup sur ses jambes. Pour assurer sa stabilité, Lydia cala une chaussure de randonnée dans un coin du plateau.

— Ça va, vous deux ?

Elle hocha la tête et caressa le pelage du loup.

— Prêts. Tu vas rouler sur un kilomètre et demi environ, depuis le départ de la piste principale et en prenant à droite à chaque intersection. Je veux le libérer aussi loin que possible de l'hôtel.

— Compris.

Lorsque Daniel se hissa derrière le guidon, la suspension absorba son poids en se tassant légèrement avant de se redresser, puis le moteur démarra, et une bouffée d'essence vint picoter le nez de Lydia.

— Au boulot, dit-il.

Il les fit avancer pour s'engager sur la voie privée du CEL qui menait à la piste principale. Quand le chemin s'élargit, il prit de la vitesse et évita les racines affleurant de la terre battue, et le subtil balancement de leur progression se fit hypnotique.

Pendant ce temps, elle se cramponnait à son loup.

Malgré les arbres qui défilaient tranquillement et l'odeur de pins dans ses narines… elle n'était absolument pas détendue. Fixant devant elle un regard absent, elle avait à peine conscience de se trouver à l'arrière du quad.

S'il n'y avait pas eu le pelage sous ses doigts, elle n'aurait pas su où elle se trouvait.

Quatorze.

Daniel avait quatorze ans lorsque sa mère s'était suicidée. Lorsqu'il avait sauté d'un pont pour tenter de la sauver. Lorsqu'il avait lâché prise dans l'eau froide et avait de justesse réussi à sortir vivant du fleuve.

Pas étonnant qu'il compartimente les émotions de la sorte.

Fermant les yeux, elle revint aux moments qu'ils avaient partagés au lit, alors qu'ils étaient tous deux nus et totalement exposés. Il s'était révélé un merveilleux amant et, contrairement à ce qu'il avait cru, le fait qu'il ait été si concentré sur son plaisir à elle, au point de perdre le contrôle, était sans doute le plus grand compliment qu'elle ait jamais reçu.

Il n'avait pas beaucoup parlé ensuite.

Quand elle s'était effondrée, complètement alanguie, il l'avait serrée contre son torse et lui avait caressé les cheveux, puis, lorsqu'ils s'étaient enfin séparés, elle pour prendre une douche, lui pour descendre faire à manger, elle avait eu l'impression de flotter. Il avait préparé le petit déjeuner et ils avaient échangé quelques mots en mangeant leurs œufs. Ensuite, il les avait conduits au travail tôt, avant l'arrivée de Candy.

Et depuis, partout où elle allait, il ne la quittait pas des yeux, comme s'il la pistait.

Pas de façon flippante. C'était comme s'il la trouvait… captivante. Mystérieuse.

Elle aimait être un objet de fascination de quelqu'un…

C'était faux… elle aimait être un objet de fascination de Daniel.

Mais que se passerait-il quand il partirait, quand il tournerait la page ? Il laisserait un sacré vide à combler.

En supposant qu'elle vive aussi longtemps.

Tandis qu'il tournait à droite, au premier embranchement de la piste, comme elle le lui avait indiqué, elle tenta de ne plus réfléchir de la sorte. De ne plus réfléchir du tout.

Se concentrant sur le loup, elle caressa son pelage gris et blanc. Les courants d'air ébouriffaient ses poils les plus longs et creusaient des vaguelettes sur sa queue, et elle envoya un remerciement à Rick… avant d'ajouter une prière selon la tradition de son grand-père.

Pour le loup.

Et pour Daniel.

Daniel était plutôt bon pour évaluer les distances. Après avoir pris trois virages à droite et s'être enfoncé si loin dans la réserve que le déboisement entrepris par l'hôtel sur la corniche n'était plus visible, il coupa les gaz et laissa l'engin s'arrêter de lui-même.

Par-dessus le toussotement du moteur précédant l'arrêt du véhicule, il demanda :

— Ici, c'est bon ?

— C'est parfait, répondit Lydia.

Il éteignit le moteur et laissa la clé sur le contact. Il descendit du quad et en fit le tour pour se placer à côté de la plate-forme. Lydia caressait le loup, dans le sens du poil, encore et encore.

Elle ne voulait pas lui dire au revoir.

Il l'observa, sachant ce qu'elle éprouvait, et c'était peut-être pour cela qu'il ne pouvait s'empêcher de la regarder. Il ne comprenait pas ce qui, chez cette femme, le touchait si profondément. Était-ce à cause de ses cheveux ? de ses yeux ? de la sensation de son corps contre le sien, du goût de ses lèvres ?

À quoi était-ce dû exactement ?

Cela s'expliquait plutôt par une sorte de magie, d'après lui, mais ce n'était pas suffisant pour qu'il reste ici et, en réalité, c'était même une chose qui rendait son départ impératif.

Mais il n'avait pas non plus envie de lui dire au revoir.

— Je devrais juste le laisser partir, dit-elle avec tristesse.

— Ça doit être difficile pour toi, murmura-t-il, sachant que c'est le dernier animal que Rick a soigné.

Les cheveux de Lydia avaient glissé en avant et lui cachaient son visage, alors il tendit le bras, comme s'il avait le moindre droit de replacer les mèches derrière son oreille. Mais, juste avant de la toucher, il recula brusquement la main.

— Ça t'ennuie si je m'éloigne pour fumer ? demanda-t-il. Je resterai dans le sens du vent.

— Non, c'est bon. J'ai seulement besoin d'un peu plus de temps.

Daniel opina, même si elle ne le regardait pas.

Il alla s'adosser contre un arbre à quelques mètres de là et sortit son paquet de Marlboro entamé. Soulevant le rabat, il fut surpris de découvrir qu'autant de cigarettes avaient disparu. À quel moment les avait-il fumées ? Peu importait. En allumant une, il toussa dans son poing, puis contempla la vallée en contrebas. L'extrémité la plus septentrionale du lac miroitait sous le soleil, et la chaleur inhabituelle pour la saison semblait être une offrande de paix de la météo, en compensation d'un hiver long et rude.

Seigneur ! il était fatigué. Et ce foutu cauchemar était exactement ce dont il n'avait pas besoin…

— Je crois qu'il reprend conscience, annonça Lydia. On ferait mieux de le descendre et de partir. On pourra l'observer à distance pour être sûr qu'il se réveille tout à fait. Rick disait toujours… (Elle s'interrompit et se racla la gorge.) Quand Rick et moi relâchions des loups, on s'assurait qu'ils allaient bien, mais sans jamais interférer avec eux. Il ne… eh bien, il n'a jamais approuvé que je m'approche si près d'eux.

Daniel jeta un coup d'œil à sa Marlboro allumée. Bizarrement, celle-ci était presque entièrement consumée, comme s'il fumait depuis une bonne dizaine de minutes.

Son rapport au temps était complètement bousillé.

— Tu as pris très grand soin de lui, dit-il en écrasant le mégot entre son pouce et son index, avant de le glisser dans sa poche arrière. C'est tout ce qui compte.

Tandis qu'il la rejoignait, Lydia reprit :

— Rick était bien plus rigoureux que moi en matière de règles de sécurité… à moins que je mette peut-être trop d'affect dans mon travail. Je devrais être plus professionnelle.

Daniel la contempla en songeant : *Je veux conserver ce souvenir à jamais. De cette femme et de son loup, tous deux si farouches, si fragiles.*

— Tu es magnifique, dit-il d'une voix enrouée.

Timidement, elle leva les yeux vers lui.

— Mes cheveux sont en bataille.

— Ne change pas, Lydia. Garde ton cœur comme il est. Peux-tu me le promettre ?

Elle cilla comme s'il parlait une langue étrangère, puis elle inclina la tête.

— Tes propos ont l'air de mauvais augure.

— Tiens, je vais te le prendre.

Lorsqu'il se pencha pour glisser les bras sous l'animal, l'odeur de Lydia, de son shampoing, de sa lessive, de sa peau… suffit à lui noyer le cerveau et à abattre ses grands raisonnements. Se forçant à se rappeler ce qu'il était en train de faire, il souleva le loup et se redressa.

— Où veux-tu que je l'allonge ? demanda-t-il.

Elle avait raison au sujet du réveil de l'animal. Ses paupières n'étaient plus si fermées, et il sentit une résistance dans ses pattes et son cou qui n'étaient pas là lorsqu'il l'avait sorti de l'enclos.

— Par ici, dit-elle. Dans cette nappe de soleil.

Lydia gravit une petite éminence, puis s'accroupit devant un lit moelleux d'aiguilles de pins qui brillaient d'une lueur dorée.

Lorsque Daniel la rejoignit et déposa le loup, le soleil baigna l'animal d'une magnifique lumière.

— Il sera au chaud ici, dit-il.

— C'est l'idée.

Ils se redressèrent en même temps, puis elle posa les mains sur ses hanches et regarda ses pieds.

— Viens, murmura Daniel. Il est vraiment en train de se réveiller.

Sur ce, le loup riva les yeux sur Daniel et ses babines tressaillirent comme si son agressivité innée revenait, elle aussi… et que le prédateur n'appréciait pas ce qu'il voyait. Pourtant cette agressivité semblait épargner Lydia. C'était presque comme si l'animal la protégeait.

Ouais, bon, bas les pattes, boule de poils, c'est mon boulot, se dit Daniel *in petto*.

Même si, pour combien de temps encore ?

Il leva les mains et recula d'un pas devant le loup.

— Du calme, je ne vais pas la blesser.

— Je ne suis pas sûre qu'il parle anglais.

Daniel se surprit à tourner encore une fois les yeux vers la femme qui le hantait alors même qu'il se tenait juste à côté d'elle.

— Eh bien, je le pense quand même, dit-il d'une voix rauque.

Chapitre 35

— Je te promets de la ramener en un seul morceau.

Alors qu'elle se tenait au-dessus du bureau de Candy, Lydia sourit à sa collègue comme si tout allait bien. Comme si sa vie n'était pas du tout détraquée. Comme si elle ne se sentait pas perdue dans son environnement pourtant si familier.

— Tu as une mine merdique, lui dit son interlocutrice.

— Il te faut une piqûre de rappel ? (Lydia repoussa les cheveux de son visage.) On avait convenu que tu n'utiliserais plus ce genre de langage.

— Ah bon ? Je ne m'en souviens pas. Très bien, crotte ! C'est mieux ? ou est-ce que tu préfères que je dise « popo ». (Candy désigna la salle d'attente vide.) Dieu sait que je ne voudrais pas offenser tous ces gens ici. Je veux dire, on fait salle comble avec les fidèles. S'ils se mettaient en plus à agiter leurs mouchoirs, on aurait l'impression d'être au parc d'attractions, sans les attractions.

Lydia baissa la tête.

— Tu essaies de faire de l'humour.

— Est-ce que ça marche ?

— Oui.

— Oh ! tant mieux. Je veux dire, tu as tellement meilleure mine à présent. (Elle lui tendit quelque chose.) Seigneur ! veux-tu bien t'essuyer les yeux avant que je commence moi aussi ?

— Je te demande pardon ?

Une boîte de Kleenex fut agitée sous le nez de Lydia avec impatience.

— Nettoie ton visage, ma grande. Nous ne tolérons aucun pleur ici.

Lydia prit un mouchoir en rougissant.

— Désolée, je suis désolée.

Elle pressa le coton doux sur ses yeux… Mon Dieu ! elle ne s'était même pas rendu compte qu'elle pleurait.

— Je vais bien. Vraiment.

— Bien. Moi aussi. (La boîte de Kleenex disparut et fut remplacée par des clés de voiture.) On va bien toutes les deux. Ne heurte rien.

— C'est promis.

Sur le chemin vers la sortie, Lydia eut l'impression que Candy lui disait autre chose, mais elle n'y prêta aucune attention, ce qui, vu qu'elle venait de promettre de ne rien heurter avec la voiture de sa collègue, était sans doute un problème qu'elle devrait régler avant de boucler sa ceinture de sécurité.

Dehors, elle inspira à fond, puis elle se dirigea vers le parking. Lorsqu'elle se mit au volant, elle prit un moment pour réfléchir à quel point il lui paraissait impossible que Rick ne revienne plus jamais au travail avec sa Jeep. Plus jamais.

Au bout du compte, beaucoup de choses pouvaient changer dans la vie, mais la mort constituait un arrêt définitif. La rigidité cadavérique n'abandonnait jamais vos restes, et tout votre environnement se figeait lui aussi : s'en était fini de conduire, de s'habiller, de dépenser ou de gagner de l'argent, de se soucier des courses ou de la lessive.

Elle avait appris cette triste vérité lors du décès de son grand-père, surtout lorsqu'elle avait dû vider leur petite maison et faire don de tous ses vêtements.

Parce que, vraiment, pourquoi en garder un seul si lui n'existait plus ?

Tentant de s'extirper de sa spirale d'affliction, elle effectua très prudemment une marche arrière, s'assurant de laisser largement assez d'espace entre la voiture et la Harley de Daniel, juste au cas où ses yeux n'évalueraient pas correctement les distances.

Avant d'enclencher la vitesse et d'appuyer sur l'accélérateur, elle jeta un coup d'œil à la moto. Les sacoches n'étaient plus là.

Car elles étaient toujours par terre, dans un coin de sa chambre d'amis.

Et elle était heureuse de les savoir là-bas.

Cela signifiait qu'il était toujours à Walters. Toujours dans sa maison.

Ce qu'il avait dit lorsqu'ils avaient relâché le loup quant au fait qu'il ne lui ferait pas de mal partait… d'un bon sentiment. Néanmoins, au lieu de lui réchauffer le cœur, ces mots l'avaient glacée jusqu'à la moelle. Elle avait l'impression que la mort rôdait dans sa maison, et elle savait qu'elle était plus en sécurité avec Daniel à l'intérieur ; en outre, elle avait d'autres raisons, d'ordre sexuel, pour désirer sa présence là-bas.

Toutefois, il n'était qu'une illusion.

Mais un mortel était-il vraiment davantage que cela ?

Lydia roula sur le gravier. Quand elle rejoignit la départementale, elle tourna à droite et se dirigea vers l'autoroute. La ville moyenne la plus proche était située à une quarantaine de kilomètres au nord, et elle couvrit cette distance en ne remontant que de deux sorties. C'était ainsi dans ce coin de l'État. Il y avait beaucoup de distance entre tout.

Le lycée qu'elle cherchait n'était pas loin de l'autoroute. Il avait sans doute été volontairement bâti juste à côté de la voie rapide pour que les gamins de Walters et des autres petites villes-satellites puissent y accéder facilement depuis les quatre points cardinaux. Lorsqu'elle pénétra sur le parking, elle remarqua que beaucoup de voitures l'occupaient déjà, sans doute celles des enseignants et du personnel, ainsi que peut-être aussi celles des terminales. Leurs berlines, pick-up et monospaces s'alignaient en rangées bien droites le long du bâtiment d'un seul niveau. Derrière ce dernier, des gradins encadraient un terrain de sport lui-même encerclé par une piste de course rouge et vert.

L'endroit paraissait tout droit sorti d'un film de John Hughes.

Elle trouva une place à environ quatre rangs de l'entrée et, après s'être garée, prit son sac et sortit de la voiture au parfum sucré de Candy. Son sac à main était plus lourd qu'à l'ordinaire et, quand elle le glissa en bandoulière sur son épaule, elle sentit une tension dans son cou.

Gagnant l'entrée à grands pas, elle passa sous une bannière qui indiquait « LYCÉE LINCOLN » en lettres blanches. De l'autre côté d'une série de portes vitrées se trouvait un hall rempli de vitrines exposant des trophées, des rubans et des photographies d'années antérieures.

L'accueil était juste à côté et, lorsque Lydia s'approcha, l'employée leva les yeux de son bureau.

— Oh ! bonjour. Êtes-vous…

— Oui, c'est moi qui ai appelé.

— Je suis heureuse que nous ayons ce qu'il vous faut. (La femme indiqua un porte-bloc auquel un stylo était attaché par une ficelle.) Si vous pouviez signer, je vais vous indiquer où aller.

Lydia regarda le porte-bloc et fut frappée de voir qu'il s'agissait de la même marque que celui accroché à côté de la porte en Plexiglas donnant sur l'enclos de transition. Entre deux battements de cils, elle revit les notes de Rick sur son loup, indiquant quand il avait mangé et… quoi d'autre ? quand il avait bu et en quelle quantité.

— Vous allez bien ?

Elle se secoua pour revenir à la réalité.

— Oh ! désolée. Oui, bien sûr.

Lydia inscrivit son nom dans la colonne marquée « Visiteur », puis elle fit de même là où elle était censée indiquer la date et l'heure. Dans « Motif de visite », elle écrivit « Bibliothèque ».

— Bien, reprit l'employée. Vous allez sortir par là et prendre à…

La femme était très vive, très souriante, et gesticulait beaucoup en parlant, comme si elle aimait orienter les visiteurs dans l'école. Distraitement, Lydia nota qu'elle était sur le point d'entrer dans la cinquantaine, car, même si son visage et son regard présentaient encore l'éclat de la jeunesse, sa tenue en revanche la vieillissait un peu.

— Génial, merci, murmura-t-elle.

Elle ressortit dans le hall, sans avoir aucune idée d'où aller. L'employée ne lui avait-elle pas dit de tourner à gauche ?

Heureusement, des panneaux indicateurs étaient installés à toutes les intersections des couloirs, et il y avait même un parcours fléché de l'endroit où elle devait se rendre. Et, ça alors ! la bibliothèque était exactement telle qu'elle se l'était imaginée. Avec sa façade en verre, ses rangées de livres et son coin salon consacré aux magazines et aux périodiques, elle donnait l'impression d'un retour dans le passé, avant que les ordinateurs et iTout rendent la vie virtuelle, même quand les gens étaient face à face.

Ah ! la bonne odeur de papier et d'encre des livres.

Le comptoir d'emprunts était situé à droite et, lorsqu'elle s'en approcha, un homme en chemise bleu marine avec un nœud papillon orné d'étoiles dorées lui sourit.

— Vous êtes la dame qui cherche un ancien ordinateur ?

— La rumeur circule vite. (Elle sourit à son tour pour être aimable.) Et j'apprécie vraiment cela.

— Nous recevons une demande comme la vôtre de temps à autre et nous sommes ravis de pouvoir aider. Venez avec moi.

L'homme s'enfonça entre les étagères, marchant à une allure plus vive qu'elle s'y attendait ou que son ventre pouvait le laisser croire.

— Les élèves n'utilisent que les nouveaux PC, bien sûr, mais on ne sait jamais, et c'est la raison pour laquelle nous conservons tout notre vieux matériel.

Une volée de marches descendait près d'un ascenseur, et l'homme s'engagea dans l'étroit escalier en colimaçon tapissé de caoutchouc et le dévala à un bon rythme jusqu'au sous-sol, où se trouvaient d'autres étagères, ainsi qu'une machine à microfiches désuète et…

— Voici la machine. (Il tapota un écran taché à la carcasse crème, de la taille d'une petite gazinière.) Elle fonctionne encore. Bien entendu, cela dépendra du genre de programme que nécessitent vos fichiers.

Lydia inspecta la tour placée sous le bureau en bois.

— Je… euh… je n'y connais pas grand-chose en ordinateurs. J'ai juste de vieilles disquettes et j'aimerais voir si je peux imprimer mes fiches de lecture de CM2.

— Donc vous pensez qu'il s'agit de fichiers Word ?

— Est-ce que c'est relié à Internet ?

— En l'occurrence, oui. Vous vous souvenez des modems analogiques ? Eh bien, cette machine était reliée par câble à Internet déjà à l'époque. Elle était du dernier cri lorsqu'elle nous a été offerte par un de nos anciens élèves… donc vous pourrez faire un tour sur le Web au besoin. Tenez, je vais vous la démarrer. (Il se pencha et appuya sur un bouton, et l'on entendit un vrombissement.) Nous sommes en libre accès, donc vous n'avez pas besoin de mot de passe pour vous connecter ou accéder à Internet. Néanmoins, il y a des restrictions d'âge pour certains sites.

— Vous n'avez pas à vous inquiéter de cela avec moi.

— Je n'en doutais pas. (Il lui sourit de nouveau.) Je serai là-haut si vous avez besoin de moi. Je ne suis pas Bill Gates, mais je sais me débrouiller un peu avec cette machine. Criez, et je vous entendrai.

Lydia lui retourna son sourire et s'assit, puis elle attendit qu'il ait disparu avant de sortir l'une des disquettes de son sac.

Son cœur manqua un battement lorsqu'elle se pencha sur la tour pour insérer la disquette dans la fente, mais, avant cela, elle glissa la main derrière l'unité centrale et trouva le câble branché derrière, celui qui, exactement comme le lui avait indiqué l'homme, reliait l'ordinateur à Internet. Après l'avoir débranché, elle inséra doucement la disquette et entendit le petit « clic » indiquant qu'elle était bien en place.

L'écran arrondi était ancien et le graphisme rudimentaire, mais il livra correctement les informations à ses yeux, car la disquette n'était pas protégée par un mot de passe. Et l'index des fichiers était… fourni.

Les noms des fichiers n'étaient composés que de chiffres et de lettres, sans mots pour leur donner du sens. Et les dates remontaient à vingt-cinq ans, en supposant qu'elle les lise correctement.

Elle ouvrit le premier de la liste…

Lydia rejeta la tête en arrière, puis elle se pencha en avant, tellement même qu'elle heurta le clavier du front.

C'était… une page issue d'un document. Pas la première, mais une page intermédiaire, à en juger par le numéro dans le coin en bas, et la note de bas de page avait une espèce de code. Par ailleurs, les paragraphes faisaient référence à un « sujet » qui n'était pas défini. Et aux réactions du « sujet » à…

L'exclamation qu'elle poussa fut si retentissante qu'elle plaqua une main sur sa bouche et se retourna au cas où l'homme du comptoir l'aurait entendue.

Quand il ne descendit pas l'escalier, elle tourna de nouveau son attention vers l'écran. Les mots qu'elle lisait étaient aussi choquants que des cris dans l'obscurité : « lymphome non hodgkinien », « mélanome », « ostéosarcome », « glioblastome ». Elle n'avait pas besoin de son diplôme de biologie pour savoir que tous étaient des cancers, et très méchants.

Toutes ces cellules vicieuses et mortelles avaient été « inoculées au sujet », pour évaluer « la réaction immunitaire du sujet à ces maladies ».

Et c'était la fin de la page.

D'une main tremblante, elle déplaça la souris et ferma le fichier pour en ouvrir un autre. C'était également une page tirée d'un rapport. Le folio différait, mais c'était le même code d'identification en bas de page. Elle comprenait désormais que le document était en réalité la photographie d'une vieille photocopie Xerox, ce qui expliquait les lettres floues, les petites mouchetures aléatoires dans les marges, le décentrage général, comme si on n'avait pas placé l'original bien droit dans le photocopieur.

Cette deuxième page commençait également au milieu d'une phrase, mais à présent elle avait des détails. Le sujet était… une femme. Une femme qui pesait cinquante-six kilos. Le sujet était considéré comme sain, avec différents scans et résultats d'analyses répertoriés : radio des poumons, échographie interne, électroencéphalogramme, pression artérielle, rythme cardiaque…

Lydia lut le paragraphe suivant à voix basse.

— « L'hémogramme révèle des anormalités si étendues qu'il est impossible d'évaluer ce qui est normal pour l'espèce. »

Ils travaillaient donc sur un animal ? s'interrogea-t-elle. Cela n'avait aucun sens. Pourquoi infecter un animal avec des maladies humaines ?

Elle ferma le fichier puis ouvrit le suivant.

Et ce fut alors qu'elle vit un mot qui n'avait strictement aucun sens. Elle était si convaincue d'avoir mal compris qu'elle dut le lire par deux fois… puis une troisième.

« Vampire ».

Chapitre 36

Quand Lydia eut fini de parcourir les quinze fichiers de la disquette, elle se pencha sur la tour, éjecta la Memorex et la rangea dans son sac, puis elle resta assise là, son sac sur les genoux, les bras refermés sur le contenu du colis UPS de Peter Wynne.

À bien des niveaux, son cerveau rejetait tout ce qu'elle avait lu, mais les fragments de documents étaient ce qu'ils étaient : une société avait créé un programme pour tester des maladies humaines sur une autre espèce, une espèce humanoïde si étroitement liée à *homo sapiens* qu'elle présentait de nombreux points communs anatomiques avec ce dernier… même si elle montrait aussi de vastes différences par rapport à lui.

— Oh, mon Dieu !

Elle se passa une main sur le visage et envisagea de vomir dans la poubelle noire à côté du petit bureau en bois.

— Il faut que j'y aille, dit-elle dans le vide.

Elle fit tomber sa chaise en se levant, et, quand elle voulut la redresser, renversa les autres disquettes de son sac. Elle était en train de les ramasser sur le linoléum et de les ranger aussi vite que possible quand l'homme du comptoir avec le nœud papillon galactique redescendit l'escalier.

— Est-ce que ça va ? demanda-t-il.

— Oh ! oui. (Elle tenait son sac à deux mains pour qu'il ne remarque pas à quel point elle tremblait.) Et j'ai terminé.

— Est-ce que c'était amusant de relire vos vieux travaux ?

— Quoi ?

— Vos vieilles fiches de lecture.

Lydia relâcha son souffle.

— Oh, oui ! bien sûr. Une vraie séquence nostalgie.

— Nous vieillissons tous. Moi plus que vous, visiblement, mais la vie est une maladie mortelle, vous savez. Aucun d'entre nous n'en sortira vivant.

— C'est vrai, c'est vrai. *(Eh bien, quelle pensée joyeuse.)* Euh…

— Alors, vous vouliez une imprimante ?

— Je suis désolée, que… Oh ! oui. Non, je crois que je vais attendre. Savoir que j'ai les fichiers me suffit pour le moment.

— Très bien. Vous pourrez toujours revenir.

Lydia lui emboîta le pas pour regagner l'escalier et remonter au rez-de-chaussée, veillant à tenir leur discussion banale le plus à l'écart possible de l'ouragan qui faisait rage dans sa tête.

Puis, sans qu'elle se souvienne du trajet pour revenir jusque-là, elle se retrouva dans le hall, à côté du bureau des visiteurs. La femme qui l'avait accueillie lui tournait le dos, le téléphone calé entre son oreille et son épaule tandis qu'elle tapait à l'ordinateur. Peu désireuse de la déranger, et ne sachant pas si elle devait même la prévenir de son départ, Lydia se dirigea vers la porte principale…

La sonnerie de la fin des cours retentit, suraiguë et bruyante, tout autour d'elle.

Et elle fut soudain entourée par un raz-de-marée d'élèves, qui sortaient en bavardant pour rejoindre une rangée de voitures qui s'était formée devant l'établissement.

Pour éviter de se faire piétiner, elle se plaça à côté des vitrines. Et, afin de ne croiser le regard de personne, elle se tourna vers les récompenses et les trophées exposés à l'intérieur. En raison de la confusion qui régnait dans son cerveau, elle demeura momentanément incapable de trouver une explication aux objets brillants et poussiéreux qu'elle apercevait derrière les vitrines, ou à la frénésie et au chaos qui s'était emparé de la foule dans son dos…

Voilà pourquoi, elle ne remarqua pas tout de suite la photographie en dehors du fait qu'elle était en noir et blanc et avait été prise dans les gradins. Les sportives qui en étaient le sujet avaient été placées en rangs pour former un triangle, et leurs shorts et débardeurs assortis étaient, supposait-elle, aux couleurs de l'école. Mais ce n'était pas une image récente. Leurs cheveux présentaient le brushing typique de Farrah Fawcett dans les années 1970.

« Équipe féminine d'athlétisme, disait la légende sur le cadre. 1979-1980. Championnes de l'État de New York ».

Puis venaient les noms des membres de l'équipe, avec l'initiale de leur prénom suivie de leur nom de famille…

« C. McCullough ».

Lydia sourcilla.

— Candy ? dit-elle au milieu du vacarme.

Se penchant davantage, elle scruta les visages des filles et, sans surprise, découvrit une version plus jeune de Candy, placée au deuxième rang en partant du bas, tout à gauche, à côté du coach…

— Attendez, quoi… ?

L'homme qui se tenait à côté de l'équipe, vêtu d'un pantalon et d'une chemise colorée ornée de l'emblème de l'école était costaud mais bien bâti, avec une mâchoire carrée et des cheveux noirs coupés court. À en juger par les creux et les méplats de son visage, il avait la quarantaine.

— Eastwind, souffla-t-elle en lisant sur la ligne « T. Eastwind. »

Bizarrement, d'une façon impossible, le shérif Eastwind se trouvait sur une photographie vieille de quarante ans…

… avec exactement la même tête que quand elle l'avait vu la veille.

— Tu ne vas jamais le croire.

Dès que Lydia eut franchi la porte du CEL, Candy s'adressa à elle comme si elles avaient discuté pendant toute la durée de son absence.

— Quoi donc? demanda la jeune femme d'un ton las.

— Tiens.

L'enveloppe qu'elle lui tendit par-dessus le comptoir d'accueil ne portait aucune mention écrite et n'était pas scellée. Lydia lui rendit ses clés de voiture en échange.

— Merci pour le prêt, dit-elle. J'ai remis de l'essence. Et, écoute, j'ai eu un message de Paul m'informant que la mienne serait prête demain…

Elle s'interrompit quand elle sortit un chèque de paie de l'enveloppe.

— Qu'est-ce que c'est ?

— Je crois que ça se passe d'explications. (Candy se rassit.) J'ai appelé la banque pour essayer de voir où nous en étions parce qu'on doit régler la facture d'électricité… et, surprise ! nous avons cinquante mille dollars sur le compte.

C.P. Phalen, pensa Lydia.

— C'est formidable.

— Tu peux donc t'offrir à dîner ce soir… et peut-être même inviter quelqu'un par la même occasion.

— Je ne sais pas de quoi tu parles.

— Très bien… (Candy eut un sourire en coin) mais le mari de Bessie t'a vue à l'arrière d'une certaine moto très tôt ce matin en direction du centre. Donc, à moins que notre homme à tout faire soit aussi chauffeur chez Uber…

Lydia secoua la tête.

— J'ai seulement effectué le trajet jusqu'au bureau avec lui parce qu'on devait relâcher mon loup ensemble. Tu aurais préféré arriver à 8 heures avec moi ?

— Non. (Candy leva les mains.) Je commence à 8 h 30.

— Exactement.

— Mais dis-moi un truc : où loge-t-il ?

Lydia n'hésita pas parce qu'elle s'attendait à ce que quelqu'un lui pose la question.

— Dans la forêt de la réserve. Il se douche dans la cabine de Trick, dans le bâtiment de l'équipement.

— Bon, voilà. Je suppose que le mystère est résolu.

Candy la dévisagea simplement par-dessus le bureau, et il était clair qu'elle ne la croyait pas, mais peu importait, on ne pouvait rien y faire.

Puis Lydia sourcilla en regardant son chèque.

— Attends, qui doit signer ça ? Il n'y a aucune signature en bas.

— C'est toi.

— Mais je ne peux pas signer mon propre chèque, si ?

— Bon, OK. Je vais aller dans la forêt et trouver un loup pour s'en charger mais, ne t'inquiète pas, je m'assurerai que l'empreinte de patte soit celle d'un animal majeur.

— Et si je commençais par examiner nos statuts.

— Très bien, et quand ça ne t'apprendra rien nous mettrons le plan loup en action.

Lydia eut un petit rire et commença à s'éloigner, puis elle jeta un regard en arrière.

— Je viens d'aller au lycée Lincoln.

Candy fronça les sourcils.

— Pour quoi faire ?

— J'avais juste besoin d'utiliser la bibliothèque. Tu faisais partie de l'équipe d'athlétisme ?

Sa collègue s'esclaffa.

— Oh, mon Dieu ! tu as vu cette photo. Mes cheveux roses n'ont plus l'air aussi effrayants, n'est-ce pas ? J'avais un dégradé effilé à l'époque. C'était juste après notre déménagement de Brooklyn. Comme tu l'as remarqué, j'ai gardé l'accent du quartier en guise de cadeau d'adieu.

— Tu étais une reine des années 1970, c'est certain. (Lydia hésita.) Et ton coach. C'était le père du shérif Eastwind, pas vrai ? On dirait… des jumeaux.

Le visage de Candy ne changea pas d'expression. Sa voix ne s'altéra pas. Et… rien ne clocha vraiment chez elle, mais l'air autour d'elle s'alourdit soudain.

— Oui, c'est ça. C'est le portrait craché de son père.

Il s'écoula un long moment, puis Candy haussa les sourcils.

— Est-ce qu'il y a autre chose ?

Quand les tempes de Lydia se mirent à l'élancer, elle en frotta une.

— Non, rien. Je trouvais juste cette ressemblance troublante.

Avec un haussement d'épaules, Candy se tourna vers son écran.

— Ça arrive, parfois. Non que j'en aie personnellement fait l'expérience. Ma boule de poils ne me ressemble absolument pas.

Chapitre 37

Dans la réserve, Daniel interrompit ses coups de marteau. La température tournait autour de quinze degrés, ce qui aurait été parfait pour cet effort physique, mais le ciel était dégagé, si bien que le soleil le faisait rôtir comme un poulet.

Heureusement, il n'eut pas à aller loin pour être soulagé.

Le dernier des trois ponts était celui dont l'état était le plus mauvais, mais il enjambait un frais torrent de montagne qui cascadait. Sautant sur les pierres, il se pencha et s'aspergea le visage et le cou. Quand il redressa la tête, l'eau froide dégoulina sur son torse et fut absorbée par son tee-shirt.

Pour réparer le pont, il avait dû démonter tout l'ouvrage, retirer les rambardes ainsi que l'ensemble des planches. C'était les trois piliers de soutènement qui posaient un problème : le torrent les avait rongés par en dessous et le bois pourrissait par endroits. La bonne nouvelle, c'était qu'il restait assez de surface intacte aux extrémités, sur les rives, pour qu'il n'ait qu'à placer des étais en travers des dégâts et clouer le tout ensemble. Il avait transporté six poteaux de trois mètres sur le quad, et, à présent que ceux-ci soutenaient les parties fragilisées, il estimait que l'ouvrage pourrait encore servir une saison supplémentaire.

Jetant un coup d'œil aux alentours, il remonta sur la berge et s'attaqua aux planches qui constituaient le sol du pont. Il y en avait environ deux douzaines. Il aurait terminé d'ici à une demi-heure et pourrait ensuite regagner le CEL.

Et s'assurer que Lydia allait bien.

Après avoir retiré les vieux clous des planches, il remit ces dernières en place et s'occupa de les fixer à nouveau. Ce qui lui réclama un putain d'effort. Le marteau dans sa main semblait peser vingt kilos chaque fois qu'il le soulevait au-dessus de son épaule – encore un exemple de la puissance du cerveau. Étant donné sa mauvaise humeur, ces simples gestes lui donnaient l'impression de pousser un tank en haut d'une colline, même si rien n'avait vraiment changé dans sa vie, sa situation, sa réalité.

Enfin… à l'exception de Lydia…

— Putain ! cracha-t-il lorsqu'il se donna un méchant coup de marteau sur l'index.

Secouant la main, il siffla entre ses dents et leva la tête…

Un scintillement apparut sur sa droite, à une altitude un peu plus basse que la sienne. Plissant les yeux, il leva la main pour se protéger du soleil.

Et le scintillement revint, comme si un truc métallique reflétait un rayon du soleil.

Se dirigeant vers le quad, il sortit les jumelles de la boîte à gants. Braquant les lentilles sur l'endroit où il avait aperçu le mystérieux scintillement, il dut passer en revue les alentours avant de le saisir de nouveau.

Une trappe. Dans la terre. Ou du moins cela y ressemblait.

Enfin, songea-t-il.

Finissant rapidement de clouer les planches, il enferma les outils et son portable dans le quad, ôta la clé du contact et enfila un poncho de camouflage. La capuche tirée sur la tête, il s'éloigna rapidement de la piste, entre les arbres, en veillant à garder la tête baissée et le pied léger.

Il tenait son pistolet serré dans sa main. Ou, plutôt, le pistolet équipé d'un silencieux qu'il avait dérobé au harceleur. Qui avait commodément disparu.

Il descendait en ayant une conscience aiguë de tout son environnement : la brise qui soufflait dans l'air, le miroitement du lac qu'il apercevait au loin, les aiguilles de pins qui bruissaient sous ses bottes. Personne ne le suivait.

Du moins pas à sa connaissance.

Tandis qu'il se rapprochait de l'endroit d'où provenait l'éclat lumineux, un sentiment d'inexorabilité s'empara de lui, comme si une chaîne s'était enroulée autour de sa poitrine et l'entraînait vers un lieu prédéterminé. La route avait été longue et difficile, et il allait enfin voir l'aboutissement de sa quête. Pourtant, à chaque pas, il se répétait de ne pas se précipiter. Il ne savait pas réellement s'il allait trouver ce qu'il était venu chercher… néanmoins, une espèce de sixième sens en lui ne croyait pas à ces conneries de « médiation de ses attentes ».

Dans ses tripes, il était convaincu…

Il s'immobilisa soudain pour regarder derrière lui et tout autour, puis il se cacha derrière un tronc, même si, vu qu'il ne savait pas exactement d'où venait la menace, il ignorait s'il venait de se mettre à l'abri ou de s'exposer davantage.

Lorsque rien ne bougea et qu'il n'entendit aucun bruit, il se décida à repartir, mais en redoublant de prudence et en se déplaçant de tronc en tronc comme une bille de flipper au ralenti.

Des panneaux « Défense d'entrer » commencèrent à apparaître au bout d'une centaine de mètres. Les avertissements en orange sur fond noir étaient disposés selon une ligne s'étirant le long de la montagne et marquant une limite de propriété.

Même s'il n'y avait pas de clôture, ni de caméras de surveillance dans les arbres, ni… rien d'autre qui l'indique.

Il franchit cette démarcation invisible et poursuivit son chemin.

Malheureusement, il ne vit pas qu'il venait de couper un rayon infrarouge avec son pied.

Perdue dans ses pensées, Lydia gagna son bureau et s'assit à sa table. Baissant les yeux au sol sur le plat en fer-blanc dans lequel elle avait placé sa tour informatique, elle fut soulagée que leur benne à ordures ait été vidée le jour prévu. Impossible que quelqu'un découvre la tour brûlée à présent, et, si un membre des forces de l'ordre venait chercher le disque dur pour l'examiner, on ne pourrait pas lui reprocher d'avoir jeté un PC endommagé alors qu'elle ne faisait l'objet d'aucune enquête officielle.

Contemplant le plat désormais vide, elle se répéta qu'elle devait faire quelque chose, mais resta simplement assise là.

À l'accueil, Candy répondit au téléphone et démarra une conversation. Après quelques phrases, il devint évident que c'était la famille de Rick qui appelait pour les informer du lieu et de la date de la cérémonie funéraire. Quelques minutes plus tard, Lydia l'entendit reposer le combiné sur son socle, puis elle perçut le grincement du parquet lorsque Candy s'engagea dans le couloir.

Elle se mit à parler avant même d'avoir atteint dans le bureau.

— Bien, donc l'enterrement aura lieu le week-end prochain à Rhode Island. Ils ont de la famille à l'étranger qui veut rentrer pour y assister. (Elle se pencha dans l'encadrement de la porte.) Est-ce que tu vas y aller ? Nous sommes invitées toutes les deux, et on peut covoiturer si tu veux. C'est un… Ohé ?

— Hein ? (Lydia secoua la tête.) Désolée.

— Écoute, tu devrais peut-être rentrer faire une sieste. Tu as l'air d'en avoir besoin.

Non, ce dont elle avait besoin, c'était se trouver un périphérique pour imprimer tous les fichiers stockés sur les disquettes et pouvoir les lire en privé. Ensuite elle devrait…

Faire quoi, aller où ? se demanda-t-elle.

— Tu as raison, marmonna-t-elle. Il faut que je me reprenne, bon sang !

— On s'occupera des funérailles plus tard. (Candy disparut… et revint immédiatement.) Oh ! et j'ai une question professionnelle. Est-ce qu'on maintient le gala de bienfaisance le mois prochain ou pas ?

Lydia cligna des yeux tandis qu'elle s'efforçait de traduire des mots dont elle connaissait pourtant fort bien la signification.

— Euh… c'est quelque chose qu'il faut demander au conseil d'administration. Ce sont leurs invités qui viennent, pas les nôtres. Enfin, de toute évidence, pas les miens vu que je ne connais personne.

— Alors tu vas devoir décrocher le téléphone et découvrir ce qu'ils ont décidé. J'ai des fournisseurs qui appellent au sujet de l'organisation. Ils posent des questions concernant la location des tentes, le traiteur, ce genre de trucs. Je ne sais pas quoi leur répondre. Je veux dire, je suis sur la ligne de front ici, tout passe par moi, mais je n'ai aucune autorité…

Bizarrement, tout chez Candy devint super net, depuis sa courte chevelure blond platine jusqu'à l'ombre à paupières bleue assortie à son pull et à son pantalon rose au pli impeccable.

— Quoi ? demanda-t-elle. Qu'est-ce qui ne va pas ?

Lydia se mit lentement debout.

— Il faut que tu sois honnête avec moi, Candy. (Lorsque ces mots quittèrent sa bouche, ils étaient une octave plus basse que d'habitude.) Ça suffit, les conneries. Qu'est-ce que tu sais ? Quels secrets gardes-tu ?

La réceptionniste plissa les yeux.

— Tu es ma patronne à présent. S'il arrivait quelque chose à cette organisation…

— Tu ouvres chaque courrier qui arrive ici. Chaque commande de fournitures. Tous les paquets et les enveloppes FedEx. (Lydia contourna le bureau.) Tu as accès à tous les comptes en banque parce que c'est toi qui règles les factures et fais la comptabilité. Tu es l'administratrice réseau de nos ordinateurs, tu t'es occupée de l'achat et de l'abonnement de nos téléphones portables, tu es mon contact d'urgence chez le médecin.

Elle continua d'avancer jusqu'à se retrouver nez à nez avec sa collègue.

— Plusieurs millions de dollars ont disparu des comptes, dont j'ignorais même qu'ils y étaient entrés au départ. Le paquet pour lequel tu n'as cessé d'appeler UPS a été livré ici au lieu de l'adresse de résidence de Peter, qui était écrite sur l'étiquette. Et tu n'as pas semblé si surprise que cela d'apprendre la mort de Rick. Je vais donc répéter : Candy, qu'est-ce qui se passe ici, putain !?

La réceptionniste se contenta de hausser le sourcil gauche en guise de réaction.

— Tu viens de m'accuser de faire mon boulot. Bravo, Columbo. Et ce que j'éprouve au sujet de Rick ne te regarde pas…

— Tu sais ce qui se passe en sous-main ici. Tu connais la vérité. (Lydia scruta le visage de son interlocutrice.) Et tu as tué Peter Wynne, pas vrai ?

Chapitre 38

Lorsque Daniel fut parvenu à la trappe métallique installée dans le sol, il inspecta les alentours. À l'exception d'un couple de corbeaux tournoyant au-dessus de lui, il n'y avait personne à proximité.

Et maintenant qu'il se trouvait juste devant de ce satané truc il comprenait pourquoi la lumière du soleil s'était reflétée dessus. Un arbre au tronc pourri était tombé un peu plus haut et avait dévalé la pente, balayant au passage une bande d'aiguilles de pins de la trappe circulaire, et c'était cette portion d'acier mise à nu qui avait joué le rôle de surface réfléchissante.

La trappe faisait environ un mètre de diamètre et la petite roue à manivelle sur le côté servait sans doute à son ouverture.

— Salut, aiguille dans la meule de foin.

Rangeant son arme, il s'agenouilla, empoigna la roue et tenta vainement de la tourner sur son axe. Il réessaya avec plus de force, mais obtint le même résultat. Avec un juron, il mit toute sa force dans…

La roue cassa dans un grincement, et Daniel tomba sur les fesses.

— *Merde!*

Il devait entrer. Pour achever ce qu'il était venu faire, il allait avoir besoin d'un accès total.

Se replaçant au-dessus de la trappe, il dégagea ses bords de la terre qui les recouvrait pour avoir une idée de ce qu'il lui faudrait pour l'ouvrir. Tu parles d'un truc solide ! Il n'y avait aucun point faible autour du…

Une balle grésilla près de son oreille et s'enfonça avec un petit soupir dans les aiguilles de pins derrière lui.

Il se redressa et plongea par-dessus le tronc de l'arbre abattu… mais la pourriture avait majoritairement dévoré l'intérieur du tronc, si bien qu'il n'offrait qu'une protection visuelle et non tactique. Empoignant son flingue, il se précipita vers le pied, où le bois était encore intact et donc plus solide.

Triangulant l'emplacement de l'attaquant, il aperçut un uniforme noir derrière un affleurement rocheux. À une quinzaine de mètres…

— Voyez-vous cela ! murmura-t-il en reconnaissant le visage de l'homme. Tu as récupéré tes yeux, on dirait, hein ?

C'était le vigile qu'il était censé avoir tué et désarmé…

D'autres balles sifflèrent, touchant le bois, le sol, ricochant sur une pierre.

Daniel s'accroupit. Ce qu'il lui fallait, c'était du renfort…

Quand le décompte des balles fut assez élevé, il bondit et se mit à courir aussi vite que possible, mettant à profit les quelques secondes nécessaires à un rechargement. Et il réussit juste à temps à se plaquer contre l'un des rares chênes poussant à cette altitude.

Le soldat le croyait toujours derrière le tronc d'arbre abattu et visait devant lui depuis sa cachette derrière un amas de rochers un peu plus haut.

Daniel leva son arme pour presser la détente…

« Pop ! »

Une balle qui n'était pas la sienne atteignit le soldat à la tempe et lui pulvérisa la tête en un nuage rouge moucheté de particules blanches. Le corps décapité s'écroula en avant et atterrit avec un bruit sourd… puis, comme le tronc d'arbre qui avait dévoilé la trappe en roulant dessus, le cadavre encore tiède et parcouru de spasmes fit de même le long de la pente jusqu'à finir par s'immobiliser sur le ventre.

Daniel balaya les alentours du canon de son arme. Et la pointa vers la haute silhouette qui venait soudain d'apparaître sur la scène.

Le shérif du canton de Walters se tenait sur une corniche à une dizaine de mètres de là, bien campé dans ses bottes, et baissait tout juste son arme de service.

— Je pense que vous êtes en sécurité à présent, fit remarquer le nouveau venu d'un ton sec. En tout cas, vous ne risquez rien de mon côté.

Daniel s'assura qu'il n'était pas encerclé en jetant un coup d'œil par-dessus son épaule.

— Ah bon ?

— Je suis la loi. Je n'assassine pas les gens.

— Vous voudrez bien m'excuser de ne pas tomber dans le panneau.

Le shérif haussa les épaules et s'approcha en rangeant son arme dans son holster, mais il ne rejoignit pas Daniel et alla se poster au-dessus du soldat.

Ou ce qu'il en restait.

Daniel garda son pistolet braqué sur l'homme et surveilla ses gestes pendant qu'il se penchait.

— Je sais ce que vous êtes, Daniel Joseph, murmura Eastwind. Et je sais pourquoi vous êtes ici.

— Vous savez que dalle.

— Vous vous trompez.

Le shérif secoua la tête.

— Pas d'yeux à prendre cette fois-ci, je le regrette. C'est ce que vous avez fait à l'autre, n'est-ce pas ? C'est ce que vous faites.

— Je n'ai pas la moindre idée de ce dont vous parlez.

— Vous avez tué l'autre. Je ne sais pas ce que vous avez fait du corps, mais vous l'avez fait disparaître. Et vous lui avez pris ses armes… Est-ce que vous les avez planquées quelque part ? Je parie que oui, avant de déboucher sur la départementale pour que Lydia vous récupère. Vous les avez cachées afin qu'elle ne découvre pas ce que vous aviez fait.

Daniel demeura silencieux. Ce qui était la chose à faire lorsqu'un adversaire vous racontait tout ce qu'il savait à votre propos.

— Vous ne pouviez pas vous permettre qu'elle découvre que vous l'avez tué. (À travers la distance qui les séparait, Eastwind le regarda.) Elle n'a pas la moindre idée de ce que vous êtes, pas vrai ?

— Et vous, qu'avez-vous fait pour la protéger ? demanda Daniel. Je suis simplement curieux. Je veux dire, après qu'elle vous a prévenu qu'on la suivait, que quelqu'un s'était introduit sur son terrain, qu'il y avait un mouchard sous sa voiture… qu'avez-vous fait ?

— Elle peut se protéger elle-même.

— C'est une femme qui vit seule…

Le shérif éclata de rire.

— Votre machisme ne sert à rien avec quelqu'un comme elle.

— Et, vous, vous négligez vos devoirs…

— Vous n'avez pas la moindre idée de ce que sont mes devoirs.

— Ce n'est pourtant pas si mystérieux, non ? Vous êtes censé protéger et servir, et, quand il s'agit de Lydia Susi, vous ne faites ni l'un ni l'autre.

— Eh bien, je viens de vous sauver la vie.

— Quelle connerie ! Je l'avais dans ma ligne de tir.

— Vraiment ? (Le shérif se redressa.) Dans ce cas, vous êtes un joueur qui ne sait pas reconnaître ses chances quand il les voit.

— Je ne parie jamais. Je n'en ai pas besoin.

— Que vous dites. (Eastwind inclina la tête.) En tout cas, voici comment nous allons gérer la situation. Je vais m'occuper de notre petit problème ici, et vous allez oublier que vous m'avez vu. Vous allez retourner au pont, remonter sur le quad et regagner le Centre d'étude des loups, où vous allez donner votre démission. Ensuite, vous irez récupérer vos affaires chez Mlle Susi et vous quitterez cet endroit pour ne plus jamais revenir.

— Vous n'avez aucun droit de me donner des ordres.

— Si. C'est ma terre.

Daniel plissa les yeux et esquissa un sourire.

— Vous allez devoir en référer à une puissance supérieure à celle que vous donne votre étoile de shérif si vous voulez vous débarrasser de moi.

— Pas nécessairement. (Eastwind haussa de nouveau les épaules d'un air désinvolte.) Si vous continuez de traîner autour de Lydia Susi, vous allez mourir. Alors, vous ne me causerez plus de problèmes.

Face à Candy, Lydia secoua lentement la tête, puis elle répéta les mots qu'elle venait de prononcer.

— Tu l'as tué. Tu as tué Peter.

Dans le silence qui suivit, l'expression de son interlocutrice ne changea pas. Mais bon, elle avait dû prévoir une confrontation tôt ou tard et s'y être préparée.

— Tu es très loin du compte sur ce point, répondit-elle d'une voix sourde.

— Vraiment ? Je ne crois pas. (Lydia se pencha en avant.) Est-ce que tu as touché quelques-uns de ces millions de dollars ? Est-ce que tu en voulais davantage ? Est-ce qu'il te barrait la route ?

— J'ai une maison avec trois chambres et un chat. Qu'est-ce que je ferais avec autant de fric ?

— À toi de me le dire, Candy.

— Pourquoi m'embêterais-je la vie à obtenir ça ? (Elle croisa les bras sur sa poitrine et leva le menton.) Tu sembles m'avoir imaginé une vie bien plus palpitante qu'elle l'est en réalité. Le fait que cela n'ait absolument *rien* à voir avec ce que j'ai jamais fait ou même pensé ne te dérange sans doute pas. La fiction est toujours beaucoup plus amusante que la réalité pour les gens, hein ? Alors, non, je n'ai rien à ajouter à tes fantasmes, désolée.

Candy regarda dans le couloir, en direction de l'accueil.

— Mais tu as raison sur un point. Cela fait deux ans que je n'ai pas pris un jour de congé. Tu veux savoir pourquoi ? Ce n'est pas parce que je trempe dans des malversations, mais parce que cet endroit est tout ce que j'aie et, même si cela fait de moi quelqu'un d'assez pitoyable, cela ne fait pas de moi une criminelle – ni une meurtrière, merci bien. Donc je vais prendre ce qu'il reste de la journée, et à mon retour ici demain matin nous oublierons les conneries que tu viens de me balancer. Ou, si tu préfères, appelle Eastwind. Fais-le venir chez moi avec des menottes pour m'emmener en taule. Allez, voyons jusqu'où ça ira, qu'en dis-tu ? Bref, passe une putain de bonne soirée. On se voit demain.

Elle tourna les talons et s'éloigna.

Lydia ne bougea pas tandis qu'un froissement de tissu se faisait entendre dans l'espace d'attente, comme si Candy enfilait son manteau et récupérait son sac, puis la porte s'ouvrit et se referma.

Revenant derrière son bureau, Lydia se dirigea vers la fenêtre, écarta les lames du store et observa Candy faire marche arrière et quitter l'allée de gravier.

Je ne la reverrai jamais, songea-t-elle.

Difficile de savoir si c'était de bon ou de mauvais augure.

— Merde ! dit-elle dans le profond silence du bâtiment.

S'écroulant sur sa chaise, elle posa le menton dans sa main et se remémora le jour où elle avait mis les pieds au CEL pour la première fois. C'était lors de son entretien d'embauche avec Peter, et elle se rappelait parfaitement avoir trouvé agréable la chaleur de la salle d'attente après le froid vif qui régnait dehors. Candy avait levé les yeux de son bureau et avait commencé à bavarder, comme elle le faisait toujours.

Comme si elles poursuivaient une discussion entamée depuis des années.

À l'époque, Peter venait au bureau tous les jours, Rick s'occupait de la clinique, et elle était pleine d'enthousiasme pour son nouveau travail.

Après tant d'années passées à se sentir déracinée et à l'être véritablement après le décès de son grand-père, elle s'était dit : *oui, enfin.*

Elle avait trouvé des racines.

À partir desquelles elle pourrait grandir.

Mais voilà où elle en était à présent. Seule…

La porte d'entrée s'ouvrit, et des bruits de pas, lents et pesants, retentirent dans le couloir.

Quand elle leva la tête, son souffle s'arrêta même si elle connaissait l'arrivant. Mince ! c'était sans doute justement parce qu'elle avait reconnu sa démarche. Le visage de Daniel était hâlé en raison du temps qu'il avait passé dans la réserve, et ses cheveux avaient été lissés par le vent lorsqu'il avait roulé sur les pistes. À part cela, ses vêtements étaient maculés par la boue séchée de la rivière.

Lydia ne lui donna pas l'occasion de parler.

Elle se rua sur lui et referma les bras autour de son cou, tandis qu'elle se plaquait contre son torse puissant.

— Oh, mon Dieu…, articula-t-elle d'une voix rauque, je suis si heureuse que tu sois là.

Chapitre 39

En réponse à l'étreinte brusque de Lydia, Daniel referma les bras autour d'elle avec raideur. Au début. Mais, quand elle se blottit contre lui et se mit à frissonner, il ferma les yeux et cala sa tête sous son menton.

— Que s'est-il passé ? demanda-t-il, conscient qu'il devrait lui aussi livrer son propre compte-rendu.

Excepté qu'il s'en sentait incapable.

— C'est juste que… je crois que je viens de prendre conscience de tout seulement maintenant. (Elle recula.) Tout le monde est parti. Peter. Rick. Maintenant Candy. Ils sont tous partis… mais tu es là, Dieu merci !

Comme elle le dévisageait, il eut l'intention de parler… mais se rendit compte qu'il avait perdu sa voix. Les yeux de la jeune femme étaient si hypnotiques, ainsi bordés de larmes et brillants d'émotion. Tout ce qu'il voulait, c'était la préserver de la souffrance. Du mal.

Lui glissant une main dans les cheveux, il pressa le front contre le sien.

— Lydia.

Son prénom était un préambule à des mots qu'il se retrouva au bout du compte dans l'incapacité de prononcer, et ils demeurèrent ainsi en silence pendant ce qui parut une éternité, laissant leurs corps s'imprégner de la chaleur commune ainsi créée, et leurs âmes se fondre l'une dans l'autre. Dans l'intervalle, tout autour d'eux, des destinées tourbillonnantes à peine esquissées formaient comme un anneau de feu se refermant sur leur avenir.

Sur leur présent.

Mais ils avaient ce moment. Et, si la préciosité se fondait sur la rareté, alors cet instant de paix était inestimable, car il avait l'intuition que cela ne se reproduirait plus.

Il posa instinctivement la bouche sur la sienne. Il ne pouvait plus se permettre de penser. Il avait passé le trajet du retour sur le quad à revivre en boucle la scène sanglante dont il venait d'être témoin, se remémorant le métal froid de la roue ouvrant le mécanisme de la trappe sous ses mains, puis le bruit de ce coup de feu solitaire, suivi de la vision de l'explosion de la tête du soldat en un nuage de sang rouge pulvérisé dans les airs.

Lorsqu'il embrassa Lydia, lorsqu'il insinua la langue dans sa bouche, tous ces affreux souvenirs refluèrent. Plus rien ne le hanta. Elle effaçait tout.

Pas seulement le présent, mais son passé également.

Sans prévenir, Daniel se jeta sur elle et la pencha en arrière jusqu'à ce qu'elle se cramponne à ses épaules et que sa force soit tout ce qui l'empêche de basculer. Il l'embrassa de plus en plus passionnément, puis ferma la porte d'un coup de pied et balaya son bureau du bras, projetant par terre les objets qui s'y trouvaient, dont certains se brisèrent sous le choc.

Mais comme si cela avait la moindre importance pour eux.

Ensuite, il l'allongea rudement sur la table.

— J'ai besoin de toi, dit-il. Il faut que je…

La réponse de Lydia fut de poser en hâte les mains sur son pantalon pour en défaire le bouton et baisser le zip. Quand elle retira ses bottes d'un coup de pied, celles-ci frappèrent le côté du bureau et rebondirent par terre, puis son jean disparut…

Il lui déchira sa culotte, arrachant simplement le coton de son corps.

Il aurait préféré prendre son temps et continuer à la déshabiller jusqu'à ce qu'elle soit entièrement nue.

Mais cela n'arriverait pas dans ce fichu bureau.

Daniel défit à son tour le zip de son pantalon, et son pénis jaillit hors de sa braguette, puis, posant une paume près de l'épaule de la jeune femme, il se pencha au-dessus d'elle, saisit l'arrière de sa cuisse et la tira au bord de la table. Quand ses fesses nues crissèrent sur le bois, elle poussa un cri et ouvrit les jambes.

Il recula un peu et regarda. Lorsqu'il vit son sexe luisant et affamé de lui crûment exposé sous ses yeux, il sentit ses testicules se contracter.

Oh ! non, certainement pas, s'intima-t-il. *On ne va pas reprendre ce chemin.*

Se ressaisissant, il grogna :

— Tu es à moi.

Serrant les dents, il frotta son gland le long du sexe de Lydia, qui tressaillit en réaction, et se cambra, la bouche ouverte. Avec ses cheveux éparpillés autour d'elle, défaits et brillants, le rouge sur ses joues, et ses halètements et ses ahanements, elle représentait une source de vie pour son cœur engourdi, de chaleur pour son âme froide.

À une autre époque, avec un autre destin, elle aurait été la route qu'il aurait suivie, le chemin qu'il aurait emprunté pour traverser son paysage mortel.

Mais ils ne s'étaient pas rencontrés au bon moment…

Quand Daniel la pénétra, elle se cramponna à ses épaules en criant son nom. Baissant la tête, il commença ses va-et-vient. Il avait l'intention d'y aller progressivement, mais il se retrouva incapable de s'arrêter. Il ne contrôlait plus rien. Son corps œuvrait indépendamment de lui, se plaquant à celui de Lydia, tapant contre elle. Tandis qu'il se penchait sur elle pour mieux la baiser, il se mit à grogner comme un animal, totalement déchaîné et, sous lui, Lydia prenait tout ce qu'il lui donnait.

Il s'était trompé.

Ce n'était pas elle qui était sienne. C'était l'inverse.

C'était elle qui le possédait.

Le corps de Lydia absorbait les puissants coups de reins de son amant tandis que le bassin de Daniel allait et venait frénétiquement, alternant délicieusement pénétration profonde et retrait presque complet de son sexe en érection. C'était torride… brutal et terriblement excitant.

Et elle aurait voulu que cela dure éternellement.

Elle songeait à cela quand un orgasme la traversa, tordant son corps, lui faisant éprouver un déluge de sensations qu'elle n'avait encore jamais connues. Juste au moment où elle décollait, Daniel se colla contre ses cuisses, et l'explosion de sa jouissance en elle lui déclencha une nouvelle vague de plaisir…

Il trouva sa bouche, et ils s'embrassèrent pendant que les orgasmes se prolongeaient.

Puis la fièvre retomba aussi vite qu'elle était montée.

Pourtant l'intensité de leurs ébats avait été telle que, lorsqu'ils s'immobilisèrent enfin, tous deux complètement pantelants, elle eut l'impression d'être partie des centaines d'années, puis Daniel s'écroula sur elle, la pressant de tout son poids contre le bureau. Qui aurait tout aussi bien pu être un matelas de plumes pour ce qu'elle en savait. Pour ce qu'elle s'en souciait.

— Merde ! murmura-t-il contre son oreille. Je suis désolé. Ce n'est pas ce que…

Glissant les mains dans ses cheveux, elle enroula les jambes autour de ses hanches et croisa les chevilles.

— Pourquoi t'excuses-tu ? J'en avais envie, moi aussi. Et ne t'inquiète pas… je ne peux pas avoir d'enfant. Je ne suis pas… Il n'y aura jamais de grossesse.

Il cligna des yeux, comme si elle l'avait choqué.

— Je… euh… j'aurais dû y penser.

— Comme je te l'ai dit, ce n'est pas nécessaire. (Quand il recula un peu, l'air gêné, elle secoua la tête.) Ça ne mérite pas qu'on s'attendrisse là-dessus. Pour reprendre une de tes expressions : c'est comme ça.

— Je suis désolé.

Elle lui caressa le visage, s'émerveillant qu'il soit en elle.

— Ne gâchons pas cet instant. Viens, profitons… du moment présent.

— Lydia… j'aimerais tant que les choses soient différentes.

De l'index, elle lui lissa les sourcils.

— Au moins nous avons ce moment pour nous. Ou… nous l'aurons eu. (La tristesse de la jeune femme revint et elle lui prit le visage entre les mains.) Et si on s'en allait d'ici et qu'on rentrait à la maison ?

— D'accord.

Il l'embrassa encore. Et encore.

Après cela, elle inclina la tête d'un côté et lui de l'autre, et ils ondulèrent ensemble, plus doucement, plus lentement, mais pas moins intensément. Cette fois-ci, le plaisir ressembla plus à une flamme qu'à une explosion, mais elle les brûla avec autant de chaleur, même si le sentiment d'urgence avait disparu.

S'accrochant à lui, elle regarda le plafond au-dessus de son bureau. À chaque poussée, sa tête partait en arrière, et, à chaque retrait, elle revenait à sa place, modifiant son champ de vision au rythme auquel il lui faisait l'amour.

Oh, mon Dieu ! était-elle vraiment en train de faire ça dans son bureau ? se demanda-t-elle. Est-ce que c'était vraiment en train d'arriver… ou s'agissait-il d'un rêve érotique dont elle allait se réveiller, les cuisses serrées et le souffle court, seulement pour enfouir son visage dans l'oreiller avec un grognement de frustration…

— Daniel…, gémit-elle.

Son orgasme fut plus doux, mais dura plus longtemps, et la bouche de son amant resta de nouveau soudée à la sienne tout le temps qu'elle chevaucha la vague.

Fermant les yeux, elle eut envie de pleurer. À la place, elle se contenta de le serrer plus fort.

Comme s'il risquait de disparaître à tout instant.

Comme le ferait un rêve.

Chapitre 40

Daniel déposa l'assiette devant Lydia et recula.

— Je ne cuisine pas aussi bien que toi.

Quand elle leva les yeux vers lui, son sourire triste lui brisa le cœur.

— Allons donc, c'est un repas trois étoiles pour moi.

Loin de là, pensa-t-il. Bon sang! il aurait aimé pouvoir lui faire un barbecue, au soleil couchant d'août, accompagné d'épis de maïs enveloppés dans du papier d'alu et d'une énorme salade du potager qu'il aurait cultivé. Pour ensuite lui servir en dessert de la glace à la fraise maison avec du coulis de chocolat chaud préparé à l'ancienne avec du sirop de maïs et des pépites légèrement sucrées. Oh! et il aurait voulu faire tout cela dans une cuisine qu'ils auraient partagée, et ensuite dîner avec elle sur le porche, où ils profiteraient paresseusement de leur dimanche.

— Ce ne sont que des spaghettis en boîte et de la sauce tomate en pot, lui fit-il remarquer.

Mais ouverts et réchauffés avec amo…

Non, s'interrompit-il.

— Tu ne manges pas? (Elle regarda l'évier et la casserole.) Je vais attendre que tu te prépares une assiette.

— J'ai pris un gros déjeuner sur la piste.

— Tu as pique-niqué?

Il s'assit en face d'elle avec l'un de ses Coca achetés au distributeur de la salle de pause du CEL. Étant donné la quantité qu'il buvait au travail, il allait vider la machine de toutes ses canettes rouges.

— Oui, j'ai pique-niqué. Avec des trucs de pique-nique. (Il s'adossa à sa chaise et s'étira.) Bref, le dernier pont est réparé, le toit du hangar aux équipements est comme neuf, les toilettes rafistolées vont tenir encore un peu, et la fuite du quad est colmatée.

— Ta liste de réparations est finie.

Lydia fit tournoyer sa fourchette.

Comme elle laissait sa phrase mourir dans l'air, il se demanda si elle n'avait pas deviné qu'il allait partir.

Foutu Eastwind ! Mais le shérif n'était pas la raison de son départ. Au bout du compte, le meilleur service qu'il puisse rendre à Lydia consistait à se barrer de sa vie. À court terme, il parviendrait peut-être à la protéger, mais il serait obligé de partir assez vite… et il avait ses propres ennemis.

— Où est le reste de ta famille, l'interrogea-t-il. Tu as des cousins, des oncles, des tantes ?

Elle haussa les épaules.

— Il n'y avait que mon grand-père et moi. Être la fille unique de deux enfants uniques rétrécit quelque peu l'arbre généalogique.

— Qu'est-il arrivé à tes parents ? (En réponse à sa question, elle se contenta d'observer son assiette, taquinant les spaghettis avec les pointes de sa fourchette.) Je ne veux vraiment pas me montrer indiscret.

Tu parles !

— C'est bon, dit-elle avec un sourire hanté. C'est juste que… j'ai l'impression que c'était une autre vie, et c'était il y a si longtemps. Et je suppose que… Eh bien, j'ai toujours vécu à cheval entre deux mondes différents, n'appartenant jamais ni tout à fait à l'un ni tout à fait à l'autre. Parler de ma mère et de mon père me fait l'effet d'essayer de réconcilier l'irréconciliable.

— Raconte-moi, chuchota-t-il.

Lydia sourit dans le vide, tout en continuant à jouer avec ses pâtes.

— Eh bien, ma mère m'a abandonnée juste après ma naissance et mon père n'était jamais là. Si mon grand-père n'était pas intervenu, honnêtement, je ne serais pas là.

— Attends, quoi... ? ta mère t'a abandonnée ?

— À la naissance. (Elle leva les yeux vers les siens, comme si elle voulait voir sa réaction.) Je n'étais pas prévue non plus. Toi et moi avons cela en commun. Et nos mères nous ont abandonnés, pas vrai ?

— Oui, en effet. (Daniel secoua la tête.) Donc elle t'a juste abandonnée à l'hôpital ?

— Elle a accouché à la maison. Chez mon grand-père. Mais avant elle a tenté d'interrompre sa grossesse... à de multiples reprises.

Tandis qu'il jurait dans sa barbe, elle poursuivit son récit en accélérant son débit, comme si elle voulait vite arriver au bout de cette histoire.

— Elle a tenté d'avorter à la maison avec un cintre, puis elle a fait deux tentatives de suicide avec des médicaments. Lors de la dernière... elle s'est jetée devant une voiture... mais je me suis accrochée.

Daniel ne put que cligner des yeux.

— Putain de merde, Lydia !

— Je n'ai appris tout cela que parce que son journal intime faisait partie des affaires qu'elle avait préparées pour la maternité. Le travail est allé trop vite pour lui permettre de traverser la ville, si bien qu'après ma naissance, dès que l'hémorragie s'est arrêtée et qu'elle a pu marcher, elle a pris sa voiture et elle est partie. Ce sac était tout ce que je possédais.

Je le gardais sous mon lit pour dormir. Quand j'ai eu dix ans, je l'ai enfin ouvert. Elle l'avait clairement préparé avec l'idée de déguerpir de l'hôpital. J'ai lu le journal, mais je n'ai pas tout compris avant un petit moment, quand je suis devenue plus grande. (Elle eut un rire gêné.) La seule photo que j'ai d'elle est celle de son permis de conduire – elle n'avait même pas pris son portefeuille, et j'étais contente de l'avoir.

— Est-ce qu'elle est toujours en vie ?

— Je ne crois pas. J'ai essayé de la retrouver une fois. La photo sur le permis était vraie, mais le nom et l'adresse étaient faux. (Elle posa sa fourchette et repoussa ses cheveux en arrière.) Oh, mon Dieu ! on dirait vraiment un feuilleton télévisé.

— Alors, c'était avec le père de ton père que tu vivais ?

Elle hocha la tête.

— Il habitait dans un coin isolé, environné d'arbres. Je dormais avec la fenêtre près de mon lit ouverte, même pendant l'hiver. Les loups chantant à la lune étaient mon plus grand réconfort.

— J'adore ce son, moi aussi, murmura-t-il. Est-ce que c'est pour cela que tu as atterri ici ? Pour travailler avec eux.

— Pour moi, c'est chez moi. Et, voyons la réalité en face, je me débrouille mieux là où je n'ai pas à prétendre être autre chose que ce que je suis.

— Une comportementaliste.

— Quelqu'un qui n'a d'attache nulle part. (Elle haussa légèrement les épaules.) Ici, dans cette petite ville où il n'y a pas grand monde, ça ne me dérange pas tant que ça. Et puis il y a les loups… Ce sont de si belles créatures, qui doivent être protégées. Même les prédateurs peuvent être pourchassés, et les humains sont la plus grande menace de toutes.

Voilà pourquoi elle ne l'empêcherait pas de partir, songea Daniel. Elle était habituée à la solitude.

— Il existe d'autres endroits où tu pourrais vivre, reprit-il. D'autres boulots.

— Je sais. (Elle inspira à fond.) Et je vais devoir en trouver un… Mon Dieu, ce n'était pas ainsi que j'imaginais que tout s'achèverait !

— Tu as dit que Candy était partie elle aussi ? Est-ce qu'elle a démissionné ?

— Elle a décidé de prendre son après-midi. Après tout, pourquoi pas. Mais la question est de savoir si elle reviendra demain matin.

Il opina.

— Je sais que je l'ai déjà dit, mais j'aimerais que les choses soient différentes.

Lydia le désigna de sa fourchette.

— On ne peut pas dire plus vrai.

Ils se turent un moment pendant qu'elle mangeait ce qu'il lui avait préparé. Quand elle eut terminé, il débarrassa son assiette et sa fourchette, et la laissa finir son verre de lait.

Il fit couler de l'eau dans l'évier.

— Ce paquet qui était destiné à Peter. Est-ce que tu ne vas pas chercher à savoir ce que contiennent ces disquettes ?

— Non, je pense qu'il faut juste que je les remette au shérif et que je le laisse régler ce mystère. Et toi, que vas-tu faire, le sais-tu ?

— Oui, je sais…

— Tu t'en vas demain, pas vrai ?

Lorsque Lydia prononça ces mots, elle eut conscience que tout son corps s'était tendu comme si elle était sur le point d'être renversée par une voiture. Et pourtant, que disait le proverbe ?

« Ne pose pas de questions dont tu ne veux pas entendre la réponse. »

Dans ce cas, c'était vrai, elle ne voulait pas entendre la réponse, car, malheureusement, elle la connaissait déjà.

— Ça ira pour moi, dit-elle. (*S'adressait-elle à lui ou à elle-même ?* s'interrogea-t-elle.) S'il y a bien une chose que la vie m'a apprise, c'est que ça ira toujours pour moi. D'une façon ou d'une autre, ça a toujours été le cas.

Daniel ouvrit la bouche. La referma. La rouvrit.

— C'est bon, je t'assure. (Elle esquissa un sourire. Ou du moins essaya.) Cela fait beaucoup à encaisser. Je veux dire, même moi, qui suis très investie dans le Centre, je me retrouve noyée dans cet imbroglio de drames. Alors j'imagine quel effet cela doit faire à quelqu'un qui n'est que de passage ici, comme toi… Je comprends.

— J'aimerais que les choses soient différentes. Bon Dieu ! je ne cesse de répéter la même chose, pas vrai ?

— C'est bon. (Elle posa une main sur son cœur.) Encore une fois, je suis assez d'accord avec cette assertion.

Il y eut un nouveau silence, puis il dit :

— Tu n'as pas à me payer.

— Tu as fait tes heures au CEL, tu mérites cet argent.

— Nan, c'est bon.

Lydia regarda par la fenêtre près de la table. Écartant le rideau mauve, elle contempla l'obscurité… en se demandant ce qu'il y avait là-dehors. Et pas en termes de menaces contre elle. Elle se demandait où irait Daniel, où le destin l'entraînerait.

Elle connaissait déjà en partie la réponse.

Loin d'elle, voilà où le destin l'entraînait.

— Il est tard, dit-elle sans quitter la fenêtre des yeux.

— Il n'est que 20 h 30, rétorqua-t-il. Je crois que cela enfreint ta règle des 21 heures si tu vas te coucher maintenant.

— Oh, ! j'ai plutôt l'impression qu'il est 4 heures du matin…

Le plancher grinça à côté d'elle, et Lydia leva la tête. Daniel se tenait au-dessus d'elle et la dévisageait de sa haute stature.

— Oublierai-je un jour tes yeux ? murmura-t-elle.

Encore une question dont elle connaissait déjà la réponse.

— Je n'ai rien de particulier. (Il redressa brièvement les épaules.) Je ne suis qu'un homme à tout faire.

— Tu es bien plus que cela.

Daniel lui tendit la main.

— Viens. Allons à l'étage.

Laissant le rideau retomber en place, elle se leva et glissa la main dans la sienne. Lorsqu'ils arrivèrent devant les marches menant au premier étage, il la laissa courtoisement passer devant lui. Et, comme elle le frôlait pour monter, elle songea que les choses normales que faisaient les couples vivant ensemble procuraient une joie bien tranquille. Se brosser les dents en même temps au-dessus du lavabo. Enfiler son pyjama ensemble. S'installer et éteindre la lumière pour la nuit.

Elle aurait aimé pouvoir profiter d'une vie entière de tous ces petits instants avec lui.

En haut, ils gagnèrent sa chambre, et non la chambre d'amis, puis il ressortit pour se rendre aux toilettes. Une fois qu'elle eut passé son pyjama, il rentra et choisit le côté du lit le plus proche de la porte, puis il tapota l'oreiller pour lui redonner du gonflant et testa la fermeté du matelas en appuyant ses larges mains dessus. Le laissant arranger la literie à son goût, elle effectua sa routine nocturne habituelle, devant le lavabo au bout du couloir, et, quand elle revint dans la pièce, elle remarqua qu'il avait déménagé ses sacoches pour les déposer par terre juste à côté de l'endroit où il était étendu sous les draps.

C'est là qu'est son arme, songea-t-elle en écartant les couvertures de l'autre côté pour le rejoindre.

Cela lui parut la chose la plus naturelle au monde de se glisser entre les draps frais pour se blottir contre le corps tiède de Daniel. Lydia se détendit contre son torse, et il tendit le bras pour éteindre la lampe de chevet.

La jeune femme regarda par la porte ouverte. Elle avait laissé la lumière de la salle de bains allumée, si bien que la balustrade de l'escalier projetait des ombres sur le plancher nu du couloir.

Je pourrais faire cela éternellement, pensa-t-elle.

Juste des actes anodins, comme le dîner, la lessive ou le brossage des dents. Elle supposait qu'il était pathétique d'avoir des buts aussi simples dans la vie. Les aspirations devaient tendre vers les voitures de luxe et les vacances exotiques… et cela lui évoqua Peter Wynne.

Combien des coûteuses rénovations de sa grange avaient-elles été payées grâce aux donations destinées au Centre d'étude des loups ? Avait-il acheté ces informations sur ces horribles expériences ? ou les avait-il vendues ?

Et que diable allait-elle faire de ce qu'elle savait ?

— Essaie de dormir, marmonna Daniel. Le matin approche.

À toute vitesse.

Et elle supposa que c'était une preuve de son attachement à Daniel que, malgré la longue liste de problèmes qui pesaient sur elle, il soit le seul élément de son existence qui lui importe vraiment. Mais comment leur relation aurait-elle pu s'achever autrement. Sérieusement. Quelle autre issue pouvaient-ils avoir ?

En outre, s'il n'était plus là…

Elle savait qu'il serait à l'abri.

Et éprouvait finalement à cette idée une certaine tranquillité d'esprit.

Chapitre 41

Lydia s'éveilla au son printanier des chants d'oiseaux, le visage baigné dans une chaude nappe de soleil. Ouvrant les yeux en papillotant, elle se retrouva à contempler la banquette de la fenêtre avec ses oreillers confortables, sa couverture en laine tricotée main et ses coussins qui n'avaient jamais accueilli le moindre chat mais auraient vraiment dû.

Avec un petit pincement au cœur, elle remania son fantasme d'alcôve douillette. Au lieu d'un voyage en solo avec un livre, un thé et le fameux chat, elle imagina deux personnes adossées chacune d'un côté de l'embrasure, avec leurs jambes entremêlées au milieu de la banquette, sous la couverture. Elles s'échangeaient des pages du journal et jetaient par terre celles qui avaient été lues par les deux, tandis qu'un plateau posé entre elles accueillait deux tasses de café et une assiette commune parsemée de miettes de muffins.

Se retournant, elle contempla l'espace vide où Daniel avait dormi. Il s'était assuré qu'elle était installée bien au chaud sous les couvertures après son lever, et l'empreinte de sa tête sur l'oreiller témoignait des heures qu'ils avaient passées, côte à côte, dans son lit.

Au bout du couloir, la douche coulait.

Jetant un coup d'œil au réveil, elle s'aperçut qu'il était 7 heures passées. Le temps pressait.

Avec un sentiment d'urgence, elle rejeta les couvertures et se rua vers la porte fermée de la salle de bains, mais, lorsqu'elle se retrouva devant le battant, elle s'immobilisa… puis elle toqua.

— Lydia ? interrogea Daniel d'une voix étouffée.

En ouvrant la porte, elle fut accueillie par une brume chaude. À l'autre bout de l'étroit espace, Daniel avait ouvert la cabine vitrée et regardait dans la pièce, la savonnette toujours en main. Son large torse ruisselait d'eau et de la mousse dégoulinait sur ses abdos et ses cuisses.

Tandis qu'elle contemplait son sexe, elle l'observa gonfler. Durcir. Se dresser.

Lydia entra et referma la porte derrière elle. Après s'être débarrassée de son pyjama, elle le rejoignit sous l'eau chaude et, avec des mains qui tremblaient d'impatience, glissa les doigts le long de ses pectoraux jusqu'à ses tablettes de chocolat.

S'agenouillant dans le bac, elle toucha les ailes de son bassin et cibla son sexe en érection. Juste au moment où il poussa un gémissement et s'adossa dans un coin de la cabine de douche, elle referma la main sur son épaisse verge et commença à la caresser…

— *Oh, putain !* gronda-t-il.

Ouvrant la bouche, elle lui taquina d'abord le gland du bout de la langue, avant de lécher la hampe de son sexe puis de l'aspirer profondément. Elle n'était pas tout à fait certaine de ce qu'elle faisait mais, vu la façon dont il remuait les hanches et écartait les bras de chaque côté pour se maintenir debout contre les parois, elle se dit que ses efforts étaient suffisants. Et elle adorait cela. Il était si gros qu'il lui étirait les lèvres, et la sensation d'avaler toute sa longueur fit brûler son sexe pour lui.

Quand elle trouva son rythme, il posa une main sur sa tête et la pressa de continuer. À chaque engloutissement, elle ouvrait grand la gorge pour accepter autant de lui que possible. Et à chaque retrait elle le caressait de la paume…

Levant les yeux, elle eut droit au spectacle érotique de ses abdos parcourus de frissons, de ses pectoraux et de ses épaules contractés, et du dessous de son menton alors qu'il rejetait la tête en arrière.

Juste au moment où elle fut certaine qu'il allait jouir, elle recula et garda la bouche ouverte…

Daniel se déplaça si vite qu'elle n'arriva pas à suivre ses mouvements. À un moment donné, elle était agenouillée dans le bac, avec l'eau chaude qui coulait sur son dos et sa tête, le sexe de son amant dans la bouche et ses seins qui se balançaient de haut en bas au rythme de sa succion… le suivant, elle se retrouva debout, dos à lui, les mains plaquées sur la porte en verre de la douche alors qu'il la penchait en avant.

Il explora brièvement l'orée de son intimité du bout de son sexe, avant de la pénétrer profondément, et l'élan poussa la tête et les épaules de Lydia contre la porte de la douche. Elle s'agrippa fermement à la poignée de la vitre tandis qu'il commençait ses va-et-vient en elle.

Plus vite. Encore plus vite.

Quand elle sentit ses grandes mains lui agripper les hanches, elle leva la tête. Derrière la porte vitrée, en face d'elle, juste à côté du lavabo, un miroir en pied était accroché au mur, et, dans le reflet, elle le vit penché sur elle, avec son magnifique torse aux muscles bandés, tandis qu'il allait et venait dans son sexe, les yeux fermés, les dents visibles…

Ce fut plus qu'elle ne put en supporter.

Elle jouit violemment, quand le nom de Daniel quitta ses lèvres, elle sut qu'elle le suppliait de rester. D'une façon ou d'une autre.

Elle ne voulait tout simplement pas le perdre.

Au moment où Lydia se mit à jouir, Daniel fut incapable de se retenir plus longtemps. S'abandonnant à son tour à l'orgasme, son sexe trépida en elle alors que ses éjaculations la remplissaient par saccades, et le plaisir fut si puissant qu'il lui donna le tournis et manqua de lui faire perdre l'équilibre.

Seigneur ! il n'avait jamais eu de problème d'endurance. Avec Lydia cependant, il était comme un gamin de seize ans, submergé par ses hormones et incapable de garder le contrôle…

Un grognement jaillit de sa gorge, et il changea de prise sur elle, remontant un bras entre ses seins et lui agrippant la clavicule et l'épaule, puis il prit appui sur ses jambes et continua à éjaculer, comme si son corps savait que c'était sa dernière occasion d'être avec elle.

Sa dernière chance d'éprouver cela.

Ils perdirent la notion du temps pendant qu'ils chevauchaient le plaisir et frôlaient l'éternité de leurs corps… mais, comme tout ce qui débutait devait également s'achever, il ralentit enfin jusqu'à s'immobiliser, et plaqua à son tour une main sur la porte vitrée pour maintenir son torse vertical alors qu'il avait l'impression d'être une table pliante aux articulations desserrées.

L'effondrement complet n'était pas loin.

Il aida Lydia à se redresser en douceur, puis il la serra contre lui sous l'eau chaude, appréciant le velouté de ses seins contre son torse dur, et fut de nouveau tenté d'embrasser ses lèvres, même s'il allait s'écouler un petit moment avant qu'il puisse satisfaire encore une fois la concupiscence qui semblait ne jamais devoir le quitter.

Du moins quand Lydia était là.

Tandis que l'eau de la douche leur tombait dessus en pluie chaude, il lissa les cheveux trempés de la jeune femme, puis posa les paumes sur ses épaules étroites.

Le regard complice de Lydia lui donna envie de rester, lui donna envie de trouver une solution qui permette de concilier l'inconciliable, pour reprendre son expression, mais, allez, comme si la destinée avait un jour été encline à s'asseoir à la table des négociations ?

Comme c'était tout ce qu'il pouvait faire, il se pencha pour attraper le flacon de shampoing. Après en avoir pressé un peu dans sa paume, il lui lava les cheveux, en faisant bien mousser ses mèches tout en veillant à ne pas lui en mettre dans les yeux, puis il s'assura de les rincer correctement en faisant glisser sa large main le long de la chevelure de la jeune femme, encore et encore, pour la débarrasser de tout reste de mousse.

Dans un porte-savon, il prit une savonnette presque neuve, aux bords encore nets, qu'il frotta entre ses paumes. Ensuite, il lui lava le corps avec le même soin, et la vue de la mousse dégoulinant sur ses seins luisants et gouttant de ses mamelons suffit presque à le faire de nouveau céder à ses désirs. Mais ils n'avaient plus le temps : le sablier avait été retourné à la seconde où ils s'étaient rencontrés, et tout le sable s'était à présent écoulé de la moitié supérieure.

Il était temps pour lui de partir.

Quand il fut certain que sa superbe peau veloutée était propre, il lui donna un chaste baiser.

— Je vais te chercher une serviette.

Il ferma le robinet, puis sortit un pied hors de la douche et tendit un bras pour attraper le drap de bain accroché sur la barre face à lui. Lorsqu'il se retourna, il fut forcé de s'immobiliser pour simplement contempler la jeune femme dans la brume. Elle lui parut aussi ancienne que le temps dans sa nudité glorieuse, et une idée romantique dans son cerveau de pois chiche fit d'elle le pinacle de tout ce qu'il avait jamais connu par le passé.

Elle était le point culminant de son existence.

Au moins pour lui.

C'était ainsi que cela fonctionnait, non ? La perfection était relative, ce n'était pas une caractéristique isolée, ni même un groupe de caractéristiques spécifiques, mais plutôt la façon dont les composants s'emboîtaient aux yeux de la personne qui contemplait l'ensemble.

Pouvait-on tomber amoureux en quelques jours ? s'interrogea-t-il.

Merde ! en ce qui concernait Lydia, il avait succombé en quelques secondes, dès qu'il l'avait vue depuis le seuil de son bureau pour cet entretien.

Daniel la sécha et l'aida à sortir de la cabine, puis il l'enveloppa dans le drap de bain.

— Et toi ? demanda-t-elle alors qu'il ouvrait la porte du couloir. Tu vas avoir froid.

Ce n'est rien comparé au centre de ma poitrine, pensa-t-il.

— Ne t'inquiète pas pour moi.

Lorsqu'elle baissa la tête, il lui souleva le menton, et l'embrassa doucement.

Lydia quitta la salle de bains, et il la regarda s'éloigner seule vers l'endroit où ils avaient dormi côte à côte. Ses pieds mouillés laissèrent des traces sur le plancher, et, alors qu'elle disparaissait dans sa chambre, il observa les marques humides s'évaporer.

Refermant le battant, il ouvrit les sacoches qu'il avait apportées. Il se servit du tee-shirt dans lequel il avait dormi pour se sécher, puis enfila des vêtements. De retour dans le couloir, il jeta un coup d'œil à la porte de la chambre de Lydia lorsqu'il passa devant. Il l'entendit se déplacer à l'intérieur, et les grincements du parquet associés à un froissement de tissu le poussèrent à l'imaginer debout devant sa commode, en train d'accrocher son soutien-gorge, d'enfiler sa culotte, puis son pantalon, et enfin un tee-shirt au-dessus de ses cheveux encore mouillés.

Secouant la tête, il s'engagea dans l'escalier avec ses affaires. S'il entrait dans cette pièce…

… jamais il ne la quitterait.

Dans la cuisine, il déposa ses sacoches près de la porte et se précipita au sous-sol. Pendant le dîner, il avait fait une lessive, et lorsqu'il sortit son boxer, un autre jean et trois tee-shirts du sèche-linge, il les pressa contre son nez parce qu'ils avaient la même odeur que Lydia.

Il avait gravi la moitié des marches mal dégrossies quand il entendit frapper à la porte d'entrée.

Immédiatement en alerte, il porta la main dans le creux de son dos…

Bon sang ! il avait été distrait et avait oublié d'y glisser son arme.

Se hâtant de regagner la cuisine, il passa prudemment la tête par la porte entrouverte de la cave pour jeter un coup d'œil à l'avant de la maison. Au-dessus de lui, il entendit Lydia dévaler l'escalier.

— C'est bon, s'écria-t-elle. C'est seulement Eastwind.

— Lydia, n'ouvre pas la porte avant que je…

— Je m'en occupe.

Pile au moment où elle posait la main sur la poignée de la porte, Daniel se jeta sur ses sacoches et en sortit une arme à feu. Lorsqu'il se redressa, il vit le shérif sur le seuil. Ce dernier ôta son chapeau et le tint devant lui à deux mains.

— Quelque chose ne va pas ? lui demanda Lydia.

Deux yeux marron foncé se concentrèrent, derrière elle, sur le visage de Daniel. L'expression du nouveau venu se durcit comme du granit.

— Shérif ? s'étonna-t-elle.

— Je t'ai laissé une chance, dit Eastwind à Daniel, de faire ce qu'il fallait sans intervenir, mais tu ne l'as pas saisie.

— De quoi parlez-vous ? (Lydia jeta un coup d'œil par-dessus son épaule.) Que se passe-t-il ici ?

Daniel ferma les yeux.

— Il n'est pas celui que vous croyez. (Eastwind sortit un dossier de derrière son chapeau.) Daniel Joseph est un pseudonyme. Il n'a jamais travaillé dans aucune des sociétés dont il vous a donné les références…

— Attendez. (Elle leva les mains et secoua la tête.) Je ne sais pas ce que vous…

— Candy m'a confié son CV hier matin. Elle n'était pas certaine d'avoir correctement effectué les vérifications d'usage, et elle s'inquiétait parce qu'il… se rapprochait de vous. Quand j'ai fouillé un peu plus qu'elle, j'ai découvert que tout était faux le concernant.

Lorsqu'il lui présenta le dossier, elle s'en saisit d'une main tremblante, puis se retourna de nouveau vers son amant, dans la cuisine.

— Daniel ?

Eastwind reprit la parole :

— Je ne vais pas vous dire comment gérer votre vie, mademoiselle Susi, mais quoi que cet homme vous ait dit de lui, quoi qu'il ait fait pour vous… vous ne pouvez pas vous y fier. Je ne suis même pas parvenu à découvrir sa véritable identité. C'est littéralement un fantôme.

Il y eut un silence tendu, puis Daniel lui offrit la seule réponse possible.

Il se pencha et ramassa ses sacoches. Les hissant sur son épaule, il repensa à la nuit qu'il avait passée à côté d'elle, à contempler le plafond, à chercher une issue qui fasse qu'elle ne le haïsse pas.

Il n'y en avait pas.

— Je ne comprends pas. Daniel… qu'est-ce qu'il raconte ?

Excepté qu'elle comprenait en fait. Même sans avoir encore consulté le dossier du shérif, elle commençait à entrevoir la vérité ; son cœur tardait simplement à admettre les conclusions que son cerveau avait déjà déduites.

— J'ai appelé pourtant, dit-elle d'un ton insistant en regardant tour à tour Eastwind et Daniel. J'ai parlé à l'un de tes anciens employeurs, et il m'a dit que ton travail avait été très apprécié…

— À qui avez-vous parlé exactement ? interrogea le shérif. Parce que j'ai également contacté les numéros inscrits dans le CV, et chacun de mes interlocuteurs m'a fait de lui un compte-rendu élogieux, mais, lorsque j'ai voulu vérifier les références sur Internet, les sites web et les numéros indiqués différaient. Et, quand j'ai envoyé un de mes amis à certaines de ces adresses, il a certes bien trouvé des résidences et des écoles… mais avec des noms différents. Et aucune n'a jamais eu d'employé du nom de Daniel Joseph.

Lydia contempla le dossier, puis tourna encore une fois les yeux vers lui.

— Daniel ?

Il s'avança d'un pas ferme, soutenant son regard tout du long. Parce qu'il méritait chaque parcelle d'incrédulité et de colère naissante qui apparaissait sur le visage de Lydia.

— Je suis désolé, dit-il.

— Alors il a raison ? (Elle ouvrit le dossier mais ne regarda pas le rapport.) Tu m'as menti ?

Daniel regarda le shérif en plissant les yeux.

— J'allais partir ce matin.

— Tu es encore là, rétorqua l'autre. Donc excuse-moi de ne pas croire…

— *Pourquoi ?* (Tout en prenant la parole, Lydia se plaça sur le chemin de Daniel et lui bloqua la route.) Pourquoi es-tu venu au Centre en premier lieu ?

— Je n'ai jamais eu l'intention de te faire du mal…

— Pourquoi es-tu vraiment ici ? Ce n'était clairement pas pour un boulot convenant à un nomade.

— Je t'ai protégée. À l'affût dans les bois. Avec le mouchard…

— Ce n'est *pas* une réponse à ma question. (Elle leva la main.) En fait, ce n'est pas la peine. Je ne croirai rien de ce que tu diras et tu ne me révéleras pas la vérité, quoi qu'il arrive. N'est-ce pas ?

— Lydia…

— Sors de ma maison. (Elle s'écarta, de sorte qu'elle se retrouva juste à côté du shérif.) Et je prends à témoin ce représentant des forces de l'ordre : je ne veux plus jamais te revoir. Si tu t'approches de moi, je me protégerai de toutes les façons possibles, et au diable les conséquences légales.

— Tu ne me reverras pas, lui assura-t-il.

— Bien.

Daniel sortit par la porte principale. Après s'être dirigé vers sa Harley, il se délesta de ses sacoches et les attacha rapidement à l'arrière de la moto.

Ce n'était pas ainsi qu'il s'était imaginé partir.

Mais bon, il avait l'impression d'avoir reçu une balle en pleine poitrine, et il avait toujours vu ce genre de blessure dans son avenir.

Bien entendu, il avait toujours pris cette prémonition dans un sens littéral. Il n'aurait jamais pensé qu'il la vivrait au sens figuré, parce qu'il quittait une femme.

Chapitre 42

Lydia demeura courageusement sur le seuil, le temps que Daniel se prépare au départ dans le jardin, mais, à l'instant où sa moto disparut de l'allée, elle chancela.

— Tenez, vous devriez vous asseoir.

Eastwind l'entraîna vers le canapé pile au moment où ses genoux cédaient. Une vague de vertige lui brouilla la vue, le dossier lui échappa des mains, et, quand les feuilles voletèrent sur le tapis, il les ramassa.

— Vous voulez un verre d'eau ? lui proposa le shérif en remettant les documents à leur place et en posant le dossier de côté.

— Non. (En réalité, elle était quasi certaine qu'elle allait vomir.) Ça va.

Quand elle voulut repousser ses cheveux en arrière – ils étaient toujours trempés après la douche prise avec Daniel –, ses mains tremblaient tellement qu'elles lui parurent floues.

Mais elle n'allait pas pleurer.

Non, elle ne ferait pas cela.

Elle ne lui accorderait plus aucune faiblesse. Elle lui en avait déjà trop laissé.

— Je suis une idiote, marmonna-t-elle.

— Non. (Le shérif s'assit à côté d'elle.) Vous ne l'êtes pas.

Bon, le sujet ne méritait pas de débat. En outre, elle ne se souciait pas vraiment du « pourquoi » dans tout ça…

Non, ce n'était pas vrai. Il y avait un « pourquoi » qui l'intéressait beaucoup, mais elle n'allait pas l'aborder avec Eastwind.

— Euh… (elle se racla la gorge) avez-vous retrouvé Peter ? Et, s'il vous plaît, ne me faites pas le coup de l'enquête en cours, d'accord ? Je n'ai pas l'énergie pour ça en ce moment.

Eastwind secoua la tête et, Dieu merci ! n'y alla pas par quatre chemins.

— Non, nous ne l'avons pas retrouvé. Nous avons contacté tous ses proches connus. Cela fait des mois qu'ils n'ont plus de nouvelles de lui. Il n'a rien posté sur les réseaux sociaux, et on a retrouvé son téléphone portable dans la maison. La dernière fois qu'il s'en est servi, c'était la nuit précédant celle de votre appel, quand vous étiez suivie à l'affût. Après cela… rien.

Elle contempla la pièce d'un œil vide.

— Je ne sais pas si le Centre d'étude des loups y survivra.

— Si… et vous allez continuer à y travailler.

Elle le regarda droit dans les yeux.

— À l'heure où je vous parle, cinquante pour cent d'entre nous sont morts.

— Vous êtes ici pour une bonne raison. (Il se frappa les cuisses et se leva.) Quoi qu'il en soit, je ne laisserai rien vous arriver, même si vous avez trafiqué l'enregistrement vidéo que vous m'avez remis.

Lydia cligna des yeux, sincèrement déconcertée.

— De quoi est-ce que vous parlez ?

— Je sais que vous avez modifié la vidéo de l'attaque du randonneur à North Granite Ridge. Je ne m'engagerai pas davantage dans cette conversation, mais ne me refaites plus jamais un coup pareil, compris ?

Le shérif la salua d'un signe de tête et recoiffa son chapeau.

Alors qu'il approchait de la porte d'entrée ouverte, elle dit :

— Comment l'avez-vous su ?

L'homme tourna la tête et, lorsqu'elle le dévisagea, un frisson d'avertissement lui parcourut l'échine.

D'une voix sourde, il répondit :

— C'est ma terre. Je sais tout ce qui s'y passe.

Elle se leva du canapé.

— Ce sont les marques de morsures sur le randonneur. Il était évident que le légiste verrait qu'elles provenaient d'un animal. Alors vous m'avez seulement testée pour voir ce que j'allais dire.

Eastwind secoua lentement la tête.

— Non. C'est parce que j'étais dans la montagne, et que j'ai assisté à l'attaque.

Lydia s'immobilisa tout à fait.

— J'ai prononcé le vœu sacré de protéger ma montagne, Lydia Susi, et je m'y emploie depuis très longtemps. (Il toucha le bord de son chapeau et inclina la tête.) Passez une bonne journée, et faites attention.

Puis il se dirigea vers son 4 x 4 et se mit au volant, et elle l'observa jusqu'à ce qu'il ait, lui aussi, disparu, puis elle referma la porte et regarda l'intérieur de sa maison.

Dans une crise de paranoïa – qui n'était peut-être pas aussi absurde que cela –, elle se rendit dans la cuisine. Quand Daniel et elle étaient rentrés la veille au soir, il était sorti sur le porche fumer une cigarette… et elle avait profité de son absence pour cacher les disquettes qu'elle transportait dans son sac à main.

Seigneur ! dire qu'elle s'était sentie coupable de lui avoir dissimulé cela.

Sur le plan de travail à côté du réfrigérateur, elle gardait une série de boîtes métalliques étiquetées « Farine », « Sucre »,

« Riz » et « Sel », et elle se dirigea vers la première, la plus grosse. Soulevant le couvercle, elle en tira le sachet de farine enveloppé dans un sac congélation qu'elle contenait…

Elles étaient toutes là.

Mais elle les compta. Deux fois.

— OK, dit-elle. Tout… va bien.

Tu parles, mais, en vertu de la théorie du « Fais semblant, jusqu'à ce que tu y arrives », peut-être que, si elle continuait à feindre l'optimisme, l'univers finirait par faire tourner la chance en sa faveur.

Rassemblant les disquettes, elle les remit dans son sac à main… et se rendit compte qu'elle n'avait pas de voiture, mais qu'elle n'avait pas vraiment besoin de se rendre au travail.

« Un pas après l'autre », lui répétait toujours son grand-père. C'était tout ce qu'elle avait à faire.

Mais, l'ennui, c'était qu'elle n'avait aucune idée de la direction à suivre. Oh ! et puis il y avait le fichu petit problème de son cœur brisé.

Bon sang de bonsoir ! elle était encore endolorie à des endroits intimes après avoir couché avec ce sale menteur.

Lydia se trouvait toujours dans la cuisine, hésitant sur ce qu'elle devait faire avec le peu qu'elle avait pour avancer lorsque son portable sonna.

Revenant à la réalité dans un sursaut, elle jeta un coup d'œil à l'horloge au-dessus de la cuisinière…

Quarante-cinq minutes s'étaient écoulées. Seigneur ! elle devait se ressaisir.

Sortant le téléphone de son sac, elle consulta l'écran. C'était un numéro local, mais qui n'était pas dans ses contacts.

Lorsqu'elle décrocha, son cœur se mit à tambouriner.

— Allô ?

— Bonjour, ben, j'ai fini.

— Je suis désolée, que… Attendez, Paul ?

— Ouais, fit la voix bourrue du propriétaire du *Garage de Paul*. J'ai fini, donc vous pouvez venir la chercher quand vous voulez.

Lydia chancela.

— Oh ! Dieu merci.

— J'vous avais dit qu'elle serait prête. Vous me prenez pour un menteur ?

Ça n'a rien à voir avec la voiture, pensa-t-elle.

— Merci infiniment. J'arrive tout de suite.

— Comme vous voulez.

Quand Paul mit fin à l'appel en reposant brutalement le combiné sur le récepteur, elle songea que c'était une bonne chose qu'il soit un mécanicien hors pair sans le moindre concurrent…

Soudain, elle poussa un hurlement et fit un bond en arrière.

Devant la maison, par sa fenêtre de porte, Candy jetait un coup d'œil à l'intérieur. Lorsque leurs regards se croisèrent, la visiteuse leva la main en un geste d'apaisement.

— Désolée, lança la secrétaire à travers la vitre. Je n'avais pas l'intention de te faire peur.

Avec un juron, Lydia plaqua une main sur son cœur qui battait à tout rompre et alla ouvrir.

— Je n'avais pas vu que tu étais là…

— Tu veux que je t'emmène au bureau ? (Candy jeta nonchalamment un coup d'œil à ce qu'elle apercevait du décor intérieur.) Tu sais, je me suis dit… que tu apprécierais peut-être qu'on te conduise au Centre.

Que sait-elle exactement au sujet de Daniel ? se demanda Lydia. *Eastwind l'avait-il mise au courant ?*

Lorsque le regard de Candy croisa le sien, celle-ci prit un air agacé.

— Écoute, je ne vais pas m'excuser.

— De quoi ?

— De t'avoir menti hier.

Lydia sourcilla.

— À propos de quoi exactement ?

La visiteuse jeta un coup d'œil derrière elle.

— Je vais d'abord entrer et fermer la porte.

Elle franchit le seuil, referma derrière elle et s'adossa au battant, puis elle croisa les bras et se mit à jouer avec sa boucle d'oreille gauche. Le flamant rose était assorti au thème tropical de son pull, dont les palmiers et la scène de plage ensoleillée ressemblaient à une carte postale tricotée.

— Tu avais raison, dit-elle brusquement. Je savais… des choses.

Lydia s'assit sur le canapé.

— Dis-moi.

Il y eut un silence, comme si la secrétaire du CEL mettait ses idées en ordre.

— Je savais que l'argent quittait les comptes parce que j'avais accès aux relevés bancaires. Il y avait des virements électroniques d'encaissements provenant de ce que je supposais être des sources légales, mais je n'ai jamais pu déterminer à qui appartenait le compte sur lequel partaient les virements de retraits. (Elle secoua la tête.) Peter était forcément impliqué, parce que, quand je lui ai signalé cette anomalie, il n'a pas été surpris et m'a dit que cela ne me regardait pas. Il m'a rappelé que je n'étais que la secrétaire et que je ne devais me soucier que de répondre au téléphone.

Candy haussa les épaules.

—Alors c'est ce que j'ai fait. J'ai répondu au téléphone. J'ai ouvert le courrier. J'ai commandé les fournitures… mais j'ai gardé une trace des virements suspects. (Elle fouilla dans son sac et en sortit un carnet à spirale.) Cela a commencé il y a environ un an. De l'argent arrivait, je suppose de la part des membres du conseil d'administration, puis repartait sur ce mystérieux compte bancaire.

Elle ouvrit le carnet.

—Et ce n'était pas tout. Rick commandait ces lames de verre… tu sais, pour les prélèvements de tissus.

—Oui, on s'en sert lors des examens des cellules sanguines et…

—Mais pourquoi les commandait-il par milliers ?

Lydia se pencha en avant.

—Je te demande pardon ?

—Des milliers et des milliers de lames. Destinées aux échantillons.

—Ça ne peut pas être possible. (Lydia secoua la tête.) J'ai travaillé à son côté à la clinique et je ne l'ai jamais vu faire quoi que ce soit qui sorte de l'ordinaire ou qui ne soit pas nécessaire en matière d'analyses…

—Et ce n'était pas tout ce qu'il commandait. (Candy se replongea dans ses notes.) Il a passé commande d'une quantité astronomique d'un truc qui s'appelle le bromadiolone ?

Lydia haussa un sourcil.

—Je te demande pardon… Qu'est-ce que tu viens de dire ?

—Je le prononce peut-être mal ?

Candy tourna le carnet vers elle et lui pointa le mot du doigt. Le terme était répété à huit reprises, avec des dates.

—Brodiy…

Lydia se prit la tête à deux mains et commença à trembler. Songeant aux derniers mois qui venaient de s'écouler, elle se remémora l'irritabilité de Rick et les signes évidents de stress qu'il présentait. À présent qu'elle y réfléchissait, elle s'était bien rendu compte qu'il avait perdu du poids et était agité, mais elle avait mis cela sur le compte des soucis causés par l'hôtel de Corrington de l'autre côté de la vallée, et la menace qu'il représentait pour la population des loups.

Elle s'était peut-être trompée sur ce point.

— Qu'est-ce qu'il y a ? l'interrogea Candy. Ça va ?

Reprenant ses esprits, Lydia se racla la gorge.

— C'est… le poison. (Elle regarda sa collègue, avec la certitude d'être en plein cauchemar.) Dans la réserve. C'est le poison qu'on a utilisé sur mes loups.

Candy pâlit.

— Que fabriquait Rick ?

— Je ne sais pas. (Elle repensa au loup qu'elle avait trouvé, moribond, dans le voile.) Comment a-t-il pu faire du mal aux créatures mêmes qu'il était censé protéger.

— Il faisait beaucoup d'heures supplémentaires. (Candy se reprit et tourna encore quelques pages de son carnet.) Le système de sécurité enregistre chaque activation ou désactivation, et à partir de quel clavier. Environ un mois après le début des premiers virements provenant du conseil d'administration, Rick a commencé à venir à la clinique la nuit. Au début, ce n'était pas régulier. Une ou deux fois par mois. Mais, depuis l'automne dernier, c'était toutes les semaines, le jeudi soir, réglé comme du papier à musique.

— Combien de temps restait-il sur place ?

— Plusieurs heures.

— Qu'est-ce qu'il fabriquait ? (Lydia repensa aux fichiers trouvés sur les disquettes et éprouva une rage brute.) Il vaudrait mieux qu'il n'ait pas mené d'expériences sur ces animaux.

Après s'être brusquement levée du canapé, elle se mit à faire les cent pas, puis elle s'arrêta.

— Et si ce n'était pas l'hôtel depuis le début. Et si c'était Rick qui avait empoisonné chacun de ces loups.

— Mais pourquoi ? (Candy fit un geste d'incompréhension de sa main libre, la paume ouverte et les doigts écartés.) Je ne comprends pas.

— Pour pouvoir prélever ensuite des échantillons de tissus sur eux lorsqu'ils les récupéraient pour les autopsier. Mon Dieu ! il devait introduire des agents pathogènes dans leur sang quand on les lui amenait pour un dépistage… (Lydia se frotta le front, comme si cela pouvait l'aider.) Mais pourquoi aurait-il enfreint tous ses principes professionnels et ses convictions ?

— Eh bien, je ne suis pas censée te le dire parce que c'est confidentiel et uniquement consigné dans son dossier RH. (Candy se pencha sur le côté et regarda par la fenêtre au-dessus du canapé.) Il souffrait d'addiction au jeu.

— Quoi ? Non, pas du tout…

— Juste avant que tu sois embauchée, il est entré volontairement en clinique pour se faire soigner. Il est parti un mois et j'ai dû suspendre son salaire ; c'est la seule raison qu'on m'a donnée. Apparemment, c'était un vrai problème… mais, à son retour, il paraissait aller bien mieux. C'est à ce moment qu'il s'est mis à faire du sport en permanence : du triathlon, de la course à pied, des compétitions de natation. J'ai cru que son addiction était sous contrôle.

— C'était donc un joueur ? (Lydia repensa aux coupures de presse sportive qu'il gardait toujours sous la main.) Je n'en reviens pas. C'est juste que…

Mais à quel point connaissait-elle les gens avec lesquels elle travaillait ?

Elle se tut, et Candy referma son carnet à spirale avant de le lui tendre.

— Tu m'as demandé ce que je savais, voilà. Il est à toi… Oh ! quant au colis UPS, tu avais raison également. C'est moi qui l'ai fait réacheminer au Centre. Il y a une dizaine de jours, Peter s'est mis à m'enquiquiner pour savoir où il était, me redonnant encore et encore le numéro de suivi, m'appelant trois ou quatre fois par jour. Ils avaient bel et bien perdu ce truc… et, quand ils l'ont enfin localisé au centre de tri, je le leur ai fait livrer au bâtiment du CEL en imitant la signature de Peter. Je me suis dit que ça avait peut-être un rapport avec… toutes les choses bizarres qui se passaient. Et il a été livré avant-hier soir, mais je ne sais pas qui l'a réceptionné, ni où il est.

Lydia prit le calepin.

— Merci infiniment pour toutes ces infos.

— Je suppose que c'est le moins que je pouvais faire. Et écoute, hier, quand tu m'as interpellée, je n'ai pas su comment réagir. En outre, je ne savais pas non plus si je pouvais te faire confiance. (Candy leva la main.) Oh ! et vraiment, honnêtement, je n'ai pas tué Peter Wynne… mais j'ai le sentiment… que Rick l'a peut-être fait.

Chapitre 43

Lorsque Candy formula cette accusation, Lydia feuilletait son carnet. Il y avait des sections consacrées au système de sécurité, au courrier, aux commandes de fournitures, aux jours d'absence des employés et du directeur, y compris les deux jours où Lydia s'était rendue à Plattsburgh pour sa dévitalisation dentaire. Les notes étaient toutes rédigées de la même écriture nette, mais avec des stylos de couleurs différentes, et certaines même au crayon.

— Alors qu'est-ce qu'on fait ? demanda Candy.

— Je ne sais pas.

Qui aller voir avec tous ces éléments ? se demanda Lydia. C.P. Phalen ? Eastwind et la police d'État ?

— Où est ton homme à tout faire, au fait ? (Candy secoua la tête.) Et, non, je ne pose pas la question pour satisfaire la curiosité de Susan. Ou celle de Bessie.

Lydia contrôla son expression. Ou du moins essaya.

— Il a démissionné. Et je sais que tu as donné son CV à Eastwind.

— Je m'inquiétais pour toi.

— Merci. (Elle ne supportait pas l'idée de raconter ce qu'Eastwind avait découvert sur Daniel.) C'est bien le moins que je puisse te dire.

— Je suis désolée. Tu l'appréciais.

— Je ne le connaissais pas. (Elle s'éclaircit la voix.) C'était un inconnu. De l'eau a coulé sous les ponts… et, en parlant de ponts, il a réparé les trois.

— Ainsi que nos toilettes.

Lydia jeta un nouveau coup d'œil au carnet.

— Peux-tu me rendre un service ?

— Peut-être. (Candy plissa ses paupières fardées de bleu.) Si je le fais, je suis tirée d'affaire pour t'avoir menti hier, d'accord ? Zéro culpabilité.

— Eh bien, je ne suis pas certaine de pouvoir participer à ce marché. Je ne suis pas responsable de ta conscience.

Sa collègue leva la main comme pour dire « stop ».

— Je ne faisais que tâter le terrain sur le chemin du pardon. Voilà tout. Maintenant, de quoi as-tu besoin ?

— Tu m'emmènes chez Paul récupérer ma voiture ?

— Tout de suite. (Elle opina avec force.) C'est un échange très équitable.

Lydia prit son sac à main, vérifia que la porte de derrière était verrouillée, puis sortit avec Candy. Après avoir fermé, elles montèrent dans la voiture parfumée à la fraise Tagada et s'en allèrent.

Quand elles s'engagèrent sur la route départementale, Lydia regarda les berges de la rivière défiler.

— Pourquoi Rick a-t-il voulu poser une bombe à l'hôtel s'il était derrière les empoisonnements ? Je ne comprends pas.

— Je crois que moi si. J'ai reçu quatre appels de différents membres de sa famille, qui voulaient s'assurer que nous savions où et quand auraient lieu les funérailles. Je n'arrivais pas à me débarrasser de l'oncle. (Candy haussa les épaules.) Ils étaient tous si fiers de lui, si déférents à son égard. Si tu sais que tu vas te casser la pipe, genre, tu vas te suicider parce que tu commets des malversations à ton travail ?

C'est un meilleur héritage à laisser aux gens qui t'aiment, non ? Un guerrier en lutte contre une société hôtelière qui nuit à la vie sauvage, plutôt qu'un criminel de droit commun motivé par une addiction au jeu.

— Je te jure que je ne l'ai jamais rien vu faire qui sorte de la norme à la clinique.

— Si tu faisais quelque chose de mal, tu ne t'efforcerais pas de le cacher ? C'est comme lorsque tu es ado, et que tu ranges le bazar avant que tes parents rentrent à la maison. Tu t'assures que tout est à sa place.

Elles se turent et, bientôt, le bâtiment miteux du *Garage de Paul* apparut. Avec le champ de débris constitué de pièces de voitures rouillées sur le bord de la route qui l'entourait, il faisait plutôt tache dans le paysage. Candy s'engagea dans l'allée et arrêta sa calandre juste devant la vitre crasseuse du bureau d'accueil.

Sortant du véhicule, Lydia suivit le ronronnement d'un outil électrique jusqu'à l'atelier de réparation équipé de trois monte-voitures.

— Paul ? appela-t-elle.

— Ouais, vint la réponse depuis une fosse à vidange située sous une Toyota qui paraissait avoir sept cents ans.

— C'est Lydia…

— Je sais, grogna-t-il. Votre voiture est dans la file avec les autres.

— Ah ! merci. (Les ronronnements électriques recommencèrent, si bien qu'elle dut hausser la voix une fois de plus.) Euh… combien je vous dois. ?

— Rien, lui répondit-on avec impatience.

Elle jeta un coup d'œil à Candy, qui haussa les épaules.

— Euh… rien ?

Le vieil homme grisonnant laissa tomber quelque chose sur le sol en béton et gravit les quatre marches de la fosse.

Il était vêtu d'une salopette tellement maculée de cambouis qu'elle aurait certainement pu tenir debout toute seule, et sa casquette était si crasseuse que son logo était illisible. Pour parachever ce look, il portait une barbe grise de la même consistance que la longue chevelure qui lui tombait sur la nuque, au point qu'il était difficile de dire où commençait l'une et où finissait l'autre.

— C'est gratuit. (Ses yeux pâles et larmoyants prirent une expression d'ennui.) Votre ami s'est suicidé. Ça suffit bien.

Lydia éprouva l'envie folle de l'étreindre... mais elle soupçonnait qu'il risquerait alors d'être victime d'une combustion spontanée.

— Merci, dit-elle d'une voix enrouée.

— Ouais. (Il tourna les talons pour redescendre dans la fosse.) Les clés sont à l'intérieur.

— D'accord...

— Avec les affaires qu'il vous a laissées.

Lydia eut un mouvement de surprise.

— Qu'est-ce que vous avez dit ?

La tête de Paul émergea de nouveau de la fosse.

— Les trucs qu'il a laissés pour vous, ils sont toujours dans le coffre.

Le mécanicien disparut de nouveau, comme si tout était dit, et, donc, que cela ne le concernait plus.

Avec une impression de complète dissociation, Lydia ressortit de l'atelier pour rejoindre l'endroit où étaient garées les voitures réparées. La sienne était la dernière de la file et elle se dirigea vers le coffre, les mains tremblantes. Elle appuya sur le bouton d'ouverture, et le hayon se souleva.

À l'intérieur se trouvait un sac de sport en nylon noir.

Candy, qui l'avait rejointe, jeta un coup d'œil à son tour.

— Bien. Au moins ça ne sent pas mauvais, donc Peter Wynne n'est pas là-dedans.

Lydia la regarda, puis observa les alentours.

— Je ne peux pas l'ouvrir ici. Où allons-nous le faire ?

— Retournons au CEL. Sur la scène de crime. Où, sinon ?

— Tu sais, dans un roman d'Agatha Christie, on serait dans un grand manoir, disait Candy.

Après avoir refermé la porte de son bureau, Lydia déposa le sac sur sa table, toujours aussi vide depuis la veille, quand Daniel et elle avaient perdu le contrôle dessus. Comme si elle avait besoin d'un rappel ? Jamais.

Pourtant elle était là avec Candy… et ce mystérieux sac que Rick lui avait laissé.

Par pitié, faites que ce ne soit pas une bombe, pensa-t-elle.

— Je te préviens simplement que, si c'est un tas de morceaux de Peter Wynne sous vide, je démissionne, annonça Candy. Aucun salaire ne vaut la peine de voir une main de cadavre tranchée ou un pied. Ou peut-être même un œil ou deux. Ou un bout de jambe…

— C'est bon, tu peux arrêter les descriptions macabres ? J'ai déjà la nausée.

Inspirant à fond, Lydia tira sur le zip et écarta les pans de nylon. À l'intérieur… elle découvrit un classeur d'une douzaine de centimètres d'épaisseur. Voilà tout. Soulevant le rabat dépourvu de titre, elle se trouva confrontée à un sommaire qui détaillait chacun des quelque vingt onglets du dossier qu'il renfermait. Ainsi que deux clés USB glissées dans une pochette transparente.

— On dirait que je vais garder mon boulot, marmonna Candy. Jusqu'à ce que le vaisseau coule. Maintenant, qu'est-ce que c'est que toute cette paperasse ?

Lydia se mit à compulser les pages. Et, quand son dos l'élança à force de se pencher – non, elle ne repensait *pas* à ses ébats avec Daniel, vraiment –, elle alla s'installer sur sa chaise. Quand l'odeur du café tout chaud imprégna l'air, elle se dit qu'elle en aurait bien besoin…

Candy déposa une tasse devant elle.

— Pile comme tu l'aimes. Je vais fermer ta porte, et tu vas terminer d'examiner ces documents ici… pendant que je vais sortir et faire comme si aujourd'hui était une agréable journée normale. Lorsque tu auras fini, j'attends un compte-rendu, et je le mérite, bon Dieu ! Je suis avec toi sur ce coup-là, que ça te plaise ou pas. Pigé ?

Opinant d'un air absent, Lydia but une gorgée du breuvage chaud, puis leva la tête.

— Candy, ce café est parfait.

Sa collègue pouffa.

— Il était temps que quelque chose aille bien ici.

Quatre heures plus tard, Lydia arriva à la dernière page du dossier rassemblé par Rick. Refermant le classeur avec un bruit sourd, elle s'enfonça dans son siège et regarda dans le vide.

Non, pensa-t-elle, sur le chantier de l'hôtel, Rick n'avait pas l'intention de se faire exploser.

Il voulait simplement en donner l'impression. Afin de pouvoir disparaître et recommencer une existence sous une nouvelle identité, et ces documents étaient son assurance vie. Cependant, lorsque Daniel et elle l'avaient surpris devant le grillage, il avait changé d'avis. Peut-être parce qu'il était allé aussi loin que l'autorisait sa conscience ?

Elle aurait aimé croire à cette idée, mais elle en doutait. Il était tellement plus impliqué qu'elle l'avait imaginé, et il était difficile d'entrevoir une issue favorable pour lui à tout cela.

Il avait effectué des expériences sur les loups. Des tentatives de manipulation génétique pour essayer d'introduire de l'ADN humain dans les animaux par le biais d'un virus hôte. Il avait littéralement essayé de créer un hybride humain-loup. Le poison avait été destiné aux spécimens sur lesquels il avait travaillé, afin que personne d'autre ne puisse exploiter les données recueillies ni découvrir ce qui se passait, et les pièges étaient un stratagème destiné à donner l'impression que quelqu'un menaçait toute la meute. En réalité, Rick n'avait pisté que certains loups spécifiques, leur avait donné des sédatifs, puis avait déposé la viande empoisonnée juste devant eux, en s'assurant que seuls les bons spécimens seraient tués.

Et Peter Wynne l'avait payé pour accomplir tout cela.

Le programme était incroyablement sophistiqué et ne se déroulait qu'en partie au Centre. Les échantillons avaient été expédiés ailleurs, et la charge virale-ADN injectée provenait également d'un autre endroit.

L'identité du commanditaire n'était indiquée nulle part.

Elle repensa aux disquettes.

— C'était le passé. (Elle posa les mains sur le classeur.) Ça, c'est le présent.

Et, au bout du compte, il n'y avait qu'un seul endroit où aller avec tout cela.

Chapitre 44

Une fois la nuit tombée et la température descendue, Daniel alluma un feu dans la fosse en pierre du camping où il avait trouvé refuge. Il avait acheté un fagot de bois sec à la station-service au bord de l'autoroute, ainsi qu'un pack de six canettes de Coca-Cola, un sachet de Doritos et une cartouche de Marlboro. Il avait tout payé en liquide, de même que la location de l'emplacement qu'il occupait et, à 17 heures, il s'était installé contre le rocher qu'il prévoyait d'utiliser comme oreiller.

Dommage pour sa tentative d'adopter un mode de vie sain.

Dommage pour tout.

Il était 20 heures à présent, 20 h 30 maximum.

Laissant sa tête retomber en arrière, il écouta le crépitement des flammes et regarda la fumée monter vers les étoiles. Il était à une soixantaine de kilomètres de la frontière canadienne, et il l'aurait déjà franchie s'il n'avait pas eu besoin de trouver une autre identité avant.

Disparaître était plus difficile qu'autrefois.

Baissant les yeux, il contempla fixement les lueurs dansantes jaune et orange des flammes consumant les bûches. Mais il ne voyait que Lydia : un diaporama d'images de la jeune femme défilait devant lui, qui lui donnait l'impression, non de revivre ces moments, mais de les vivre pour la première fois.

S'allumant une nouvelle cigarette, il sirota son Coca et attendit que sa clarté d'esprit lui revienne. Heureusement qu'il était patient.

Pris d'une quinte de toux, il repensa au moment où il s'était assis de l'autre côté du bureau de Lydia le premier jour, lorsque l'odeur des lingettes antiseptiques l'avait indisposé et qu'elle s'était répandue en excuses empressées tandis qu'elle agitait les mains pour faire sécher l'alcool plus vite. Elle l'avait regardé comme si elle n'avait encore jamais vu d'homme de sa vie.

Chaque fois qu'il aurait le rhume des foins, il penserait à elle.

Non, c'était faux, elle ne quitterait jamais ses pensées de toute façon…

Le craquement d'une brindille sur sa gauche lui fit fermer les yeux d'épuisement.

— Vraiment ?

— Daniel Joseph, qu'est-ce que tu fous ici ?

Entendre cette voix grave et masculine retentir dans l'obscurité était le pire genre de surprise qui soit, car elle était à la fois prévisible et désagréable. Il ne s'agissait pas de Monsieur Personnalité. C'était le grand chef.

— Voilà comment tu annonces ta présence, lui fit remarquer Daniel en utilisant la canette comme cendrier. Pas même un « salut, comment va ? ».

— Tu aurais préféré recevoir une balle ?

— En fait, j'aurais préféré ne plus jamais te revoir, Blade.

— Ça n'arrivera pas. Il n'existe qu'une seule et unique porte de sortie pour toi, et tu la connais depuis le début.

Daniel contempla l'extrémité rougeoyante de sa cigarette.

— Tu n'es pas venu ici pour débattre de mon billet de sortie, pas vrai ?

—Je n'aurais même pas dû venir te chercher du tout.

—Mais tu l'as fait.

—J'ai du talent, que dire d'autre.

Daniel fut tenté un instant d'empoigner son arme et de se lâcher, mais cela ne ferait que lui accorder un délai. Son visiteur comptait de nombreux serviteurs sous ses ordres. Un membre de ce groupe finirait par le prendre vivant, d'une façon ou d'une autre.

—Alors voilà ce qu'on va faire, Daniel. Tu vas retourner là-bas et finir ce pour quoi tu as signé…

—Envoie quelqu'un d'autre…

—Tu as refusé de révéler l'emplacement de la trappe. Donc, même si nous acceptions de te laisser partir, et ce n'est pas le cas, tu ne nous laisses pas d'autre choix que de te forcer…

—Alors je vais te le donner maintenant.

—Non, tu vas me dire des conneries dans l'espoir que je te laisse partir. Et ce n'est pas une négociation. Tu retournes là-bas et tu finis ce que tu es allé y faire, sinon ta coloc va passer de très mauvaises nuits. Parce qu'on la maintiendra en vie un moment. Un long moment.

Daniel se redressa et balança sa cigarette dans le feu.

—Tu la laisses en dehors de ça.

—Alors retourne là-bas et fais ce que tu t'es engagé à faire.

—Vous êtes du genre débrouillard. Si j'ai réussi à la trouver, vous aussi.

—C'est vrai, mais les récents événements ont changé la donne. Tu le sais. Le temps est désormais compté.

Daniel repensa au vétérinaire devant le grillage, puis à toute l'eau qui cascadait dans l'escalier de la grange reconvertie en habitation.

— Tu tires trop sur la corde. (Daniel secoua la tête dans le noir.) Je me fous de cette femme.

— D'accord, très bien. Elle nous servira simplement de pierre à affûter. L'entraînement, c'est important, tu le sais bien. Même si tu dis que tu t'en fous, depuis l'instant où l'on se présentera à elle jusqu'à son dernier souffle, nous lui rappellerons que c'est toi qui l'as mise dans cette situation. Et, quand nous cacherons son corps pour que personne ne le retrouve, nous veillerons à ce qu'un souvenir de toi l'accompagne.

— Tu es responsable de chaque crime que tu commets, cracha Daniel.

— Toi aussi.

Le diaporama avec Lydia reprit, sauf que, cette fois-ci, les images mentales défilèrent si vite qu'il ne parvenait plus à les suivre. À quoi pouvait-il désormais se raccrocher ?

Emporté par la colère, Daniel bondit sur ses pieds.

— Écoute, fils de pute, si tu l'approches…

— Tu vas faire quoi ? Me tuer ? (Il y eut un léger rire.) Tu crois qu'il n'y a personne avec elle en ce moment même ? Si je n'envoie pas de signal d'ici aux quatre prochaines minutes, elle mourra… après un certain laps de temps.

— Restez à l'écart de cette maison…

— Oh ! elle n'est pas chez elle pour l'instant, mais nous la surveillons étroitement. Et, ne t'inquiète pas, nous la protégerons. Jusqu'à ce que nous cessions de le faire. Sa vie est entre tes mains. Que vas-tu faire ?

Alors que la rage enflait en lui, Daniel plongea le regard dans les flammes.

— Nous te surveillons, toi aussi. (Il y eut un silence, puis la voix de Blade se fit plus distante.) Encore une chose. Ton engagement te liera encore à nous même après que tu auras cessé de respirer. Donc, si tu préfères résoudre ce problème en te supprimant, ce sera un autre choix, mais qui ne nous empêchera pas d'aller jusqu'au bout. Lydia Susi mourra d'une mort lente et douloureuse. La seule façon de la sauver est d'achever ce que tu as commencé.

Lydia consulta l'horloge sur le tableau de bord de sa voiture. Grâce à l'éclairage de sécurité qui filtrait à travers le pare-brise, il était facile de lire les aiguilles.

20 h 30.

Elle observa le portail métallique du domaine de C.P. Phalen. Elle était garée juste devant, pile en face de la caméra de surveillance, depuis maintenant des heures. Il était impossible que cette femme ignore qu'elle se trouvait devant sa propriété, et peu importe le temps que cela prendrait, elle allait…

Au loin, le hurlement d'un loup lui fit fermer les yeux. C'était l'appel d'un solitaire, et elle retint son souffle en attendant d'entendre si la supplique obtenait une réponse. Quand ce ne fut pas le cas, elle eut l'impression de voir là-dedans une métaphore de sa propre existence. Toujours seule, toujours isolée, même quand elle était avec les autres.

Pourtant Daniel avait franchi ce fossé. Mais, mon Dieu, quels dégâts il avait causés !

Tentant de rester à l'écart de l'abîme dans lequel elle risquait de basculer, elle concentra de nouveau son attention sur le portail. Elle avait été si certaine de ce qu'elle faisait lorsqu'elle était venue ici, et les heures d'attente n'avaient rien changé à sa détermination. Même si cela devait prendre jusqu'au matin, elle allait…

Tout à coup, les battants s'ouvrirent lentement, sans un bruit, en pivotant sur leurs gonds bien huilés.

— L'heure de la fête à sonner, murmura Lydia en faisant redémarrer le moteur.

Lorsqu'elle s'engagea dans le tunnel végétal formé par les deux haies qui bordaient étroitement l'allée, son cœur se mit à cogner, mais pas parce qu'elle anticipait un combat ou une fuite. Elle n'allait pas décamper.

Quel que soit le déroulement de cette rencontre.

Juste au moment où elle se garait devant la maison bien éclairée, le bruit des pales du rotor transperça le silence de la nuit.

Au-dessus du toit, les lumières clignotantes de l'hélicoptère projetèrent des ombres, puis un spot fut braqué sur le sol. L'appareil atterrit au même endroit que l'autre jour, sur la pelouse centrale.

Lydia ne bougea pas de sa voiture. Les chiens étaient sans nul doute quelque part sur la propriété et, dans l'obscurité, elle ne saurait pas de quel côté ils arriveraient, mais le point cardinal avait-il vraiment de l'importance quand il était question de morsures ?

C.P. Phalen émergea une fois de plus de l'appareil alors qu'on dépliait les marches hors du fuselage de l'hélicoptère, et, tandis qu'elle descendait et s'avançait vers la voiture, Lydia se repassa ce qu'elle s'était maintes fois répété durant son attente.

Lorsque la femme pénétra dans la lumière des phares, Lydia coupa le moteur et sortit.

— Eh bien, si ce n'est pas ma comportementaliste animalière préférée ! (C.P. Phalen sourit à sa manière glaciale.) Désolée de vous avoir fait attendre. J'étais à Manhattan.

Je me fous de savoir où vous étiez, madame.

— Il faut qu'on parle.

— Alors entrez. (La femme se retourna et commença à marcher vers l'entrée de sa demeure.) Je n'ai pas dîné. Vous allez peut-être vous joindre à moi ?

Lydia regarda la façade de la bâtisse. Les lampes semblaient allumées dans chacune des pièces, en plus des éclairages extérieurs, qui illuminaient brillamment les buissons bordant l'immense pelouse centrale. Cependant, elle ne distinguait toujours pas l'intérieur de l'habitation en raison du bizarre traitement du verre, qui ne donnait à voir qu'une lueur diffuse derrière chaque fenêtre.

Elle se dit qu'il y avait une bonne chance qu'elle ne revoie plus jamais la lumière du jour. Elle ignorait à qui exactement elle avait affaire, et cela incluait Eastwind. Il lui semblait que la seule personne à qui elle pouvait se fier était Candy.

Et cette dernière savait où elle était ce soir.

C.P. Phalen déverrouilla la porte du pouce et pénétra dans son royaume de marbre.

— Vous voyez, je vous avais dit que le mobilier arrivait.

Entrant à son tour, Lydia découvrit que, oui, les lieux étaient désormais meublés et que, surprise, tout était blanc. Exactement comme chez Peter Wynne. Enfin, pas exactement. Ici, les canapés et les fauteuils étaient tendus de soie, et l'éclat des coussins capitonnés avec leurs liserés en laine de chameau témoignait du luxe qu'un budget illimité pouvait procurer.

— Je n'irai pas plus loin, annonça Lydia alors que la lourde porte se refermait derrière elle. Nous allons discuter ici.

C.P. Phalen pivota sur ses talons hauts. Elle portait un autre tailleur-pantalon noir, qui différait du précédent uniquement par les revers et d'infimes détails. Visiblement, la femme était une adepte de la théorie de Steve Jobs en matière de garde-robe, qui prescrivait d'adopter un uniforme qui ne variait jamais.

Elle haussa un sourcil.

— Très bien. Je vous écoute.

— Je sais que vous avez effectué des paiements à Peter Wynne. Tous ces millions n'ont jamais été destinés au Centre d'étude des loups, mais aux expériences que lui et vous meniez ensemble avec l'aide de Rick. Le CEL a servi à blanchir l'argent, et vous vous êtes fait élire au conseil d'administration pour dissimuler les versements.

Le sourire sur ce visage parfaitement maquillé était le truc le plus flippant que Lydia ait jamais vu : il était aussi froid qu'un diamant… et tout aussi indestructible.

— Poursuivez.

Du coin de l'œil, Lydia aperçut une silhouette et tourna brusquement la tête dans cette direction. C'était un garde du corps. Vêtu d'un uniforme en tissu de camouflage.

Entre deux battements de cils, elle revit Daniel sauter sur le dos de ce « soldat » dans les bois.

Mais elle n'allait pas se laisser intimider. C'était bien trop tard pour cela.

— Avec Peter Wynne et Rick, vous procédiez à des expériences génétiques, reprit Lydia. Et c'était Rick qui empoisonnait les loups utilisés comme sujets, dans le but à la fois de contrôler les résultats et d'empêcher la divulgation du programme. Si trop de loups modifiés circulaient dans la réserve, vous couriez le risque que l'un d'entre eux tombe entre les mains d'un tiers. Un chasseur. Un routier qui en aurait heurté un. Ils commençaient à montrer des modifications génétiques, et aucun d'entre vous ne savait exactement si celles-ci n'entraîneraient pas des changements physiques ou comportementaux ; vous l'espériez, tout en sachant qu'on ne peut pas contrôler la nature, même en ouvrant personnellement la boîte de Pandore.

Lydia leva la main.

— Et, avant que vous niiez les faits, je dispose de toutes les preuves grâce à Rick. Il m'a laissé un dossier complet comprenant les flux financiers, le détail des expériences et les données de surveillance. J'ai tout, et votre nom apparaît sur tous les documents. Il avait décidé d'emporter tout son argent et de s'enfuir, et, pour se protéger, il a tout consigné par écrit. Ce devait être sa monnaie d'échange pour rester en vie, et il ne se fiait à aucun de vous. Avant de mettre en scène sa propre mort, il a tué Peter parce qu'il se savait lui-même en danger, et que Peter était le maillon faible qu'il pouvait trouver et éliminer le plus facilement.

Du menton, elle désigna le garde du corps.

— Vous, en revanche, vous ne vous déplacez jamais sans protection. Donc il s'est débarrassé de Peter et a décidé de simuler sa propre mort. Mais, finalement, il est réellement mort. Il s'est suicidé, et son sang, comme celui de Peter, est sur vos mains.

Le sang-froid de C.P. Phalen était absolu. Son visage ne trahissait toujours aucune émotion, comme une rougeur, un tressaillement ou un raidissement des traits.

Elle restait parfaitement détendue. Parfaitement maîtresse d'elle-même.

— Et à présent je vais sans doute mourir, moi aussi, conclut Lydia. C'est bon. Ça ne me dérange pas de donner ma vie pour mes loups. Sachez seulement que, peu importe que je sorte d'ici en vie ou sous la forme d'un cadavre, vous êtes démasquée. Je me suis assuré que tout atterrisse entre les bonnes mains. Votre tentative de créer une espèce hybride de loup et d'humain s'achève ce soir.

Ce fut à ce moment-là que le casque de cheveux platine tressaillit.

— Qu'est-ce que vous avez dit ?

Lydia leva les yeux au ciel.

— Oh ! voyons, vous êtes plus subtile que cela pour feindre l'ignorance…

— Une espèce hybride ? Il n'y a pas d'espèce hybride.

— Comme si j'allais vous croire.

La femme se redressa encore… si cela était possible.

— Vous avez raison. Nous faisions des expériences, mais pas pour créer quelque chose qui n'existe pas. Les recherches portaient sur le système immunitaire et la division cellulaire en relation avec la longévité. Les loups de la réserve étaient utilisés parce que leur meute est isolée et issue d'une unique lignée, grâce à la réintroduction de l'espèce au début du xxe siècle. En outre, leurs cycles de vie sont assez courts pour que nous puissions évaluer si les médicaments réussissaient à prolonger leur existence de façon significative. Ce n'était pas pour synthétiser… des loups-garous ou autre.

Lydia secoua la tête.

— Comme je vous l'ai dit, je ne crois pas un mot de…

— Je me fiche de ce que vous croyez ou pas. La vérité est ce qu'elle est, indépendamment de votre opinion.

Puis la femme se contenta de hausser les épaules en dévisageant Lydia avec une expression d'ennui.

— Vous avez vos preuves, dit C.P. Phalen. Et j'ai les miennes. Venez, je vais vous montrer.

Chapitre 45

— J'ai fait bâtir cette maison moins pour profiter des pièces du rez-de-chaussée et du premier que pour celles situées en sous-sol.

C.P. Phalen commença son récit, et Lydia lui emboîta le pas en décidant qu'elle allait effectuer une espèce de visite de musée foutraque, où les œuvres exposées seraient incroyables et la guide une folle capable de tout.

Elles descendirent un escalier métallique rutilant qui menait à un couloir de murs de béton blanchis à la chaux.

Même si elles se trouvaient sous terre, l'air avait une odeur fraîche, comme s'il était soufflé depuis la surface.

— Dans les années 1970 et 1980, une rumeur a couru qu'on réalisait des expériences secrètes sur des créatures légendaires, dit la femme alors qu'elles s'engageaient dans ce couloir bien éclairé, aussi large qu'un salon et long comme… Bon, ce truc paraissait interminable. Des créatures qui n'avaient pas de base évolutive et n'étaient pas censées exister en dehors des mythes d'Halloween.

Les disquettes, songea Lydia. Les vampires.

— Comme je vous l'ai dit, j'ai fait toute ma carrière dans le secteur pharmaceutique, en investissant dans des entreprises et en promouvant leurs recherches. J'avais eu vent de ces rumeurs à l'époque, mais je n'y avais pas cru. C'était tout simplement trop délirant, comme si c'était tiré d'un roman.

Lydia jeta un coup d'œil autour d'elle. Il n'y avait ni porte, ni caméra, ni ramification. Aucun bruit non plus, hormis les claquements de la semelle de ses bottes et des talons aiguilles de C.P. Phalen sur le sol de béton.

— J'avais écarté ces récits en estimant qu'il s'agissait de bobards racontés par des gens ivres lors des banquets annuels, ou d'inventions d'hommes d'affaires se croyant plus forts que Charles Darwin. Puis quelque chose s'est produit dans ma propre vie et j'ai décidé de m'y intéresser de plus près. C'est alors que j'ai découvert que c'était vrai, tout était vrai. Il existait des installations, dissimulées, protégées, défendues, effectuant un travail révolutionnaire capable de changer notre perception de la vie humaine. Néanmoins, au fil du temps, beaucoup de ces laboratoires ont été abandonnés, soit par manque de financements, soit par incompétence. Ou à cause d'accidents.

Inutile de l'interroger sur ces « accidents », décida Lydia.

Finalement, elles atteignirent un tournant.

Puis une porte.

C.P. Phalen posa le pouce sur un lecteur, et on entendit un claquement métallique retentissant. Le panneau en acier inoxydable parut s'ouvrir de lui-même, et de l'autre côté…

— Nom de Dieu ! souffla Lydia.

— Bienvenue dans mon laboratoire.

Lydia oublia tout de son accompagnatrice lorsqu'elle pénétra dans les lieux. L'espace ouvert faisait facilement la taille d'un stade et il était rempli de gens en blouse blanche travaillant à des postes très bien équipés. Nul ne leva la tête ni ne prêta attention à la nouvelle venue ou à la propriétaire du laboratoire. Personne ne semblait nerveux ou effrayé. Cela ressemblait à… une activité légale.

— L'Agence du médicament et les systèmes de régulation de ce pays étouffent l'innovation, reprit C.P. Phalen. J'en ai eu assez. J'ai décidé de lancer mes propres recherches, tout simplement, et de gérer les retombées si l'avancée que j'espère survient… et ce sera le cas. C'est peut-être déjà le cas. L'immunothérapie n'en est qu'à ses balbutiements, et la communauté médicale pense trop petit. Il n'est pas seulement question de guérir le cancer, mais de prolonger la vie. Le système immunitaire est bien plus que le simple gardien de la santé humaine. Il fait également partie de la date d'expiration de la vie. Mais il n'est pas obligé de l'être.

Elle se tourna vers Lydia.

— Vous avez raison. J'ai bel et bien payé Peter Wynne et il a fait ce qu'il devait avec Rick au Centre d'étude des loups pour m'obtenir les données dont j'avais besoin. Mais cette créature hybride dont vous parlez n'a jamais fait partie de mon projet. Oui, j'ai enfreint la loi, et je ne vais pas m'en excuser, mais c'était pour le travail que je voulais effectuer ici, et qui est désormais réalisé, après que j'ai fait bâtir cette installation et que j'ai engagé des chercheurs. Mes relations avec Peter et Rick arrivaient à leur terme. Ils avaient achevé les expériences qu'ils m'avaient promises, donc nos affaires étaient terminées. Et mes exigences se sont résumées aux expérimentations sur le système immunitaire. Je ne suis pas allée plus loin. Je n'ai pas la moindre idée de ce dont vous parlez concernant une hybridation d'humain et de loup. Ce n'est pas du tout mon domaine de recherche.

Lydia s'avança, ne sachant pas trop à quel point elle devait croire ce discours.

— Ce laboratoire est…

— C'est de la magie en éprouvettes, l'interrompit C.P. Phalen. C'est ce que nous faisons ici. Venez, poursuivons.

Lorsqu'elles entreprirent de faire le tour des postes de travail, sa guide reprit :

— Nous touchons au but. Je le sens. Il me faut juste encore un peu de temps – c'est ce dont nous avons tous besoin, non ? Un supplément de temps pour vivre, rester en vie. Et être en bonne santé de surcroît.

Elle ouvrit une autre porte donnant sur une salle de conférences dotée d'une longue table et d'écrans de projection à chaque extrémité. Quelques dessertes surmontées de bouteilles d'eau et de boissons non alcoolisées créaient un étrange – et déplacé – sentiment de sécurité, la salle de réunion formant une poche de normalité dans un océan d'anormalités totales.

La porte se referma sur elles, et les bruits du laboratoire s'estompèrent mais, à travers la paroi vitrée, Lydia voyait toujours les scientifiques circuler d'un poste à l'autre.

— J'ai déjà dirigé une entreprise spécialisée dans le séquençage ADN, expliqua C.P. Phalen en s'asseyant. Ainsi qu'une société de profilage héréditaire. J'ai analysé les données de millions de gens…

Lydia jeta un coup d'œil par-dessus son épaule.

— Vous n'aviez pas le droit de faire ça.

Son interlocutrice leva l'index.

— Oh ! mais si. Je l'ai notifié dans les clauses de confidentialité que chaque client a dû signer. Ce n'est pas ma faute si les gens ne lisent jamais les contrats et, en outre, toutes les données sont anonymisées. Aucun nom ni aucune adresse ne figure dans l'étude, seules les informations démographiques sont compilées. C'est entièrement légal, croyez-moi.

Comme Lydia jetait un coup d'œil à la sortie, C.P. Phalen poursuivit :

— Quand vous vous êtes retrouvée dans mon hall d'entrée, tout à l'heure, vous vous attendiez franchement à vous faire tuer sur ma propriété. Je peux vous assurer que vous êtes libre de partir. Vous pouvez sortir d'ici et vous en aller quand vous voulez. Je ne vais même pas essayer de vous empêcher d'aller voir les autorités... si vous ne l'avez pas déjà fait, mais vous n'irez pas loin avec tous vos documents. J'ai organisé les choses de façon que mes affaires légales offrent une couverture totale à nos recherches ici, et j'ai déjà essuyé plusieurs attaques pour me faire tomber, y compris de la part du gouvernement. Néanmoins, comme vous, ils sont libres de fouiner. Je dispose de ressources illimitées, des meilleurs avocats que l'on puisse se payer, et vous seriez étonnée du nombre de gens prêts à détourner les yeux, dans les bonnes circonstances.

Lydia battit des paupières et revit le loup étendu sur le flanc, à l'agonie.

— Saviez-vous qu'ils empoisonnaient les animaux ? (Elle la regarda par-dessus son épaule.) Le saviez-vous ?

C.P. Phalen fronça les sourcils.

— Non, je l'ignorais. Raison pour laquelle je vous ai crue quand vous m'avez affirmé que c'était l'hôtel.

— Vous mentez, s'écria Lydia. Rick a commandé le poison et l'a administré, et il le faisait pour vous.

— Non, certainement pas. (La femme se pencha en avant dans son fauteuil en cuir.) Cela n'a jamais fait partie de l'accord. Ce que nous injections à ces loups était destiné à renforcer leur système immunitaire. C'était absolument inoffensif...

— C'est des conneries !

C.P. Phalen secoua la tête.

— Je n'avais *pas* de programme impliquant d'empoisonner les loups.

Son regard était si franc, si assuré, que soit c'était la meilleure menteuse de la planète, soit...

— Alors avec qui d'autre travaillaient-ils ? interrogea doucement C.P. Phalen. Qui d'autre les payait, putain !

Des heures et des heures plus tard, l'aube se leva sur le jardin de C.P. Phalen et éclaira les allées pavées de briques récemment posées, la piscine en cours de creusement, la terrasse arrière. Assise derrière une fenêtre, Lydia contemplait le panorama lorsqu'un majordome déposa une assiette d'œufs, de bacon et de tartines devant elle.

De l'autre côté de la table ronde, C.P. Phalen observait elle aussi le paysage.

— C'est un fantôme. Un fichu fantôme, fit-elle remarquer.

Lydia revint à l'ordinateur portable sur lequel elle avait travaillé ces deux dernières heures. Elle ne pouvait pas vraiment dire qu'elle faisait confiance à son hôtesse, mais elle se fiait aux faits qu'elle connaissait : aucune expérience scientifique menée dans le laboratoire souterrain ne cherchait à créer une autre espèce. Elle avait passé la nuit à éplucher les données, qui s'étaient effectivement avérées être celles collectées par Rick au CEL. Elle pouvait le dire avec certitude, car elles correspondaient à celles apparaissant dans le classeur qu'il lui avait laissé.

Mais en partie seulement, car d'autres données dudit classeur n'avaient visiblement aucun lien avec les recherches de C.P…

— J'ai lu les documents de Rick, murmura-t-elle. Vos expériences y figuraient, mais il y en avait d'autres.

— Je vous crois.

Lydia leva les yeux de l'écran pour lui jeter un coup d'œil, puis commença à manger.

— Pourquoi me confier tout cela ?

C.P. sirota une gorgée de son café dans une tasse en porcelaine.

— Je vous l'ai dit, je n'ai peur de rien. La confiance n'entre en jeu que lorsque votre interlocuteur est en mesure de pouvoir vous faire du mal. Sans vouloir vous offenser, vous ne pouvez pas m'atteindre.

Lydia réfléchit, puis haussa les épaules.

— C'est vrai.

La nourriture lui parut insipide, mais l'univers entier lui donnait l'impression de n'être qu'un rêve. C'était peut-être dû à l'épuisement, au chagrin, à l'incrédulité.

Aux morts.

— Tout a débuté pour moi il y a six ans, dit C.P. d'un ton distant.

— Quoi donc ?

— Cette... chasse au dahu. (Elle repoussa son assiette encore pleine.) On m'a diagnostiqué une leucémie. Je n'avais jamais songé à la mort... C'est ironique, hein ? pour quelqu'un qui travaille dans le milieu pharmaceutique. J'ai décidé alors... que je devais me sauver moi-même. Ma maladie va revenir. C'est inévitable. Donc, si je trouve un moyen de prolonger la vie, j'aurai peut-être la chance d'avoir un avenir.

— Vous êtes malade ?

— Pas actuellement, mais je le serai à un moment donné. J'ai beau avoir tout l'argent du monde, j'ai toujours une épée de Damoclès suspendue au-dessus de la tête. (C.P. leva son café pour souligner cette assertion.) Mais je ne partirai pas sans me battre. C'est dans ma nature et, qui sait, je pourrai peut-être sauver d'autres personnes et recevoir un prix Nobel dans la foulée.

— Mais... et les infractions à la loi ?

— Des détails. De simples détails. Vous croyez que les requins de la finance respectent la loi ? La sidérurgie ? Les géants de la « tech » aujourd'hui ? S'il vous plaît, ne soyez pas naïve. Et ne me lancez pas sur le sujet du gouvernement.

Lydia se tut et finit son assiette.

— Des hybrides, murmura C.P. comme si elle était encore plongée dans ses pensées. Je me demande si c'est seulement possible. Un humain et un loup.

— Je pense que vos recherches actuelles vous occupent déjà suffisamment, non ? rétorqua sèchement Lydia.

— Oui. (C.P. esquissa un sourire.) Vous avez sans doute raison.

Était-elle au courant des expériences sur les vampires ? s'interrogea Lydia.

— Nous allons découvrir avec qui d'autre ils étaient en affaires, annonça la maîtresse des lieux. D'une façon ou d'une autre, nous irons au fond de toute cette histoire. Je peux compter sur votre aide ?

Lydia contempla la lumière de l'aube. Et repensa aux loups tués.

— Oui, répondit-elle fermement. Tout à fait.

Chapitre 46

Daniel se frayait discrètement un passage entre les arbres de la réserve, se cachant derrière les troncs dès que c'était possible. Son sac à dos était chargé des outils nécessaires au travail qu'il devait effectuer, ainsi que d'explosifs, et son corps couvert d'armes. Néanmoins, en dépit de sa détermination farouche, il avait l'impression que ses pieds pesaient des tonnes et cela n'avait rien à voir avec le poids supplémentaire qu'il portait. Putain de merde ! il avait l'impression de traîner une voiture.

Pourtant il poursuivait sa progression dans la montagne, et se trouvait actuellement sur une légère pente.

Au-dessus de lui, le ciel était nuageux et bientôt, une averse se produisit, mais du genre paresseux, à peine quelques gouttes auxquelles il ne prêta pas attention, même quand certaines lui tombèrent dans les yeux. Il se fichait vraiment de tout.

Ce qui faisait de lui un mauvais choix pour la mission qu'on lui avait confiée, non ?

Les gens qui n'avaient rien à perdre étaient assez peu fiables, mais bon, il y avait encore une personne dont il se souciait.

C'était foutrement triste qu'il l'ait déjà perdue.

Il continua sur sa lancée, qui consistait à tracer un chemin plein de demi-tours et de virages impromptus, délibérément dépourvus de logique. Malgré ses bottes de sept cents kilos, il respectait le protocole de traque sans autre raison que l'habitude, et il prenait tout son temps, car il n'était vraiment pas pressé d'atteindre sa destination finale.

« Finale » étant à prendre au sens propre.

Il allait suivre l'exemple de Rick, mais sans la clôture grillagée, ni les interruptions.

Et il y avait une chose, une seule, sur laquelle il pouvait compter. Tout comme ils tueraient Lydia s'il désobéissait… s'il allait au bout de son plan, elle serait en sécurité. Au diable les conneries de Blade sur l'honneur. Plus il y aurait de cadavres, plus les risques d'exposition médiatique seraient grands, et, avec ce qu'il s'apprêtait à faire, il allait attirer beaucoup d'attention sur ce qu'ils tentaient précisément de gérer discrètement. Après son petit feu d'artifice, il y aurait tellement de contrôle des autorités que, en ce qui concernait Lydia Susi, Blade aurait tout intérêt à la laisser tranquille. Sans quoi, il risquerait de trop attirer les regards et de perdre son anonymat et son autonomie.

Lydia serait en sécurité parce que ses actions auraient des conséquences, même pour ceux qui existaient en dehors de la loi.

Seigneur ! il était prêt à mettre un point final à toute cette histoire.

Marquant une pause, il regarda entre les arbres. Il était à mi-hauteur de la montagne et, si sa mémoire était bonne – et elle ne le trompait jamais –, il n'avait plus loin à aller.

Bon sang, il était si près !

Alors qu'il reprenait son ascension, son corps suivit automatiquement le mouvement, tandis que son esprit restait niché dans la cabine de son crâne. Un peu plus loin, la ligne de panneaux « Défense d'entrer » apparut, exactement comme dans ses souvenirs…

La trappe était là, devant lui, même si son métal ne luisait plus au soleil. Eastwind avait dû la recouvrir d'aiguilles de pins. Toutefois, l'arbre abattu avait été laissé tel quel, et ce fut grâce à lui que Daniel sut qu'il était au bon endroit.

Se rapprochant des panneaux, il jeta un dernier coup d'œil à la ronde, puis pénétra sans hésiter sur le domaine interdit. Il poursuivit son chemin, en restant toujours extrêmement vigilant à son environnement. Dans le pire des cas, il se ferait abattre lors de son approche finale et Lydia mourrait, non parce qu'il aurait désobéi, mais parce qu'il se serait pris une balle à cause de sa maladresse et de son épuisement.

Le destin avait parfois un sale sens de l'humour, pas vrai ?

Puis il se retrouva devant la trappe.

Il jeta un coup d'œil à gauche. À droite. D'après ce que ses sens lui disaient, le terrain était dégagé.

Se penchant, il balaya la couche végétale pour dévoiler le dessus de la trappe. Il devait y en avoir quatre au total ; c'était l'information fournie par les plans de construction de cette installation souterraine. Cependant, il ne leur en fallait qu'une seule pour entrer.

Cette stupide Phalen aurait dû laisser ce merdier tranquille.

Mais non, il avait fallu qu'elle ait des idées géniales et tente de ressusciter le passé. Tout était sa faute, putain ! et, si des gens innocents subissaient des dommages collatéraux, cela lui incomberait.

Après avoir déposé son sac par terre, il l'ouvrit. Le chalumeau avec son réservoir d'acétylène était atrocement lourd ; le problème de poids ne venait pas des explosifs.

Écartant davantage d'aiguilles de pins d'un coup de pied, il s'agenouilla, sortit le Bic rouge que lui avait vendu

Susan avec ses paquets de cigarettes marqués de messages culpabilisants. D'un coup de pouce sur la molette, il se retrouva avec une flamme jaune bien pratique.

Il s'attaqua à la jointure de la trappe, en chauffant l'acier jusqu'à le faire rougeoyer. Il progressait lentement... mais comme s'il s'en souciait!

Il allait ouvrir cette saloperie de trappe, descendre, poser les charges explosives dans l'installation, puis fumer une dernière Marlboro avant de tout faire exploser en un joyeux feu d'artifice.

Le nettoyage serait pénible, et il ne parlait pas des dégâts infligés au paysage. Cependant, les mesures de contre-feu, du moins pour le monde extérieur, étaient déjà en place.

Les défenseurs des droits des animaux manifesteraient contre l'hôtel, prétendument accusé d'avoir empoisonné les loups. Les gros titres s'écriraient d'eux-mêmes, et il imaginait déjà les mots-clés sur les réseaux sociaux. Et ce serait une autre raison pour laquelle Lydia Susi serait en sécurité. Elle n'avait aucun antécédent d'activisme politique, aucune arrestation à son actif, aucun casier judiciaire. Les poseurs de bombes agissaient dans une logique d'escalade idéologique ou dans un moment de folie, et elle ne cadrait avec aucun de ces profils psychologiques.

S'ils la tuaient et tentaient de lui coller l'explosion sur le dos, l'histoire ne passerait pas un examen éditorial un brin attentif.

En outre, Blade avait ses propres problèmes internes. Il en avait toujours eu.

Les yeux rivés sur la flamme sifflante de son chalumeau, Daniel se sentait vide. Mort, bien que vivant, mais il allait s'occuper de cette deuxième partie. Vraiment très bientôt...

Une balle le toucha soudain au centre de la poitrine, sans émettre plus de bruit qu'un discret chuintement.

Néanmoins, l'impact lui fit l'effet d'un boulet de canon. Il se retrouva violemment projeté en arrière, son chalumeau s'envola, et son champ de vision bascula de la trappe aux pins, puis au ciel gris, en même temps que son corps.

Quand il atterrit sur le dos et se mit à haleter, ses jambes s'agitèrent spasmodiquement sur les aiguilles de pins et ses mains tâtèrent fébrilement ses pectoraux pour découvrir la plaie d'entrée de la balle. Mais comme si cela allait l'aider ?

Il entendit de manière un peu assourdie des bruits de pas approcher de lui, mais c'était peut-être parce que son ouïe flanchait déjà. Quand il toussa et sentit le goût du sang, son cerveau s'efforça de trouver un plan pour sauver sa peau…

Le visage qui apparut dans son champ de vision ne fut pas une surprise.

— Salut, chéri, je suis rentré, persifla Monsieur Personnalité d'un ton moqueur.

Chapitre 47

Lydia courait dans la forêt sur la montagne, esquivant les arbres, sautant au-dessus des rochers, bondissant par-dessus les torrents. Elle avait pris soin de pénétrer dans la réserve en empruntant non pas une piste balisée, mais un trajet tortueux depuis le siège du CEL. Et, malgré son manque de sommeil, l'adrénaline la rendait hyper vigilante et rapide.

Le souffle court, elle attaqua une nouvelle montée, avant de revenir brusquement sur ses pas. Elle touchait au but, elle était si près…

Puis elle ralentit, s'immobilisa et alla se cacher précipitamment derrière un pin.

La piste principale se trouvait devant elle, et le large chemin semblait dépourvu de randonneurs, mais elle attendit, juste pour s'assurer qu'elle était seule et au bon endroit.

Ces deux critères satisfaits, elle s'engagea sur la terre tassée et poursuivit sa progression dans la réserve. Sur cinq mètres. Sept. Dix…

— Oh, mon Dieu ! hoqueta-t-elle. Oh… *mon Dieu*.

Elle trébucha en se prenant les pieds dans ses bottes, sans parvenir à croire qu'elle avait eu raison : le corps gisait sur le dos, les bras et les jambes en croix, attachés à des pieux enfoncés dans le sol. Ses vêtements étaient très reconnaissables : un pantalon de flanelle grise, un blazer bleu.

— *Peter.*

Lentement, elle s'approcha des restes. Les yeux du mort étaient ouverts dans son visage blafard et, lorsqu'elle l'examina de plus près, elle se rendit compte que les causes de sa mort n'étaient pas claires.

Enfin, si. C'était un meurtre. Mais qu'est-ce qui l'avait tué ? et qui ?

L'observant des pieds à la tête, elle n'aperçut aucun indice répondant à sa première question, mais obtint la réponse à la seconde. Sur une surface de terre dégagée au milieu des aiguilles de pins, on avait tracé un message en profondeur.

« Tu fais toujours Ce Qu'il Faut. »

Les mots étaient griffonnés d'une écriture brouillonne, et certains comportaient des majuscules, comme pour souligner leur importance.

Rick avait choisi cet endroit précis pour exposer le corps. Parce que c'était le lieu exact où elle avait découvert le loup et appelé le vétérinaire du CEL dans le voile. Elle en était certaine à cause de l'orientation des arbres. Le souvenir s'était gravé dans sa mémoire depuis qu'elle s'était allongée nez à nez avec l'animal alors qu'il souffrait.

S'accroupissant, elle aperçut une traînée de sang qui avait coulé d'une des oreilles de Peter. Ce fut alors qu'elle comprit.

Elle savait désormais pourquoi les robinets avaient été ouverts dans la grange.

Comme un rat ayant avalé de l'arsenic, Peter avait cherché de l'eau. Avant de s'effondrer.

À cause du poison.

Lydia se passa une main sur le visage.

Puis elle baissa la paume et redressa la tête…

— Grand-père ?

Dans l'ombre entre les pins, l'apparition fantomatique de son *isoisä* la dévisageait et sa bouche remuait comme s'il tentait de lui parler au travers des dimensions qui les séparaient.

Lydia se redressa et avança d'un pas.

— J'ai besoin de toi, grand-père. Que dois-je faire ? Où dois-je aller ?

Elle tendit les mains, en même temps que les larmes lui montaient aux yeux.

— Je t'en prie… ne pars pas. Pour une fois, reste m'aider.

Daniel toussa si fort qu'il en eut les larmes aux yeux. Cela eut pour conséquence que le visage dur de Monsieur Personnalité, au centre de son champ de vision qui se rétrécissait peu à peu, devint complètement flou et indistinct, mais Daniel avait de plus gros problèmes à résoudre. Il avait du mal à respirer, alors, avec force hoquets et gargouillis, il roula péniblement sur le flanc et tenta de cracher le sang qui semblait inonder son œsophage.

Quand il parvint enfin à aspirer un peu d'oxygène, il rouvrit les yeux, qu'il n'avait même pas eu conscience d'avoir fermés…

Et son ancien colocataire se tenait toujours là, juste devant lui.

Il lui souriait depuis sa position accroupie.

— Tu sais, d'habitude je suis bon tireur, mais je crois que je n'ai pas pris mes émotions en compte quand j'ai appuyé sur la détente. (Son sourire s'estompa.) Je ne voulais pas la jouer comme ça, pas avec toi. J'ai un peu de loyauté envers toi, mon gars. J'en ai vraiment. J'en avais. Bref.

Daniel gémit.

— Lydia…

— Quoi ? Oh ! la femme ?

— Sauve… Lydia.

Monsieur Personnalité sourcilla.

— Elle est trop impliquée, mon pote. Désolé.

— Tue-moi tout de suite. Fais… le nécessaire. Sauve-la… c'est… tout. Tu me dois bien ça.

Les yeux de Monsieur Personnalité, si pâles qu'ils en étaient presque blancs, se détournèrent.

— Je ne t'ai pas demandé de faire ce que tu as fait durant toutes ces années.

— Dois bien. Ça.

— Je ne peux pas la protéger de Blade. Je suis désolé.

Daniel lutta pour se redresser. Essaya de respirer. S'ordonna de rester en vie pour…

— Et Lydia doit disparaître. (Monsieur Personnalité braqua le canon de son arme sur le visage de Daniel.) Oui, tu as joué ton rôle. Tu m'as amené ici, mais seulement parce que je t'ai suivi. Plus important, elle en sait beaucoup trop pour qu'on la laisse vivre…

L'attaque fut si rapide et si puissante que l'homme ne la vit pas venir et que Daniel ne distingua qu'un pelage gris et brun.

Désorienté, il parvint à redresser la tête.

Un loup gris avec une bande argentée sur le dos avait jeté à terre son ancien coloc et lui arrachait la gorge. L'homme se défendit autant que possible, luttant pour lever son arme, donnant des coups de poing et des coups de pied… mais l'animal vicieux, avec ses crocs acérés, ses grognements et ses grondements dignes des pires cauchemars, était trop fort pour lui.

Cela ne prit guère de temps. Du sang jaillit de la jugulaire, mouchetant les bajoues, le poitrail et les pattes antérieures du loup… et, dès que le jet rouge débuta, l'issue de l'affrontement fut évidente.

Quand l'arme fut projetée au loin et que l'humain commença à perdre ses forces, le loup enfourcha le corps et acheva son carnage : il déchiqueta les vêtements, puis arracha la peau des muscles, qui furent eux-mêmes arrachés aux os, qui finirent brisés et recrachés ou simplement avalés.

Daniel assista à toute la scène, et, quand ce fut fini, que le loup s'écarta en se léchant les babines… puis le regarda, il ne put que rire intérieurement.

Après toute cette histoire, après tout ce qu'il avait accompli en secret pour le gouvernement… il allait finir en pâtée pour chien. Dans la forêt.

Le loup avança d'un pas vers lui… puis d'un autre.

—Attaque-moi, lui dit Daniel d'une voix rauque. Attaque…

Le loup poussa un hurlement de douleur et chancela, puis il tomba sur le flanc.

Ce qui arriva ensuite… dépassa l'entendement de Daniel. Et pas seulement parce qu'il souffrait d'une hémorragie interne mortelle.

Alors que le soldat en uniforme noir refaisait son apparition – celui que Daniel avait tué avant de voir le shérif l'éliminer une seconde fois, avec les mêmes traits, les mêmes yeux et les mêmes armes –, le loup fut pris de convulsions.

Puis il se contorsionna sur les aiguilles de pins, griffant la terre, agitant les pattes, ruant…

Mais ce ne fut pas tout.

Une transformation inexplicable se produisit ensuite. Le pelage de l'animal commença à se rétracter dans les pores dont il sortait, puis ses pattes se métamorphosèrent en jambes et en bras avec des mains et des pieds humains. Le poitrail et le ventre du loup se distendirent à leur tour, et s'allongèrent… pour se muer en poitrine humaine, en cavité abdominale humaine… en bassin humain.

Enfin, son museau se rétracta, formant un menton et un nez, tandis que ses oreilles se plaquaient à son crâne qui s'arrondit et se modifia… le tout dévoilant un visage qu'il connaissait.

Un visage qu'il aimait.

— Lydia… ? articula-t-il d'une voix enrouée par la confusion et l'incrédulité.

De faire tant de découvertes à l'article de la mort.

— Lydia ! s'écria-t-il.

Au ralenti, dans une autre facette de cet horrible cauchemar, le soldat en uniforme noir s'avança et se vint se placer juste au-dessus du corps nu de la jeune femme.

Il souleva légèrement le canon de son arme pour la pointer sur la poitrine de Lydia.

Son corps était maculé de sang, si bien qu'il était difficile de savoir s'il provenait éventuellement de blessures ou seulement du corps déchiqueté de l'ancien coloc de Daniel.

— Non… (Daniel roula sur le ventre et tenta de se traîner jusqu'à elle.) Ne lui fais… pas de mal…

Lydia ouvrit les yeux en papillotant. Quand elle vit Daniel, des larmes se mirent à couler sur ses joues.

— Je suis désolée, chuchota-t-elle.

— Je t'aime, Lydia.

Il n'y comprenait rien, mais il savait cela avec certitude.

— Je t'aime, ça va… Je vais…

Il se traînait toujours vers elle, se disant que peut-être, même s'il était à environ trois pulsations de s'évanouir, et elle à un appui de détente d'être tuée, il pourrait faire quelque chose pour la sauver.

— Je t'aime aussi… Daniel…

Ce furent ses derniers mots. Et, lorsque ses yeux se révulsèrent et se fermèrent, il poussa un cri de douleur…

Des grognements retentirent ensuite, venus de toutes les directions.

Se forçant à soulever la tête, Daniel vit des loups sortir de sous les pins. Une dizaine d'entre eux. Peut-être davantage.

Le soldat reprit ses esprits, comme si lui aussi avait été fasciné par l'incroyable métamorphose de Lydia d'une espèce à une autre.

Il eut à peine le temps de rediriger son arme.

Les loups lui sautèrent dessus de tous les côtés à la fois, et, lorsqu'il bascula sous la fureur sanguinaire des animaux, Daniel jeta un ultime regard à Lydia.

La dernière chose qu'il fit avant de mourir fut de tendre le bras… et de serrer sa main encore chaude dans la sienne.

Regarde-moi, lui dit-il en pensée. *Vois-moi*.

Mais il était trop tard pour elle.

Et, au bout du compte, trop tard pour lui aussi.

Chapitre 48

Lorsque Lydia fut sur le point de mourir, sa conscience se rétracta jusqu'à devenir une tête d'épingle dans son esprit. Son univers de sensations et de pensées ne se réduisit pas à la taille d'une planète, ni même à celle d'un terrain, d'une pierre ou d'un grain de sable.

Mais à la taille d'une simple tête d'épingle.

Cependant, elle sentit la main de Daniel serrer la sienne, sut qu'il tenait ce qu'il pouvait d'elle, et entendit les mots qu'il prononça.

À la fois la supplique qu'il avait adressée à l'homme qui lui avait tiré dessus et la déclaration d'amour qu'il lui avait adressée à elle, même après avoir vu ce qui avait dû l'ébranler au plus profond de son âme. Il l'aimait. Il lui était resté sincèrement attaché jusqu'à la fin, en dépit des mensonges qu'il lui avait débités auparavant, en dépit de tout ce qu'elle n'avait pas compris alors et n'avait pu questionner.

Quand Daniel n'avait plus rien eu à perdre, et alors qu'il ignorait qu'elle était là, il avait tenté de la protéger lors de sa mission, quelle que soit la nature de celle-ci. Il avait fait de son mieux.

Il avait donc été fidèle à leur couple, comme à ce qu'ils avaient partagé.

C'était vraiment tout ce qu'elle pouvait demander.

Lydia tenta de lui presser la paume en retour, et, tandis qu'elle écoutait les loups de la réserve attaquer le soldat pour les protéger tous les deux, elle se mit à pleurer…

Quelque temps plus tard, qui lui parurent des années, il ne subsista plus que l'odeur du sang et le silence de la forêt.

Ouvrant les yeux une dernière fois, elle se retrouva à contempler le visage du loup mâle que Daniel et elle avaient relâché dans la nature.

Merci, dit-elle en pensée à l'animal.

Celui-ci renifla et baissa la tête pour lui donner un petit coup de museau, comme s'il pensait à ce qu'il pourrait faire d'autre pour l'aider… et espérait lui rembourser au centuple ce qu'elle avait fait pour lui.

Et ce fut alors qu'elle entendit un bruit sourd et répétitif au-dessus de sa tête.

Comme le loup levait la tête puis reculait, elle tourna son attention vers le ciel… sans parvenir à comprendre comment l'hélicoptère de C.P. Phalen s'apprêtait à atterrir dans une clairière à quelques centaines de mètres de là. Comment avait-elle su…

La meute se dispersa sous les arbres, pour disparaître complètement dans l'ombre des pins, puis Lydia eut une vision psychédélique d'hommes en tenue de camouflage traversant la forêt avec des brancards.

La femme au casque de cheveux blancs si caractéristique était parfaitement reconnaissable et, pour une fois, elle ne portait pas de tailleur. Elle était elle aussi en treillis.

— Je n'ai pas de pouls ici.

En entendant l'annonce lugubre faite par une voix masculine, Lydia gémit et tourna la tête vers Daniel. Il était difficile de l'apercevoir, car les hommes se pressaient autour de lui en ouvrant des trousses d'urgence.

— Perf posée, dit quelqu'un.

— Électrodes branchées et chargées.

Lorsque le corps de Daniel tressaillit, elle regarda leurs deux mains.

Il avait lâché la sienne. C'était elle qui se cramponnait à lui désormais.

Le visage de C.P. entra dans son champ de vision.

— Nous allons aussi nous occuper de vous. Ne vous inquiétez pas.

— Sauvez-le. (Ce fut tout ce qu'elle réussit à dire avant de s'évanouir.) Sauvez-le, c'est tout…

Chapitre 49

— Daniel !

Lydia se redressa d'un bond en hurlant, et la douleur qui répondit à son cri était du genre à vous retourner l'estomac et à transformer votre champ de vision en damier.

Avec un gémissement, elle s'effondra sur quelque chose de doux comme un oreiller… Oh ! c'était un oreiller. En fait, elle se trouvait dans un lit – un lit d'hôpital – et était reliée à une perfusion ainsi qu'à toutes sortes d'appareils de surveillance médicale par le biais de différents capteurs. Face à elle, une télévision était fixée au mur, et il n'y avait aucune fenêtre. Une porte en bois, qui ne paraissait pas avoir de verrou, était fermée.

Elle ne le resta pas.

On poussa le battant.

— Vous êtes réveillée. Comment allez-vous ?

C.P. Phalen portait toujours le même treillis que lorsqu'elle avait débarqué dans la montagne avec son…

— Est-ce qu'il est en vie ? demanda Lydia d'une voix enrouée. Est-ce que Daniel est en vie ?

La femme opina et repoussa la porte, même si cette dernière était équipée d'un système de fermeture automatique.

— Il est encore en salle d'opération. Mais on pense qu'il va s'en tirer.

Des larmes montèrent brusquement aux yeux de Lydia, qui ne prit pas la peine de les retenir, et, quand les sanglots associés firent hurler son épaule de douleur, elle se rendit compte seulement alors qu'elle était couverte de pansements sur tout un côté du corps, y compris le bras.

— Ça va aller. (C.P. la rejoignit et s'assit à son chevet.) Vous avez eu une sacrée frousse. Lâchez tout.

— Je le croyais mort. J'ai cru être… morte, moi aussi.

Quand le plus gros de la crise émotionnelle fut passé, Lydia s'essuya les yeux avec un essuie-main que C.P. lui tendit, puis elle prit une inspiration tremblante.

— Vous êtes dans ma clinique privée. (C.P. désigna le lit et les appareils de surveillance médicale.) Ici, le niveau des soins est digne d'un établissement de renommée mondiale.

— Comment avez-vous su… que nous étions là-haut ?

— Vous n'êtes pas la seule à avoir des caméras dans la montagne.

Le souffle de Lydia s'arrêta dans sa poitrine.

— Alors vous m'avez vue…

C.P. détourna le regard par terre, chose que, Lydia en était persuadée, elle faisait très rarement. Voire jamais.

— J'ai vu, oui. C'était… sans précédent. (Soudain, elle la regarda de nouveau.) Je suppose que nous n'avons pas besoin de développer ce qui existe déjà, n'est-ce pas ?

Lydia tenta de se redresser, en vain.

— Je ne sais pas quoi dire.

— Vous n'avez nul besoin de dire quoi que ce soit… et, non, je n'ai rien raconté à vos amis.

— Mes amis ?

On toqua à la porte, puis Candy passa la tête dans l'entrebâillement.

— Oh ! merci, putain ! dit-elle en se faufilant dans la chambre. J'ai l'air affreuse en noir, mais j'en aurais porté pour tes funérailles. Pendant une heure ou deux.

Le shérif Eastwind entra juste derrière elle, mais demeura en retrait en tenant son chapeau d'uniforme à deux mains, telle une grande statue silencieuse, son visage taillé à la serpe marqué par l'inquiétude.

Lydia se couvrit les yeux du bras qu'elle pouvait encore bouger quand les larmes revinrent.

— Ne commence pas.

Candy se racla la gorge.

— J'ai vraiment… Oh, merde. ! qui a un Kleenex ?

Une vingtaine de minutes plus tard, après le départ du shérif et de Candy, Lydia songea à quel point c'était étrange… la façon dont certains étrangers devenaient un jour pour vous comme des membres de votre famille.

Elle était même heureuse d'avoir vu Eastwind malgré les questions qui la taraudaient et qu'elle avait été bien trop fatiguée pour poser, comme ce qui s'était exactement passé lorsque Candy, à sa propre demande, était allée le trouver avec le classeur de Rick et les disquettes de Peter… Comment il avait réagi… et ce que tout cela signifiait. Mais elle avait un pressentiment, vu qu'ils étaient ici avec C.P.

Eh bien, cette femme avait le bras long, pas vrai ? Et de l'argent. Et du pouvoir.

Et, vraiment, Lydia se moquait du monde extérieur. Point.

— Où est Daniel ? interrogea-t-elle. Quand pourrai-je le voir ?

Et ce fut alors qu'elle remarqua un subtil changement dans l'expression de C.P.

— Quoi ? (Lydia se redressa sur les oreillers, même si cela lui fit un mal de chien.) Vous devez me le dire. Tout de suite.

C.P. écarta les doigts de sa main et fit mine d'inspecter la manucure à la française de ses faux ongles.

— Quoi ? souffla Lydia. Vous m'avez dit qu'il allait vivre. Vous m'avez dit…

— Il survivra à l'opération.

— Est-ce qu'il est paralysé ? aveugle ? Est-ce qu'il a été touché à un endroit qui…

— Ce n'est pas sa blessure qui pose un problème.

Au bout d'un long moment, C.P. tourna la tête. Ses yeux froids et calculateurs étaient remplis de larmes, et cela fit s'arrêter le cœur de Lydia.

— Il a un cancer.

— Quoi ? (Lydia s'assit tout à fait, malgré la douleur.) Je suis désolée, qu'est-ce que vous… ?

— Il est rongé par la maladie. Elle a attaqué ses poumons et son foie. Le fait qu'il ait survécu aussi longtemps relève du miracle. Nous avons découvert les tumeurs sur les radios du torse que nous avons effectuées avant qu'on l'opère de son hémorragie interne. C'est clairement une phase 4, même si le site initial du cancer n'a pas encore été déterminé.

— Qu'est-ce… Vous dites… Il est…

C.P. se frotta les yeux et s'éclaircit la voix. Ensuite elle se leva, mais resta un moment à contempler la porte, les mains sur les hanches.

Son immobilité lorsqu'elle reprit la parole était particulièrement effrayante.

— Nous allons le placer en salle de réveil à l'étage, dans la maison. Il pourra rester chez moi aussi longtemps qu'il le souhaitera ou en aura besoin. Vous aussi. Vous faites partie de la famille à présent, avec tous vos bagages. Tous les deux.

— Quand pourrai-je le voir ?

— Dès qu'il sera médicalement stable et réveillé. (C.P. gagna la porte, puis se retourna et lui jeta un dernier regard.)

C'est une bonne chose qu'on ne se soucie pas de connaître la mutuelle des patients ici, pas vrai ?

— Est-ce qu'il est en phase terminale ?

En laissant ces mots s'envoler, Lydia se cramponnait à un espoir qu'intérieurement elle se savait incapable de justifier. Néanmoins, des miracles survenaient parfois avec le cancer, non ? Des miracles survenaient toujours…

… non ?

Chapitre 50

Dans son rêve, Daniel courait dans la nuit, sous la lune, dans un champ de fleurs sauvages. Sur ses talons, tout près, une louve grise galopait derrière lui.

Chaque fois qu'il regardait par-dessus son épaule, elle était là, avec ses yeux dorés brûlant d'amour et d'adoration, de bonheur et de loyauté.

Il riait.

Aspirant de grandes bouffées de l'air frais printanier, il riait…

Daniel ouvrit brusquement les yeux. Au-dessus de lui… le ciel nocturne éclairé par la lune avait disparu au profit d'un plafond blanc. Et un mur avait remplacé la prairie juste en face de lui.

Mais, près de lui, affaissée dans un fauteuil, avec le menton sur la poitrine… sa louve était bien là.

Comme si Lydia avait senti son attention, elle ouvrit les paupières, et ce fut alors qu'il se retrouva ébloui par une si vive lumière qu'il dut tenter de lever le bras pour s'en protéger.

— Que se passe-t-il ? demanda-t-elle.

— Cette lumière… aveuglante. Tu ne la vois donc pas ?

— Il n'y a pas… Oh, mon Dieu ! tu fais une attaque…

Instantanément, la lumière commença à s'atténuer et il secoua légèrement la tête.

— Non, je ne fais… pas d'attaque. C'était… bizarre. Rien qu'une lumière vive dont tu as émergé.

Quand Lydia se pencha sur lui, ses yeux étaient baignés de larmes.

— Dont j'ai… émergé ?

— Oui… en effet.

Ils plongèrent dans le regard l'un de l'autre, et Daniel s'aperçut que toute sa douleur avait disparu. Mais bon, l'amour était une drogue qui guérissait, n'est-ce pas ?

— Je suis heureux qu'il ne fasse pas nuit, dit-elle.

— Pourquoi ?

— Parce qu'alors je serais ton passé, au lieu de ton avenir. C'est le voile que tu viens de voir. On est au petit matin.

Il lui prit la main – à moins qu'elle n'ait pris la sienne.

— Je veux faire partie de ton existence… dans son intégralité.

— C'est déjà le cas.

— Est-ce que tu vas bien ? lui demanda-t-il.

— Oui, tout à fait. (Elle se racla la gorge.) Nous sommes dans la clinique-laboratoire de C.P. Phalen. C'est une longue histoire.

À ces mots, elle détourna les yeux et baissa la tête. Quand il lui pressa la paume, elle concentra de nouveau le regard sur lui.

— Tu es belle, chuchota-t-il. À mes yeux. Exactement telle que tu es.

Les larmes qui tremblaient sur ses cils ressemblaient à des cristaux, et, lorsqu'elles glissèrent sur ses joues pâles, il eut envie de les essuyer, mais il n'en avait pas la force.

— Tu en es certain ? demanda-t-elle d'une voix enrouée.

— Je n'ai pas à comprendre quoi que ce soit. Je sais juste que je t'aime. Exactement telle que tu es.

Quand il répéta ces mots, les larmes de la jeune femme coulèrent de plus en plus vite, puis elle posa le front sur leurs deux mains jointes.

—Moi aussi je t'aime, Daniel.

Dans le calme qui suivit, le silence ne fut plus rompu que par les discrets bips des machines de surveillance médicale, et il s'abandonna à la tiédeur apaisante de l'air–et pas à cause de sa perfusion de morphine. Il était si heureux de la contempler, parce que chaque respiration qu'elle prenait, chaque expression de son visage et chaque mouvement de son corps… l'assurait qu'elle était vivante.

Et, nom de Dieu ! lui aussi.

—Tu m'as sauvé la vie. (Il esquissa un sourire.) *Susi*. Le terme finnois pour dire « loup ».

—Oui. C'est le nom de mon grand-père.

Il inspira à fond et profita d'un élan de force venu du plus profond de lui-même.

—Je travaille pour le gouvernement, Lydia. Pour une agence de l'ombre qui protège la composition et l'intégrité génétique d'*homo sapiens*. Celle-ci a été fondée à la suite d'expériences menées dans les années 1970 et 1980. Je suis venu ici pour arrêter ce que… Eh bien, les recherches de C.P. Phalen. C'est assez ironique de voir où j'ai atterri, hein ? Et, oui, j'étais au courant de l'existence de son labo et de sa clinique.

Il toussa un peu, et, lorsqu'elle pâlit, il balaya l'air d'un revers de main.

—Ne t'inquiète pas. Ce n'est pas la première fois que je suis opéré. Je vais m'en tirer, même si on dirait que je suis sacrément redevable à cette femme aux cheveux blancs.

—Alors, tu es un agent du gouvernement ?

—Eastwind avait raison. Daniel Joseph n'est pas mon vrai nom, mais c'est mon identité depuis si longtemps que c'est comme si ça l'était à présent. Et je connaissais la signification de ton nom de famille, même si je trouvais que c'était simplement une jolie coïncidence. (Il prit une profonde inspiration et s'efforça de ne pas céder à la quinte de toux qui menaçait d'éclater.) Un jour, tu me raconteras ? toute ton histoire ?

Il s'écoula un moment avant qu'elle réponde.

— Oui. Un jour, je le ferai.

— J'aime bien cette idée-là. (Quand elle leva les yeux vers lui, il sourit.) « Un jour », ça veut dire que nous avons un avenir.

Les larmes qui montèrent aux yeux de Lydia lui transpercèrent le cœur.

— Quoi ? Qu'y a-t-il ?

En la voyant se remettre à pleurer, il sut que même la morphine n'apaiserait pas la douleur qui croissait derrière son sternum. Il aurait voulu qu'elle n'ait jamais de peine.

Puis il crut deviner la cause de son chagrin.

— Écoute, si tu penses que les choses risquent de ne pas marcher entre nous à cause de… ce que j'ai vu… je ferai tout ce qu'il faudra pour préserver ton secret. Je prêterai serment si nécessaire. Tu dois me croire, ton secret est en sécurité avec moi, et je te protégerai toujours.

Merde ! il y avait aussi les autres agents, au Bureau fédéral de génétique.

Qui allaient le traquer parce qu'il n'avait pas fait exploser le laboratoire de C.P. Phalen.

Et allaient traquer Lydia pour la même raison.

Les implications de la réalité dans laquelle ils se retrouvaient plongés tous les deux défilaient dans son esprit lorsqu'une expression de tristesse incommensurable changea la couleur des yeux de Lydia.

Il s'immobilisa.

— Ce n'est pas à cause de tout cela, n'est-ce pas ? dit-il à voix basse.

La façon dont elle secoua lentement la tête le glaça jusqu'à l'os.

— Qu'est-ce qu'ils ont trouvé ? demanda-t-il d'une voix atone. Quand ils m'ont ouvert, qu'est-ce qu'ils ont trouvé ?

Il savait, songea Lydia.

Alors qu'elle était assise au chevet de Daniel et tentait de ne pas craquer complètement, elle eut l'impression qu'il ne serait pas surpris par la nouvelle.

Qui aurait cru que le fait qu'elle soit une métisse de wolven et d'humain serait la révélation la moins bouleversante dont ils auraient à se soucier ce jour-là ?

— Et si j'allais chercher le médecin ? proposa-t-elle.

Quand elle fit mine de se lever, il lui saisit le bras d'une poigne étonnamment puissante.

— Non. Je veux l'apprendre de ta bouche.

Comme elle hésitait, il chuchota :

— J'ai peur, Lydia.

Se rasseyant sur le lit d'hôpital, elle lui prit les mains. D'une voix étranglée, elle dit :

— Je t'aime. Je veux te le répéter avant…

Son sourire de guingois lui brisa le cœur.

— Parce que tu crains que je ne sois plus en état d'écouter quoi que ce soit d'autre, une fois que tu m'auras déballé le problème, c'est ça ? Eh bien, je suis heureux d'entendre ces mots. (Il scruta son visage.) Est-ce que tu te rappelles la fois où tu m'as demandé pourquoi je restais ? Quel était le mot ?

Lorsqu'elle opina, il lui serra la main.

— C'est l'amour. C'est pour cela que je restais. Je crois que je suis tombé amoureux de toi dès le premier instant où je t'ai vue.

— Moi aussi. (Elle laissa échapper un sanglot discret.) J'ai su quand je t'ai vu… que rien ne serait plus jamais pareil.

Daniel lui fit un clin d'œil.

— Même si je n'ai aucun sens de l'humour ?

— Je pense toujours que tu ne vois pas ton potentiel dans ce domaine.

— Alors passons les cinquante prochaines années à nous disputer à ce sujet, ça te dit ? Génial. On réserve.

Le visage de Lydia s'affaissa, et elle ne put le lui cacher. Mais bon, elle voulait être honnête avec lui. Elle le lui devait.

Daniel inspira à fond.

— D'accord, crache le morceau. Lâche le truc et, quoi que ce soit, on trouvera une solution. Même si, vu que je dois quitter mon boulot, je vais perdre ma mutuelle, alors…

Comme sa voix se dissipait, elle sentit une larme glisser de son œil. L'essuyant d'un geste impatient, elle voulut être forte. Elle le *devait*.

— C'est dans tes poumons, Daniel.

Il posa une main légère sur sa poitrine, par-dessus les points de suture blancs.

— J'ai une pneumonie ?

Quand elle secoua lentement la tête, il poussa un juron. Détourna la tête. Jura encore.

— Putain de merde ! cette saloperie de toux.

— C'est aussi dans ton foie, Daniel.

Il ferma les yeux et se tut un moment, puis il rouvrit les paupières, observa le plafond et opina.

— J'ai commencé à cracher du sang il y a peut-être six mois. J'ai tenu le coup, je me suis répété que ce n'était pas grave parce que ce n'était pas permanent. Et puis je me suis senti sacrément fatigué et nauséeux. J'ai perdu du poids. Je pensais que c'était juste… Eh bien, maintenant, je sais ce que c'est.

— Je suis désolée. (Elle lui caressa le bras.) Je ne… C'est ce que tu viens de dire. On va affronter cela ensemble, d'accord ? On peut l'affronter ensemble.

Le silence devint si retentissant dans la pièce qu'il ressembla à un cri. À moins que ce soit le bruit dans la tête de Lydia : un hurlement de douleur devant l'injustice de cette histoire, qui montait à un niveau de volume supersonique.

Elle avait enfin rencontré l'amour de sa vie, qui connaissait l'impossible vérité à son sujet et l'acceptait néanmoins… et ce uniquement pour le perdre, alors que leur histoire débutait à peine ? Franchement, le destin !

— Je dois en savoir davantage, finit-il par dire. Je veux savoir quel type de cancer j'ai et… tout. Peut-être qu'on aura un miracle. Ou une bonne nouvelle, ou…

— C'est vrai. (Lydia hocha la tête et se cala contre son torse.) C'est ce que nous allons espérer. C'est ce pour quoi je vais prier. Et tu vas faire pareil.

Elle porta les mains à sa propre nuque.

— Tiens, prends la médaille de saint Christophe de mon grand-père. Tu vas la porter.

Quand il s'efforça de soulever la tête pour qu'elle la lui passe, elle l'aida. La délicate chaîne en or sembla faire à peine le tour de son cou, mais, lorsqu'il se rallongea contre les oreillers, elle tira un peu sur la médaille que son grand-père lui avait donnée pour qu'elle tombe mieux.

— Il approuverait que tu la portes, dit-elle. C'est lui qui m'a guidée jusqu'à toi dans la forêt. Il est apparu devant moi… et m'a menée à toi pour te sauver.

— Et maintenant nous sommes ici, marmonna Daniel d'une voix morne.

— Il faut juste qu'on prie pour obtenir une bonne nouvelle. Et une marche à suivre.

Chapitre 51

Dans la demeure de la Confrérie à Caldwell, Xhex décompressait sur l'un des canapés de la salle de billard en observant John Matthew, Vhif, V. et Butch se chamailler pour savoir qui allait jouer la première manche à la table préférée de tous. Même si une partie en comptait plusieurs, disputer celle du milieu était considéré comme une sorte de talisman porte-bonheur ou une connerie du genre.

Elle ne savait pas. Elle ne jouait à aucun jeu de boules.

OK, pas ce genre de boules-là.

Quand John Matthew se tourna vers elle et frétilla des sourcils, il fut clair que Vhif et lui allaient passer les premiers. À n'en pas douter, le vainqueur du match affronterait le joueur suivant, et ainsi de suite. Jusqu'à l'aube, quand Fritz servirait un copieux Dernier Repas, avec assez de viande pour nourrir une tanière de lions.

Naturellement.

Pendant ce temps, partout dans la maison, les autres guerriers et leur famille discutaient, riaient, se détendaient.

Il était rare que tout le monde soit de repos en même temps, mais Kolher avait lancé cette tradition quelques mois plus tôt et elle semblait prendre. Et, vu que la nuit de congé de ce mois-ci tombait un dimanche, Xhex n'avait pas eu besoin d'aller travailler dans l'un des clubs.

Donc elle était là. Sur le canapé. Fermement résolue à ne pas réfléchir à tous les problèmes qu'elle refusait de voir…

Un verre de jus de pamplemousse apparut devant elle, et elle leva les yeux vers Vhengeance en sursautant. Acceptant la vitamine C, elle dit :

— Comment diable as-tu réussi à convaincre Lassiter de te laisser utiliser son presse-agrumes ?

Le roi des *symphathes* s'assit à côté d'elle avec son propre verre, un soda au gingembre.

— Ce qu'il ignore ne peut pas lui faire de mal.

— Voilà qui est parler comme un vrai membre de la colonie.

— Allons, est-ce une façon de me remercier ?

Elle leva son verre dans sa direction.

— Merci.

Sous les plis du long manteau de vison qu'il portait toujours même s'il faisait un confortable vingt et un degrés dans la pièce, Vhen croisa les jambes et s'assura que les deux pans couvraient complètement le bas de son corps, ce qui était un peu dommage. Il était vêtu d'un costume gris foncé parfaitement coupé que Butch, l'autre *fashion victim* de la pièce, aurait apprécié.

— En parlant de *symphathes*, sais-tu ce qu'il y a de vraiment agaçant chez eux ? demanda Vhen.

Lui jetant un coup d'œil, elle croisa son regard améthyste. Il avait récemment fait raser les côtés de sa crête par V., et le dessus avait également été taillé, car la longue bande ne faisait plus que trois centimètres de haut. Confortablement adossé au canapé en cuir, il ressemblait à un animal dangereux, même dans cette pose détendue.

— Tu crois que j'ai oublié ? (Elle sirota son jus de fruit, dont la douceur acidulée la réveilla, ce qui était une excellente chose.) Ou est-ce que c'est seulement parce que tu es notre roi, à nous les sociopathes, et que tu…

— Les *symphathes* voient ce que cachent les autres. (Les yeux brillants de Vhen se tournèrent vers la table de billard pour se fixer sur John Matthew, qui s'apprêtait à frapper les boules.) Nous savons ce que les autres souhaiteraient que personne ne sache.

Xhex se raidit.

— C'est impoli de lire ma grille.

— Alors lis la mienne et nous serons quittes, mais je vais d'abord te dire honnêtement ce que tu trouveras chez moi. Et pas chez toi. Si je devais te demander comment tu vas, tu mentirais et me sortirais une connerie sur le fait que tu dors bien, que tu es parfaitement alerte et que… (ses yeux violets se concentrèrent de nouveau sur elle) tu vas. Parfaitement. Bien.

Secouant la tête, Xhex eut un sourire froid.

— Tu es un sale…

— Non, l'enfoiré, c'est ton frère.

— Ouais, d'accord, mais je n'ai pas envie de parler de Blade en ce moment. Et je passais une nuit agréable avant que tu débarques…

— Ta grille s'effondre.

Xhex cligna des yeux, puis fit mine de se lever.

— Bon, sur ce, je vais me retirer avec mon jus de pamplemousse et…

Vhen lui agrippa le bras.

— Je ne déconne pas, femelle. Ta grille est en train de s'effondrer. Est-ce que tu comprends ce que ça signifie ?

Quand elle tira sur son poignet, il la lâcha.

— J'ai assez mal dormi ces derniers temps, concéda-t-elle. Ce n'est pas bien grave.

Lisez plutôt qu'elle n'avait pas dormi du tout depuis qu'elle s'était rendue à Deer Mountain et avait parlé à… cette créature.

Wolven.

Quand le mot résonna dans son esprit, elle s'efforça de ne pas l'entendre. De la même manière qu'elle s'efforçait de ne pas voir… l'inquiétude évidente sur le visage d'habitude dur et implacable de Vhen…

À cet instant, son téléphone se mit à sonner et elle sursauta une fois de plus, renversant du jus de fruit partout.

— Tu vas vouloir répondre à cet appel, dit Vhen d'un air sombre.

— Pourquoi ?

— C'est moi qui leur ai dit de t'appeler.

— Qui est-ce ?

— Décroche. Le. Téléphone.

Si cela avait été quelqu'un d'autre, n'importe qui sur cette planète – à l'exception de John Matthew –, elle l'aurait envoyé promener mais, lorsqu'un étrange sentiment s'empara d'elle, elle sortit le portable qui sonnait toujours…

Et décrocha. Le. Téléphone.

— Allô ?

Du coin de l'œil, elle vit John Matthew se redresser après son troisième coup, comme s'il se demandait s'il devait s'approcher pour voir ce qui n'allait pas.

— Allô, répéta-t-elle avec plus de force. Bon sang, dites quelque chose, merde !

— Est-ce que vous êtes Alex Hess ? répondit une voix masculine grave.

— Oui.

— Il faut que je vous parle. Des laboratoires. Oui, ceux que nous connaissons vous et moi.

Xhex tourna les yeux vers Vhen. Son vieil ami, son frère *symphathe*, son autre roi, l'observait avec quelque chose qu'elle n'avait encore jamais vu sur son visage.

C'était de la terreur pure. Pour elle.

Entre deux clignements d'yeux, elle entendit la voix de la créature fantomatique de Deer Mountain dans son esprit, comme si on l'y avait insérée de force : *« Ce n'est pas ta question, mon enfant. »*

— Qui êtes-vous, putain !? demanda-t-elle.

— Vous ne savez pas qui je suis, mais je dois vous parler.

Comme un sentiment de mauvais augure s'emparait d'elle, Xhex tourna les yeux vers John Matthew. Il avait raté son tir et la regardait fixement, un peu à l'écart.

Il était l'amour auquel elle n'avait jamais osé croire, la seule chose pure de sa vie qui n'ait jamais été infectée ni par son mauvais côté naturel… ni par celui qu'elle avait acquis à cause des tortures qu'on lui avait infligées des années auparavant.

« Un chemin s'ouvre devant toi, mon enfant. Il sera long et dangereux, et le dénouement de ta quête n'est pas clair à cet instant. Mais si tu ne commences pas… jamais, jamais tu ne finiras. »

— Je ne sais pas ce que tu dois faire, mais tu dois t'occuper de tes affaires, dit Vhen à voix basse. Tu n'as plus beaucoup de temps.

— Alex Hess ? répéta son mystérieux interlocuteur à l'autre bout du fil.

— Si ta grille s'effondre, la psychose s'emparera de toi et tous ceux qui t'aiment te perdront, même si tu continues à vivre et à respirer à leurs côtés, annonça Vhen.

Avec un sentiment d'angoisse, elle fixa à son tour le regard sur John Matthew. Et elle ne put que constater à quel point elle l'aimait.

— Oui, s'entendit-elle répondre. Je vais vous rencontrer. Dites-moi juste où et quand.

ÉPILOGUE

Trois semaines plus tard, la nuit était exceptionnellement chaude pour la saison et, lorsque Lydia sortit sur la terrasse de la demeure de C.P., elle décida qu'elle n'aurait finalement pas besoin de son pull.

Quand Daniel ne la suivit pas immédiatement, elle jeta un coup d'œil à la cuisine professionnelle dans son dos.

Par la porte coulissante ouverte, elle le vit devant un plan de travail, qui riait et bavardait gaiement avec le cuisinier, puis il se tourna vers elle. La rejoignit. Lui sourit.

Il était comme toujours, grand, fort, puissant.

Il était difficile de croire qu'il était mourant. Que, sous la peau lisse et les muscles encore noueux, de pernicieuses cellules tumorales se multipliaient par millions, développaient de nouveaux réseaux sanguins fiables et se répandaient partout dans son organisme.

Il était aussi difficile de croire que le temps leur était compté.

Aujourd'hui, aux alentours de 15 h 21 – non qu'elle fasse le décompte des minutes –, ils avaient découvert que, oui, c'était confirmé, le cancer des poumons avait également touché le cerveau.

Bientôt, sa qualité de vie s'effondrerait… parce qu'il avait refusé le traitement. Après qu'une équipe de médecins de C.P. Phalen avait examiné tous ses scanners, puis discuté avec d'autres experts nationaux et élaboré un semblant de plan…

Il avait dit : « non, merci ».

Il avait refusé la chimio et les rayons et n'avait accepté que des soins palliatifs.

Elle ne le lui reprochait pas. Les médecins lui avaient pronostiqué six mois plutôt bons sans traitement, ou neuf mois misérables avec. Pourquoi gâcher le peu de temps qui lui restait encore à vivre ? Ce précieux temps dont ils disposaient tous les deux…

— À quoi penses-tu ? demanda-t-il en sortant et en refermant la porte derrière lui. À moins que tu préfères garder ça pour toi ?

— Je me rappelais juste ce que nous avons fait à l'étage dans le Jacuzzi.

— Ah… j'aime ces pensées.

Il but une gorgée de son verre de whisky-soda et, lorsqu'il se mit à tousser, il se couvrit rapidement la bouche, puis parla sans attendre la fin de sa quinte, comme si, tant qu'il l'ignorait, elle n'existait pas.

— Je les aime beaucoup.

Il l'enlaça de son bras libre et l'attira contre lui, et elle plaqua son corps contre le sien pour accueillir son baiser. Sous la légère brise du soleil couchant et la caresse tiède de l'air printanier, elle se délecta de l'éternité qu'ils saisissaient à chaque instant passé ensemble.

Lorsqu'il s'écarta, elle fit courir ses mains sur son visage.

— Je suis désolé, murmura-t-il.

— De quoi ?

— D'amener la fin si vite.

— Oh, mon Dieu ! comme si c'était ta faute. (Elle secoua la tête.) Daniel, ce n'est pas ta faute.

— Je veux seulement que tu saches que les trois dernières semaines ont été les meilleures de ma vie. Quel que soit le temps qui nous reste, c'est davantage que je n'aurais pu espérer ou mériter. Tu es la meilleure chose qui me soit jamais arrivée.

— J'éprouve la même chose. (Quand l'expression de Daniel se fit distante, elle sourcilla.) Qu'y a-t-il ?

Lui prenant la main, il l'entraîna vers un salon de jardin en fer forgé. Naturellement, ils s'assirent tous les deux sur la causeuse. Elle voulait être aussi proche de lui que possible, et il en allait de même pour lui.

Daniel fit tournoyer son whisky dans son verre.

— Je voudrais faire quelque chose avant de partir.

Lydia inspira à fond.

— D'accord. Faisons-le. Quoi que ce soit…

— Nous allons retrouver ta famille, les tiens.

Elle haussa un sourcil.

— Je te l'ai dit, mon grand-père est décédé…

— Pas cette famille-là.

— Oh !

Daniel lui prit la main et, du pouce, lui frotta le centre de la paume.

— Je ne vais pas te laisser seule ici. Il existe d'autres personnes comme toi. Quelque part. Et j'ai un contact qui peut nous aider à les trouver…

— Allons, Daniel, on n'est pas dans un roman de Stephen King. Qu'est-ce que tu crois… ? Qu'il y a, quoi, une tanière de wolven quelque part dans les bois ?

— Nous allons trouver les tiens, afin que tu ne sois pas seule quand je ne serai plus là.

Lydia regarda l'arrière de l'énorme maison de C.P. Phalen. Et pensa à Candy et au shérif Eastwind, qui tous les deux passaient régulièrement les voir depuis qu'ils avaient appris pour le cancer de Daniel.

L'histoire des récents événements survenus au CEL n'était qu'une illusion vendue à la presse et aux officiels des forces de l'ordre : Rick avait tué Peter, puis s'était suicidé, à cause d'une affaire de détournement de fonds qui ne présentait miraculeusement aucun lien avec des expériences génétiques, passées ou présentes. Cela avait fait les gros titres pendant un court moment ; après quoi, le cycle d'information-choc de vingt-quatre heures de la nation s'était intéressé à autre chose.

Et Lydia travaillait toujours au CEL. Du moins sur le papier.

En réalité, elle n'avait pas quitté le domaine de C.P. depuis qu'on l'y avait amenée en hélicoptère pour soigner sa plaie par balle. Et elle n'en partirait pas de sitôt. Daniel avait été invité à rester pour recevoir des soins palliatifs, et il avait accepté.

Donc, non, ils n'iraient nulle part.

— Mais je croyais que tu avais dit que c'était dangereux pour moi dehors. (Elle se concentra sur l'horizon.) Qu'à cause de la façon dont les choses se sont passées ton agence allait toujours me traquer. Et traquer C.P.

Avec un juron lugubre, il posa son verre sur la table basse de jardin.

— Je ne pourrai partir l'esprit vraiment tranquille… que si je suis sûr que tu es avec des gens qui te comprennent et peuvent te protéger.

Elle repensa aux loups de la réserve, à la façon dont ils les avaient entourés pour les protéger et les sauver tous les deux.

— C'est pour cela que tu as refusé les traitements, n'est-ce pas ? (Elle lui prit le menton quand il détourna la tête.) C'est pour ça ?

— Il ne me reste pas beaucoup de temps, Lydia. Et j'ai trouvé quelqu'un qui, je pense, peut nous aider. J'ai utilisé des canaux officieux pour obtenir ce contact. C'est une femme du nom d'Alex Hess. Je ne l'ai jamais rencontrée, mais quelqu'un que je connais et en qui j'ai confiance, si. La rumeur dit qu'elle est familière des expériences relatées sur les disquettes.

— Est-ce qu'elle a travaillé dans ces laboratoires ?

— Je ne sais pas, mais ma source prétend que c'est un point d'entrée. Qu'elle nous aidera si elle le veut.

Lydia secoua la tête.

— Écoute, je ne veux pas gâcher le peu de temps qui nous reste…

— S'il te plaît. C'est ma dernière mission. Je veux la terminer… pour toi.

Avec un soupir résigné, elle se blottit contre son torse et…

— J'aimerais que les choses soient différentes, dit-il d'une voix enrouée.

Ça alors, c'était exactement ce qu'elle pensait.

Lydia leva la tête.

— L'amour est immortel. Il survit à tout. (Elle repensa au moment où elle l'avait vu dans le voile, puis quand il était arrivé la même chose à Daniel avec elle.) Tu es mon avenir, peu importe le temps qui nous est imparti.

— Et tu es mon univers.

Ils s'embrassèrent. Et s'embrassèrent encore.

— D'accord, si c'est si important pour toi, je rencontrerai cette femme, dit-elle en lui caressant toujours le visage. Mais, mon intérêt principal, c'est toi. Tu es tout ce qui m'importe à l'heure actuelle.

— Ça m'aidera à… lâcher prise quand le moment sera venu.

Lydia ferma les yeux, tandis que les larmes menaçaient. Ces dernières semaines, elle avait fait très attention à ne pas laisser la digue se rompre, parce que, si celle-ci cédait, elle allait sangloter jusqu'à ne plus avoir un souffle d'air dans les poumons.

Et viendrait un moment où elle devrait respirer pour eux deux.

— C'est bon, reprit tristement Daniel. Je suis toujours là pour l'instant. Je te tiens… pour l'instant…

On entendit la porte coulissante s'ouvrir, puis des talons aiguilles cliqueter sur la terrasse.

Lydia inspira à fond et sourit à C.P.

— Tiens, si ce n'est pas notre hôtesse avec la plus… (Elle sourcilla.) Est-ce que ça va ?

C.P. Phalen n'était pas du genre à faire les cent pas. Elle n'était jamais hésitante. Et jamais, jamais elle ne cherchait ses mots.

Pourtant elle se mit à aller et venir devant le soleil couchant, qui soulignait son profil de lignes dures.

— Bien, je crois que j'ai prouvé ces dernières semaines que je pouvais encaisser les mauvaises nouvelles, dit sèchement Daniel. À moins que vous ayez raté tous les comptes-rendus pathologiques et les résultats de scanners que j'ai reçus ?

Lorsque C.P. se tourna vers eux, elle hésita encore.

Puis elle prononça les mots qui allaient tout changer :

— Et si je vous disais qu'il existe une autre option pour vous.

— En dehors de clamser ? demanda Daniel d'un ton moqueur en baisant la main de Lydia. Ne le prenez pas mal, mais je n'ai pas très envie qu'on m'empaille et qu'on m'expose dans un coin…

C.P. riva son regard à celui de Daniel.

— Et si je pouvais vous donner… une nouvelle vie. Grâce à un traitement.

Remerciements

Un grand merci à tous les lecteurs de *La Confrérie de la dague noire* ! Le chemin a été long et terriblement palpitant, et j'ai hâte de découvrir les prochains événements de cet univers que nous aimons tous. J'aimerais également remercier Meg Rule, Rebecca Scherer et toute l'équipe de JRA, ainsi que Hannah Braaten, Andrew Nguyen, Jennifer Bergstrom et tous ceux de Gallery Books et Simon & Schuster.
Merci à l'incroyable Robin Covington pour toute son aide concernant le shérif Eastwind !
À l'équipe Waud, je vous adore. Vraiment. Et, comme toujours, tout ce que je fais est dédié avec amour à mes familles d'origine et d'adoption.
Oh ! et merci à Naamah, ma deuxième chienne écrivain, qui travaille aussi dur que moi sur mes romans !

Achevé d'imprimer en avril 2022
Par CPI Brodard & Taupin à La Flèche
N° d'impression : 3047155
Dépôt légal : mai 2022
Imprimé en France
81122557-1